世界海洋文化与历史研究译丛

航行的故事
18 世纪英格兰的航海叙事

The Story of the Voyage
Sea-Narratives in Eighteenth-Century England

王松林　丛书主编
［英］菲利普·爱德华兹（Philip Edwards）　著
张　陟　译

CAMBRIDGE　海洋出版社

2025 年·北京

图书在版编目(CIP)数据

航行的故事：18世纪英格兰的航海叙事／（英）菲利普·爱德华兹（Philip Edwards）著；张陟译. 北京：海洋出版社，2025.2. --（世界海洋文化与历史研究译丛／王松林主编）. -- ISBN 978-7-5210-1491-4

Ⅰ. I561.064

中国国家版本馆 CIP 数据核字第 20259NR563 号

版权合同登记号　图字：01-2020-3255

Hangxing de gushi：18 shiji Yinggelan de hanghai xushi

This is a Simplified Chinese Translation of the following title published by Cambridge University Press：

The Story of the Voyage：Sea-Narratives in Eighteenth-Century England 978-0-521-60426-0

This Simplified Chinese Translation for the People's Republic of China (excluding Hong Kong, Macau and Taiwan) is published by arrangement with the Press Syndicate of the University of Cambridge, Cambridge, United Kingdom.

© China Ocean Press Co., Ltd. 2025

This Simplified Chinese Translation is authorized for sale in the People's Republic of China (excluding Hong Kong, Macau and Taiwan) only. Unauthorized export of this Simplified Chinese Translation is a violation of the Copyright Act. No part of this publication may be reproduced or distributed by any means, or stored in a database or retrieval system, without the prior written permission of Cambridge University Press and China Ocean Press Co., Ltd.

Copies of this book sold without a Cambridge University Press sticker on the cover are unauthorized and illegal.

本书封面贴有 Cambridge University Press 防伪标签，无标签者不得销售。

责任编辑：苏　勤　黄新峰
责任印制：安　淼

海洋出版社 出版发行

http：//www.oceanpress.com.cn
北京市海淀区大慧寺路8号　邮编：100081
鸿博昊天科技有限公司印刷　新华书店北京发行所经销
2025年4月第1版　2025年4月第1次印刷
开本：710 mm×1000 mm　1/16　印张：26.25
字数：298千字　定价：98.00元
发行部：010-62100090　总编室：010-62100034

海洋版图书印、装错误可随时退换

《世界海洋文化与历史研究译丛》
编委会

主　编：王松林

副主编：段汉武　杨新亮　张　陟

编　委：（按姓氏拼音顺序排列）

程　文　段　波　段汉武　李洪琴

梁　虹　刘春慧　马　钊　王松林

王益莉　徐　燕　杨新亮　应　葳

张　陟

丛书总序

众所周知，地球表面积的71%被海洋覆盖，人类生命源自海洋，海洋孕育了人类文明，海洋与人类的关系一直以来备受科学家和人文社科研究者的关注。21世纪以来，在外国历史和文化研究领域兴起了一股"海洋转向"的热潮，这股热潮被学界称为"新海洋学"（New Thalassology）或曰"海洋人文研究"。海洋人文研究者从全球史和跨学科的角度对海洋与人类文明的关系进行了深度考察。本丛书萃取当代国外海洋人文研究领域的精华译介给国内读者。丛书先期推出10卷，后续将不断补充，形成更为完整的系列。

本丛书从天文、历史、地理、文化、文学、人类学、政治、经济、军事等多个角度考察海洋在人类历史进程中所起的作用，内容涉及太平洋、大西洋、印度洋、北冰洋、黑海、地中海的历史变迁及其与人类文明之间的关系。丛书以大量令人信服的史料全面描述了海洋与陆地及人类之间的互动关系，对世界海洋文明的形成进行了全面深入的剖析，揭示了从古至今的海上探险、海上贸易、海洋军事与政治、海洋文学与文化、宗教传播以及海洋流域的民族身份等各要素之间千丝万缕的内在关联。丛书突破了单一的天文学或地理学或海洋学的学科界限，从全球史和跨学科的角度将海洋置于人类历史、文化、文学、探险、经济乃至民族个性的形成等视域中加以系统考察，视野独到开阔，材料厚实新颖。丛书的创新性在于融科学性与人文性于一体：一方面依据大量最新研究成果和发掘的资料对海洋本身的变化进行客观科学的考究；另一方面则更多地从人类文明发展史微观和宏观相结合的角度对海洋与人类的关系给予充分的人文探究。丛书在书目的选择上充分考虑著作的权威性，注重研究成果的广泛性和代表性，同时顾及著作的学术性、科普性和可读性，有关大西洋、太平洋、印度洋、地中海、黑海等海域的文化和历史研究成果均纳入译介范围。

太平洋文化和历史研究是20世纪下半叶以来海洋人文研究的热点。大卫·阿米蒂奇（David Armitage）和艾利森·巴希福特（Alison Bashford）编的《太平洋历史：海洋、陆地与人》（*Pacific Histories: Ocean, Land, People*）是这一研究领域的力作，该书对太平洋及太平洋周边的陆地和人类文明进行了全方位的考察。编者邀请多位国际权威史学家和海洋人文研究者对太平洋区域的军事、经济、政治、文化、宗教、环境、法律、科学、民族身份等问题展开了多维度的论述，重点关注大洋洲区域各族群的历史与文化。西方学者对此书给予了高度评价，称之为"一部太平洋研究的编年史"。

印度洋历史和文化研究方面，米洛·卡尼（Milo Kearney）的《世界历史中的印度洋》（*The Indian Ocean in World History*）从海洋贸易及与之相关的文化和宗教传播等问题切入，多视角、多方位地阐述了印度洋在世界文明史中的重要作用。作者对早期印度洋贸易与阿拉伯文化的传播作了精辟的论述，并对16世纪以来海上列强（如葡萄牙和后来居上的英国）对印度洋这一亚太经济动脉的控制和帝国扩张得以成功的海上因素做了深入的分析。值得一提的是，作者考察了历代中国因素和北地中海因素对印度洋贸易的影响，并对"冷战"时代后的印度洋政治和经济格局做了展望。

黑海位于欧洲、中亚和近东三大文化区的交会处，在近东与欧洲社会文化交融以及欧亚早期城市化的进程中发挥着持续的、重要的作用。近年来，黑海研究一直是西方海洋史学研究的热点。玛利亚·伊万诺娃（Mariya Ivanova）的《黑海与欧洲、近东以及亚洲的早期文明》（The Black Sea and the Early Civilizations of Europe, the Near East and Asia）就是该研究领域的代表性成果。该书全面考察了史前黑海地区的状况，从考古学和人文地理学的角度剖析了由传统、政治与语言形成的人为的欧亚边界。作者依据大量考古数据和文献资料，把史前黑海置于全球历史语境的视域中加以描述，超越了单一地对物质文化的描述性阐释，重点探讨了黑海与欧洲、近东和亚洲在早期文明形成过程中呈现的复杂的历史问题。

把海洋的历史变迁与人类迁徙、人类身份、殖民主义、国家形象与民族性格等问题置于跨学科视野下予以考察是"新海洋学"研究的重要内容。邓肯·雷德福（Duncan Redford）的《海洋的历史与身份：现代世界的海洋与文化》（Maritime History and Identity: The Sea and Culture in the Modern World）就是这方面的代表性著作。该书探讨了海洋对个体、群体及国家文化特性形成过程的影响，侧重考察了商业航海与海军力量对民族身份的塑造产生的影响。作者以英国皇家海军为例，阐述了强大的英国海军如何塑造了其帝国身份，英国的文学、艺术又如何构建了航海家和海军的英雄形象。该书还考察了日本、意大利和德国等具有海上军事实力和悠久航海传统的国家的海洋历史与民族性格之间的关系。作者从海洋文化与国家身份的角度切入，角度新颖，开辟了史学研究的新领域，研究成果值得海洋史和海军史研究者借鉴。此外，伯恩哈德·克莱因（Bernhard Klein）和格萨·麦肯萨恩（Gesa Mackenthun）编的《海洋的变迁：历史化的海洋》（*Sea Changes*: *Historicizing the Ocean*）对海洋在人类历史变迁中的作用做了创新性的阐释。克莱因指出，海洋不仅是国际交往的通道，而且是值得深度文化研究的历史理据。该书借鉴历史学、人类学以及文化学和文学的研究方法，秉持动态的历史观和海洋观，深入阐述了海洋的历史化进程。编者摒弃了以历史时间顺序来编写的惯例，以问题为导向，相关论文聚焦某一海洋地理区域问题，从太平洋开篇，依次延续到大西洋。所选论文从不同的侧面反映真实的和具有象征意义的海洋变迁，体现人们对船舶、海洋及航海人的历史认知，强调不同海洋空间生成的具体文化模式，特别关注因海洋接触而产生的文化融合问题。该书融海洋研究、文化人类学研究、后殖民研究和文化研究等理论于一炉，持守辩证的历史观，深刻地阐述了"历史化的海洋"这一命题。

由大卫·坎纳丁（David Cannadine）编的《帝国、大海与全球史：1763—1840年前后不列颠的海洋世界》（*Empire*, *the*

Sea and Global History: *Britain's Maritime World*, *c. 1763–c. 1840*)就18世纪60年代到19世纪40年代的一系列英国与海洋相关的重大历史事件进行了考察，内容涉及英国海外殖民地的扩张与得失、英国的海军力量、大英帝国的形成及其身份认同、天文测量与帝国的关系等；此外，还涉及从亚洲到欧洲的奢侈品贸易、海事网络与知识的形成、黑人在英国海洋世界的境遇以及帝国中的性别等问题。可以说，这一时期的大海成为连结英国与世界的纽带，也是英国走向强盛的通道。该书收录的8篇论文均以海洋为线索对上述复杂的历史现象进行探讨，视野独特新颖。

　　海洋文学是海洋文化的重要组成部分，也是海洋历史的生动表现，欧美文学有着鲜明的海洋特征。从古至今，欧美文学作品中有大量的海洋书写，海洋的流动性和空间性从地理上为欧美海洋文学的产生和发展提供了诸种可能，欧美海洋文学体现的欧美沿海国家悠久的海洋精神成为欧美文化共同体的重要纽带。地中海时代涌现了以古希腊、古罗马为代表的"地中海文明"和"地中海繁荣"，从而产生了欧洲的文艺复兴运动。随着早期地中海沿岸地区资本主义萌芽的兴起和航海及造船技术的进步，欧洲冒险家开始开辟新航线，发现了新大陆，相关的海上历险书写成为后人了解该时代人与大海互动的重要文献。之后，海上贸易由地中海转移至大西洋，带动大西洋沿岸地区的文学和文化的发展。一方面，海洋带给欧洲空前的物质繁荣，为工业革命的到来创造了充分的条件；另一方面，海洋铸就了沿海国家的民族性格，促进了不同民族的文学与文化之间的交流，文学思想得以交汇、碰撞和繁荣。可以说，"大西洋文明"和"大西洋繁荣"在海洋文学中得到了充分的体现，海洋文学也在很大程度上反映了沿海各国的民族性格乃至国家形象。

希腊文化和文学研究从来都是海洋文化研究的重要组成部分，希腊神话和《荷马史诗》是西方海洋文学研究不可或缺的内容。玛丽-克莱尔·博利厄（Marie-Claire Beaulieu）的专著《希腊想象中的海洋》（The Sea in the Greek Imagination）堪称该研究领域的一部奇书。作者把海洋放置在神界、凡界和冥界三个不同的宇宙空间的边界来考察希腊神话和想象中各种各样的海洋表征和海上航行。从海豚骑士到狄俄尼索斯、从少女到人鱼，博利厄着重挖掘了海洋在希腊神话中的角色和地位，论证详尽深入，结论令人耳目一新。西方学者对此书给予了高度评价，称其研究方法"奇妙"，研究视角"令人惊异"。在"一带一路"和"海上丝路"的语境下，中国的海洋文学与文化研究应该可以从博利厄的研究视角中得到有益的启示。把中外神话与民间传说中的海洋想象进行比照和互鉴，可以重新发现海洋在民族想象、民族文化乃至世界政治版图中所起的重要作用。

在研究海洋文学、海洋文化和海洋历史之间的关系方面，菲利普·爱德华兹（Philip Edwards）的《航行的故事：18世纪英格兰的航海叙事》（The Story of the Voyage: Sea-narratives in Eighteenth-century England）是一部重要著作。该书以英国海洋帝国的扩张竞争为背景，根据史料和文学作品的记叙对18世纪的英国海洋叙事进行了研究，内容涉及威廉·丹皮尔的航海经历、库克船长及布莱船长和"邦蒂"（Bounty）号的海上历险、海上奴隶贸易、乘客叙事、水手自传，等等。作者从航海叙事的视角，揭示了 18 世纪英国海外殖民与扩张过程中鲜为人知的一面。此外，约翰·佩克（John Peck）的《海洋小说：英美小说中的水手与大海，1719—1917》（*Maritime Fiction: Sailors and the Sea in British and American Novels, 1719-1917*）是英美海洋文学研究中一部较系统地讨论英美小说中海洋与民族身份之间关系的力作。该书研究了从笛福到康拉德时代的海洋小说的文化意义，内容涉及简·奥斯丁笔下的水手、马里亚特笔下的海军军官、狄更斯笔下的大海、维多利亚中期的海洋小说、约瑟夫·康拉德的海洋小说以及美国海洋小说家詹姆士·库柏、赫尔曼·麦尔维尔等的海洋书写。这是一部研究英美海洋文学与文化关系的必读参考书。

　　海洋参与了人类文明的现代化进程，推动了世界经济和贸易的发展。但是，人类对海洋的过度开发和利用也给海洋生态带来了破坏，这一问题早已引起国际社会和学术界的关注。英国约克大学著名的海洋环保与生物学家卡勒姆·罗伯茨（Callum Roberts）的《生命的海洋：人与海的命运》（*The Ocean of Life: The Fate of Man and the Sea*）一书探讨了人与海洋的关系，详细描述了海洋的自然历史，引导读者感受海洋环境的变迁，警示读者海洋环境问题的严峻性。罗伯茨对海洋环境问题的思考发人深省，但他对海洋的未来始终保持乐观的态度。该书以通俗的科普形式将石化燃料的应用、气候变化、海平面上升以及海洋酸化、过度捕捞、毒化产品、排污和化肥污染等要素对环境的影响进行了详细剖析，并提出了阻止海洋环境恶化的对策，号召大家行动起来，拯救我们赖以生存的海洋。可以说，该书是一部海洋生态警示录，它让读者清晰地看到海洋所面临的问题，意识到海洋危机问题的严重性；同时，它也是一份呼吁国际社会共同保护海洋的倡议书。

古希腊政治家、军事家地米斯托克利（Themistocles，公元前524年至公元前460年）很早就预言：谁控制了海洋，谁就控制了一切。21世纪是海洋的世纪，海洋更是成为人类生存、发展与拓展的重要空间。党的十八大报告明确提出"建设海洋强国"的方略，十九大报告进一步提出要"加快建设海洋强国"。一般认为，海洋强国是指在开发海洋、利用海洋、保护海洋、管控海洋方面拥有强大综合实力的国家。我们认为，"海洋强国"的另一重要内涵是指拥有包括海权意识在内的强大海洋意识以及为传播海洋意识应该具备的丰厚海洋文化和历史知识。

本丛书由宁波大学世界海洋文学与文化研究中心团队成员协同翻译。我们译介本丛书的一个重要目的，就是希望国内从事海洋人文研究的学者能借鉴国外的研究成果，进一步提高国人的海洋意识，为实现我国的"海洋强国"梦做出贡献。

王松林

于宁波大学

2025年1月

前　言

感谢哈克卢特学会（the Hakluyt Society），该学会的出版物对本书不可或缺。感谢曾经与现在的诸位编辑，感谢学会允许我使用相关材料。感谢比格尔霍尔先生（Mr. T. Beaglehole）允许我使用 J. C. 比格尔霍尔编辑的库克日志。日志由哈克卢特学会出版。

对于本书使用的其他材料，我要感谢密歇根大学克莱门茨图书馆的约翰·C. 丹恩博士（Dr. John C. Dann）允许我使用雅各布·内格尔（Jacob Nagle）的日记。艾普沃斯出版社的格雷厄姆·斯莱特（Graham Slater）先生允许我使用约翰·牛顿（John Newton）的日志。殖民地威廉斯堡基金会允许我使用约翰·哈罗尔（John Harrower）的日志。劳特利奇出版社允许我使用尼古拉斯·欧文（Nicholas Owen）的日志。真理旗帜出版基金允许我使用乔治·怀特菲尔德（George Whitefield）的日志。牛津大学出版社允许我使用伊丽莎白·温（Elizabeth Wynne）的日记。约瑟夫·班克斯（Joseph Banks）的日志引文出自新南威尔士州立图书馆1962年的版本，编者是 J. C. 比格尔霍尔。

本书引用的 18 世纪出版物均使用原始版本，只有当原始版本无法获取时，我才使用第二版。引用来源参见脚注，书名采用简写，全称可在参考文献中找到。

本书有大量的船名。遵循我上一本书《最后的航行》(*Last Voyages*)的惯例，没有使用斜体字表示船名。① 在我看来，使用斜体字印刷船名的做法源自 18 世纪的风气。其时，所有的专有名词均以斜体印刷。以斜体表示书名，是因为书名容易与旁边的文字混淆，但我们不会用斜体书写地名或人名。船名是像地名、人名，还是书名？我认为更像地名和人名。

本书绝大部分写作工作是在大不列颠图书馆、伦敦图书馆和利物浦大学图书馆进行的。我要感谢以上机构工作人员对我的帮助，特别是利物浦大学图书馆特藏部的凯蒂·胡珀（Katy Hooper）。我要感谢坎布里亚图书馆的约翰·史密斯（John Smith），怀特黑文博物馆的哈里·范西（Harry Fancy），谢谢他们帮我找到了约翰·罗奇（John Roach）的材料。我要感谢同事保罗·海尔（Paul Hair），感谢苏格兰国家图书馆的玛格丽特·威尔克斯（Margaret Wilkes），感谢他们答复我的询问。英国国家学术院给了我经费，帮助我在伦敦的图书馆开展工作。

---

① 原书船名为正体，考虑出版惯例和丛书统一性，本书船名为斜体。——编者注

前　言

　　我还要感谢新西兰的奥塔格大学，我曾在 1980 年到此访学。在讲授莎士比亚的间隙，我开始了对 18 世纪航海叙事的研究。最后，我要最热诚地感谢霍华德·厄斯金－希尔（Howard Erskine-Hill），是他鼓励我写了这本书，并在数次我需要帮助的时候给了我宝贵的支持。

菲利普·爱德华兹
写于肯德尔
1993 年 8 月

目 录

第一章　导　论 …………………………………………（1）

第一部分

第二章　威廉·丹皮尔 ……………………………………（26）

第二部分

第三章　一只郁郁寡欢的黑色信天翁 …………………（76）

第四章　"韦杰"号的船难 ………………………………（86）

第五章　霍克斯沃思博士在海上 ………………………（136）

第六章　库克与福斯特父子 ……………………………（175）

第七章　弗莱彻·克里斯琴的沉默 ……………………（214）

第三部分

第八章 奴隶贸易……………………………………（244）

第九章 乘 客………………………………………（286）

第十章 自 传………………………………………（323）

第十一章 不幸的人…………………………………（353）

第十二章 结 语……………………………………（382）

参考文献………………………………………………（393）

第一章 导 论

自有文字伊始,航海与旅行故事便在各个时代受到公众欢迎。即便如此,也从未达到当下这般的热度。整个岛国之上,航海与旅行故事被人尽力搜集,竞相传阅,有学问与教养的人士如此,粗鲁与无知之辈亦是如此。

这番开场白出自《驶向好望角的一次航程》(A Voyage to the Cape of Good Hope)(1785年)一书的英文版前言。作者是瑞典自然学家安德斯·斯帕曼(Anders Sparrman),曾参加过库克船长的第二次航行。斯帕曼(或许是他的英语译者)正确指出了航海叙事在18世纪风靡各个阶层的事实。大英图书馆藏有许多装帧考究的航海叙事作品,敬献给国王乔治三世。[①]查特斯沃思庄园的私人图书馆中,性情古怪但喜好科学的富人亨利·卡文迪什(Henry Cavendish,1731—1810年)收集了大量记录全球航海的书籍。与此同时,朴次茅斯、怀特黑文和纽卡斯尔等港城的公立图书馆中,藏有大量纸质与印刷颇

[①] 比如说菲普斯(C. J. Phipps)的《驶向北极的一次航程》(A Voyage Towards the North Pole)(1774年)一书插图考究,便是献给国王的。

为低劣的类似书籍。当地商人的图书征订目录上，列出的是当地海员的生平与冒险故事，销售主要依靠作者本人挨家挨户亲自叫卖。征订目录上的订户名证实了航海故事拥有广大的读者。

约翰·坎贝尔(John Campbell)在1744年写道："纵使不如更为高雅的文学作品，航海与旅行书籍大受欢迎也自有道理。它们能提供特殊的快乐，能促进进步。"[①]航海文学并非18世纪新出现的文学类型。早在1589年，理查德·哈克卢特(Richard Hakluyt)便编辑出版了《英国民族重大的航海、航行、旅行与发现》(*The Principal Navigations, Voyages, and Discoveries of the English Nation*)一书，收录更全的第二版，出现在17世纪初期。这本记录英国航海尝试的书中，固然有许多可怕的失败与灾难，但是，其目的与其说是对过去历史的回顾，倒不如说是为了英格兰未来的海上扩张书写序言。塞缪尔·珀切斯(Samuel Purchas)编有卷帙浩繁的《珀切斯的朝圣》(*Purchas His Pilgrims*)(1625年)一书。它虽是哈克卢特航海叙事的延续，却少有政治的锋芒，而是自觉地将读者群定位为愿意待在家中的那些人。无论是书写海上还是陆上的旅行文学，在17世纪早期均不少见，这方面有托马斯·科里亚特(Thomas Coryate)、法因斯·莫里森(Fynes Moryson)和乔治·桑兹(George Sandys)等人的作品可以证实。经历了17世

---

① 约翰·哈里斯(John Harris)，《航行大全》(*Navigantium atque Itinerantium Bibliotheca*)，前言。

纪中期的减少之后，到 17 世纪末期，以特殊事件的发生为契机，旅行文学又以新的面貌出现了。可以以 1694 年皇家学会出版的《最近几次驶往南方和北方的航行与发现记录》(*An Account of Several Late Voyages and Discoveries to the South and North*)作为新纪元的标志。此书由约翰·纳伯勒(John Narborough)爵士等所著，坦克雷德·罗宾逊(Tancred Robinson)书写了热情洋溢的序言。但是，考虑到大众读者，新纪元应该划在 1697 年，即丹皮尔(Dampier)的《环绕世界的新航行》(*New Voyage Round the World*)大受欢迎的年份。在本书第二章中，我会详细描述这个奇特的酝酿期。正是在此期间，原本缺少教育，也少有出版经验的冒险家，会逐步把航海过程中数量浩大的记录，转变成一本契合时代需要且引人入胜人人想读的书。接下来的 18 世纪，无论是科学家、探险家和诗人，还是数量更为庞大的普通读者，都知道了丹皮尔。

多少本书的书名里有"voyage"（航行、航海）一词？大英图书馆"18 世纪书名检索系统"的电子目录中有 1314 个条目，有些是重印本，有些是再版，还要考虑其他不以"航行"为关键词的出版物，比如各种各样的杂志、叙事、法庭证词、观测报告和历史记述等。或许 2000 本是 18 世纪出版的航海叙事的合理估计。现在看来，哈克卢特的期盼与珀切斯的冲动都成真了。在整个 18 世纪，英国船只驶遍全球，创造、发展和维系了一个海外帝国。英国不断获得或失去领土，不断探索、征战，不断运输货物与人员，包括士兵、官员、新娘、旅行者、契约奴与罪犯。帝国构建的过程伴随着激烈竞争。18世纪的大半时间内，不列颠都在打仗，对手各有不同，西班牙一直是不列颠的敌人，法国是与不列颠争夺世界霸权的真正对手。

在英国国内，大众迫切地想要了解不列颠在全球的不断扩张，了解帝国对新旧土地的占有。对航海叙事的需求总是旺盛，需要更多的文字来满足，这导致了许多虚构作品的诞生。其他国家的情况也类似。英语的航海叙事被迅速译成法语、德语或荷兰语，英语读者也急切地阅读从其他列强的语言翻译来的叙事。J. R. 福斯特（J. R. Forster）是德国人。他将布干维尔（Bougainville）的法语叙事翻译成英语。翻译不仅为什罗普郡的读者带来便利，同时也是战争中的武器。1772年的福斯特，全身心地为英国霸权事业付出。他的翻译中，对法国多用嘲讽之语，对英国多用溢美之词。苏格兰文人约翰·卡兰德（John Callander）来了一次更大胆的剽窃。他直接盗用法国人查尔斯·德·布罗斯（Charles de Brosses）的《南方航海探索史》（*Histoire des navigations aux terres australes*）（1756年），更名为《南部地方的知识》（*Terra Australis Cognita*）（1766—1768年），将法国人对南部大洋的宣传改成了英国人的宣传，称英国的探索有助于"提升英国的商业利益，扩张英国的海军实力"。

除个人写作的航海叙事之外，还出现了出版航海叙事选本的完整产业，各种多卷本的航海叙事进入了乔治王朝时期的家家户户。有些选本经过精挑细选，翻译和编辑都不错，还附有相应的介绍文章，对地理与历史知识做了贡献。有些选本是寄生虫，以别人的著述为底本，删删改改便问世了(G. R. 克龙和 R. A. 斯凯尔顿对此有极好的研究，其成果发表于 1946 年①)。其中值得一提的有：A. J. 丘吉尔(A. J. Churchill)的《航海与旅行辑录》(Collection of Voyages and Travels)(1704 年)；约翰·哈里斯(John Harris)的《航行大全》(Navigantium atque Itinerantium Bibliotheca)(1705 年)，后经约翰·坎贝尔(John Campbell)修订；托马斯·阿斯特利(Thomas Astley)的《新的航海与旅行大全》(New General Collection of Voyages and Travels)(1745—1747 年)；托比亚斯·斯摩莱特(Tobias Smollett)的《真实与有趣的航海概要》(Compendium of Authentic and Entertaining Voyages)(1756 年)；亚历山大·达尔林普尔(Alexander Dalrymple)的《南太平洋的航海与旅行的历史辑录》(Historical Collection of the Several Voyages and Discoveries in the South Pacific Ocean)(1770—1771 年)；詹姆斯·伯尼(James Burney)的《南海或太平洋地区发现的编年史》(Chronological History of the Discoveries in the South Sea or Pacific Ocean)(1803—1817 年)；约翰·平克顿(John Pinkerton)的《最好与最有趣的航海与旅行大全》(General Collection of the Best and Most Interesting Voyages and Travels)(1808—1814 年)。

---

① 克龙(G. R. Crone)和斯凯尔顿(R. A. Skelton)，《英语航海与旅行文集》(English Collections of Voyages and Travels)。

早在1710年，沙夫茨伯里伯爵便讽刺说，航海叙事是"塞满图书馆的主要材料……对于我们这个时代，犹如骑士文学对于我们祖辈一般"①。的确，航海叙事对于18世纪的想象力而言，正如骑士文学对于16世纪一般。如果说早期影响可通过阿里欧斯托（Ariosto）和斯宾塞的史诗判断，晚期影响则可从笛福与斯威夫特的小说以及考珀（Cowper）与柯勒律治的诗歌中看到。即便没有受到航海叙事的直接影响，许多作家也承认航海叙事或多或少地影响到了他们的想象力。谢尔沃克（Shelvocke）射杀信天翁的记叙（参见本书第三章）进入了华兹华斯的视野，而华兹华斯给正为老水手寻找受难理由的柯勒律治提了建议。②考珀《被遗弃的人》（The Castaway）是18世纪作家与航海叙事之间关系的最佳例证。另一明显例证是他在《任务》（The Task）一诗中，提及航海人会在"回航之后，将苦苦寻求的蜂蜜播撒"：

他旅行，我也旅行。我踩上过他的甲板，
登上过他的中桅，透过他凝视的眼睛
发现不同的民族，以一颗亲近的心灵，
承受他的痛苦，分担他的出行；

---

① "对作者的建议"，引自弗朗茨（Frantz）《英国的旅行家》（The English Traveller），第8页，也见于第139—140页。

② 洛斯（Lowes），《通往上都之路》（The Road to Xanadu）第206页；参见霍姆斯（R. Holmes），《柯勒律治：早期幻象》（Coleridge: Early Visions），伦敦，1989年，第171—172页。

第一章 导论

幻想，犹如钟表的指针，

历经伟大循环，心却总在家中。

《任务》，第四卷，第112-119行

本书谈及的航海叙事，无论是长度、文体、格式、可信度、动机与意图、语调或是心态，都各不相同。叙事作者从将军、伯爵到被强征入伍的受害者，也各不相同。航海叙事少有女性作者，但我会讨论安娜·玛利亚·福尔肯布里奇（Anna Maria Falconbridge）、珍妮特·肖（Janet Schaw）和玛丽·沃斯通克拉夫特（Mary Wollstonecraft）的充满生气的女性作品（船上世界大体属于男性，但海上依然有不少女性，她们常常会记日记，但不是为了出版写作）。尽管它们各有不同，但这些叙事依然有共同之处：它们都发生在船上。从狭义上看，航行（voyage）指的是海上航行，即我关注的船长、船员、乘客或是囚犯等在海船上的经历。当然，陆地也会出现，时而是港口，时而是危险之地，时而由航海探险者、遭遇海难的人、贸易商以及奴隶贩子描述。但是，陆地上的旅行不在本书的讨论范围之内。

即使有限定，我的研究内容依然广阔繁杂，拣选和删减必不可少。比如说，我很少提到库克船长的第三次航行，很少提到寻找西北航道（the north-west passage）的航行，也很少提到达连（the Darien）殖民地的航行，关于太平洋的内容远远多于东印度群岛。每一章节会讨论一组相关写作。我将尽力展现一组庞大文本中的不同方面,其中有些内容已经广为人知,比如库克或是布莱(Bligh)的经历,有些内容人们或有耳闻,有些内容则完全不为人知。是否能得到相关文本,是一个重要问题。即便是广为人知的事,我也会惊讶地发现,最初的版本存世极少,也很难看到了。关于库克、布莱和悉尼植物学湾的二手书成百上千,最原始的记录却不易找到,即便是最标准的转录本,也有随意之处。我讨论的最有趣和最重要的作品之一是乔治·福斯特的《环球航行》(*A Voyage Round the World*)(1777年)。此书从未重印过,只有一个不错的民主德国藏本,但它既不在当地书店售卖,也不在公共图书馆里供人借阅。

本书重在描述,通过例证说明,曾有一个流行过的庞大文类,现已淡出人们的视野了。对我而言,这些内容依然有趣,有活力。我讲求实际、经验与探索的重要性。我要收集、整理、比较与展现。我的方法是培根式的,而非笛卡尔式的。我理解培根对于召唤偶像且给予不存在的事物以对称和模式的警告。[①] 不同类型的作品会有相同的特点,但我希望展现的不是话语的一致,而是个性、多样性与差异性。距离理论化已知材料还需时日。

本书分为三部分。第一部分献给"奠基者"威廉·丹皮尔

[①] 弗朗西斯·培根,《新工具》(*Novum Organum*),第一卷,第38-68页,载罗伯森(J. M. Robertson)主编《哲学著作》(*Philosophical Works*),伦敦:1905年,第263-274页。

以及莱昂内尔·韦弗(Lionel Wafer)和伍兹·罗杰斯(Woodes Rogers)之中与丹皮尔相关的内容。最长的第二部分讨论了1726—1798年的太平洋叙事，始于谢尔沃克，终于温哥华(Vancouver)。这部分包括18世纪最著名的三次航行：安森(Anson)的、库克的和布莱的。安森的一章主要写"韦杰"(*Wager*)号船难引发的叙事。"韦杰"号是安森船长的供给船。这一章看上去太长、太详细，甚至不合比例。但是，这次船难引发了一系列自相矛盾的记叙，既有趣，又是航海叙事难得的例证，却从未被充分讨论过。在库克和布莱的部分，我的目的并非重述他们的航海故事，而是讨论航海叙事的写作问题。

第三部分将注意力从航海活动转到文献梳理，共四个题目。第一个题目是"奴隶贸易"，讨论约翰·牛顿(John Newton)从奴隶贩子到圣歌作者的转变。接下来，第二个题目我会讨论乘客写作的航海叙事，中心是亨利·菲尔丁(Henry Fielding)。菲尔丁把他去里斯本的航程写成了跨过冥河的经历。第三个题目处理海员自传。第四个题目，也是最忧郁的章节，我讨论被押解的囚犯、契约奴和船难水手的故事。第三部分讨论了一些不同作者，多少显得有点零碎。

结尾一章我想解释这个巨大且多样的文学类型的重要性。航海叙事要比18世纪虚构旅行(travel fiction)更重要。关于虚构旅行我能说的不多，尽管真实与虚构的问题会时不时浮出表面，比如在韦弗、尤灵(Uring)和沃克(Walker)的讲述之中。我也讨论了罗伯特·德鲁里（Robert Drury）的叙事，他的作品有时看上去像是虚构的，但我觉得他说的是真的。

纵观全书，我的焦点先放在真实经历如何变成文字上，又放在文字付梓一刻发生的突变上。真实经历只能由推断得出，无法被全然知晓。从经历同一旅程的不同人手中得到如范式般理想的日志、手稿与印刷文稿，几乎不可能。不过，正是在作者、世界和作品之间无法消解却又并不稳定的联系主导了本书的写作。这一点，我将在结论处详加讨论。

探索这种写作本质的核心问题是，写作的动机与目标到底是什么。很明显，对于许多作者而言，主要的、有时是唯一的动机便是金钱。即便如此，依然有巨大的差异。本书讨论的许多作者不名一文，他们希望卖出故事以求生存，比如罗奇（Roach）、巴克（Barker）、威尔士（Wills）、贾斯蒂斯（Justice）和帕克（Parker）。对于金钱要求并不迫切的人，出版可以增加收入，尤其是在霍克斯沃思（Hawkesworth）将航海叙事的价码提到6000英镑之后。

另一个主要动机是将航海叙事当成证词或辩护词，以求平反或救济（赔偿），比如威廉·布莱（William Bligh）为自己塑造的公正形象，亚历山大·坎贝尔（Alexander Campbell）对海军部撤职命令的上诉，约翰·迪安（John Dean）反驳关于食人行为的指控，乔治·谢尔沃克对于所有人的抗议等。出版航海叙事可以是为了求得提拔或找到工作，比如科尔内特（Colnett），还可以是为贸易计划争取公众与私人的支持，比如在米尔斯(Meares)的例子中。

另外,科学的动机可以与更个人化的目标纠结在一起,比如在约翰·莱因霍尔德·福斯特(Johann Reinhold Forster)的例子中。福斯特是库克船长第二次航行中遭人怨恨的科学家。在1778年献给皇家学会(他自己是成员)的《观察报告》(Observations)中,福斯特明确讲述了航行的目的:

> 我的目标是最大范围地观察自然,观察地球、大海、空气和生物,特别是与我们同属一类的造物。

对于福斯特而言,出版极端重要,既意味着金钱,也意味着事业的进展。第五章讲述一个悲惨的故事,福斯特和库克激烈辩论,论证谁更有权出版航行的权威记叙。从争执中既能看到权利的重要,又能看到围绕探险记录出版的巨大混乱。

在所有海军部赞助的航程中,舰长必须把记叙、航行记录与日志交给海军部。舰长得到指示,必须在航程结束之时,收缴船上所有军官与成员的日志与记录。指示尽管缺乏效力,却自有缘由,目的是防止非官方的航行记录泄露敏感的政治信息。当然,官方也没有强令阻止有人出版未经授权的记录。那么,官方授权出版物的本质与目的是什么?

听起来令人难以置信。海军大臣桑威奇伯爵(Lord Sandwich)有一次在奥福德爵士(Lord Orford)家中闲聊时,提到了库克的第一次探险，随口说了一句想找人"写写那次航行"；接着，他便接受了对方推荐的霍克斯沃思博士。桑威奇不仅把库克的材料给了霍克斯沃思，还把拜伦（Byron）、沃利斯（Wallis）和卡特里特（Carteret）等人的材料一并给了他。在没有得到任何指示的情况下，霍克斯沃思认为自己可以任意组织和改写这些材料。很晚之后，才有人告诉霍克斯沃思，必须把所有航行信息纳入写作中。此时，霍克斯沃思早将自己认为不重要的部分扔到一边去了。

航海叙事是为了娱乐和启迪大众，还是为了提供科学和技术信息，官方出版物的目的含糊不清。不仅如此，所有主要的航海叙事都有类似问题，在科学的要求与大众读者的需要之间有所分歧，难以平衡。18世纪之初丹皮尔的叙事中有这样的问题，到了18世纪末的米尔斯那里，问题依然存在。

从另一方面讲，航海叙事常常有一种高尚的理念，要为国际的科学发展做出贡献。航海叙事不仅要增加对于少为人知的地区与海域的了解，比如民族、植被、地形、气候方面的知识，还要增加关于港口、洋流、风向、登陆点的知识，以便增加并扩大人类知识的边界。当然，这一切可能是无私的，但却是为爱国的目的服务的，而所有的发现都会归于民族的荣耀，比如本书会提到的班克斯，他要抢在法国人前面出版航海叙事。当然，所有官方赞助的航程均将贸易与垦殖设定为主要目标。

交给皇家学会的航海观察报告非常重要，这点没有争议。

第一章　导　论

诸如约瑟夫·班克斯和亨利·卡文迪什这样的富人，会购买每一本重要的航海叙事，作为下一次航行的参考。我们会看到，奇普船长（Captain Cheap）、见习军官拜伦和枪炮手巴尔克利（Bulkeley）会仔细研究纳伯勒（Narborough）在巴塔哥尼亚海岸遭遇船难的记录。奉命驾驶"响尾蛇"（*Rattler*）号赴南海探险的詹姆斯·科尔内特（James Colnett），会到伦敦的书商处购买"以往航行的各种记录"。

但是，科学家、航海家、商人和政治家毕竟数量有限，是大量普通读者的购买令出版航海叙事有利可图。那么，普通读者到底需要什么，是每一个作者需要着重考虑的问题。本书着重讨论了这一问题。在本书涉及的范围内，有两个人算是例外，其一是福斯特父子，他们写的是纯科学的出版物；其二是乔治·温哥华，他的叙事看起来并不打算娱乐任何人。没有一个航海作家能够解决好"一仆二主"的问题，即如何在提供科学信息与娱乐普通大众之间搞好平衡。第二章详细讨论了丹皮尔，他出现了明显的痛苦与犹豫。时至18世纪末期，亚瑟·扬（Arthur Young）便对旅行作家们无法平衡好讲故事和做观察表示了不满。[①]

航行者在写作目标与公众需要之间的犹豫不定给了笛福可乘之机。在1725年出版的《环游世界的新航行》（*New Voyage Round the World*）的前言中，笛福冷静地梳理了以往的

---

① 巴腾（Batten），《愉快的指导》（*Pleasurable Instruction*），第32—33页。

13

航行的故事：18世纪英格兰的航海叙事

航海叙事，"令人生厌的航海日志，每天行驶多少里格①，哪里有怎样的风，令人厌倦……"水手们不知道如何利用自己的故事，比如"他们是否与原住民或欧洲的敌人有过争端"，"对于那些从没有打算出海的人"而言，水手的叙事"几乎根本没有任何用处"。② 于是，笛福有了一展身手的机会。当然，笛福不会告诉读者，他的环球航行全然是虚构的。

斯摩莱特则更为公允，他把真实航行中的技术细节全都删除，并改进了剩下的内容。在1756年航海记录的前言中，斯摩莱特指出以往的航海记录往往是：

> 充满了干巴巴的方位与距离、海潮与洋流、指南针的变化、风压差、风向与天气、水深、抛锚和其他航海的术语，只有那些领航员和海员才能不觉得乏味。我们的目标是清理干净这种垃圾……我们不仅删除了那些额外的东西，而且努力打磨文风，强化事件之间的联系，在看起来无趣的地方使叙事更加生动。③

与笛福不同，斯摩莱特的确出过海，而且把他作为海军军

---

① 1里格=3.18海里。
② 笛福（Defoe），《环游世界的新航行》（*New Voyage Round the World*），第2-3页。
③ 引自克龙（G. R. Crone）和斯凯尔顿（R. A. Skelton），《英语航海与旅行文集》（*English Collections of voyages and travels*），第110-111页。

医助理的经历写入了《蓝登传》(*Roderick Random*)(1748年)。

在分析18世纪航海叙事时,叙事的真实性(authenticity)始终是一个重要问题。我质疑了以往广为接受的"韦杰"号的真实性,也提出对库克第二次航行叙事之"不真实"的看法需要重新讨论。研究笛福的学者会关注罗伯特·德鲁里(Robert Drury)的叙事,有人认为他是笛福的另一个化名,但我认为他是一个真实的人物。在本书的某处我可能被骗,假若如此,笛福难辞其咎。

总体而言,真实性比起谁是真正的作者这一问题来,还不那么令人烦恼。在我看来,有些叙事人是纯粹虚构出来的,比如乔治·沃克(George Walker)的生平故事应该是一部自传,是格拉布街(Grub-Street)的代笔文人所为,但这本书却把作者打扮成了沃克手下的军官。有些时候,文人代笔的航海叙事会得到承认,比如,约翰·尼科尔(John Nicol)的故事是由约翰·豪厄尔(John Howell)代笔写成的。在后记中,豪厄尔以首字母缩写的方式表现了自己的存在。即使代笔人没有藏身,也常以匿名的方式出现。比如,本书关于马拉(Marra)和罗奇(Roach)的部分。詹姆斯·多尔顿(James Dalton)的冒险有时令人毛骨悚然,有时令人难以置信,却是"他在新门监狱中亲口说出的"。绝大多数情况下,代笔都不会有人承认,只能依靠推断得知。

本书讨论的大多数作者都要在别人的帮助下写作。丹皮尔并不否认这一点,但他极力驳斥那些认为他不是自己作品的作者的指控。库克对自己能否写作也信心不足，但是，看到霍克斯沃思用自己的材料写了自己的第一次航程之后，他决定要亲自跳入竞技场中。库克的直接目标是绕过福斯特，接着，《一次驶向南极与环绕世界的航行》（A Voyage Towards the South Pole and Round the World）问世了，"由詹姆斯·库克所著"。在书的前言中，库克恳请读者原谅"出自本人的文字"的缺乏雕琢。库克认为"直率和忠实"能够"平衡雕饰的缺乏"。当库克准备第三次行程时，他把自己的书"交到了一些朋友手中"，因为这些朋友"接受了修改我的书的任务"。[1] 库克没有提及，整个写作是坎农·约翰·道格拉斯（Canon John Douglas）完成的。布莱的《驶向南海的航程》（Voyage to the South Seas）是约瑟夫·班克斯和詹姆斯·伯尼（James Burney）写的；布莱此时正行驶在收获丰硕的第二次航海冒险途中。有人认为《环球航行》（A Voyage Round the World）是J. R. 福斯特与其子乔治·福斯特合作的，也有人认为是乔治一人完成的。如何将两人的工作区分开，同样既困难又复杂。

　　本书中的航海叙事是否真实，我将在结论部分总结。读者会看到，所有的航海叙事都是为作者自己服务的。我们将看到每一个航海叙事的发展过程，将看到每一部航海叙事是如何被不断调整、挤压与修正的。本书的例外只有伊丽莎白·贾斯蒂斯（Elizabeth Justice）和罗杰·普尔（Roger Poole）

---

[1] 库克，《驶向南极的航程》（A Voyage Towards the South Pole），第一卷，xxxvi。

两人。他们要么是太诚实，要么是太缺乏技巧。从比较容易得到原谅的库克的改进，到谢尔沃克令人窒息的歪曲，航海叙事被人不断修改。人们以为航海叙事的作者只是一群充满男子气的粗野水手。他们拉扯缆绳的手不适合握笔写作，他们最多是以简单、自觉而真诚的方式回忆自己。其实，航海叙事比这个有趣得多。航海叙事的方式迂回曲折，不断卷入真实，不断尝试把握自己认定的真实。

我讨论的航海叙事几乎全以散文体写成。詹姆斯·雷维尔（James Revel）和罗伯特·巴克（Robert Barker）想要以韵文来讲故事，约翰·哈罗尔在他孤独的日记中，会常有押韵的句子。在 C. H. 弗思（C. H. Firth）于 1908 年为海军历史学会（the Navy Record Society）编辑的《海军歌曲与民谣》（*Naval Songs and Ballads*）一书中，可以看到一两次想要用韵文讲故事的痛苦尝试，比如"驳船夫徒弟预付工钱与派往大海"和"格陵兰的男人"。[①]还有一位名叫 R. 理查森（R. Richardson）的海员，将沃利斯（Wallis）的航程改写成了《以诗体散文写作的"海豚"号日志》（*The Dolphin's Journal Epitomized in a Poetical Essay*）。本书讨论的唯一诗歌是詹姆斯·菲尔德·斯坦菲尔德（James Field Stanfield）略显尴尬的尝试。此人想把自己在奴隶船上的经验写成一首史诗。不过，幸好还有一位威廉·福尔克纳（William Falconer）值得我们致敬。他不仅把海

---

① 弗思，《海军歌曲与民谣》，第 201–202 页，第 249–252 页。

上的事件写成了诗，还采用了不少航海词汇。1762年，福尔克纳的《船难》(*The Shipwreck*)一诗首次发表，之后历经了多次修正与再版。

福尔克纳生于1732年，是一位爱丁堡理发师的儿子。孩提时代，他便随船出海，先后在商船和军舰上干过。1750年，福尔克纳在地中海海域遭遇过船难。福尔克纳先后做过海军候补军官和事务长，婚姻也称心。他编了一部《航海大词典》(1769年)。1769年他乘坐的"极光"(*Aurora*)号在好望角附近海域遭遇船难，从此下落不明。

福尔克纳说他写诗的目的是：

> 从悄无声息的遗忘中，重现过往；
> 为史诗续新篇，赋无名以声望。

故事是关于不列颠尼亚的。她正从威尼斯途经克里特岛返回英格兰的途中。长诗的第一章描写船长阿尔伯特（"被绑缚在沉重的船桨上"），人群之中的佩尔蒙深深爱上了船长的女儿，却没被接受。第二章与之形成了鲜明对比，福尔克纳描写了如何在风暴之中驾驶船只：

> 阿尔伯特于迎风处下达了命令，
> 海员们站在滑车旁，奋力拉扯——
> 希望能顺利地抢风转向，但

帆却垂在了高耸的桅杆之间
船员们面对困境，做好准备
"让我们放飞船帆"——他高声叫道
嘎嘎、呼呼、吱吱，船员们一起行动
风帆扬起，每一道线充满力量
接受了风的拥抱，顺利展开。

迎风处站立的是年轻的阿里昂，
背风横桅臂杆上的是勇敢的水手长；
他们把每条帆上的角索牵引，
顺着卷帆袋将帆桁展开；
环形的角索缠绕在一起，
要从外侧或里侧绑紧；
缩帆索从一只手交到另一只手中，
从帆上的孔眼中来回缠绕；
降下桅杆于是可以收下风帆，
帆上弯曲的线索最终汇聚一处。

即便有福尔克纳的注解，他的诗依然令人费解。无论如何，这是一个大胆的开端，他的诗与以往多愁善感的惯例形成鲜明对照。即便福尔克纳说他被"艺术的迷宫搞得晕头转向"，但他的确带来了一些特别的东西。

本书像是一次沿岸航行，只能选择性地到达一些港口。

我清楚，书中讨论的作品大众读者不会知道多少，那些内容会消耗掉学者们一生的精力。我不想为自己的无知辩解。我想指出的是，这本书并不在探险、海军行动、太平洋岛屿上的岛民、帆船历史、强征入伍史、奴隶贸易史、新西兰史或帝国主义研究方面提供新发现。本书会涉及以上内容以及许多其他方面的内容。但是，本书研究这些内容是如何在写作之中呈现的。本书的研究对象是作品本身，是作者如何利用了他们经历过的事件，而非这些事件直接与现实的影响。换句话说，本书研究的不是18世纪的航海行为或航海行为对人类的巨大影响，而是研究航海活动是如何被报道出来的。当然，本书也会进入别的作者进入过的语境，而且我也希望，我能够对别人给我的帮助给予足够的认可。许多更专门的作品都帮助过我，让我少犯了错误。

尽管本书并不旨在添加或纠正帝国历史的研究内容，我也没有假装冷漠地面对18世纪持续不断的侵略、剥夺、霸占等帝国暴行，本书的许多航海故事均与这些内容有关。我提及的每一位作者，其生活都在某种程度上被时代的潮流形塑。我特别要做的是，在他们的个人态度与他们卷入的全球性力量之间加以区分。我希望避免当下流行的集体惩罚的做法。集体惩罚会将所有人不加区分，统统当成是帝国霸权阴谋的代理人，都在有意无意地散播不列颠帝国的价值观。

在时代更替的最后一节，黑铁时代降临，却遭遇了最早的黄金时代，并将其转变成与自己一样可怕的东西。我借用

第一章 导论

了奥维德怪异的洞察讨论第六章库克的探险。当库克船上的人与新西兰或塔希提岛上的居民笨拙地接触时，几乎所有人都意识到了，这种文化碰撞将会是历史进程中的重要时刻。凡是写下此事的人，即便对文化碰撞的结果非常自信，也会去思考碰撞的后果。许多人谴责了岛上发生的事。这一切让我们重新思考愤世嫉俗的意义，许多的帝国占领者也对帝国的傲慢感到不自在。我不希望把他们全部看成帝国的同谋，而是希望能够恰当地对待他们。应该知道，对于18世纪的英国人而言，以轻蔑的口吻谈论爱尔兰人、天主教徒、西班牙人、非洲奴隶、南海岛民或是罪犯都是非常自然的。我们应该特别尊敬那些对非我族群、非我肤色或非我阶层表示过尊敬的人。检验这一点的场所，便是西非的奴隶贸易。在奴隶贸易的一章中，我记下了许多对于非洲人遭遇的非人待遇毫无反应的声音。但是，我也记录下了早在废奴运动变得时尚之前便发出的抗议声。

可以看到，我给具有官方职位的人写下的叙事留了较少的空间，包括安森家族的人、拜伦家族的人和温哥华等人。相比下级军官、海员、自然学家、外科医生、乘客、奴仆等人，他们扮演着领导的角色，更有意识和自觉地参与了帝国扩张。另外，在显现了同类相怜或因不公而义愤的地方，我总是给予特别关注。之所以这样，是我认为航海经历对于其观察者而言，其实是一种重新修正道德观念的痛苦历程。珍妮特·肖（Janet Schaw）的故事就是很好的例证。

在帝国主义相互竞争的宽广世界上，木船的世界(the wooden world)是一个更艰苦、更残酷、更多苦难的竞技场。1773年，约翰逊博士在前往赫布里底群岛的旅程中，谈话转向了一位向导。此人被强征入伍，进入海军，9个月之后才被释放。约翰逊博士说道："天哪，先生，凡能进监狱就别当水手；当水手就像进监狱，还可能被淹死。"[①]这是一座可怕的监狱，狭窄、拥挤。甲板上有家畜，下层是病人，摇摆起伏。食物难以下咽，还有苛刻的纪律与无处不在的危险。这所监狱也是欧洲借以扩张权力与版图面积的工具，我们看到的船只是用来探险和发现、战争、向西印度的殖民地运载奴隶、向美洲的殖民地运输契约奴以及从印度和东方来回运输货物的。

当然了，一帆风顺的航行不值得书写。航海故事总会集中在危机和灾难上。但是，除了许多讲述船难、灾祸和被俘的故事，还有许多正常条件下的航行故事，也令人恐惧。当时的海军要为此负很大责任。在第八章的自传部分，我记录下了许多第一手的关于鞭打和棒打的经历以及生活在被强征入伍恐惧阴影之下的人的生活。值得一提的是一位受过良好教育的海军军官爱德华·汤普森(Edward Thompson)的记录。他是从商船上转到军舰上的，在1766年出版了《水手来信》(Sailors Letters)一书。汤普森特别关注海军士官生的艰苦生

[①] 博斯韦尔(Boswell)，《去往赫布里底群岛的日志》(Journal of a Tour to the Hebrides)，第247页。

活。他评论道："海洋生活与人类本性相抵触，没有几个人会赞许这样的生活，让我震惊的是竟然会有如此多的人从事这个行当。"①他将海军下级军官描写成"一群家臣"，还提到了"晋升需要走过的肮脏之路"。汤普森希望海军能带来一些尊严、人性与文明，对许多"并非绅士还没有教养"的船长滥用职权的专制行为感到异常愤慨。汤普森以敏锐的文笔再现了他看到的一切。值得一提的是，他在西印度群岛谴责了"加在奴隶身上的残酷专制"，认为其"令人类震惊"。②

残酷与暴政不仅局限在军舰上，奴隶船上更加严重。从白人船员对待黑人奴隶的做法来看，许多奴隶船船长在这一行业中变得更残暴。即便心怀不满的下级的说法会有夸张，但也能看出，海船上有不少心理极度变态的虐待狂。本书的章节中有一些细节呈现。③ 但是，船长的专制只是艰苦的航海生活的一部分。坏血症的病因长期不明，寻求治疗手段的过程漫长，曾是航海生活必须面对的危险，可以列在航海危险榜的第二位。1753 年，詹姆斯·林德(James Lind)发表了关于坏血症的论文。即便如此，坏血症的影响依然持续多年。比如，坏血症便夺去了安森船上大多数船员的性命。除此之外，巴达维亚地区难以避免的热病，夺走了库克第一次航行中许多船员的生命。

---

① 汤普森(Thompson)，《水手来信》(*Sailors Letters*)，第一卷，第 139 页。
② 同上书，第二卷，第 29 页。
③ 也可参阅雷迪克(Rediker)的《在恶魔与大海之间》(*Between the Devil and the Deep Blue Sea*)，第 215-221 页，其中有从海军高等法院的证词中收集的可怕证据。

人们很容易为长途航行中极不自然的生活状态感到震惊。海船上艰苦的条件,危险的环境,严格的纪律,许多男性拥挤在长时间没有女性的狭小空间内,等等。船上的艰苦与不自然的生活状态也悖论一般地造就了心灵的启示。在被剥夺了一切的严酷环境中,加之与正常生活迥然相异的社会的频繁接触,将本书中的几位作者造就成为哲学家;尽管我们必须说明,他们对于人生的领悟往往程度轻微,持续时间也不长。

第一部分

第二章　威廉·丹皮尔

I

如前文所提，18世纪航海文学的大潮，由威廉·丹皮尔的《环绕世界的新航行》(New Voyage Round the World)开启。该书出版于1697年，是詹姆斯·纳普顿(James Knapton)第一次尝试出版旅行题材作品。他从没因此而后悔①。该书于2月面世，年底前又出了两版②。到1705年，该书已出了五版。该书频繁出现在丹皮尔作品合集中，还常以删节本形式出现在各种旅行文学合集中，可谓家喻户晓。该书强烈影响了笛福、斯威夫特和柯勒律治等作家。这本书和丹皮尔之后的作品一起，常被航海者使用，比如卡特里特、库克、班克斯等人，甚至还包括达尔文。

---

①　参见莫里森(P. G. Morrison)，《印刷商、出版商、书籍销售商目录……1641—1700年》(Index of Printers, Publishers and Booksellers…1641—1700)（夏洛茨维尔，1955年），其中有纳普顿早期的出版情况。

②　阿伯(E. Arber)，《术语目录》(Term Catalogue)，第三卷（伦敦，1906年），第5、17、45、113和469页。

第二章 威廉·丹皮尔

1652年，丹皮尔生于萨默塞特的东科克①。在他第二本出版物中②，有一番对个人经历的简单描述。丹皮尔说，开始他不想成为海员，随着父母双双亡故，监护人将他"从学习写作和算术的拉丁语学校接出，交到韦茅斯港一位船主手中，达成了他小时候去看看这个世界的愿望"。去往纽芬兰的一次寒冷航行，让丹皮尔有一段时间不愿出海。可是，没能抵御住"一次温暖而漫长航程"的诱惑，他驶向了爪哇，并于1672年返航。他经历过1673年的第二次荷兰战争，其间因病返回了萨默塞特的兄弟家中。

1674年，22岁的丹皮尔前往牙买加，替东科克的邻居希利尔(Hillier)上校管理地产。不到6个月，他辞去工作，到了另一处庄园。觉得庄园工作"不适合性情"，他再次出海，驾驶一艘单桅帆船，沿牙买加海岸做生意。此时，这位不知歇息的人迈出了人生中决定性的一步。"我又辞去那份工作，上了哈德赛尔(Hudsel)船长的船。该船正要驶向坎佩切湾去装载洋苏木"。经过13个星期的艰难航程，他与"私掠船主"（他对海盗的客气称呼）有了密切接触。这些人为能快点赚到钱，不停地砍伐洋苏木。③自从1655年征服牙买加，英国人便

---

① 威尔金森(Wilkinson)在《威廉·丹皮尔》(William Dampier)中认为是1651年，参见第11–13页。
② 丹皮尔，《航行和描写》(Voyages and Descriptions)，第二卷，第一章。
③ 洋苏木(logwood)拉丁文名为 Haematoxylon campechianum，广泛用于红–棕色的印染中。

在利用这种贸易。①丹皮尔想试试运气，这里是"一个人或许能得到一份财产的地方"。1676年2月，他带上必要的工具，"短斧、长斧、弯刀、锯子、楔子、睡觉的帐篷、枪、火药、弹丸"，驶向了坎佩切湾，并加入了另外六个伐木人组成的团伙。丹皮尔写道，"是否有权在这里伐木，不是我能决定的"。由于伐木生意利润不高，丹皮尔加入了以西班牙定居者为目标的抢劫团伙。

丹皮尔于1678年返回英格兰，结了婚。1679年，他告别妻子，回到西印度群岛，希望重操砍伐洋苏木的旧业。到了牙买加，他改变了想法，因为有机会得到在多塞特的地产，他想返回英格兰。此时他有了驶向洪都拉斯的机会。丹皮尔认为，这可以"在我回去之前弄点钱"。②这次航程持续10年，直到1691年他才回到英国。这次漫长航行的经历与记录，构成了《环绕世界的新航行》的主要内容。

丹皮尔的船经过牙买加西边的内格里尔海湾（Negril Bay）时，船员们决定加入停泊在此的海盗团伙。海盗船的头领是考克森（Coxon）、索金斯（Sawkins）和夏普（Sharp）等人。稍做犹豫，丹皮尔入了伙。这群海盗来自法国、英国和荷兰，依靠掠夺西班牙人为生。1674年前，亨利·摩根（Henry Morgan）曾是其中的英国头领；后来，他被任命为牙买加的军事

---

① 弗洛伊德（Floyd），《盎格鲁-西班牙斗争》（Anglo-Spanish Struggle），第55-58页。

② 丹皮尔，《环绕世界的新航行》（New Voyage Round the World），"介绍"，iii。

总督,还授予了爵位。W. H. 邦纳(W. H. Bonner)总结了丹皮尔在这个团伙中的漫长的冒险经历:

> 从1679年圣诞节到1691年9月,丹皮尔成为西印度群岛庞大的海盗团伙中的一员。他跟随一个又一个船长,袭击拜尔罗港,步行反复穿越巴拿马地峡,在弗吉尼亚住了13个月,绕过合恩角,沿秘鲁、智利和墨西哥海岸驶入南海,先后经过菲律宾群岛、西里伯斯岛、澳大利亚和尼科巴群岛(苏门答腊岛的西南)。丹皮尔的海盗生涯在此结束。厌倦了海盗与他们的生活方式,丹皮尔离开了他们,一共经历了八年半浪迹萍踪的不法生涯。[1]

丹皮尔从尼科巴群岛搭船到达了苏门答腊岛。他去了越南北部和马六甲,在苏门答腊的明古鲁英国要塞,当了几个月炮手。1691年9月,他与乔立王子(Prince Jeoly),一个"涂满油彩的王子"一同返回英格兰。乔立是一位刺有文身的南海岛民,在棉兰老岛被人捉住售卖。丹皮尔的朋友买了乔立,让丹皮尔管理。丹皮尔为了得到现钱,立刻就把他卖了。"涂满油彩的王子"被人带到各处展览,很快就因天花死在了牛津。[2]

---

[1] 邦纳(Bonner),《威廉·丹皮尔船长》(*Captain William Dampier*),第11页。
[2] 丹皮尔,《环绕世界的新航行》,第20章。

航行的故事：18世纪英格兰的航海叙事

《环绕世界的新航行》出版前的6年中，几乎没有任何丹皮尔的消息。1694年，丹皮尔出现在科伦那，他想工作以养活自己和妻子。①但是，准备《环绕世界的新航行》是一项耗时费力的苦差事，或许他非常期待此书能给他创造未来。丹皮尔一定在旅途中积累了大量笔记。他解释了穿越巴拿马地峡时的做法："离船之前，我找到一大截竹子，用蜡封上竹子两头，以免进水。尽管我经常游泳，里面的日记和其他笔记却没有湿。"②丹皮尔与海盗分手后，他和伙伴驾独木舟想要到苏门答腊，独木舟却倾覆了：

> 我们的东西被放在一旁，我们和亚齐族人一起，很高兴能上新船。新船要从海岸边出发，还没开船，船便底朝天地翻了。我们游泳保住了命，把箱子和衣服拖回岸上，所有东西都湿了。除了最宝贵的日记和草图，我没什么值钱东西。日记和草图是我一直精心保存的。霍尔先生也有一些书和草图，看上去要毁了。我们赶紧打开箱子，把书拿出来，花了很大力气想弄干。有些散在箱子里的草图已经毁了。

---

① 梅斯菲尔德（Masefield），《丹皮尔的航行》（Dampier's Voyages），第一卷，第3页。
② 丹皮尔，《环绕世界的新航行》，第16页。

接下来三天，我们生火，把书烤干。亚齐族人修好独木舟，两旁做了加固，还在上面竖起一根结实的桅杆，用席子做好一张坚固的帆。

独木舟修好了，我们的书和衣服也干了，我们再一次驶入海中，朝向岛的东部划去，将许多岛留在我们北部。

丹皮尔，《环绕世界的新航行》，第487页

这些所谓"书"中的内容，既有发生过的叙事，也有天气、景色、不同民族、建筑、树木、植被、作物、鸟类、兽类、鱼类等的详尽描述。尽管未经训练，丹皮尔却是一位天生的培根式的科学家，对所见所闻均有兴趣。他不停地收集信息，记录现象，尽其所能地把所见所闻进行分类。材料带回家后，丹皮尔要做的是将材料变成一本书。

他如何忧郁、如何将材料变成书的艰苦过程，均记录在大英图书馆中（斯隆3236）。这个情况常有人提及，但还没有充分讨论过。很明显，丹皮尔写过一个初稿，但不是很满意，于是，他在希望日后修改或扩充的地方做了记号，然后将书稿复制出，共有471页。书稿左侧均留下很大空白，以便增补。需增补处标上了（A）（B）（C）等记号。丹皮尔随后将书页左侧的留白进行了修正和补充。

不过，最终出版的书与扩充后的手稿相去甚远。出版的书篇幅多，几乎每个事件都重新写过，扩充了内容，加入了

大量新的自然历史与地理方面的知识以及不同地区居住者的外貌与生活习惯等内容。手稿中扩充的内容出现在印刷版的各处。有时，插入的信息显得颇为唐突，比如在原本一句话中间插入了有关莫斯基托岛原住民长达1200字的记述。①

　　有人向丹皮尔建议，让他改变书稿的性质与范围？是否有人帮助丹皮尔写书？这里有许多猜测。一个粗野的水手，没人帮助，怎能写出一本全世界都看的书？怀疑无法避免。见过丹皮尔的查尔斯·哈顿（Charles Hatton）留下了关于丹皮尔印象的典型记录。他说丹皮尔是"一个粗笨的家伙，比他的同类显得教育良好……是一个不错的航海家，日志记得详细……但你也得想象，写自己历史的时候需要别人的帮助"。②在《格列佛游记》中，格列佛说，我曾跟"我的侄子丹皮尔"建议，让他"从大学请一位年轻的绅士"帮他整理笔记。当然，斯威夫特的虚构不能成为证据。③要是丹皮尔从没得到他人帮助，真会令人惊讶，问题是帮助的范围。丹皮尔曾在自己第三本出版物，即《驶往新荷兰》（*A Voyage to New Holland*）（1703年）的前言中，对于"不够格"、不是"所写的书的作者"的指控做了回应。他说"对于我的教养和职业而言，仅需要朋友给予一点点重新编辑和修正便已足够"。一

---

① 丹皮尔，《环绕世界的新航行》，第7—11页。
② 哈顿（Hatton），《通信集》（*Correspondence*），第二卷，第224页；引自邦纳（Bonner），《威廉·丹皮尔船长》（*Captain William Dampier*），第33页。
③ "格列佛船长致亲戚辛普森的一封信"，见《格列佛游记》1735年版，"前言"。

方面坚持说书是本人所写，另一方面认可了他人的编辑（也可以有朋友的贡献），这一点值得注意。把丹皮尔刻画成一个简单纯朴的人不是好的开端。他是个谜一般的人物，个性复杂，才能出众。在斯隆手稿与印刷书之间，常有复杂的改进，让人觉得有一位经验丰富的编辑参与其中。从另一方面讲，几乎每一处加进目击者材料之后对事件的重新讲述，都不像是编辑能提供的。修正像是一次合作的产物，丹皮尔似乎做了最多的工作。总之，最后的版本中去掉了犹豫、尝试与质朴天性，经历了改变，可谓一个变化中的人的标记。"旅行者"丹皮尔与"观察者"丹皮尔，正在变成"作家"丹皮尔。

此处有一个改写的例子，能看到一只有经验的文学之手承担了责任。丹皮尔与斯旺船长在一起，斯旺船长同意将船向西驶入太平洋。他们努力说服水手接受决定。船上物资匮乏，"船上的人对斯旺船长要求他们如此行船颇为不满"。这种情形直到抵达关岛才会改变。丹皮尔已经被"浮肿病"折磨很久。以下便是手稿内容，补充在最初叙事的空白处：

我们待在那里的时候，有一天我正和其他人在离镇子一点路的地方洗澡；斯旺船长来了，走到离我很近的地方，笑着说，丹皮尔，你会把他们毒死的，你也太瘦了，但是我相信他们会把你先养起来，因为你的肉太少了，不够他们吃一顿。如果我们错过了那座岛，斯旺船长肯定会被杀了吃掉，我们所有人都那么想。

《手稿》，第 185 页

以下是出版的版本：

能在我们给养用完还差三天之前看到那座岛，对于斯旺船长来说，真是不错；事后有人告诉我，船员们已经开始密谋，如果给养一旦用完，就要把斯旺船长杀掉吃了。杀他之后，再杀所有支持走这条线路的人。为了这个，到达关岛之后，斯旺船长对我说，哈！丹皮尔，你可让他们吃不了一顿饱饭。因为我太瘦了，而船长本人则健壮多肉。

丹皮尔，《环绕世界的新航行》，第 283-284 页

此处有喜剧风格的改编，或许来自助手的帮助，也可能是日益老练的丹皮尔自己的手笔。有些对于水手们更为不敬的话，调子被压低了。在穿过地峡回返途中有一句"我能想出的一切理由，都无法对他们的顽固天性起一点作用"，变成了"我用了能想到的所有意见，都无法有力地说服他们"。[1]所有在西班牙军队面前的无能、怯懦与失败，都有仔细思

---

[1] 丹皮尔，《环绕世界的新航行》，第 15 页。

考后的掩饰。明显的例证便是酝酿很久却彻底失败的一次行动，即 1685 年 5 月，偷袭途经菲律宾群岛的西班牙财宝船队的行动。另一次则是在 1686 年 1 月，在墨西哥沿岸的行动中，包括巴兹尔·林格罗斯（Basil Ringrose）在内的 50 余人被杀。仅从印刷文本中看不出失败，失败的原因是没有遵守大伙应该聚集在一起的命令。手稿中是这样写的："他们一个个被杀，一个个倒在路边，很容易猜出，是他们的错误毁了自己……"（《手稿》，第 173 页）

巴兹尔·林格罗斯是另一位海盗作者。关于丹皮尔参与的早期冒险，巴兹尔有一份不错的记录。在他死前一年，巴兹尔把手稿寄回伦敦出版了。丹皮尔修改的主要动力是让自己与海盗拉开距离，也为了显示对英国压制的不满。在出版的书中，丹皮尔把巴兹尔当成了同盟，将他与其他的海盗从道德上区分开了。"他不想加入航行，却不得不参加，否则会被饿死。"巴兹尔是"我足智多谋的朋友"；在手稿中，巴兹尔只是"足智多谋的林格罗斯先生"，没有提到他到底干了什么而招致灾难。在印刷文本中，丹皮尔对自己的表现（这部分肯定不是编辑写的）有持续不断的焦虑；在手稿中，焦虑并不存在。当然，手稿中有一些有意思的证据，能证明他对自己当下海盗职业的敏感以及对未来读者意愿的考虑。在手稿中有一篇颇为自命不凡、也颇具喜剧风格的"序文"，放在驶向南海的主要航程之前。这篇"序文"在印刷文本之中不见了踪迹。"序文"认为丹皮尔有权过自己觉得合适的生活，但他的冒险真合法吗？

> 如果在这些冒险之中，关于权利的问题还没有充分讨论过，我只能说关于政治权利、与帝国之间是否结盟或合作的问题对我而言，实在是距离太远了。
>
> 《手稿》，第 30 页

丹皮尔说，他唯一的愿望就是服务他的国家。为什么要加入斯旺船长驶向东印度，他如此写道：

> 我第二次进入这些海域，更多是为了满足好奇心，不是为了发财。尽管我必须承认，我觉得这种贸易是合法的，我虽然没干过，但也希望能有一些发现，会对我的国家有利。
>
> 《手稿》，第 128 页

这是出自手稿旁的一段话，显示丹皮尔越来越担心自己的动机是否纯正。同时，丹皮尔也试图争论，自己只是把当海盗作为一种交通方式。至于他觉得这个行业是否合法，或者合法与否对他来说到底意味如何，并没有出现在印刷文本中。

从丹皮尔的字迹看，手稿的结束页及其中一半的内容均

第二章 威廉·丹皮尔

有气愤与妄想的印记，又能看成是前后不连贯的辩解书。这些字迹能帮助我们理解丹皮尔，理解他为什么要修改自己的作品。丹皮尔在想象中，或者说真实世界中需要回答的问题是：一个没有得到授命指挥一条船的人，也没有得到授命进行探险的人，怎么可以自称做了这些发现？丹皮尔是这样为自己辩护的：首先，如果他选择了，他也很有可能成为一位船长；第二，他的日志是公认完整和准确的，无人能敌；第三，即便是船长，也不见得就能保证记下旅途中所有的事件与地点。丹皮尔的原文如下：

> 有人说，我既不是船长，又不是大副，为什么要记下航程和发现。我的答案是，如果出航时接受了任命，我也会成为船长。在这些海域的人知道，我记了一本日志。了解我的人知道，我的记录非常准确，而其他记日志的人，不是在返回欧洲后把它们存放起来，就是没有返回，或是根本无法回去了。我认为我完全可以挑战任何人。我能看到，有些人不高兴，因为日志不是出自指挥官之手。我认为，除了斯旺船长没有记日志的能力，或是不想把发生的事记下来，也没人在这些时刻观察。这是绝大多数人的看法。我担心我说不清楚，我只为自己作答。如果我没能把去过的地方描述清楚，让朋友满意，我只能请求谅解。希望他们是因为我的信息不够充

分，而不是因为我忠实地将自己所知的一切均尽其所能地和盘托出了。

《手稿》，第233页

我们会很快看到，开始时丹皮尔不停抗议，反对认为自己地位低下的指责；其后，他慢慢转移并逐步淡化了自己的身份。

对比丹皮尔的手稿和最终的印刷文本，会让我们知道，丹皮尔及其人品如何并不重要。W. H. 邦纳（W. H. Bonner）在1934年写道，"再没有比他更诚实的人了"。他说丹皮尔的日志是"一位诚实海员的质朴日志"。丹皮尔对记录的操纵清晰表明了他想向读者解释，为什么1687年1月在菲律宾群岛的棉兰老岛，当船员们将船开走而把斯旺船长丢在岸上时，他是和哗变船员在一起的。

书记员抄写出来的最早版本中，哈特霍普（Harthop）先生上了船。船员们提议让他当船长，但他拒绝了，还让他们不要鲁莽，最好回到岸上把斯旺船长接回。船只扬帆起锚，没有带他。接下来：

我们中间有几个人，真心为斯旺船长和留在岛上的人感到难过，共有36人和他在一起。我真希望能和他在一起。但我们没有钱维持，也不愿接受伊斯兰教徒的枷锁……

第二章 威廉·丹皮尔

在两恶之间，我想选择罪恶较轻的，因此就跟船走了。同时也下了决心，一旦接近英国，我就首先离开它。

《手稿》，第 199 页

因此，丹皮尔的最初解释是对抛弃船长感到不安，他没有钱在岸上生活，也不愿意接受伊斯兰教徒的管辖，但他也决定，一旦有机会便离开船。在手稿的空白处，丹皮尔自己写入了所有这些补充的内容。插入的内容帮助发展了这样的看法，即丹皮尔是被迫而非自愿上船的，船员们也不会放走他。在"不愿接受伊斯兰教徒的枷锁"之后，丹皮尔又加上了"尝试了一次但无法自由离船"。在另一番补充后，这种身不由己的状态扩大了：

哈特霍普先生上岸之后，有两个人也得到允许上了岸，一个是威廉斯，另一个的名字我忘了。我没有得到这种自由，科平杰医生也没有，尽管我们想说服他们。他们不放科平杰走，怕船上没医生。对于我，他们怕没了我就没法驾船了。

《手稿》，第 199 页

赫尔曼·科平杰（Herman Coppinger）是医生的副手。现在，丹皮尔的故事变成由于两人具有技术能力，而被迫留在了船上。

接着，在他原本写下"靠近英国工厂"的地方，丹皮尔先是插入一个总结性的短语，说明在被迫加入海盗和自愿参与海盗之间还有一个中间状态，"当下只能见机行事了"。在空白处，他又写下另一种想法（也是久经时间考验的借口！）：

> 尽管我尽力了，但不能拒绝。同行过程中，我想找机会劝他们返航，接上斯旺船长和其他人，但我错过了时机……

最终，或是自己的决定，或是听从了别人的建议，丹皮尔放弃了自我保护的防御性措辞。在《环绕世界的新航行》中，哈特霍普先生得到允许上岸和船在没有他便开走了的事实被压制了。"他劝说他们再次妥协……但他们置若罔闻，他上岸之后，便开了船……他们不再让人上岸，除了一位踩着一条木制假腿的威廉·威廉斯，还有一个锯木匠。"① 此处只是暗示了丹皮尔、哈特霍普和科平杰都没离船，但始终没有明说。丹皮尔将最后的批评有些刻薄地给了船长，"一位审慎或勇敢的船长"应能看清形势，及时制止哗变。

丹皮尔重新组织和扩充故事，原因是他的目的发生了很大变化。在某个时间，他对于自己的作品该是什么样子，有

---

① 丹皮尔，《环绕世界的新航行》，第 374 页。

了全新概念。他也一定是有意愿，在某个时间以某种形式，来发表关于海龟、猴子、海牛、车前草、鳄梨、可可树、如何用鱼叉、如何挖独木舟、如何印染等的大量记录。但是，手稿版本完全是关于事件和地方（山脉、港口、定居点）的描述。尽管如此，丹皮尔在将行动与地形学知识放在一起时也遇到了问题。这也延续了他喜欢将遇到的问题告诉读者的习惯。讲述海盗被西班牙护宝人打败的不光彩段落时，丹皮尔突然中断了。他告诉读者，现在要描述一下南美洲的西海岸，描述的部分用了23页（《手稿》第95-118页）。对于自己已经写好的部分，丹皮尔说道：

许多人因为不同的道路和不同的事聚在遥远的世界，这些地方只是这样而已，下面我来讲讲。

……我原本想先写写这个地方，但是又想去写另一个地方，虽然这个地方还没有人去过，但这个想法的确不太寻常。

每个人都会做自己喜欢的事，喜欢读自己满意的部分；他可以先进入这个部分，也可以是其他部分。

丹皮尔很可能在第一版叙事中用了巴兹尔·林格罗斯的叙事做参考。巴兹尔的叙事于1685年出版，收录在约翰·埃斯奎麦林（John Esquemeling）《美洲的海盗》

(*Bucaniers of America*)（第一版1684年）的第二卷中，从荷兰语译为了英语。①巴兹尔特别注重航海信息。他在航海日志上添加了一些事件。他的航海日志本身就有许多海岸和港口的速写图。（丹皮尔的手稿中有许多类似的速写图，但没有收入印刷本之中。）

1694年，丹皮尔返回英格兰三年之后，也是他出版《环绕世界的新航行》三年之前，出现了一本书。这本书或许促使丹皮尔改变了原有方向。

《最近几次驶往南方和北方的航行与发现记录》；约翰·纳伯勒爵士等人著；附有详细介绍和关于驶往世界其他地区的记述的附录。

伦敦：为山姆·史密斯和本·沃尔福德印制，
皇家学会印制

纳伯勒一板一眼的日志以及其他最近的旅行叙事，无法为丹皮尔提供合适的参照。但是，匿名的"介绍和附录"，作者为皇家学会成员的坦克雷德·罗宾逊则可能为丹皮尔如何处理自己的大量材料提供了帮助。

在航行和旅行中公正与准确地进行记录，好处

---

① 作者的名字有时会被拼为Exquemelin或Oexmelin。

巨大，可以促进地理学、水文学、天文学、自然和道德历史、考古学、贸易、商业以及帝国的发展，没有什么书能够在利益或乐趣方面与之匹敌。①

罗宾逊展现了皇家学会对收集信息的巨大热情。他的介绍像一首唱给航海者的赞美诗，歌颂他们促进全球知识积累与人类生存的行为。罗宾逊再次提及了早期旅行者收集的关于南海与北冰洋地区的知识，认为这些构成了真理之塔的基础。提到巴伦支（Barent）16世纪90年代的航行时，罗宾逊写道："这些荷兰的航海记录是格拉特·德·韦尔记下的，记录广泛，包罗万象。正因为有这本书，博伊尔先生才能写成他的《寒带的历史》（History of Cold）一书。"②

罗宾逊特别关注南边的大陆。丹皮尔当然有他的宝贵记录，不出版才是罪过。罗宾逊写道，最近有好几艘船经过南海，但他不知道他们对知识的积累起了怎样的作用，"没看到任何日志或航行记叙"③。

> 真可悲，英国人竟然没有随着航行，用公众支付津贴和鼓励的办法，派出一些好的画家、自然学家和机械师，而荷兰人和法国人已经这样做了，而

---

① 纳伯勒，《最近几次驶往南方和北方的航行与发现记录》（An account of Several Late Voyages and Discoveries），v。
② 同上书，xviii。
③ 同上书，xiii。

且每天都在这么干,既给他们增加了荣耀,又给他们带来了好处。

皇家学会利用海员作为科学探查代理人的敏锐做法,能追溯到更早的日子。1666年的《哲学会报》含有"给远洋海员的指导"的内容,目的是要"利用英国可以航行到世界的便利",来增强学会"哲学知识的优势"。该学会鼓励海员"记下准确的日记"。该学会希望海员做的事,恰好与丹皮尔自己的兴趣完全吻合,比如说"无论白天还是夜晚,均记录下风向和天气的变化,标明风向,无论风势大小;记录雨、雹、雪等天气状况,开始与持续的时间,特别是飓风和龙卷风"。[1]

丹皮尔或许没有读过《哲学会报》,皇家学会也不大会招募海盗从事科学事业,但极有可能的是,丹皮尔读到了罗宾逊的介绍,并将自己认同为罗宾逊渴望得到的那种熟练的自然学家。另一种可能是,皇家学会的秘书汉斯·斯隆爵士本人鼓励了丹皮尔,让他把《环绕世界的新航行》写得更科学。斯隆本人喜好收集,曾经作为医生跟随阿尔比马尔公爵(the Duke of Albemarle)在1687年到过牙买加,花了15个月采集植物。[2] 他对海盗的叙事和地图均兴趣浓厚,有可能为

---

[1] 弗朗茨(Frantz)《英国的旅行家》(*The English Traveller*),第15-16页,第22-23页。

[2] 斯隆本人关于牙买加自然历史的两卷巨著《驶向岛屿的航行》(*A Voyage to the Islands*),配有"与实物一般大小的铜板插图",直到1707年和1725年才出版。

第二章 威廉·丹皮尔

林格罗斯、考克森、夏普等人的手稿付了不少的钱。这些手稿均藏于大英图书馆。①晚些时候,斯隆获得了我们现在讨论的丹皮尔的早先手稿;丹皮尔成名之后,他安排了托马斯·默里(Thomas Murray)为丹皮尔绘制肖像。对于丹皮尔出版《环绕世界的新航行》之前,是否得到过他的建议和鼓励,目前只是猜测,但肯定有人帮助丹皮尔树立了信心,让他把自己的作品献给皇家学会的主席查尔斯·蒙塔古(Charles Montague,后来的哈利法克斯伯爵)。或许还有人帮他润色了措辞。

> 虽然我的视野狭隘,能力低下,但我也有促进知识传播的赤诚,并力图在此书中以遥远处的获得,增进国家的利益。我想冒昧地借您之手,向公众传播这些文章,认为您才是此项使命最尊贵的保护人。我如此渴望将在遥远地域的所见所闻传播开来,便是我出版此书的目的。对于这本书中的异域知识,皇家学会认为您是最佳的监护人,他们正是为此选您当主席的。
>
> 丹皮尔,《环绕世界的新航行》,"献词"

这是丹皮尔改变方向的手段。《环绕世界的新航行》前言

---

① 参见埃利奥特·乔伊斯(Elliott Joyce),收于韦弗(Wafer)《一次新航行》(*A New Voyage*)中,xxvi–xxviii。

45

中，丹皮尔实际上表达了歉意，原因是书中"包括了一条与伙伴共同行动的线索；这些伙伴为我的航行做了最大的努力"。之所以把这些行动纳入进来，并非为了"将读者的注意力转移"，而是为了给他的观察提供一个框架。丹皮尔试图有所克制，他不是为了娱乐或转移兴趣而写作，而是为了启发读者。丹皮尔的风格平易也保证了目的的严肃，"至于我的风格，可以料想到，一位海员是不会假装过于礼貌的；在这样一种性质的写作中，即便我能做得到，我也不会太过关注这些方面"①。

将对民族、地点、自然历史等的静态表述和对事件的叙事融合在一起，是丹皮尔的方法。他时常出现的、旨在打消读者戒备心理的告白，说明他总在担心这种方法能否奏效。比如说，他在前言中写道，读者在阅读中会发现，涉及的有些内容是在附录中的；附录曾经是本书计划的一部分，应该包括"一章专门写世界不同地区的风"，"但这样一个附录会显得过于庞大，不够合理；于是，我只能选择如果今后有机会，将附录单独出版"。题为"关于风"的一章于1699年出版，和其他一些奇怪的内容一并收入了并不太切题的《航行与描写》(*Voyages and Descriptions*)一书中。

当然，如果说丹皮尔对于新书中的冒险内容不感兴趣，也并不诚实。行动的确是附属于科学观察的。但是，低调处

---

① 丹皮尔，《环绕世界的新航行》，"前言"。

第二章 威廉·丹皮尔

理冒险的内容,其目的是将海盗生活的残酷一面蒙上面纱,同时,也弱化了丹皮尔本人在其中扮演的角色。有些在手稿中记录的故事,也在印刷文本中出现了,没有人会认为这些动作场面与科学有关系。以下是本书中最著名的几个段落,是丹皮尔与海盗决裂后,驾驶小船从尼科巴到苏门答腊的一段危险航程。

第18天的夜晚令人沮丧。天空阴云密布,风很大,海面波浪起伏。大海在我们四周泛起白色浪花。夜色黑暗,四下看不到可以躲避的陆地,每一次起伏的波涛都可能把我们的小船吞没。最糟糕的是,我们没有一个人对去往另一个世界做好了准备。读者或许能猜到我们此刻面临的混乱。在这之前,我曾经历过许多危险,有些我已经早说过了,但所有那些跟这次比起来,不过像游戏一般。我必须承认,这一次我的头脑正经历着巨大冲突。虽然我曾遭遇过许多危险,但那些时候却不是在这样一个闲暇的时刻,具有一种可怕的庄严与肃穆。一次突然偷袭或类似行动,人的血液是沸腾的,是热切期待的。这次,我却总感到死亡的逐步靠近,似乎绝无希望能够逃脱;我必须承认,一直以来支撑我的勇气,好像消失不见了。我非常难过地想起以往的生活,心里既害怕,又厌恶。以往我不喜欢的行动,现在

航行的故事：18世纪英格兰的航海叙事

非常怀念。我常常后悔这种游荡的生活，但从没像现在这样强烈。我想到上帝在我一生之中对我的许多眷顾，我想是很少有人能得到那么多的。我以特殊的方式表达了谢意。这一次，我渴望上帝的帮助，我尽力稳定心情，希望即便在这样的条件下，也不要失去希望。

将我们自己交给上帝的善意，尽力维持自己的生命。我和霍尔先生轮流掌舵，剩下的人负责舀出船里的水，我度过了生涯中最阴沉的一夜。大约10点钟，雷雨开始，电闪雷鸣；但是我们非常喜欢下雨，我们已经把岛上带来的水喝光了。

丹皮尔，《环绕世界的新航行》，第496-497页

早先版本中的这一段要欢快得多，也没有对以往宗教经历的盘点①。印刷文本集中了手稿中几处不同的内容。在手稿中，第18个夜晚是在非常平静中度过的，"我们躺下，让马来人掌舵，风向东北，风力不大。"第19天，"我和霍尔先生轮流掌舵，晚上一直有微风"。第21天的时候（在最后的叙事中消失了），他们才开始从船里向外舀水，同时，也有了淡水的补充。

---

① 参阅手稿第228-230页。

每一次波浪都会打入船内,我们很快就得不停地舀水。晚上雷声很大,雨也很大,而我们的淡水也用完了。

最后充满戏剧性感情变化的一段,不能简单归因于出自编辑之手,因为其中含有新的关于航行和船边栏杆的技术信息,只能出自丹皮尔自己的记录或回忆。[1]

最后的印刷版本中,丹皮尔力图让自己的位置和态度显得极端含混。一方面,他好像是船上的指挥,比如,"我仔细观察太阳的位置,推断出自己在南纬54度52分处"[2],或是"我们中间有几个人有些灰心丧气,但这没超出我的预料"[3]。另一方面,丹皮尔又持续不断地将自己与他人的海盗行为区别开。他明显区分了两类人,一类是人数极少的几位绅士,或是因为需要钱,或是想要旅行;另一类人是毫不顺从的大多数,蛮横无理,固执而充满暴力。从某种程度上讲,他的区分并不成立。诸如巴兹尔·林格罗斯与医生莱昂内尔·韦弗等人,受过教育,也在海盗之中,说明劫掠并不是他们的唯一目标。丹皮尔把斯旺船长也算成了不情愿的海盗。斯旺船长在棉兰老岛时曾对他说:"他原来做的这些都是被

---

[1] 与保持叙事风格的严肃性无关,但却是一个臭名昭著的隐瞒的例子,是丹皮尔删掉了武力抢夺一艘丹麦船的内容。1683年在非洲沿岸,丹皮尔与库克船长同在"复仇"(*Revenge*)号。后来,他们登上一艘有36门炮的丹麦船,以武力夺了过来,将其重新命名为"单身汉的快乐"(*Bachelor's Delight*)号,并一直驾驶着这艘船。
[2] 丹皮尔,《环绕世界的新航行》,第82页。
[3] 同上书,第5页。

迫的；但现在自由了，他再也不会重操旧业了。他还这样说，地球上没有谁能将这种行为的污渍彻底清除。"①

"我们要干的是劫掠。"丹皮尔写道。他的确参与了对海岸的不断袭击和对西班牙船只的掠夺。但没有理由怀疑，他的航行更多是为了"知识和经验"，而不仅仅是为了不确定的抢劫之中的乐趣。②他的自我正义和对海盗行为的严厉批判，看来是后来发展出来的。这一点上，J. C. 比格尔霍尔是正确的。他认为当海盗给丹皮尔提供了"看这个世界的方便之路"。③从丹皮尔早期手稿中可以明显看出，他对那些伙伴们的态度与所作所为常常感到厌恶。但同样清楚的是，丹皮尔重新改编了自己的作品。他认为在他自己与海盗行为之间，应该划出一条道德界线。

丹皮尔把他所有的观察纳入了书中，并以这种方式革新了他的书。但是，他对应该如何处理他的话语依然疑虑。这种疑虑也成为他的书能够提供乐趣的重要源泉。《环绕世界的新航行》的信息量巨大，令人钦佩，但其在文学方面的成功则部分有赖于读者的态度。读者因为作者总是天真地将行动与描写、趣闻与现象混杂一处而同情他。当他患水肿病时，丹皮尔写道，他听说"土人说起过，最好的药物是短吻鳄的石头或鳄鱼的石头（会有四个，在靠近每条腿的地方，藏在

---

① 丹皮尔，《环绕世界的新航行》，第364页，第278页。
② 同上书，第440页。
③ 比格尔霍尔(Beaglehole)，《太平洋的探索》(*The Exploration of the Pacific*)，第166页。

肉里),将其磨成粉与水一起喝下……我很想试试看,可惜那里没有短吻鳄……"①

除了对澳大利亚的原住民外,丹皮尔不断赞美这种技术,他总称当地人为"自然的居住者",也尊重所到之处的种种风俗。尽管船上有极少数的非洲奴隶,但总在丹皮尔视野之外。在穿越美洲地峡时,他提到了非洲奴隶,担心他们会携带装备逃跑(他们也真跑了)。他还担心非洲奴隶会趁他们睡觉时把他们砸死(他们没那么干)。对于新荷兰或澳大利亚的原住民,丹皮尔没什么好话。他厌恶他们的外貌与习俗,为他们不愿用淡水换衣服感到不可理喻。②这些均是例外。站在另一个极端的是洪都拉斯的莫斯基托岛原住民③。船上有几位这样的原住民几乎已成惯例。他们有用"鱼叉和海龟钩"抓鱼、海龟和海牛的技术,所以他们的生活很独立。当然,正是这种易于适应环境和容易打交道的特点,他们为海盗所喜爱。

丹皮尔对"原始"部落居民的灵活与能力的钦佩,是建立在欧洲优越性的信念上的。"他们没有名字;如果我们给他们起了名字,他们会非常开心;要是不给他们起名字,他们

---

① 丹皮尔,《环绕世界的新航行》,第255-256页。
② 丹皮尔不喜欢原住民的态度,流传广泛,影响巨大,参见伯纳德·史密斯(Bernard Smith),《欧洲人的视野与南太平洋》(*European Visions and the South Pacific*),第125-126页。
③ 大西洋沿岸的莫斯基托岛原住民(the Moskito Indians),其实是与非洲奴隶相互通婚的产物。他们与英国人合作,也会袭击内陆种族,掠夺奴隶,这些在弗洛伊德(Floyd)的《盎格鲁-西班牙斗争》(*Anglo-Spanish Struggle*)一书的第22-23页和第64-67页中有描述。这些臭名昭著的袭击,也出现在本书尤灵(Uring)和罗奇(Roach)的叙事之中。

还会抱怨。""他们学习我们的语言,他们认为牙买加总督是世界上最伟大的王子之一。"① 同时,丹皮尔会因为被不同民族的外貌、衣着、建筑、风俗、家庭关系吸引,而没时间去确认自己的优越性。如下一段有关"食人"的怀疑非常有名,其中,他的态度与兴趣表达得极为清晰:

> 关于食人②,或是吃人的说法,我从没见过这样的民族。我所有看到过,或是听到过的世界上的民族或家庭,总是有某种赖以为生的食物,或是水果,或是谷物,或是豆类,或是根茎,要么是自然生长的,要么是自己种植的,或是鱼类,或是其他的陆地动物(即便是新荷兰那么贫乏的民族,也有鱼吃)。他们几乎不会是为了吃人而杀人。我不知道这个世界以前有怎样野蛮的习俗。将他们的敌人杀死以献祭给他们的神,是人们对美洲野蛮人常常会谈起的做法。对此我一无所知,不知道是否曾经存在。如果他们真这样杀了他们的敌人,他们也未必要一定吃了他们。毕竟,我也不能提前便全然否定,只能在我自己见识的范围之内谈起,我知道有些吃人的故事是虚假的。自我第一次到西印度地区,这些故事便站不住脚了。那个时候,人们常说佛罗里达

---

① 丹皮尔,《环绕世界的新航行》,第86—87页,第10—11页。
② 文本之中是"Authropophagi"。

的美洲原住民多么野蛮，现在我们却发现是如此文明。我们难道没有听过那些美洲原住民的故事，他们的岛屿被称为吃人岛，却发现他们与法国人和西班牙人非常文明地贸易来往，也和我们文明地贸易。我的确知道，早些时候他们想要摧毁我们在巴巴多斯的种植园，并通过摧毁我们两三个殖民地的办法，来阻止我们在圣卢西亚岛的殖民努力。还有多巴哥岛也被他们侵扰和劫掠了在荷兰人开垦的时候，现在也荒废了（尽管是一个不错的水果之岛）。之所以荒废是因为距离大陆的加勒比人太近了，他们每年都会去。但这么做，只是为了保留他们自己的权利，把所有外来者赶走之后，他们就可以自己垦殖了。即便是这些人，他们也没有伤害过谁。这是曾经在他们那里当过囚犯的人告诉我们的。

丹皮尔，《环绕世界的新航行》，第 485-486 页

II

与丹皮尔海盗叙事相互重叠的若干记叙中，最有意思的是船上外科医生莱昂内尔·韦弗的记载。韦弗的《关于美洲地峡的新航行与发现》(*A New Voyage and Description of the*

Isthmus of America)一书出版于1699年，比丹皮尔晚了两年，由同一位出版商詹姆斯·纳普顿出版。与丹皮尔不同，韦弗决定把自己的历险经历写成一首对于完全分离的、范围广泛的领土与其居民的评价的序曲。这倒是与哈克卢特和珀切斯中收录的许多发现类似。与丹皮尔相比，韦弗有在美洲原住民中长期居住的优势。他对美洲原住民的精细描写，也比丹皮尔离题甚远的经验更具人类学价值。

韦弗曾经几次与丹皮尔同行，包括在库克船长指挥下的第一阶段的南海航行："尽管他没有在他的书里这个部分提到过我。"[1]比较的焦点是在1681年穿过美洲地峡回返的途中。韦弗的脚因为火药事故受伤，无法跟上大部队，他只能与其他一小股情况类似的人走在后面，其中包括理查德·格普森（Richard Gopson），"一个聪明人，一位博学的绅士，常常会读随身携带的希腊语《圣经》，还会把其中的段落随时译成英语念给随行的伙伴听"[2]。格普森安全抵达了停泊在加勒比的船上，但因为体力耗尽，不久就去世了。小团队中的另外一人是威廉·鲍曼（William Bowman）。他滑入了涨水的河中，被冲往下游。虽然他身上背了400枚西班牙银币，但还是奇迹般地没有淹死。"他身体虚弱，原本是个裁缝。"[3]

与丹皮尔不同，韦弗没有记日志，"我并不完全信任自己

---

[1] 韦弗，《关于美洲地峡的新航行与发现》，第29页。
[2] 同上书，第5页。
[3] 同上书，第10页。

第二章 威廉·丹皮尔

的记忆。只是在回到英国很久之后，才把一些事写下来。因此我需要不断地对比和查阅自己的记录，还需要和在伦敦碰到的原来的同伴去交谈"①。丹皮尔在自己的第一版（斯隆版）中加进了韦弗早期的叙事，可能其后他们共同决定，每个人应该出版一个更长的、属于各自的故事。

吸收了其他冒险故事的材料之后，韦弗的叙事读起来很像虚构作品，这么说不是为了贬低他故事的可信度。以下是一个代表性的段落，是关于一次洪水即将结束的记叙。这次洪水让韦弗和他的伙伴隔离开了，韦弗爬到一棵中空的树上，度过了危险的夜晚。

正当我为自己悲惨的现状祈祷与沉思的时刻，我看到了升起的金星，知道新的一天开始了。这一幕让我沮丧的心情有所好转，不到半个小时，天就开始亮了，雨和闪电都停止了，洪水也开始退去。到太阳出来的时候，洪水从我的树下退完了。

我试着从寒冷的树上下来，但是，我的身体僵硬，地面湿滑，我几乎无法站立。我想办法回到了原来我们生火的地方，却一个人也没有看到。我大声呼喊起来，但只听到自己的回声。我害怕极了，倒在地上，像死人一般，感到又难过，又饥饿。这

---

① 韦弗，《关于美洲地峡的新航行与发现》，序言，lxviii。

航行的故事：18世纪英格兰的航海叙事

已经是我们第七天没有东西吃了，除了先前提到过的鹦鹉果。

在这种状态下，尽管地面很不舒适，我也一直躺着，想念我的伙伴。直到后来我听到一个声音，让我一下子又活了过来。后来，我看到了欣森（Hingson）先生，我们的一个伙伴。其他人后来找到了我们，说他们也是爬上了小树才活了下来。我们眼中含着泪水相互问候，又为自己的得救而感谢了上帝。

韦弗，《关于美洲地峡的新航行与发现》，第13页

正如我们所知，韦弗的故事是在发生之后写的，后来故事经过了改编（我们能够与丹皮尔手稿的比较中看出来）。在埃利奥特·乔伊斯编辑的哈克卢特学会的版本中，他给了一些变化的证据。埃利奥特认为，"有一位颇有能力的副编辑"给印刷版本增加了复杂的变化。[1]但是，与斯旺船长和丹皮尔在关岛的谈话以及乘坐小船前往苏门答腊被完全组织和安排的变化相比，韦弗故事的改变就完全不算什么了。韦弗叙事的顺序、语言、评论的语调基本没有受到影响。

如果我们在阅读韦弗叙事的时候，有一种似曾相识的感觉，那不是韦弗的错。我们认为是旅行叙事的惯例（包含了

---

[1] 韦弗，《关于美洲地峡的新航行与发现》，序言，lxii。

第二章 威廉·丹皮尔

很多叙事者个人反思和想象的东西），正是 18 世纪旅行叙事惯例的来源，正如珀西·亚当斯(Percy Adams)在《旅行叙事与小说的进化》(*Travel Literature and the Evolution of the Novel*)一书中展示出来的[①]。韦弗的印刷文本或许与"真正发生的事情"之间有了一些距离，但是，那种故事一般的气氛却是来自韦弗自己的呈现方式。无论这种方式是怎样形成的，均不是他或哪一位编辑可以从模仿现成的惯例中而来。他帮助后来的虚构作品装扮成了事实的样子。[②]

在真实的世界中，韦弗关于地峡的叙事有非常大的影响，因此有必要再转回去看看丹皮尔。在《环绕世界的新航行》一书中，丹皮尔以他惯常的保持距离的态度，说到了 1684 年海盗在厄瓜多尔西海岸试图劫掠瓜亚基尔(Guayaquil)的故事。[③]丹皮尔谈到了失败的种种原因，有误解、误判、怯懦、欺诈与背叛等。他特别提到了有"三艘帆船从瓜亚基尔驶来，上面装满了黑人"——有一千多人，"都是健壮的青年男女"。他们拦截了这 3 艘奴隶船，但在袭击失败之后，只能带着"大概四十个最强壮的黑人男子"逃跑了。接下来引人注目的一段是在早期的手稿中找不到的。在这一段中，丹皮尔说如果他们能得到奴隶船会有怎样的后果，"这一段对读者而言就

[①] 参见珀西·亚当斯(Percy Adams)，《旅行叙事与小说的进化》(*Travel Literature and the Evolution of the Novel*)，关于"韦弗"的部分。

[②] 一个让事实看上去像虚构的绝佳例子，是在韦弗《关于美洲地峡的新航行与发现》的第 18–19 页，记录的是一位酋长妻子出血与痊愈的经历。唯一的删改是删去了暗示欧洲人和美洲原住民是平等的一句话。

[③] 丹皮尔，《环绕世界的新航行》，第 153–158 页。

像是做黄金梦一样"。

> 从没有人能像我们一样,有这么好的发财机会。抓住这些黑人,定居在达连地峡的圣玛利亚,让他们在当地金矿挖金子。
>
> 丹皮尔,《环绕世界的新航行》,第158页

不仅仅是海盗们将西班牙人赶离了这个区域,还有美洲原住民,"他们是西班牙人的死敌……也是我们坚定的朋友,可以接纳和帮助我们"。接近地峡北端的海岸是进行贸易的理想位置。

> 要不了多久,我们就可以得到从西印度各地来的帮助。从牙买加,特别是从那些法国岛屿来的数千名海盗都会向我们奔来。要不了多久,我们就不仅仅是金矿的主人(是美洲发现的最好的金矿),而且也是远到基多的矿山的主人。我们能做的,要比我说的还要多。
>
> 丹皮尔,《环绕世界的新航行》,第159页

丹皮尔的金色梦想与威廉·佩特森(William Paterson)的计划紧密相关。佩特森计划在西印度群岛建立苏格兰殖民地,但却在达连计划中遭遇了惨败。驶往达连的船在1698年7月

遭遇了失败，也就是在《环绕世界的新航行》出版的一年之后。佩特森从丹皮尔那里得到了一份韦弗的日志，旨在建立苏格兰殖民地的公司股东们读了这本日志。韦弗本人在爱丁堡受到欢迎。在得到承诺，可以带领一支探险队前去之后，韦弗把他知道的关于巴拿马海岸旁的黄金岛的知识说了出去。① 丹皮尔和韦弗都常被伦敦的贸易与种植园的贵族叫去质询；这些人极不情愿看到苏格兰的殖民冲动。两个人都没有参与苏格兰的殖民计划，但他们关于达连的乐观描述，导致了一个巨大的悲剧。②

Ⅲ

丹皮尔靠奴隶在巴拿马开金矿的梦想，停在了纸上。真正给他带来名望和财富的，是记下了梦想的书。1697年5月，查尔斯·哈顿（Charles Hatton）在给兄弟哈顿子爵的信中写道："丹皮尔的游记非常成功，两版早已卖完，他告诉我，他准备出第二部分。"③皇家学会在1697年的《哲学通讯》中赞

---

① 埃利奥特·乔伊斯（Elliott Joyce），收于韦弗《关于美洲地峡的新航行与发现》中，li-liv；普雷布（Prebble），《达连灾难》（*Darien Disaster*），第106-108页。
② 关于韦弗对地峡的详尽叙述以及对达连殖民的后果，参见普雷布（Prebble），《达连灾难》（*Darien Disaster*），第66-67页。
③ 哈顿（Hatton），《通信集》（*Correspondence*），第二卷，第225页；引自邦纳（Bonner），《威廉·丹皮尔船长》（*Captain William Dampier*），第33页。

扬了他在"英国航海者不知道的地域"做的勤奋观察。[1]海关给他一个闲职，汉斯·斯隆爵士安排人给他绘制肖像。1698年8月，他与海军大臣佩皮斯（Pepys）共进晚餐，其间遇到了约翰·伊夫林（John Evelyn）。伊夫林记下了与"著名海盗"相遇的经过，称赞丹皮尔"远比想象中谦和"（谦和指他的行为举止得体）。[2]《环绕世界的新航行》得到广泛接受和赞誉[3]，丹皮尔成了航海事务的权威。

丹皮尔得到的最主要收获，像是一杯毒酒。皇家学会主席查尔斯·蒙塔古将丹皮尔带到了海军部大臣奥福德侯爵处。侯爵让丹皮尔策划一次远洋探险，计划（梅斯菲尔德将其放在第二卷第325-327页）以两艘船和三年时间，探索"南方的大陆"（"围绕南极的广阔空间"）和"东印度群岛"以远的未知领域。但是，只给了丹皮尔一条"快乐奖赏"（*Jolly Prize*）号船。1698年6月，丹皮尔拒绝用这条船，认为其不合适远航，取而代之的是"雄獐"（Roebuck）号。航行结束时，用丹皮尔的话说，这艘船"在一个绝佳的时刻，沉没在阿森松岛附近了"。[4]

现在，丹皮尔成了真正的船长，不必担心有人指责他进行任何发现了。1698年8月，他接受了这艘船。1699年1

---

[1] 弗朗茨，《英国的旅行家》（*The English Traveller*），第18页。
[2] 伊夫林（Evelyn），《日记》（*Diary*），多布森（Dobson）编辑，（伦敦，1908年），第445页。
[3] 芬内尔（Funnell），《一次环绕世界的航行》（*A Voyage Round the World*），前言。
[4] 丹皮尔，《驶往新荷兰的航程》（*A Voyage to New Holland*），"献词"。

月，丹皮尔从唐斯锚地起航。离开英格兰之前，丹皮尔把手稿第二卷交给了詹姆斯·纳普顿。2月，手稿以《航行与描写》(Voyages and Descriptions, Vol. II)第二卷的名义出版。①这是前一本剩下内容的大杂烩。第一部分描述在1688—1689年间，丹皮尔到达苏门答腊之后发生的事。第二部分回到1674—1676年，丹皮尔在加勒比的最初时光。第三部分是丹皮尔最具有科学性的工作，是他对风的观察。前两部分尽管故事讲得有趣，却总是行笔漫游，枝杈丛生（这是丹皮尔最喜欢的两个词）。在越南北部的旅程中，丹皮尔以康拉德的方式速写了漫游者和被放逐者。第二卷最好的故事，或许是那位神秘而浪漫的"美洲原住民沃纳"的悲剧了。

> 有人告诉我，这位沃纳船长出生于英属安提瓜岛，他父亲是英国总督，母亲是美洲原住民。他出生后由父亲抚养。他从母亲那里学会了美洲原住民语言。长大之后，他发现自己被英国的亲人瞧不起，便离开父亲家，到了圣卢西亚，与那里的美洲原住民，也是他母亲的亲戚住在一起。他接受了他们的习惯，成为他们的船长，像他们一样，从一个岛漫游到另一个岛。此时，这些加勒比人损坏了我们在安提瓜岛上的种植园。总督和他正式妻子生的儿子，

---

① 1931年装帧精美的阿尔戈版是以1729年的版本为底稿的，编者为威尔金森（C. Wilkinson），其不加区别地使用了《航行与描写》(Voyages and Discoveries)的书名。

带了一队人镇压美洲原住民；正好到了他兄弟美洲原住民沃纳居住的地方。他们的相遇应有喜悦，真相却远不是。英国人沃纳带了许多烈酒，邀请同父异母的兄弟一起畅饮。就在畅饮之时，他发出信号，要手下人把他兄弟和所有美洲原住民全部杀死，命令被严格执行了。如此不人道的行动背后，有多种说法。有人说是美洲原住民沃纳干了针对英国人的坏事，因此他兄弟才会杀了他和其他美洲原住民。有人说他和英国人是朋友，不愿手下去伤害英国人，只能尽其所能地来了一场友好交易；至于说为什么他兄弟会杀他，是英国人耻于有一个美洲原住民亲人。无论怎样，这个英国人会因谋杀受到讯问，会被迫回到英格兰接受审判。这种背信弃义的行为与卑鄙的人，正是我们从美洲原住民那里获得利益的极大障碍。

丹皮尔，《航行与描写》，第二卷，第 5-6 页

（不用说，菲利普·沃纳上校，安提瓜的代理总督，与这个谋杀指控脱不开干系。他称那个美洲原住民不是他兄弟，双方也处于公平交战中。指控他的人被认定犯了伪证罪。[1]）

本书第三部分关于风的记录，是否为丹皮尔最重要的成

---

[1] 参见梅斯菲尔德，《丹皮尔的航行》，第二卷，第 111 页；休姆（Hulme）和怀特黑德（Whitehead）的记录《野蛮的威严》（*Wild Majesty*），第 89-106 页。

就，依然可以讨论。第三部分是一份严肃的研究探索，论证仔细，证据安排与分析也周到。希普曼（J. C. Shipman）在《威廉·丹皮尔：海员-科学家》(*William Dampier: Seaman-Scientist*)（1962年）一书中，记录了几个世纪以来海员和气象学家对此书的敬意。"威廉·肖爵士在1942年出版的四卷本《气象学手册》中，大量引用了丹皮尔对台风堪称经典的细节描述。"①科学记录中文学手法的使用非常有趣。

先于飓风到来的云与从北方岸边来的云不同。在北方之前的云总是整齐和有规律的。从天际线到最上端，总是一种黑色，又直又平，像是一条线画出的。与之不同，飓风云似乎是在做倒立，从上到下向四周散开，云团相互交错，都以同样的方式运动。另外，云层边上是有不同颜色的，令人恐惧；云层边上总是像微弱火焰般的颜色，接着是一种深黄色，接近中间的部分，是古铜色，而云体本身非常厚，看起来黑极了。整个看起来，恐怖至极，惊人至极，无法用语言形容。

丹皮尔，《航行与描写》，第三部分，第71页

自然元素带上了拟人的色彩，叙述有感情，仿佛希望读

---

① 希普曼（Shipman），《威廉·丹皮尔》，第14页。

者能以审美和同情的眼光观察自然现象。这种对自然拟人化的描写，是特别的原创。丹皮尔这样写，丝毫没有体现出芭芭拉·斯塔福德（Barbara Stafford）在《航行变实体》（*Voyage into Substance*）中关于自然万物有灵的辩论。斯塔福德的研究范围是从1760年到1840年，没有包含丹皮尔的重要著作，而斯塔福德讨论过的航海家，很多读过丹皮尔的书（比如班克斯）。这些航海家极可能在"赋予自然生气"的过程中，受了丹皮尔的影响。

  海风一般都是早晨9点左右刮起，有时早点，有时晚点。它们开始总是轻柔地接近海岸，好像不敢靠近。它们经常屏住呼吸，好像不愿冒犯海岸，它们会停下来，好像要走了。许多次，我在海滩上等待这种快乐，有时也在海里欣赏这种益处。

  风从海面上走来，一阵阵轻柔地卷过海面。风还没到达时，海面平静得如同镜子。半小时以后，风到达岸边，便会轻快得像摇起的扇子，风力会逐渐增大，直到12点左右，这往往是风力最强的时刻，会一直持续到下午2点到3点钟。中午12点，风可以让海面发生变化，尤其是天气好的时候；3点后，风力逐步减小，好像用光了力气；差不多5点，根据天气情况，风会歇息下来，等到第二天早晨再回来。

  丹皮尔，《航行与描写》，第三部分，第四章以拟人的方式描述科学现象时，会插入一些常见的个人经验。第六章"风暴"中，丹皮尔描述了"一场可怕的风暴，来自弗吉尼亚"。由于船长判断和操控的错误，船只以侧面迎着风浪。船长"气疯了"，却没办法"让船恢复正常"。

> 那时，我与其他人在甲板上。约翰·斯摩伯恩，是我们主要的依靠。过来！他对我说，我们把前侧帆升起，或许能让船转向下风头。没等我回答，他立刻跑过去，我跟他跑去。我们爬上侧支索，升上帆，船头立刻朝向下风了。
>
> 丹皮尔，《航行与描写》，第三部分，第64页

丹皮尔驾驶"雄獐"号离开了两年多一点时间，1701年初夏回到英格兰。记载探险第一部分的《驶往新荷兰的航程》在1703年出版，完整版本直到1709年才面世。此次的困难是因为"雄獐"号的沉没，丹皮尔丢了"许多书和图画"。在这本被他称为《航行与描写》的第三卷前言中，丹皮尔像要与人争吵。丹皮尔极力说明，此书要献给"更愿意读到以平白方式记录所见所闻的国内读者"，而不是想看矫揉造作、言辞夸大之作的人。他没有提到旅程中与下属不停争执的细节。的确，他从没提到任何一位下属的名字，只是笼统地提到"这次令人心烦的航程。有些官阶在我之下的人，总以无知与固执给我带来很多的麻烦与苦难，具体之处我就不来叨扰

读者了"①。正如 J. A. 威廉森（J. A. Williamson）所言："丹皮尔是因为文学才能获取了领导探险队的资格。"②真实的探险中，虽然丹皮尔是出色的水手或航海家，但他缺乏良好的指挥能力。

冲突主要在他和中尉乔治·费希尔（George Fisher）之间发生。船还停在唐斯时，两人已经有了摩擦。随着冲突升级，丹皮尔体罚了费希尔，给他戴上镣铐，关在了巴伊亚的一所葡萄牙监狱。为此，回航之后丹皮尔被送上了军事法庭。双方在法庭上的证词均收录在梅斯菲尔德《丹皮尔的航行》中。丹皮尔因为"非常野蛮和粗鲁"地对待费希尔而被判有罪，罚没了这次航程的所有报酬。法庭认为丹皮尔并不适合受雇驾驶皇家海军的船只。

因为"雄獐"号出发时间的大大延迟，丹皮尔只能从西边绕好望角接近澳大利亚，而不能从东边绕合恩角前往。丹皮尔的探险受限在澳大利亚西北和北部沿岸。他急切地想获得原住民的好感，希望他们能够为未来的贸易和发展提供帮助。

> 我特别想看到会遇到什么样的居民，想让他们帮助建立有用的贸易往来，看看他们这里是否有什么值得贸易或生产的，或者看看可以雇佣他们做些什么。
>
> 丹皮尔，《驶往新荷兰的航程》，第二部分，第4页

---

① 丹皮尔，《驶往新荷兰的航程》，第44-45页。
② 丹皮尔，《驶往新荷兰的航程》，威廉森（Williamson）编辑，1939年，xxx。

丹皮尔与原住民的交往很少，总具有对抗性，于是，他掉头前往新几内亚、新不列颠和新爱尔兰。和以往一样，丹皮尔仔细记录了沿岸的植被、鸟类、兽类和鱼类（还配上了图画）。叙事中最好的部分是关于原住民的，特别是帝汶岛上混杂的民族。这些信息对后来的旅行者非常重要，但现代读者会觉得，与丹皮尔《环绕世界的新航行》的质朴与惊奇相比，这些内容索然无味。

IV

丹皮尔后来又从事过两次主要航行。他得到了任命，驾驶私掠船"圣乔治"（*St. George*）号，利用西班牙王位继承战的机会，骚扰法国和西班牙的船只。1703 年，在另一艘"五港口"（*Cinque Ports*）号的陪同下，丹皮尔从爱尔兰出发，于 1707 年返回，收获甚微。对于这次航行，他没有写下什么。但是，1707 年，他的出版商詹姆斯·纳普顿出版了一本《环球航行：丹皮尔船长驾驶"圣乔治"号进入南海的旅程》（*A Voyage Round the World. Containing an Account of Captain Dampier's Expedition into the South-Seas in the Ship St. George*）。该书作者威廉·芬内尔（William Funnell）是丹皮尔的副官。他在书中持续不断地贬低丹皮尔，认为丹皮尔的判断有问题，而且将丹皮尔描绘成胆小懦弱、优柔寡断。("我们的人想一把火把村子烧了,但在岸上的船长觉得这样无法忍受。"[1])芬内尔对待动物和其他民族的态度均令人厌恶。他以相同的喜悦描写钓海狮和灌醉美洲原住民的场景。最后,他与丹皮尔分道扬镳,搭乘一条海盗船去了印度。

作为回应,丹皮尔出版了《航程证词》(Vindication of his Voyage),反驳"芬内尔先生充满妄想的说法"。书中以愤怒的语调、尖酸的态度、充满争议的事实攻击了芬内尔的行为与道德标准。无论两人谁是谁非,清楚的一点是丹皮尔已经有些失控,只能以激烈的方式回应对他权威的怀疑。

丹皮尔作为领航员,而非船长受雇参与了最后一次航海。这一次,他受雇于布里斯托尔的商人。他们装备了"公爵"(Duke)号和"公爵夫人"(Dutchess)号,船长是伍兹·罗杰斯(Woodes Rogers)。这次航行持续三年(1708—1711年)。与上次"圣乔治"号的命运不同,这次航行为股东带来了丰厚的收益。这一次,丹皮尔也没有出版自己的记叙,而是在伍兹·罗杰斯著名的《一次环绕世界的航程》(A Cruising Voyage Round the World)(1712年)中扮演了一个服从的角色。这本书活力而自信,与丹皮尔的著作风格迥异,也历经了多次再版。罗杰斯在船上严格贯彻的纪律,让他的文本具有更大的权威。罗杰斯的所有做法,无论如何严格,均显得无懈可击,

---

[1] 芬内尔(Funnell),《一次环绕世界的航行》(A Voyage Round the World),第79页。

没有其他的选择会更正确,也没有其他版本的叙事会比这一本更真实。罗杰斯提到"在攻击之前时,有几次令人不快的意见分歧。这让我特别留意,要把与这次事件有关的材料整理一下,这样,就不会有与日志不同而对我不利的记叙了……我不愿让读者参与进来,也不愿考验读者耐心,让他们来读那些不可理喻的宿怨,我把那些部分剔除在我的日志之外"。①罗杰斯接连不断地使用 em 而不是他们(them),显现了他想要直率风格。"我只想用海上的语言。"②他的口语风格称得上是一项成就。

根据雇主要求,船上所有主要决定,都应该以书面形式记录下来,并经过主要军官签字。罗杰斯巧妙利用了书面记录,来证明自己的智慧。或者,出现问题时,用书面记录证明自己在参与决策时有所保留的态度以及如果听从了他的意见,情况就会怎样大不相同(比如为什么没能在墨西哥港口阿尔普尔科抓住西班牙运宝船)。有一次,在多弗(Dover)船长是否有权掌管奖金的问题上产生了争议。罗杰斯声称,为此"我们之间进行了纸上战争","我很抱歉要用这些争执来烦扰读者",不幸的是,"出版这些争执内容的做法有违我的本意,但因为有公开记录而出版了,我已将这些内容从我的日志中删除,就像我以往处理争议的做法一样。"③

---

① 罗杰斯(Rogers),《一次环绕世界的航程》(*A Cruising Voyage Round the World*),第 237 页。
② 同上书,第 1 页。
③ 同上书,第 309 页,第 311 页。

航行的故事：18世纪英格兰的航海叙事

　　签署这些记录的人里有亚历山大·塞尔柯克（Alexander Selkirk）。《一次环绕世界的航程》记录了塞尔柯克获救的著名故事。塞尔柯克在胡安-费尔南德斯群岛待了4年。他因为与"五港口"号的船长争吵，而被船长放逐。丹皮尔曾经参与过"五港口"号的航行。关于"身披山羊皮，看起来比山羊的第一个主人还要原始"的故事，人们已经耳熟能详。但是，这个故事的结尾，却是非比寻常的虔诚。

　　通过这个故事，我们看到了真理的最大展现，即需要是发明之母。因为他以非常自然的方式，来支撑自己的需要，维持自己的生命，尽管不是那么便利，却也与我们生活在社会中的一样有效。这个故事或许可以告诉我们，一种简朴和克制的生活方式，可以怎样增进身体的健康、头脑的活力，而我们却倾向于用过剩和丰富毁灭它们，特别是在烈酒以及各种各样的肉食和饮品的影响下。而这个人，回到我们所习惯的饮食和生活方式之后，尽管他很克制，却失去了大部分的力量与活力。但我也得暂停这些反思了。这些反思更适合一位从事神圣工作的哲学家，而不是一个海员该干的。我还是回到自己的事上吧。

　　　　　　　　　　　　罗杰斯，《一次环绕世界的航程》，
　　　　　　　　　　　　　　　　　　第130-131页

罗杰斯还对赌博唱起了道德高调——这对一个由匪徒、抢劫犯和海盗组成的团伙来说着实令人惊讶。有一份众人签署的决议，提到赌博的罪恶源自"有些人通过机遇，轻易地获得了同伴以危险和痛苦的方式得到的东西"。

罗杰斯声称是以文明和宽容的方式对待西班牙俘虏的，尽管也会拿他们的宗教信仰开玩笑。他对针对美洲原住民的不人道行为表达了义愤。但是，在对待船上时不时出现的非洲奴隶时，他的态度有些暧昧。这些都是"最能给我们带来麻烦的货物"，要是企图逃跑就要"受到严厉惩罚"。[1]运送奴隶是为了卖钱，而不是接受奴隶的服务。奴隶中还有女性，单独列在一个条目下。有一次，"我们的一个黑女人"在船上"生下了一个茶色肤色的女孩"。孩子的父亲不可能是罗杰斯的人。

> 为了防止我们船上的其他黑女人（称为达芙妮）变得堕落，我严格教育了一番，并以如果发现有不轨行为，便会施以严酷惩罚和威胁。"公爵夫人"号上有一个黑女人犯了错，在绞盘前接受了鞭打。我提到这些，是为了满足批评者，我们不会支持放纵的行为。我们把这些女人带上船，是因为她们会说

---

[1] 罗杰斯（Rogers），《一次环绕世界的航程》(*A Cruising Voyage Round the World*)，第190页，第228页。

英语。她们得到许可，在船上可以洗衣、做饭和缝纫。

罗杰斯，《一次环绕世界的航程》，第279页

罗杰斯宣布"我们漫长而令人精疲力竭的航程"结束时，已经是1711年10月。在1715年3月，62岁的丹皮尔死于伦敦。他的生命在《一次新的环球航程》发表时，达到了顶峰，那时他44岁。此后，看上去他的事业在攀升，其实在下降了。丹皮尔是一位观察家，尽管并不温文尔雅，却也是一位作家。尽管丹皮尔并不缺乏作出决定的动力，但他更习惯把自己交给命运安排。作为领导人物，他的失败令人难过。从历史文献中显现出来的丹皮尔，是一个情绪多变、沉默寡言与好斗易怒的人。但从写作之中，却显现了一个颇为不同的丹皮尔。这要部分地归功于他自己的创作，让自己可以躲避暴露与指控。即便如此，也不难发现一位缺乏自信却又充满热情的人，他即便拖着滑膛枪劫掠，也要记下笔记。有一次，丹皮尔写到，这座小镇"有一座漂亮的教堂。在所有西班牙管理的美洲原住民小镇上我都会去观察……有圣玛丽和其他圣人的像……画成了美洲原住民的面貌，衣着也有美洲原住民的风格；但在那些主要是西班牙人居住的小镇上，圣人们则主要被画成了西班牙的衣着与面貌"。[①]

[①] 丹皮尔，《环绕世界的新航行》，第123页。

第二章　威廉·丹皮尔

丹皮尔的独特性在于，他能吸收周围最精细的信息，而这些信息不久就变成了各种专家施展才能的领域。比格尔霍尔写道："丹皮尔是一个自然的天才——他有科学的头脑，细心观察的能力，能够精密细致地记录观察到的一切，不是因为他曾经受过训练，或是对学术研究有兴趣。"[1]他写作中的犹豫与不适，比如说在如何处理观察与行动之间的关系时表现出的不自在，说明尽管旅行写作有很长的历史，但丹皮尔写作时，这样的问题却没有先例可以模仿。的确，丹皮尔遭遇的问题比他自己认识到的大得多：这种新型的旅行文学和它的读者还不适应。18世纪晚些时候，在官方组织的科学探索中，"观察"可以在分类上独立出来，但是，代表着重要却外行的评论依然对旅行叙事中如何处理信息与经验之间的区分并不满意。[2]

---

[1]　比格尔霍尔（Beaglehole），《太平洋探索》（*The Exploration of the Pacific*），第166页。
[2]　参见普拉特（Pratt），《帝国之眼》（*Imperial Eyes*），第87页。

第二部分

第三章　一只郁郁寡欢的黑色信天翁

　　18世纪航海叙事对于想象性文学影响的最知名例子，莫过于柯勒律治《古舟子吟》中那只信天翁了。当柯勒律治急需一桩罪行，给他的主人公带来"幽灵般惩罚"的时候，就是华兹华斯在1797年想到，他曾读过的谢尔沃克(Shelvocke)的《环游世界》(*Voyage Round the World*)中有射杀信天翁的故事①。在《通往上都之路》(*The Road to Xanadu*)中，约翰·利文斯通·洛斯(John Livingstone Lowes)用了很长篇幅，论证此次借用对全诗形成完整结构的重要性。华兹华斯提及前一两天恰好在读谢尔沃克的书。此书在1726年出版，信天翁的段落出现在通过勒美尔海峡与绕过合恩角的旅程中。那一刻，天气很差，狂风不断，雨雪交加，"天空许久被黑暗阴郁的云层遮掩"，没有生命的迹象，看不到一条鱼——

　　　　也看不到一只海鸟。除了一只郁郁寡欢的黑色
　　信天翁，陪伴了我们好几天，一直盘旋在我们头顶，
　　好像迷了路。我的二副哈特利(Hatley)，在他一阵

---

①　华兹华斯致伊莎贝拉·芬威克(Isabella Fenwick)，引自洛斯(Lowes)，《通往上都之路》(*The Road to Xanadu*)，第203页。

第三章 一只郁郁寡欢的黑色信天翁

忧郁情绪发作的时候，跟我说，这只鸟一直在我们头顶盘旋，从它的颜色看，或许是个恶兆。我们进入这片海域后，一直暴风雨不断。这种看法会加剧他的迷信。多次无果的尝试后，他终于射杀了信天翁，相信我们会有好天气了。我不得不承认，此次航行真是阴郁透顶，对没有同伴的我们而言，更是如此。若有同伴相随，我们还可暂时转移身处世界之遥远角落的隔离感，现在，我们只能在远离人类伙伴的情形下，奋力与暴风雨的威胁抗争。我们远离任何港口，万一失去桅杆，或有其他事故发生，均毫无机会得到任何船只的相助。

谢尔沃克，《环游世界》，第73页

后来，射杀信天翁成了向南航行时的惯例。自然学家们似乎认为，应该尽可能多地射猎。射杀之后鸟通常会被做熟吃掉。也常有关于信天翁巨大翼展的评论。谢尔沃克记叙的特殊之处在于，他给了这只鸟一种身份，想象它有感情，对它的出现有反应。倒不是说谢尔沃克一定认可二副关于此鸟具有可怕能力的幻想。谢尔沃克说得清楚，鸟死后，依然刮了好多个星期的逆风。但是，谢尔沃克把孤独的鸟与他们自己的无助、危险与孤立联系了起来。"远离人类伙伴"这种说法总是充满感性，富有想象色彩。

这段记述让华兹华斯印象深刻，却没给此行的船长威廉·贝塔弗（William Betagh）留下印象。贝塔弗写道："你所有的悲泣，是因为你刚离开了克利普顿（Clipperton）船长。"①谢尔沃克写下那段话，有两层特别的目的。其一是让西蒙·哈特利名誉扫地，正是哈特利、贝塔弗和另外几个人，在后来的航行中把他抛弃了；另一个目的是，以单独航行的可怕与危险来掩藏一个事实，即是他自己要与他的姐妹船分离的。

乔治·谢尔沃克出身良好，受过教育，当过海军军官。1718年，43岁的他被一群"绅士冒险家"选中，指挥两艘私掠船"成功"（*Success*）号与"敏捷"（*Speedwell*）号，劫掠南海航行的西班牙船只。②但是，同行的伙伴很快不再信任他，而是让约翰·克利普顿（曾经是丹皮尔1704年航行时的大副）担任总指挥，只让谢尔沃克指挥较小的"敏捷"号。两艘船很快失去了联系，谢尔沃克看上去无法忍受自己失去了权力。他避开克利普顿，单独指挥"敏捷"号去劫掠。谢尔沃克声称，他的船员在巴西岸边发动了哗变，强迫他成为海盗，与其分赃，还要与赞助人断绝关系。历经三年航程之后，1722年，谢尔沃克被"冒险家们"拘捕了。谢尔沃克成功逃跑，摆脱了加在身上的罪名。但是，他依然需要证明自己的清白。谢尔沃克向海军部递交了自己的航海叙事，并且在1726年出版了"一个更为详尽与完整的记录"。他希望自己的叙事能够

---

① 贝塔弗（Betagh），《一次环绕世界的航程》（*A Voyage Round the World*），第58页。
② 一些生平细节取自佩林（W. G. Perrin）为"航海者图书馆"（The Seafarer's Library，1928）版中给谢尔沃克重印本写的序言。可惜的是，这个重印本身也不准确，没有提供谢尔沃克成名之前的材料。

对未来的航海者有所帮助，也希望"陆地上的读者"能够接受他。他努力"用一次真实的航行愉悦他们，因为长时间以来，他看了太多虚构的环球航行记叙以及最近出现的那些非同寻常的冒险"①。谢尔沃克是一位情绪高昂的作者，但他记叙之中的最佳章节，均是类似信天翁的章节那样，不是有意地浪漫化处理，便是有意地歪曲事实。

在谢尔沃克的叙事中，随处可见对其他军官、水手以及克利普顿的争执与挑衅。在谢尔沃克笔下，克利普顿不是绅士，也不喜欢绅士，"一想到船上有一位绅士，就让他恐惧不已"。另外，克利普顿也不属于海军，他对"船上纪律毫不知晓"，怎能让这样的醉汉取代他的指挥地位？"任何对克利普顿有所了解的人，都不会让他哪怕是去指挥一条小帆船。"②哈特利（曾经是伍兹·罗杰斯的三副）也好不到哪里去。谢尔沃克倒是没有指责海军军官出身的贝塔弗缺乏航海技术，但是，他却敢指责贝塔弗无能与怯懦。既看不起其他人，又颇为自艾自怜的谢尔沃克可以轻松地打开话匣子。

想想我自己就很难过，在船上任职了30年，在世界上纪律最严明的体制之下，我竟然会受到不断的哗变骚扰，被置于无以言表的恶意之中，还有我自己船上船员们难以形容的情绪之下。我必须不断

---

① 谢尔沃克，《环游世界》(*A Voyage Round the World*)，xxxii。
② 同上书，xxii 和 xxv。

重申，我竟然不敢给予他们应得的惩罚；我也很肯定，船上有些军官竟然也私下支持他们的行动，这是我从他们的言行中看出来的。

谢尔沃克，《环游世界》，第 26 页

谢尔沃克叙事问世后两年，威廉·贝塔弗出版了《一次环绕世界的航程》。贝塔弗在书中说，谢尔沃克"虚伪的叙事是一场彻头彻尾的骗局，他的行为举止是对国家的侮辱"。贝塔弗出版自己的叙事，目的是要"向人类揭露""为掩饰自己的不齿行径而炮制的谣言"——"迄今为止面向公众最荒谬与虚假的叙事"。[①]考虑到谢尔沃克叙事中对他的攻击，我们能理解贝塔弗言语中的暴力，但是，也不能完全推翻谢尔沃克的说辞。两篇叙事构成了一场愤怒的争吵，我们既无法完全信任两个人的话，也不能全然不信，尽管可靠性的天平会倾向贝塔弗一方(贝塔弗有克利普顿船上的日志)。

谢尔沃克叙事的关键，是巴西沿岸圣凯瑟琳岛发生的哗变，他花了大量篇幅描述此次事变。哗变元凶叫马修·斯图尔特(Matthew Stewart)。他给谢尔沃克呈上了一封有绝大多数下级军官与船员签名的信。信中有一系列条款，提出应由船上所有人平均分配劫掠所得。此外，谢尔沃克只能多拿5%。谢尔沃克对条款"无用而多余的重复，无关紧要的表述，

[①] 贝塔弗，《一次环绕世界的航程》，"献词"，第 2 页，第 323 页。

第三章 一只郁郁寡欢的黑色信天翁

毫不连贯的思路混乱"嗤之以鼻。按照谢尔沃克自己的说法，他尽其所能地试图"摧毁他们的计划"。但是，哗变的人失去耐心，想要罢黜谢尔沃克，拥立斯图尔特。谢尔沃克称自己曾经发誓，"绝不接受任何改变，令赞助航行的绅士们的名望陷入险境"。谢尔沃克不断抗议与请求，最后，他认识到，只有签署条款才能为自己赢得时间。他对在细枝末节上花费如此多的笔墨向读者致歉，但他认为这样做有必要。唯如此"才能把我从广为传播的诽谤中救出，才能证明我并非这次事变的始作俑者"[①]。

当然，贝塔弗的书中重复了这种指责。贝塔弗称整个哗变是一场骗局，"一场马基雅维利式的政治杰作。"斯图尔特是谢尔沃克的工具，来自格拉斯哥，是一位具有"良好品行与教养的年轻人"。斯图尔特是谢尔沃克的小厮，在船长室为军官服务。到了加那利群岛，谢尔沃克声称要把斯图尔特提拔成大副，用一个连水手都算不上的人威胁大家。斯特尔图是在谢尔沃克的指挥下开始哗变的。但是，如果船上真有哗变，他们可以轻易地平息。贝塔弗有力地削弱了谢尔沃克的可信性，倒不是靠道德义愤，而是并没有否认他自己与其他军官一起，最终同意签署了上述条款。[②]我认为贝塔弗关于哗变是谢尔沃克自导自演的说法是可信的。无论如何，谢尔沃克对于条款中粗糙的英语表述的痛苦与不满，都是一招妙棋。

---

① 谢尔沃克，《环游世界》，第36-44页。
② 贝塔弗，《一次环绕世界的航程》，第34-38页。

贝塔弗就"敏捷"号上生活的评论颇为有趣。谢尔沃克积极地阻挠别人记录航海日志。贝塔弗的少尉汉密尔顿,"一位来自苏格兰、出身良好的绅士",开始了一个戏仿的日志(mock journal)。他郑重其事地写下了俘获一条"粪便驳船"(dung barge)的过程。"这一天我们抓到了一条装满粪便的船。"这引发了哄然大笑,谢尔沃克让他的儿子(也叫乔治)去调查一下原因。不久,谢尔沃克自己也下来,恼怒地质问汉密尔顿"为什么要记日记?说他是一个鲁莽的家伙,在他的船上,不应该有纸和笔"。[1]贝塔弗既不喜欢这位父亲,也不喜欢他的儿子。谢尔沃克的这个儿子"让大家都觉得不自在……对航海一无所知……在伦敦只知道追求女人,在茶桌上闲聊;在我们中间,他到处插手,把偷听来的一切报告给他父亲;对他来说,更合适的地方是一所寄宿学校,而非军舰"[2]。(后来,这个儿子成了皇家学会与文物学会的双料会员。)

航程漫长,谢尔沃克的书也很长。但在南美洲西岸巡航的整个航程,看上去琐碎而无足轻重。船上人忍不住嘟哝起来,"如果这样能发财,还不如回到家里,在街上当乞丐"[3]。事实上,谢尔沃克对自己的指挥一笔带过了。最后的结果是,跟随他的人和他一起都发财了,其中却不包括贝塔弗和哈特利,他们上了一条名为"水星"(Mercury)号的船上去劫掠。

---

[1] 贝塔弗,《一次环绕世界的航程》,第103-104页。
[2] 同上书,第20页。
[3] 谢尔沃克,《环游世界》,第20页。

第三章 一只郁郁寡欢的黑色信天翁

这条小船,按贝塔弗的说法,不过是一条小驳船。谢尔沃克发誓说,这几个人是自己弃船而去的,而他们的计划不仅被西班牙人挫败,人也被西班牙人俘虏了。谢尔沃克还说,因为贝塔弗是爱尔兰天主教徒,西班牙人对他不错,让他当了海军军官。对此,贝塔弗一概否认,说他们并无意弃船而走。他也不是天主教徒,尽管他是爱尔兰人,却是在正统的信仰之下成长起来的,他当然不会为西班牙人效力。

谢尔沃克指挥"敏捷"号一直巡航,直到在胡安-费尔南德斯群岛附近遭遇船难。谢尔沃克生动描绘了船难之后的惨状,包括船员如何奋力求生,如何建造一艘小舟脱离险境。然而,贝塔弗以从海军实习生戴维·格里菲斯(David Griffith)处得来的二手材料,称谢尔沃克是有意撞毁船只,以便让自己从赞助人赋予的责任中脱身。带着这种看法,再去仔细看谢尔沃克颇有戏剧化的描写,会觉得此处的修辞与信天翁章节之中造作的不幸颇为类似。比如说,谢尔沃克的叙事中会这样写,"海滩上无数海豹绝望地哀号……险峻的峭壁,危险的丛林,伴随着雨声落下","随着白天的第一缕光,我们互相对视,仿佛刚从梦中醒来。"①

他们不可思议地造好了一艘小舟,扬帆离开了这个因"野蛮与芜杂的美"而显得"无比浪漫"的地方,并在身后丢下了十几个"不同意见者"。他们设法占领了一条西班牙船只"基

---

① 谢尔沃克,《环游世界》,第 207–208 页。

督·玛丽亚"(Jesus Maria)号,将其重新命名为"快乐返乡"(Happy Return)号。他们又遇到了克利普顿和"成功"号。谢尔沃克对克利普顿没说过什么好话。他说克利普顿也不想跟他有什么关联。但克利普顿的确建议,说应该一起合作,以便劫掠马尼拉的运宝船。谢尔沃克表示同意,但提出他的手下只是"颇为勉强"地同意了。背叛就在不远处了。

威廉·墨修(William Morphew)是另一位取代贝塔弗成为抱怨对象的爱尔兰人。他与其他两人一道,去了克利普顿的船上,就此离开了谢尔沃克。关于这点,谢尔沃克的书中有好几页的义愤之语,称为"最残酷与恶劣的背叛行径"。最终,谢尔沃克找到了长久以来寻而不得的安慰。在他们面前出现了一个完成航程目标的绝佳机会,"借助一次卑鄙的行径",谢尔沃克陷入圈套,被抛入了"大海一般的绝望之中"。[1]贝塔弗提供的信息则是,作为继续合作的条件,克利普顿下令谢尔沃克退还早已分发出去的劫掠赏金。

由于被抛弃、死亡与被俘,谢尔沃克的船员越来越少,他不得不依赖"我们的俘虏"——大约有20名——"这些人被证明是很好的水手"。如果与西班牙的战争结束了,谢尔沃克便考虑要在巴拿马投降。最终,他驾驶另一艘抢来的船,扯起破碎的帆,带着疾病与不断死亡的船员,穿越太平洋到了中国。在广东,谢尔沃克遇到了常被他讥讽为无能与酗酒

---

[1] 谢尔沃克,《环球航行》,第327页。

的老对头克利普顿。谢尔沃克卖掉了船,船员也都溜走了,只剩下了他和他儿子两个人。有趣的是,在他借以自证清白的史诗般叙事中,谢尔沃克从没有写到有任何水手应该对他表示感情或忠诚。在消失了三年七个月之后,他搭船于1722年8月回到英格兰。贝塔弗从利马写信给赞助人,于是谢尔沃克被捕了。但是,正如我们提到的,在指控落实之前,他(或许借助贿赂?)脱身而出了。贝塔弗声称谢尔沃克之所以发了财,是他不仅欺骗了赞助人,还对一同劫掠的伙伴有所欺瞒。贝塔弗还说,谢尔沃克在叙事中刻意隐瞒了劫掠范围的部分。马修·斯图尔特一回到英格兰,也马上被逮捕了。在他身上搜出一个账本,其中记载仅从一艘西班牙船上抢来的财物就价值2.3万镑。斯特尔图告诉贝塔弗,谢尔沃克从这次航行中赚了7000镑。

1928年的谢尔沃克《环游世界》的编辑W. G. 佩林(W. G. Perrin)承认,对谢尔沃克之后的生活一无所知。"1742年11月,66岁的谢尔沃克死于朗伯德街其子的官邸,其子时任邮政总局秘书,死时颇受人尊敬。"[①]对于航行的情况如何描述,可以比航行本身更重要。贝塔弗对于谢尔沃克的挑战具有摧毁性,却没能取得长久的效果。贝塔弗消失在了人们的视野之外,但谢尔沃克活了下来,并由于一只传奇的信天翁,获得了某种程度的不朽。其实,那信天翁不过是恰巧出现罢了。

---

① 谢尔沃克,《环游世界》,佩林编,1928年版,xix。

第四章 "韦杰"号的船难

I

1764年12月21日，星期五，约翰·拜伦阁下（外号"坏天气杰克"，著名诗人拜伦的祖父）正在皇家军舰"海豚"（H. M. S. *Dolphin*）号上书写航海日志。"海豚"号停泊在位于麦哲伦海峡东入口的圣母玛利亚海角外。拜伦是两艘探索船的指挥官，受海军部密令，探查对英国有重大战略意义的南太平洋海域及岛屿。接下来，他要驶入太平洋，向北进发，寻找通往哈得孙湾的路径。就接近巴塔哥尼亚海岸时应该如何行事，海军部的指示是：

你应尽力查找皇家舰船"韦杰"号的船难余生人员，尽力将他们带回，同时，应避免与西班牙人发生冲突。

《拜伦的环球航海日志》，第7页

船难发生在23年前的1741年。如拜伦记载的，他面

第四章 "韦杰"号的船难

前有关于船难的记述与后记,是约翰·巴尔克利(John Bulkeley)和约翰·卡明斯(John Cummins)写的《一次南海之行》(A Voyage to the South-Seas)。此书1743年出版了第一版,第二版出版于1757年。

"韦杰"号船员提到过此地,说他们看见有几个骑马人从海岸上向他们挥动白色手绢。他们很想知道这些都是什么人,但风实在太大,无法接近,只能远离海岸。巴尔克利是船上炮手。他在书中提到,我们实在不知道这些都是什么人,是不幸被丢弃在这里的,还是加利西亚河边的原住民。我的船抛锚后,从望远镜中可以清楚看到,船头岸上有骑马人一边骑行,一边向我们挥手,与巴尔克利记录的别无二致。我很想知道这些都是什么人,便立刻下令装备有十二只桨的小船出发,全副武装地登岸……靠近岸边时我们看到,有差不多五百多人,有些站着,但绝大多数都骑着马。

《拜伦的环球航海日志》,第45页

从"他在书中提到"开始,拜伦直接引用巴尔克利的原话。但是,拜伦没有引用巴尔克利其他更有同情心的说法,比如"我们在麦哲伦海峡看到的美洲原住民,身材中等,体态均匀"等。自麦哲伦时代开始,传说中的巴塔哥尼亚人都是巨人①，看来拜伦也痴迷这种传说。美洲原住民的酋长"身材是我见过的最引人注目的……我从没见过有如此身材的民族。我们最强壮的士兵跟他们一比，什么都不算"。这些人，"我认为在世界上是身材最接近巨人的人了"②。拜伦的副指挥身高有6英尺（约1.8米），与这些人一比，"就像虾米一样"。拜伦在给海军部埃格蒙特爵士（Lord Egmont）的信中描绘了这些巨人。但是，直到他在1766年返回之后，关于巴塔哥尼亚巨人的消息才传播开。剩下的航程中，拜伦部分地执行了海军部命令。拜伦在1765年1月15日登上了福克兰群岛（马尔维纳斯群岛）西岸，以英国君主的名义占领。但直到离去时，拜伦也不知道，该岛东岸已经有了法国定居者。法国人在1763年随布干维尔到来，以法国的名义宣布占领了此岛。到达太平洋海域后，拜伦称由于船只不合适，便没去寻找西北航道。与之相反，他想去所罗门群岛寻找传说中的财富，但没有找到。

巴塔哥尼亚巨人的故事引起了轰动。[海伦·沃利斯认为，英国政府很满意，认为这种宣传可以很好地掩护拜伦在福克兰群岛（马尔维纳斯群岛）的行动]。③船上的下级军官为巨人标出了尺寸。1767年印刷出版的第一本未经授权的航行记录的作者写道，"他们中的中等个头有8英尺（约为2.44

---

① 参见亚当斯（Adams）《旅行者与旅行的说谎者》（*Travelers and Travel Liars*），第2章。
② 《拜伦的环球航海日志》，第46页。
③ 《拜伦的环球航海日志》，第188页。

米)高,特别高的有 9 英尺(约为 2.74 米)或更高"①。海军实习生查尔斯·克拉克(Charles Clerke)告诉皇家学会,"几乎没有人身高低于 8 英尺,绝大多数人都要更高一些。"然而,正是臭名远扬的法学博士约翰·霍克斯沃思(John Hawkesworth)给了"拜伦的巨人以最终的权威版本"。霍克斯沃思曾受海军部委托,撰写官方的拜伦航行记。此叙事在 1773 年与沃利斯和卡特里特的日志以及库克的第一次航行叙事一起出版。霍克斯沃思不仅修改了拜伦的日记,加入了"巨大的体型","与其称其为高大的人,不如称其为巨人"等说法,还置沃利斯和卡特里特准确的测量证据不顾,在总序言中写道:"近来航海者们相互一致的证词……会终结长久以来那种认为巨人并不存在的疑惑。"②

为哈克卢特学会编辑拜伦日志的罗伯特·E. 加拉格尔(Robert E. Gallagher)明确指出,甚至在他的官方记叙中,拜伦也常常有超乎寻常的夸张与歪曲之词。拜伦好像已经管不住他的笔了。在 1765 年的太平洋记录中,拜伦写道,"每天都有我的人因为坏血症倒下",而在离开"失望岛"的一刻,"我很难过,无法为我的病人求得新鲜给养"。莫阿特(Mouat)船长——是同一条船的指挥——则在他的记录中写道:"找到了大量椰子与胡椒草,对船上因坏血症倒下的人

---

① 《拜伦的环球航海日志》,第 46 页,注解。
② 同上书,第 188-191 页,lxxvii-lxxix。

来说，非常有用。"①拜伦从不坚持描写实情。看到涂抹着油彩的美洲原住民在他面前颇有威胁性的聚集，他或许感到了恐惧。但是，他竟然以那样的词汇形容他们的外貌，他因此成了巴塔哥尼亚神话再次复活的始作俑者。

1741—1742年间，即21年前，拜伦曾在巴塔哥尼亚的美洲原住民之间生活过几个月。1768年，结束了"海豚"号环球之旅两年后，他出版了那几个月的故事。在这部叙事中，他两次提到美洲原住民的身高。"这些人身材矮小，肤色黝黑，头发黑、长且卷曲，挂在脸前。""这些美洲原住民中等身材，身材匀称，非常好动。"②关于两次观察到的身材差异，拜伦没有在第二次记录中解释。尽管直到1768年，拜伦并没有出版过任何关于自己环球航行的书，但他也一定清楚地知道，他对巴塔哥尼亚人非同寻常的身材描写引发的兴趣。珀西·亚当斯提到，《绅士杂志》(The Gentleman's Magazine)的书评者说拜伦"没有谈谈巴塔哥尼亚岸边那些身材非比寻常的人"。③拜伦如何面对两次截然不同的描述引发的矛盾，依然是个谜。我会在本章结尾提供自己的猜测。

早期拜伦被迫熟悉了巴塔哥尼亚的美洲原住民。这段经历也构成了"韦杰"号船难的一部分。1740年，拜伦是"韦

---

① 《拜伦的环球航海日志》，lxii.
② 拜伦，《尊贵的约翰·拜伦的叙事》(A Narrative of the Honourable John Byron)，第33页，第144页。
③ 亚当斯(Adams)《旅行者与旅行的说谎者》(Travelers and Travel Liars)，第37页。

杰"号上17岁的海军实习生,与巴尔克利和卡明斯等在一起。"韦杰"号是乔治·安森(George Anson)指挥下的舰队中的一艘船,奉命参与攻击太平洋中西班牙帝国的属地。此前,一位名叫詹金斯的英国船长被割去了耳朵,英国人群情激奋,沃波尔政府被迫开战。安森的舰队有四艘大型战船"百夫长"(*Centurion*)号、"格罗赛斯特"(*Gloucester*)号、"赛文"(*Severn*)号和"珍珠"(*Pearl*)号以及"韦杰"号补给船,并配备八门炮的单桅帆船"特莱"(*Tryal*)号和两艘小的供应船。船上的陆军士兵是从切尔西医院(Chelsea Hospital)领退休金的人中抓来的——他们甚至没能在去往朴次茅斯港口的途中逃脱。"韦杰"号在巴塔哥尼亚岸边的船难,只是安森在此次行动中遭遇的无数厄运中的一次。很难令人相信,如此一次灾难性的远征竟成了英国海军史上的胜利,安森也成了家喻户晓的英雄。同样令人惊讶的是,1748年出版的官方航海叙事,尽管枯燥乏味,却成了当时的畅销书,拥有超过1800人的订单,时至1756年,竟然印了15版。①

"赛文"号和"珍珠"号自始至终没驶入太平洋,"韦杰"号遭遇了船难,"特莱"号在胡安-费尔南德斯群岛附近几乎解体,无法行动了的"格罗赛斯特"号在太平洋中被迫付之一炬。只有"百夫长"号勉强到达中国澳门。安森的主要对手(除了天气之外)不是皮萨罗指挥下等待截击的西班牙军队,

---

① 安森(Anson),《环绕世界的航行》(*Voyage Round the World*),1974年,ix,xvii,xix。

而是坏血症。1740年离开英格兰时,六艘战船上差不多有2000人,只有145人跟随"百夫长"号在1744年回到了家。超过1300人死于坏血症。①

尽管安森没能在墨西哥海岸劫到马尼拉大帆船,但在他漫长的航行后期,还有第二次机会。1743年6月,他俘获了驶离菲律宾群岛的西班牙大帆船"我们的科瓦东加夫人"(*Nuestra Señora de Covadonga*)号。格林杜尔·威廉斯(Glyndwr Williams)是这部航行叙事的编辑。他用语言与图像表述了这次战争是如何被转述成为又一次传统的胜利:一艘小小的英国船,再一次战胜了一个强大得多的西班牙敌人。

> 现实地说,西班牙人获胜的概率要小得多……"百夫长"号是一艘特别用于海战的船,装备有60门炮,其中的24门可以发射24磅的重弹……"科瓦东加"号要比"百夫长"号小得多,其最大的大炮也只能发射12磅的炮弹,而它其实只是一艘贸易船。
>
> 安森,《环绕世界的航行》,1974年,xiv

安森因此得以携带巨额财富回国。他分到的一份让他终生富足。

1745年出版了另一份非官方叙事,也是关于安森航行

---

① 安森(Anson),《环绕世界的航行》(*Voyage Round the World*),1974年,xv;以及派克(Pack),《"韦杰"号哗变》(*The Wager Mutiny*),第13页。

的，值得一读。此书名为《一份关于皇家战舰"百夫长"号南海与环球之旅的真实与公正的日志》（简称《一份真实与公正的日志》）(*A True and Impartial Journal of a Voyage to the South-Seas and Round the Globe in His Majesty's Ship the Centurion*)，作者是帕斯科·托马斯(Pascoe Thomas)，"'百夫长'号上的算术老师"。[①]尽管作者声称他的目的"不是为了告诉世界，我们在航行中遭遇了多少艰难困苦"，但此书的价值恰恰体现在了这方面——书中有关于暴风雨和坏血症生动翔实的记录。南大西洋上的风暴要了许多士兵的命。托马斯还提到了一个少有人涉及的问题，船头有海员的卫生间，设置在舰首两侧。

> 甲板上几乎都是水，从一边冲到另一边，船头栅板损坏了，厕所被冲毁，海水不停冲入船头的门中，经常是许多天没人能靠近。
> 　　托马斯，《一份真实与公正的日志》，第21页

他自己也成了坏血症的受害者，身上出现了黑色斑点——

> 我的腿变成黑人一般的黑色；膝盖、关节与脚

[①] 本书的订购记录显现了颇为广泛的读者群体。许多订购者是航海者，有些就是"百夫长"号上的人。订阅者中包括神职人员（包括卡莱尔的主教和温切斯特的受俸牧师）、教师、外科医生、律师以及许多商人——酿酒商、造船商、假发商、眼镜商、亚麻印染商等，但订购者中没有女性。

趾关节处剧痛难忍。有此遭遇之前，我想不到人类的天性可以承受如此剧痛。接下来是嘴。我的牙齿全部松动，上下颚充血过度，快掉到牙齿上了，我的呼吸奇臭无比。

托马斯，《一份真实与公正的日志》，第142页

船上军官对患坏血症的船员态度冷漠，甚至称他们为"闲人"。这让托马斯感到尤为义愤。

在叙事开篇不久处，托马斯因为载有他记录的纸张丢失而非常气愤。此时恰好有月食发生，是在巴西海岸的圣凯瑟琳岛，西经49度53分（我的地图显示是西经48度30分）。他认为纸是被人偷走的。

此处，为了对我自己公正起见，很抱歉，我不得不提及一位令人尊敬的绅士——他已经从旅行中抽身而出了（怎样的原因只有他自己知道），早在我们之前抵达了英格兰。这位绅士，据我得到的可靠消息，在他朋友的帮助下，利用我们船上一些军官的航行日志，想写出关于此次航行的唯一记录，并以权威的名义出版（这是一个令他人无功而返的有效方法，与其他场合类似武断的出版物并无区别）。

托马斯，《一份真实与公正的日志》，第10页

第四章 "韦杰"号的船难

这位"尊敬的绅士"是理查德·沃尔特（Richard Walter），"百夫长"号上的随军牧师。他在1742年12月于广东离船，乘坐东印度公司的船只回了国。因此，他并非像托马斯一样，是科瓦东加战斗的目击者。"他的朋友"是本杰明·罗宾斯（Benjamin Robins），皇家学会会员，如托马斯一样，也是数学家。尽管他对海军事务很有兴趣，但并没有参与安森的航行。罗宾斯在多大程度上参与了官方叙事的书写，依然有争议。[①] 1748年出版的航海叙事是这样写的："文件、材料来自尊敬的乔治·安森阁下，出版也是在他指导下，由理查德·沃尔特完成。"罗宾斯在多大程度上参与了叙事写作，已经少有记录。很明显，安森从头至尾策划了写作，而他的观点也以"我""我们"或"安森先生"的不同说法体现在叙事中。时态上的不确定与叙事者身份的含糊有时会让人觉得，这部非常无趣的作品像是七拼八凑之作。但基本上看，这部叙事正是安森想要的那样。在每个点上，叙事都会证实他明智的判断。

官方叙事中也有几页关于"韦杰"号失事以及船长和船员之后的经历。无论是安森还是沃尔特，均不掌握这些情况的第一手资料。绕过合恩角之后，受损的"韦杰"号便落在后面，再没被人看到过。官方叙事中的信息一定是在"百夫长"号返回英国后，从各方面拼凑而出的。

---

① 安森，《环绕世界的航行》，1974年，xxi，xxv。

"韦杰"号失事的基本过程如下。绕过合恩角时,"韦杰"号遭遇了可怕的风暴,失去了后桅杆,船上的固定索具遭遇重创,与其他船只失去了联系。"韦杰"号的船长名叫戴维·奇普(David Cheap),在人事调整后刚刚接手指挥此船。奇普打算根据命令经过巴塔哥尼亚西海岸之后,在南纬45度处的关布林岛与其他船只会合。1741年5月13日,船上的木匠约翰·卡明斯和炮手约翰·巴尔克利在左舷正横的西北偏北方向看到了陆地。船上的副指挥官比恩斯认为这不可能。他们的航船已经漂流进入了佩纳斯湾,从左舷方只能看到特雷斯蒙特斯半岛。奇普船长命令向南转向,以驶出海湾,但因为绳索原因没能成功。凌晨4点30分左右,船只撞上岩石,船身翻转被卡在两个岩石密布的小岛间,即南纬47度50分,西经70度00分,今天称为韦杰岛(Wager Island)的地方。混乱与无序立即开始,延续数周。有些船员开始狂饮船上装载的为整个远征船队准备的大量烈酒。绝大多数船员安全登岸,分裂成若干组,分别修建栖身之所,寻找食物。美洲原住民曾驾独木舟到这里探访,很快就不来了,原因可能是有些水手骚扰了当地女性。

在下令将船上给养搬到岸上,保护补给品,按照份额分发面粉与酒类后,秩序得到了一定的恢复。每人每天可得到一品脱葡萄酒,或半品脱白兰地,后来还有增加。分给饮酒的决定令争吵增加。饮酒肯定是导致船上实习生亨利·科曾斯(Henry Cozens)与船长争执的原因之一,而科曾斯被奇普

第四章 "韦杰"号的船难

船长近距离射杀了。

如何离开该岛,完全依靠木匠卡明斯的手艺。他把一条长艇锯成两半,加长了12英尺(约3.66米),并铺装了甲板。小船现有50英尺(约15.24米)长,有9英尺(约2.74米)长的横梁。他们还有三条小船,分别是一条小帆船、一条驳船和一艘快艇。有约100人需要一起离开。已有45人死于船难前后,7人逃走了。最大的问题是,他们该驶向南方还是驶向北方?奇普船长想向北行驶,与安森会合。以巴尔克利为代表的大多数人,希望向南行驶,经过麦哲伦海峡,到达葡萄牙治下的巴西港口。

奇普船长的支吾搪塞让其他人确信,他并不愿向南行驶。于是,他们用武力解除了他的指挥权。但是,他们同意将他留在岛上,并给他一条小船。到了10月底,81人驾驶着重新命名为"敏捷"(Speedwell)号的船以及两条小船离开了。他们名义上的指挥是比恩斯,实际的指挥是炮手巴尔克利。与奇普船长留在岛上的有威廉·埃利奥特(William Elliot)医生和海军陆战队的汉密尔顿上尉(他的上级长官彭伯顿登上了"敏捷"号)。两位海军实习生,拜伦和亚历山大·坎贝尔(Alexander Campbell)改变了向南航行的想法,与其他7个人乘坐一条小艇回到了船长身边。之后,"敏捷"号开始了艰苦的航行,虽然绕过了麦哲伦海峡,但船员不断死于饥饿。在调转船头向北之后,又有包括海军实习生艾萨克·莫里斯(Isaac Morris)在内的8个人被丢弃到海岸上。1742年1月底，即离开韦杰岛三个月后，"敏捷"号载着不到30位幸存者到了里奥格兰德，随后到达了里约热内卢。幸存者分裂成两派，罗伯特·比恩斯的一派赶在巴尔克利、卡明斯和箍桶匠约翰·扬等人之前回到了伦敦，落后的一派花了差不多一年时间，于1743年1月1日回到英国。

在奇普船长这一方，只有四个人在旅程中幸存下来，即船长本人、拜伦、坎贝尔和汉密尔顿。他们与美洲原住民一起旅行，又投降了西班牙人，得到优待，最终到达了奇洛埃岛。1746年4月，奇普船长、拜伦和汉密尔顿回到了英格兰；坎贝尔于5月回来。艾萨克·莫里斯与其他两个被"敏捷"号丢弃的船员于7月回到英格兰。此时，距离巴尔克利、卡明斯和扬回国已经过去了三年半。

Ⅱ

得到了官方认可的叙事被写入了安森的航行之中。可以想见，安森在态度上是偏向奇普船长的，会强调他对船只与手下的关心与照顾。科曾斯被射杀，是因为奇普船长认为他意图煽动哗变。虽然"这次事件，无论怎样让人感到不快，却在相当长的一段时间内，让他们认识到了自己的责任，让他们知道必须服从船长的权威"。[①]（杀鸡儆猴！）奇普船长

---

① 安森，《环绕世界的航行》，1748年，第144页。

第四章 "韦杰"号的船难

因其向北航行、争取俘获西班牙船与到达胡安-费尔南德斯群岛的意图得到称赞。向南的航行,"毫无疑问更艰险而乏味","更多是想回国","这种迂回的方式令他们无法注意到所有的不便,让他们只会更顽固"。驾驶大船离去的一方在最后一刻放下了船长,"因为他们清楚地知道,如果指挥官再一次出现在他们面前,他们会在英国遇到怎样的麻烦"。

最后一句话粗暴而虚伪。安森与沃尔特根本没有提到,在他们写下这些话的时刻,会有一个军事法庭来调查"韦杰"号的失事。奇普船长与他的军官已被免除了失去"韦杰"号的责任,但是比恩斯上尉则遭到了数次谴责。就奇普在岛上被剥夺指挥权,甚至有段时间沦为囚徒一事,也没人提起任何针对船员的指控。但是,安森和沃尔特却在计划,利用印刷出来的文字来暗示,驾船离开的船员犯下了哗变的罪行。

让情况更严重的是,所有叙事之中的信息,所有对巴尔克利与卡明斯(虽然没有提及他们的名字)不利的信息均是来自巴尔克利与卡明斯于1743年他们回国之后出版的叙事《一次驶向南海的航行》。这里有证据:

安森/沃尔特

它夹在了一块凹进的岩石中,很快便翻转了,夹在了两座小岛之间,在距离海岸步枪射程之内的地方。

99

《环绕世界的航行》，1748年，第146页

巴尔克利/卡明斯

船夹在了一块凹进的岩石中……船翻转，夹在两座小岛之间……在不超过步枪射程之内的海岸边。

《一次驶向南海的航行》，1743年，第18页

安森/沃尔特

他们在后甲板架起一尊发射四磅重炮弹的大炮，瞄向小屋。他们知道那是船长的居所，发射了两枚炮弹，炮弹贴着屋顶飞了过去。

《环绕世界的航行》，1748年，第147页

巴尔克利/卡明斯

……架起一尊后甲板炮，发射四磅重炮弹的，瞄向船长的居所，发射了两发。炮弹贴着船长的帐篷飞了过去。

《一次驶向南海的航行》，1743年，第21页

除了巴尔克利和卡明斯的叙事，对于韦杰岛上发生的事，安森的叙事没有别的信息来源。差异和增删完全是在解释与评论。他们利用与滥用这些叙事材料的最好例子，是奇普船长对科曾斯的残忍射杀。

毫无疑问，骚乱中有一些暴力行为，科曾斯被当成了始作俑者。

第四章 "韦杰"号的船难

事务长向科曾斯开了枪——此处，安森的叙事以罕见的想象，让他喊出了一声"那狗家伙有手枪"。

船长……冲出帐篷。毫无疑问，是意图挑起哗变的科曾斯开的枪，船长毫不犹豫，立刻向他头上开了枪。

《环绕世界的航行》，1748 年，第 149 页

这些话均是基于巴尔克利的描述。巴尔克利想为船长不计后果的冲动行为寻找解释。

他先前的行为……或许会让船长觉得他意图哗变。这里我们必须说清楚，科曾斯先生自船只失事以来，无论在这里还是在其他地方，都没有拿过武器。

巴尔克利，《一次驶向南海的航行》，1743 年，第 32 页

我们会看到，叙事一方面习惯性地依赖巴尔克利与卡明斯的材料，另一方面又想要诋毁这两人。"韦杰"号的失事、发生在岛上的事情以及回国旅途上的斗争，产生了颇为有力的写作。巴尔克利与卡明斯正为大幕开启准备好了条件。

1743 年出版的《一次驶向南海的航行》的封面上，写着

"由亲身经历过所有事件的约翰·巴尔克利与约翰·卡明斯，'韦杰'号上曾经的炮手与木匠所作"。看上去出版和之后的利润应由两人合伙完成与分享。但是，尽管叙事是依照两人共有的一本航海日志完成的，写作却是巴尔克利一人的责任。他以第一人称写作，一般将卡明斯称为"那位木匠"。巴尔克利已婚，有孩子。他曾是一位能干的水手，曾在以往航程中担任过大副以及见习军官。[①]作为"韦杰"号上的海军士官长，他负责船上的值班瞭望。如此肯定的赠言与前言，对于一位职业海员而言，是过于文绉绉了。同样，首页上还有从沃勒（Waller）那里聪明又自由地引来的几行诗。

> 首先进入大洋的人真正勇敢
> 扬帆远行，不顾可怕的船难
> 在人身上，却有更大的危险
> 远远超过岩石、巨浪与狂风。

或许有人帮他们写了献词与前言，但没有证据表明，有谁在写作整本书的过程中帮助过他们。巴尔克利的写作能力在第二版（1757年）临别时的几句话中得到了证实。对于他忍受的不公对待，他抓住了机会——

[①] 巴尔克利，《一次驶向南海的航行》，1927年，第211页。

第四章 "韦杰"号的船难

> 告诉坦率的读者，仔细读这本好书。这本书叫《基督徒的方式，或对耶稣基督的模仿》。该书由托马斯·坎皮斯所著。这本书我一直带在身边，无论是航行中出现怎样的情况，天意让这本书成为安慰我的手段。
>
> 巴尔克利，《一次驶向南海的航行》，
> 1757 年，第 242 页

在他们延宕回家的旅程最后，巴尔克利、卡明斯与船上的箍桶匠库珀一起，乘坐皇家军舰"斯特灵城堡"(Stirling Castle)号从里斯本到达了朴次茅斯。当他们到达斯皮特黑德的一刻，船长让他们拿到海军部回信之后，才能上岸。船长在信中提了一个问题，这些人是否该为哗变负责。这个指控按照巴尔克利的说法，是比恩斯上尉在里斯本时散布开的。海军部的信两周后到，信中称他们可以得到自由。巴尔克利写道，"我们与家人待了几天后，到了伦敦，向海军部的大人们履行职责"，"我们上交了日志，以供大人们检查，他们已经在此之前，看了中尉写下的叙事"。[1]巴尔克利认为比恩斯上尉的叙事并不可靠，因为他没有日记可以依靠，只是依靠记忆。巴尔克利接着说，海军部的大人们把他的日记"留下了一段时间"，然后命令他们"写一部更为精简的叙事，可

---

[1] 我在此处以及别处都将作者省略的词，比如"L---ds of the A------y"（海军部大人）拼了出来。

以让大人们读起来不那么枯燥乏味"。一个调查委员会随之建立，但认为在"安森回来或者奇普船长回来之前"便开始工作，并不合适。

得出的决定是，在所有与"韦杰"号有关的情况没有水落石出之前，我们都不可以领取工资，也不能再为皇家海军效力。

巴尔克利，《一次驶向南海的航行》，
1743 年，291 页

在这点上，正如第二版中提到的，"伦敦的出版商给了我们一大笔钱，来出版我们的航行记录"。他们向海军部的大人们请求许可，而这些大人说此事与他们无关，"你们想怎么办就怎么办"。因此，他们出了书，序言的结尾处这样写道：

指挥官回来之后我们会有怎样的命运，我们也不知道。当下，我们没有了工作，没办法养家糊口，只能依靠出书带来的利润；或许能够顶得上我们本应从南海的航程中拿到的钱。

巴尔克利出发之后的日志在船只失事后丢失了，但是"自打船只失事之后，木匠和我就一直仔细地共同记下每天发生的事情"[①]。他们的叙事大体上是由他们的日志转录而来的。比如这些 7 月中旬的内容：

> 18 日星期六。派出小船去失事的船那里，带回一桶牛肉。据说从海中传来枪声；瞭望的人说他们两晚前听到过。这引发了很大不安。风向东北偏北，天气寒冷。
>
> 19 日星期天。派出小船去失事的船那里，捞出一只桶——我们以为是牛肉，但拖回岸上一看，却是一桶斧头；我们打捞上了不少的格子衬衣，还有帽子、布料，也有几块牛肉和猪肉。
>
> 22 日星期三。捞上岸了几块牛肉、猪肉，还有衬衣、帽子、罩衣、裤子、布料，还有其他有用的东西，各种尺寸的蜡烛等。
>
> 25 日星期六。下了大雨，有阵风，刮北风。打死了几只海鸥、鹅、鹰，还有其他的鸟；木匠今天很高兴，有人给了他一只很大的岩石蟹。这也是我们第一次在此看到。

尽管《一次驶向南海的航行》是基于日记写成，但它的基本叙事动力是为了自证清白，"证实我们的人格"。正如前言

[①] 巴尔克利，《一次驶向南海的航行》，1743 年，第 20-21 页。

提到的，要反驳比恩斯在里斯本时将他们指认为哗变者的指控，要向海军部证明清白。在听证会缺席的情况下，怀疑围绕着他们。对于哗变的惩处是死刑。巴尔克利与卡明斯的写作是为了救自己的命。可以理解，他们的叙事并不会不偏不倚，但是，可以相信他们的叙事是可靠的。事实上，也没有针对他们的指控。

巴尔克利与卡明斯相信他们会受到指控，公众也这样认为。在1757年的修订版中，巴尔克利能够给出奇普船长返回以及如何受到军事法庭传唤的细节。在军事法庭上，有一位并不认识巴尔克利的军官对他说："别人我不知道，但我相信船上的炮手与木匠该被绞死。"在朴次茅斯，奇普告诉巴尔克利的朋友，他无权让巴尔克利免于一死（就好像他愿意这么做一样！）。后来，如同拜伦在其叙事中讲述的，巴尔克利与卡明斯之所以逃脱了惩罚，只是由于技术方面的原因：在船难开始的一刻，海军停止了给船员的工资，因此，海军纪律与可怕的惩处也就结束了。的确，作为"韦杰"号失事的直接后果，法律澄清了这种情况。即便如此，如果法庭想要刻意为难，这种逻辑并无法替巴尔克利和卡明斯脱罪。唯一承受责罚的人是比恩斯。当时，比恩斯跟随巴尔克利和卡明斯上船离开了。这一举动令起诉人认为，比恩斯是为了自己逃命。派克（S. W. C. Pack）船长在《"韦杰"号哗变》（*The Wager Mutiny*）中写道："他们之所以能逃脱惩罚，不在于听证委员会的不受欢迎，而在于公众舆论的力量，在于他们出人意料的逃脱激发了公众的想象力。"①这个论断对于巴尔克利和卡明斯一案而言,有点不公平。说他们获胜了难道不是更真实吗?《一次驶向南海的航行》是他们为了救自己的命写成的,他们最终获胜了。他们没有被控哗变。

在前言中,巴尔克利写道,他很清楚,"像他们那样地位的人"在岛上采取的行动会被认为是错误的。但是,他接着写道:"是有采取行动的必要,非常有必要。"奇普船长闷闷不乐地待在帐篷中,意图行使已经没有了的权威,岛上的一切都瘫痪了。巴尔克利与卡明斯承担起了组织撤退的职责。卡明斯在制造一艘长艇,这项任务让他无法停手。有人看到一位海员"从船的锚杆上砍下木头生火,而锚杆正是要为长艇所用的;看到这位海员的行为,他无法克制住自己:这件事……阻碍了他的理解,也让他疯狂……"②

卡明斯忙于"制造让我们脱身的工具"时,巴尔克利计划着路线。7月底,他看到拜伦在帐篷里读纳伯勒的《去那些海域》的书。书是船长的。巴尔克利借了这本书,并逐渐相信,就他们的长艇而言,虽然缺乏抗击风浪的能力,却也别无选择,只能依靠其穿过麦哲伦海峡,达到巴西。就此,巴尔克利还在一张纸上画出了路线,上面有"所有在此处的军官的签名,除了船长、上尉、事务长、医生,还有所有水手的签名,除了船长的厨师"。海军实习生拜伦和坎贝尔也签了名。

---

① 派克(Pack),《"韦杰"号哗变》(*The Wager Mutiny*),第 246 页。
② 巴尔克利,《一次驶向南海的航行》,1743 年,第 67 页。

船长说他需要一些时间，后来，则说想要向北行驶去寻找安森。之间有很长时间的辩论，比恩斯总是一言不发，直到奇普最终认输。

先生们，我同意与你们一同冒险，一同出发；但是，仍需你们在出发前对你们的终点仔细考虑清楚。

巴尔克利，《一次驶向南海的航行》，1743年，第57页

在这点上，巴尔克利令人惊讶地说明，是他挑战了奇普的权威地位。如果船长跟随他们一起走，船长被告知他不可以"在不与军官商议的情况下，去考虑停泊或更改路线"。奇普回答道："先生们，直到船只出发前，我都是你们的指挥官。""我们回答说，先生，我们会以生命来支持你，只要你依靠理性来统治。"两天后，奇普依然强调向南行进的危险性。他说，"我已经下定决心与你们一起冒险，去大家想去的地方"。

不过，随着8月的继续，巴尔克利发现，有人在努力争取更多的人同意向北的路线。

人们之间蔓延着一种类似党派纷争的情绪。海员受到了比金钱更有诱惑力的贿赂的影响。白天有

人狂饮朗姆酒以及其他烈酒。除非采取必要行动，否则我们永远无法离开此处。

巴尔克利，《一次驶向南海的航行》，
1743 年，第 69-70 页

现在，比恩斯公开站在了巴尔克利一方。他绘制了另一张重申应该驶向南方的线路图。"我们发现人们正在分裂。这种分裂，毫无疑问要让全体成员遭受毁灭。"他们想要寻求全体的同意。根据巴尔克利的说法，比恩斯上尉说，如果船长不签名，"他会因为枪杀科曾斯先生而被监禁，他也会亲自获得指挥权"。奇普对这张路线图的反应是，"我难道不是早都告诉过你们，我并不在乎到底是向北走还是向南走？我会跟你们一同冒险的"。但他拒绝签字。出乎所有人的意料，比恩斯上尉什么也没说。

负责管理海军陆战队的彭伯顿船长（Pemberton）现在出现在了前台，他同意在船长拒绝签字的情况下将指挥权交给比恩斯。需要引用一下巴尔克利对随后危机的记叙。

> 与此同时，彭伯顿船长告诉人们，他会以生命和我们站在一起，向南穿过麦哲伦海峡，就像那张纸上提议的一样。人们高声欢呼了三声英格兰。船长听到声音，走出了他的帐篷，问人们想要怎样。然后，船长招来了所有军官。人们告诉他，因为他

拒绝签名，对我们的给养安全也不闻不问，人们一致同意，将他手里的指挥权交给上尉。听到这些，船长高声叫道，谁敢把我手里的指挥权夺走？他对着上尉说，是你吗，先生？上尉答道，不是，先生。船长的愤怒把上尉吓得不轻。他面色苍白得像鬼一样。我们把他丢下，让他和船长在一起。我们回到了彭伯顿船长的帐篷，告诉他上尉拒绝行使指挥权。

我们在这儿待了没多久，奇普船长就派人来找我们。我是第一个被叫进帐篷的。我看到他坐在一只箱子上，一把手枪放在右边大腿上。看到这里，我请琼斯先生，也是船长在航行中总需要依靠的人，来告诉船长，我认为坐在一把上膛的手枪前并不合适。尽管我也身有武器，我退后了。我有一把上膛的手枪，身边也有几位拿着步枪的人。没有人怀疑船长个人的勇气。他的勇气太过剩了，让他粗鲁而不考虑后果。他射杀科曾斯先生之举，便是例证。随着这些令人不快的行动，他变得越来越粗暴，行为也越来越不受头脑的控制……我无意落入他的手中，也会因为被迫如此而感到极度不安。以我个人的天性，绝不会向一位我对其毫无恶意的绅士开枪，况且他还是我的指挥官。

琼斯先生把我的意图转告船长之后，他扔掉了

第四章 "韦杰"号的船难

手枪,走出帐篷。他告诉人们,他会和大家一起向南走。他渴望了解他们的苦衷,也愿意补偿他们。人们吁请能够给他们充足的海上给养(已经为长艇的航行留出了给养),希望剩余的部分能够平均分配。这里,船长显示出了能够想象出的最大的风范与勇气。他是一个人与一群人为敌,所有人都对他不满,所有人都有武器。他告诉人们,平均分配给养可能会带来的恶果,今天可能活下去,但却活不到明天。但人们并不满意,军官也对他们毫无权威可言。他们对军官的劝说也听不进去。很难阻止人们想要拉倒储藏给养的帐篷,强行抢走给养。人们从给养帐篷中拿走给养,在地上挖洞以存储白兰地。用于海上航行的供应品有了之后,剩下的马上被一抢而光。如果人们都这样做,后果会非常严重。不过,为了平息人们的情绪,达成的协议是每个人每天可以有一品脱的白兰地。这是经过计算的数字,供应可以持续三个星期。有了这个,人们看上去很满意,就回到了各自的帐篷。

　　船长告诉他的军官,他不会采取行动反对已经达成的协议或是分配的行为。看到船长恢复了理性,我对他说,先生,我想我有责任告诉你,我不是你想象中这次事件的主谋。船长回答说,我还能怎么认为呢?我回答道,先生,我给你读的那张纸是你的上尉的提议。这位绅士就在这里,你看他会否认吗?船长转向上尉,说道,巴尔克利先生已经诚实地把自己洗刷干净了。我们接下来喝了一杯葡萄酒,就离开了。晚上,船长派人来找我和卡明斯先生与他共饮。只有我们两人和他在一起。我落座后说道,先生,我冒了很大风险,让你把手枪收起来。要是我当时往前一步,我们两人中有一个就已经倒下了。船长说,巴尔克利,我肯定地对你说,手枪不是针对你的,是另有其人,因为我早知道是怎么回事了。我们又聊了一会儿别的,整个晚上都是在友好的气氛中度过的。①

9月到了,又过去了,海员有不少的骚动。有美洲原住民趁着天气转好,驾驶小船对海岸进行了侦察。10月6日,比恩斯从船长那里带话,说他"依然是船长,一切要依照海军的规则行事"。这点没被接受。"我们认为他是一位绅士,拥有有限的权力,但要是完全信任他,可就太危险了。"根据巴尔克利的记载,10月8日,彭伯顿船长准备把奇普抓起来——为他曾经射杀科曾斯一事。"我们确信,船长没有向南航行的打算",因此计划把他抓起来。此时,巴尔克利的写作变成了第三人称叙事。

---

① 巴尔克利,《一次驶向南海的航行》,1743年,第74—77页。

第四章 "韦杰"号的船难

让船长继续享受自由太危险了。因此,上尉、炮手、木匠,还有琼斯先生,决定第二天一早在床上把他扣起来。

巴尔克利,《一次驶向南海的航行》,
1743 年,第 90 页

有一队海员被派去做此事。奇普被绑起来,带离他的帐篷。

他的物品被放进事务长的帐篷。带离他的过程中,他说,先生们,你们必须原谅我无法脱帽行礼,因为我的双手被绑起来了。好啊!比恩斯船长!你一定要对此有个交代的。小艇长在船长被绑起来之后,无礼地骚扰他,靠近他说,你曾经有过好日子,但是现在,轮到我了。船长没有理他,只是说,你是个流氓,流氓才会在一位绅士成为囚犯时骚扰他。船长成为囚犯时,他说,他从没想过向南行驶,他有荣誉感,不会从敌人那里退却。他还说,先生们,我不打算毁掉你们的小船;因为我从没有计划回到英格兰,我宁愿被你们枪毙了;这里海滩上没有一个人敢对着我,但这才是我害怕的。

巴尔克利,《一次驶向南海的航行》,
1743 年,第 93 页

10月11日星期天，奇普再一次重申了他的立场。

他宁愿被一枪打死，也不愿被当成一名囚犯。他也不愿跟我们一起走。他向我提出，希望把他留在岛上，人们愿意这么做，愿意给他留下所需给养，只要能匀出来。汉密尔顿上尉和医生愿意和他一起留下来。我们还给他留下了两条小船，要是他能召集够人手跟他一起走的话。人们进行了公开选择，但他们都大声叫着要回英格兰，还说就让他待在这个鬼地方。他想把我们带入监狱？才没人愿意去呢。

巴尔克利，《一次驶向南海的航行》，
1743年，第97页

针对比恩斯上尉也准备了条款。在上面签字的人包括三位幸存的海军实习生，约翰·拜伦、亚历山大·坎贝尔和艾萨克·莫里斯。巴尔克利与奇普告了别。

上述这些工作完成后，我们准备出发。我与船长告别，他重申了他的禁令。我如果能回到英格兰，我会不偏不倚地讲述事情的来龙去脉。他温和而充满感情地对我讲话，而且作为我们友谊和对我尊敬的象征，他希望我能接受他的一身套装。在分别的时刻，他愉快地把手递给我，祝愿我能安全返回英格兰。这也是我最后一次看到不幸的奇普船长。无论怎样，我们希望能再次在英格兰见到他，那么卡明斯先生和我能够免于遭受一些可怕的非难与偏见。有些奇普船长的继任者，比我们有机会早回到英格兰。他们用海外的经历诽谤和诋毁我们。同时，他们会以一份漏洞百出的叙事，让整个事件变得黑暗与神秘。船长回来前，海军部的大人们无法知道该如何处理我们。但是，如果那位不幸的船长永远无法回国，也让我们对他的为人有个公正的评价。船长是一位具有许多美德的绅士，是一位出色的海员，被人以海员的身份爱戴；船长的个人勇气也无人可敌。即便作为一名囚犯，船长也保持了指挥者的尊严，没有厄运或是不幸能让他意志消沉。他也从没显示过半分畏惧与胆怯。失去船只是他自己的损失。在船上时，他知道如何控制。但是，当事态陷入混乱与无序之中时，他试图以勇气在岸上建立秩序，在第一时间以权威镇压可能的伤害，比如小艇长第一次登岸的时刻，比如他枪杀了科曾斯先生。这些均遭到了水手的痛恨，他们把权力掌握在了自己手中……

上午11点钟，全体登船，共有81个人：59人登上长艇，一艘小艇上有12人，另一艘上有10人；正午时扬起风帆，风向是西南偏西。留在岸上的船长、医生和汉密尔顿上尉，我们向他们欢呼三声，他们也向我们欢呼三声。

巴尔克利，《一次驶向南海的航行》，
1743年，第103-105页

对于奇普船长的赞美之辞或许是作为悼词写的，但也能为巴尔克利提供充分的证据，证明自己的公正无私与并无恶意，即便奇普能回国，也不用担心。

"敏捷"号穿过麦哲伦海峡后，沿着南美海岸向北到达格兰德河的旅程，既可怕又惊人。长艇极难操控，寻找正确航路的过程是一场噩梦，而且常常发生。天气糟糕透顶，人均食物供应远远不足。在《鲁滨孙漂流记》中，主人公在船难现场看到了金钱之后，不禁笑道："噢，你们这些废物！……你们现在还有什么用呢？"可是，再想一想，鲁滨孙还是把钱拿走了，这是明智的做法。在"敏捷"号上，海员们忍饥挨饿，饱受寄生虫滋扰，病痛缠身，为了金钱经历折磨。令人难以置信的是，他们要用钱来交换每天微薄供应的面粉。

星期天，15日（11月）……这一天，好几个人想

第四章 "韦杰"号的船难

用给养做交易，用他们的银币换面粉。一磅面粉值12先令，没到晚上，价钱涨到了一个基尼（21先令），人们哭喊着想要吃的，食物如此短缺，船上有几个人快要饿死了。

星期四，19日，西北偏西方向有新风，夹杂着雪和雹。早晨解缆开船，却无法行船。我们的小船无法迎风行驶，只好回到出发地，派人上岸去寻找蚌类。晚上托马斯·卡普尔先生死了。他是已经去世的卡普尔上厨的儿子，只有12岁，死于饥饿。船上有个人，拿着一些这位年轻人的钱，差不多有20个基尼，还有一只手表和银杯子。孩子是愿意拿这些东西换面粉的，但是他的监护人告诉他，他会在巴西给他买衣服。可怜的年轻人哭喊着，先生，我活不到巴西了，我现在就要饿死了，看在上帝的份上，拿我的银盘子给我换点吃的吧，或者你给我买点吃的。年轻人向他所做的一切祈祷与哀求都是徒劳的，但上天却以死亡解脱了年轻人，给他的痛苦画上了句号。没有经历过我们所遭受的痛苦的人，会觉得非常不解，人们怎么会看到有人在他们面前快要饿死而无所作为，但是，饥饿会让人毫无感情。每个人只会考虑自己的生命，根本不会考虑到他人，怜悯的感官彻底关闭了。

巴尔克利,《一次驶向南海的航行》,

1743 年,第 132-133 页,135-136 页

每天都有人死亡。几个小时以前,快要死的人"并不会有人认真对待,常会有玩笑与笑声。就在这种氛围中,他们死去了"。年纪最大的船员是厨师托马斯·麦克莱恩(Thomas Maclean),82 岁,差不多活到了航程的尾声。

III

在布宜诺斯艾利斯南边的"淡水湾"(书中给出的纬度是 37 度 25 分),有 8 个人被丢在了岸上。巴尔克利给了不带他们航行的理由,但不具有说服力。天气糟糕,"我们担心小船每一分钟都会沉没""我们觉得没人会上船""每个人都认为,我们要么下海,要么死亡"[①]。他们带着一只桶,桶里装着武器与必需品,还有一封信。他们目送这几个人登岸。他们"向我们打信号,祝福我们;我们离开了我们的兄弟,接着航行"。

艾萨克·莫里斯记下了被抛弃的一群人的故事,《危险与

---

① 巴尔克利,《一次驶向南海的航行》,1743 年,162 页。

绝望的叙事》(*A Narrative of the Dangers and Distresses*)，作为"对巴尔克利的日志、坎贝尔的叙事和安森先生的航海的补充，大致在1750年于伦敦出版"。莫里斯证实了巴尔克利忠实地记录了离开和对待奇普船长的记录。但是，他并不接受巴尔克利的说法，即巴尔克利的"敏捷"号是在别无选择的情况下抛下他们的。他们被告知"敏捷"号无法带上他们。但是，第二天的条件是不错的。

> 让我们极为惊讶的是，我们看到这艘船在顶索上挂着舰旗，扬帆离开了我们……对这样毫无人性的对待，我们只能猜测，通过减低船员的数量，他们会有更大的空间和更多的给养……我们无法不将此举看成一件最残忍不过的抛弃，他们以虚假的借口欺骗了我们，不愿让我们回到船上。
>
> 莫里斯，《危险与绝望的叙事》，第14-15页

当巴尔克利准备1757年第二版的《一次驶向南海的航行》时，他把莫里斯《危险与绝望的叙事》的许多内容加了进去，但没有加这一段。

莫里斯的故事讲得很精彩。与其他叙事一样，一方面是他对于事件富有回忆的活力，另一方面则是不得不用的文字套话，比如，"仔细思考了当下不幸的处境之后，只能以想象中的希望安慰彼此……""富有同情心的读者会用他的想象

力，以比文字更鲜明的色彩想象我们遭遇的困境"。

他们建立起了海岸生活的模式，吃海豹肉，驯养小野狗，也养猪。他们尝试了两次，想到达布宜诺斯艾利斯，都失败了。小团体不再和谐，他们非常害怕分裂。他们是分成两组瞭望的，两组之间立下了誓言，"永不离开彼此"。有一天，莫里斯的一组人在探查后归来：

> 到达距离茅屋扔一块石头的距离时，我看到我们的狗在不远处冲着我们激动地摇着尾巴。我走在同伴前面，没怎么注意到，觉得它们可能是碰到了一匹小马的尸体。但是，我走到茅屋时，我被惊呆了，茅屋被劫掠一空，我们所有的东西都被拿走了。惊慌失措之中，我跑向我的同伴——他们正和刚才狂叫的狗站在一起。看到我向他们跑来，他们喊了起来，出什么事了，艾萨克？我告诉他们，我们的茅屋被毁了，东西全都被拿走了。啊！他们说道，还有更糟糕的。不远处躺着可怜的盖伊·布罗德韦和本·史密斯，已经被人杀了。
>
> 莫里斯，《危险与绝望的叙事》，第35—36页

他们再也没见到其他两个人。莫里斯和他剩下的三个伙伴，再一次出发，向北走，也再一次失败了。他们没有弹药，没有火，时间是冬天。有时，莫里斯不得不独自一人

寻找吃的东西。

> 让我惊讶的是，我发现了十几匹马从那边沙滩跑向我们的茅屋。随着它们靠近，我看到马背上有人，都是美洲原住民，已经没办法逃跑了。我只知道死亡正向我靠近，只能鼓起勇气迎接死亡了。我向他们奔去，跪倒，尽我所能地向他们乞求，不要杀死我。这时，我听到一个声音，不要害怕，艾萨克，我们都在这儿。这让我很高兴。美洲原住民下了马，有的查看我们的茅屋，有的拔出刀子，如果我们反抗，就会把我们砍成碎片。
>
> 莫里斯，《危险与绝望的叙事》，第45—46页

美洲原住民先抓了他的伙伴，而他的伙伴告诉美洲原住民，他们还有一个伙伴，不愿丢下。因此，莫里斯写道，"我很高兴跟他们一起做了俘虏"。

美洲原住民用俘虏进行交换贸易，但英国水手受到了"相当人性"的对待。几个月的旅行之后，他们来到了国王面前。国王会说一些西班牙语，对西班牙人颇有敌意，因为西班牙人强占了领地，把他们赶到了山里。英国水手们作为仆从，在美洲原住民中间生活了好多个月。"尽管我们是他们的奴隶，却受到了美洲原住民颇为人道的对待，没有遭到虐待。"莫里斯这样写道，美洲原住民的镇上有四个西班牙女俘虏，

"国王微笑着告诉我们，他会给我们每人一个妻子"[1]。他们接受了礼物。"他们每人都有一个西班牙女人做妻子，有几个还在之后留下了孩子。"[2]

最终，他们说服国王将他们带到了布宜诺斯艾利斯。此处，经由"英国贸易代表格雷先生"，他们赎买了自由。他们不愿成为天主教徒，便成了皮萨罗将军"亚洲"号军舰上的战俘，"待遇更像是奴隶，而非战俘"。

Ⅳ

1745年，距离"韦杰"号失事已经过去了四年。莫里斯吃惊地在"亚洲"号上看到了曾经的船伴亚历山大·坎贝尔。坎贝尔曾经拒绝向南冒险航行。他与海军实习生拜伦一道乘坐小船，回到了奇普船长身边。对于坎贝尔、拜伦与奇普的故事，两位海军实习生各有不同的讲述。坎贝尔的发表在1747年；拜伦的发表在1768年；奇普本人的叙事略显单调无趣，收录在了巴尔克利的第二版叙事之中(的确很奇怪)。

坎贝尔的叙事有一个简单的名字，《巴尔克利与卡明斯的南海航行之续篇》(简称《南海航行之续篇》)(*The Sequel to Bulkeley's and Cummins's Voyage to the South-Seas*)。如同前两位

---

[1] 莫里斯，《危险与绝望的叙事》，第53页。
[2] 坎贝尔，《南海航行之续篇》，第98页。

一样，他出版此书的目的既是为了赚钱，也是为了自证清白。因为有指控在先，海军不再雇用他，指控他的人是他的船长戴维·奇普。

> 我在书中要说的是，本书词句没有矫饰、恶意与虚假。书中所言事实无可辩驳，用一位海员朴实无华的语言讲述。他出版此书的主要目的，是从非常可怕的诽谤中证明清白。我在跟随奇普船长的过程中遭遇的绝大多数困苦，均是我自愿跟随这位绅士的后果，而我与他一道经历的，还有为他经历的绝望处境，或许是从未有人经历过的。但是，我得到的回报是，这位船长是我在世界上能够遇到的最大敌人……我现在失业了，也没有因为为国王和国家的服务得到相应的报偿。
>
> 坎贝尔，《南海航行之续篇》，ii

坎贝尔在圣地亚哥与奇普、拜伦和汉密尔顿分了手。最先回到英格兰的是奇普，他汇报说"我为西班牙人服务"。1746年5月回到英格兰的坎贝尔得知了这个情况，也向海军部做了汇报。坎贝尔没有说的是，奇普还指控说，坎贝尔在西班牙人手中成了一名天主教徒，才是他为什么要和其他人分开，而没有跟随他们一道搭乘一艘法国船回国的原因。对于他的改信，坎贝尔保持了沉默，看上去的确是事实。

坎贝尔提到有 20 个人留在了"韦杰岛"上。他们有两条小船,一条是平底船,一条是小帆船。"敏捷"号离开的一刻,奇普显得很高兴,"他变得很活跃,四处去找木柴和水,生火,成了一位好厨子。"①

他们从岛上乘船出发,但没多久小帆船便搁浅沉没了。不是所有的船员都能上到平底船上去,有 4 个人没上来。

> 我们离开的时刻,这四个不幸的人站在沙滩上,冲我们欢呼了三声,叫到"上帝保佑国王!"我们的心中对他们充满同情,却无法帮助他们。他们的名字是史密斯、霍布斯、赫特福德和克罗斯莱特中士。
>
> 坎贝尔,《南海航行之续篇》,第 46 页

不过,他们还是被迫回去了,也决定把海员都带上。但是,他们却消失了。他们只找到一支枪,还有他们的弹药。

坎贝尔记录了主要是为食物发生的激烈争执,还有约翰·博斯曼(John Bosman)的饿死。6 个人驾驶平底船去寻找食物,而无论船还是人,都没有被人再见过(后来西班牙人在船上找到了两名幸存者)。现在没了船,奇普和剩余几个人被美洲原住民抓住了,乘着他们的独木舟向北行驶。埃利奥特医生死了。美洲原住民"把他们当成我们的主人,我们

---

① 坎贝尔,《南海航行之续篇》,第 29 页。

事事都得听从他们"。在饥饿与污秽之中,他们被迫划桨、舀水。他们没有鞋子,却要走过难走的小路。坎贝尔详细描述了美洲原住民捕鱼的方法,但对他的主人们并没有什么好话。过了许多个月,他们到达了奇洛埃岛(Chiloe),那里既有美洲原住民,也有西班牙人。

尽管痛苦与不幸还在故事中延续,但坎贝尔认为,如果他们之中的大多数人能够向北行进,他们可以占领奇洛埃岛和利马附近的船只。①

奇普、坎贝尔、拜伦和汉密尔顿在圣地亚哥待了两年。他们得到了些钱,但坎贝尔说奇普把他应得的部分给骗走了。坎贝尔与其他人分了手,与皮萨罗的军官一起穿过内陆,到了布宜诺斯艾利斯。在这里,坎贝尔又见到了以往的几个船伴。坎贝尔说,在亚速尔群岛时他被要求为西班牙人服务,但他拒绝了。

坎贝尔比较了他被海军的拒绝和拜伦在海军中得到的提升,口气很是怨恨。拜伦还在下落不明时,就被提升成了上尉。返回英格兰后,他先是被赋予指挥一艘20门炮的单桅帆船的权力,后来又被任命为"塞壬"号的舰长。② 正如我们所见,拜伦自己的叙事直到1768年才问世。此时,已经是拜伦两年环球航行之后,也是"韦杰"号失事的27年后了。为什么这本书不早点出版,或者说为什么这本书在1768年才出

---

① 坎贝尔,《南海航行之续篇》,第77页。
② 派克,《"韦杰"号哗变》,第219页;《拜伦的环球航行日志》,xx.

版，原因不是很清楚。奇普是1752年去世的，所以，是否一定要等到船长去世才出版并不是问题。无论原因到底如何，拜伦的出版商S. 贝克(S. Baker)和G. 利(G. Leigh)利用这次出名的航程赚了不少钱。书名叫作《约翰·拜伦爵士的叙事（任职之后一次环球航程的指挥官）》（简称《拜伦的叙事》）[The Narrative of the Honourable John Byron (Commodore in a Late Expedition round the World)]。

《拜伦的叙事》是对巴尔克利与卡明斯的攻击。在拜伦看来，他们的回忆具有太多选择性，"明显是拼凑而成，为证明他们的行为不是哗变"。"对于读者而言，为什么一个放肆的团伙会听从其他人的领导，而不是船长坚实的建议。"[1]但是，拜伦也认为，根据当时的法律，"这伙难以驾驭的人"很难被称为哗变者，因为他们与海军的雇佣关系在船只失事的一刻就结束了。

拜伦的写作风格虽然刻板，但也有幽默之处。

> 此时，若奇普船长能够稍微不那么在乎自我，其性格的敦厚温和之处便会得到很大报偿。
> 拜伦，《拜伦的叙事》，第110页

对于直接抄袭别人叙事的部分，拜伦没有任何不安，特

---

[1] 拜伦，《拜伦的叙事》，vi-vii。

别是船难的一段。但是，拜伦有自己的材料。比如，他提到有一个男孩想吃掉溺毙者的肝脏，被人制止了；再比如，这孩子还有一条狗，是他的朋友，最终被他吃掉了。拜伦说他之所以加入长艇一方，是因为他认为船长也会加入长艇一方，他最终离开，是发现船长没有加入。这当然不真实。

叙事最精彩的部分，是不得不依靠美洲原住民一同向北旅行中所遭受的屈辱。拜伦超越了坎贝尔，他写了一部经典的内心噩梦，其中强者与弱者、文明人与野蛮人、主人与奴隶的关系均被颠覆了。拜伦让人想起一个最常见、最具潜力的模式：基督徒成为恶魔一般的土耳其人的俘虏，他与坎贝尔"每天都像船上的奴隶一样劳作"。[1]同时，拜伦说他被人踢，被人打，还不能靠近火。有一次，拜伦爬进美洲原住民的棚屋，发现里面有两位女性，一位年长，另一位年轻漂亮。两人同情他，同意他睡在身旁。

拜伦的地位（如他自己描述的）因为美洲原住民对待奇普的态度变得复杂了。看出来他们是奇普的属下，美洲原住民更蔑视他们。奇普因为是首领，待遇要稍好一点。衰弱无力的奇普颇为心满意足地接受了美洲原住民对他首领地位的认可，让自己进入到新的权力结构之中，默认自己的手下承受各种虐待。拜伦对此的描述令人惊讶。面对这种堕落的权威，拜伦写出了怪诞的风格。拜伦写到奇普遭受了虱子的无法忍受的折磨：

---

[1] 拜伦，《拜伦的叙事》，第 164 页。

> 与奇普船长相比，我们还算干净。我不得不把他的身体比作一座蚂蚁山，有成千的昆虫爬上爬下。他已经不再试图摆脱这种折磨。他失去了自我，想不起我们的名字，尽管我们就在身边，他甚至忘了自己的名字。他的胡子长得像一位隐士，脸上满是油腻与尘土。很长时间以来，他已经适应了睡在一只袋子里，旁边有一只枕头，里面他留着发臭了的碎海豹肉……他的腿粗得像风车的立柱，但身体瘦得只剩下皮包骨头。
>
> 拜伦，《拜伦的叙事》，第 166 页

可以清楚地看到，前言中表现出来的对于权威与纪律的尊重，并没有贯彻到叙事的主体之中。拜伦没有把他对巴尔克利和卡明斯的指责继续下去，或许不同的部分是在不同的时间写成的，很多描写显得模糊和宽泛。但是，从一些章节的特殊之处可以看出，这一定是在事件刚刚发生后写就的。

还有一部叙事作品也与"韦杰"号失事有关。此书出版于1751 年，名为《皇家舰船"韦杰"号之不幸与灾难性航行的动人叙事……完全取材于真实日记，由一位居住伦敦的商人从信件中转记而来，源自一位船难的目击者……》(简称《动人叙事》)(*An Affecting Narrative of the Unfortunate Voyage and Catastrophe of his Majesty's Ship Wager*…) 收录在 E. G. 考克斯

(E. G. Cox)编辑的《旅行文学参考手册》(*Reference Guide to the Literature of Travel*)第二卷(1935—1949年)中。本书的作者被认为是约翰·扬(John Young,船上的箍桶匠)。此说在 G. B. 帕克斯(G. B. Parks)编撰的《新剑桥书目》(*The New Cambridge Bibliography*)(1971年)和格林杜尔·威廉斯编辑的安森《环球航行》中得到了认可。S. W. C. 派克(S. W. C. Pack)在他关于"韦杰"号的书中,称这部叙事是"许多故事中最好的一部",从其中多有引用,认为其观察"非常深入"(第82页);并在另一处宣称,"依靠箍桶匠的版本能为我们的观点提供证明"(第102页)。

可是,这本书是一部伪作。此书记载的事件全部源自巴尔克利与卡明斯的叙事,派克引用的部分,正是本书中没完没了的说教,被拼接到了借用来的主框架上。本书是格拉布街(旧时伦敦潦倒文人常常聚居之处)的产物,是雇来的写手所为。因为在叙事之中,巴尔克利与卡明斯竟然把枪口对准了自己,叙事的每一处都支撑船长,把船长树为权威。很容易便能看出来,为什么箍桶匠被称为作者。箍桶匠是唯一一位跟随巴尔克利和卡明斯走完了全程的船员。因此,要是挑选一位来写与他们二人相关的叙事的话,箍桶匠是最佳人选。但是,直到本书最后,代笔人才暗示了这一点,当然,是为了证明叙事的可靠。

> 巴尔克利先生，木匠，也是你卑微的仆人，从船上下来，我们便上了"变化"号；我们认识了几位英国工厂的绅士，告知了自己的身份。
>
> 《动人叙事》，第 158 页

巴尔克利叙事的这部分是这样写的：

> 我们这些英国人一上岸，立刻就上了"变化"号。对于这座英国工厂里的一些绅士而言，我算是久为他们所知了。
>
> 巴尔克利，《一次驶向南海的航行》，1743 年，第 49 页

这本书有一个喜好劝诫的叙事人，用了大量冗长的说教，很难让人感到印象深刻，或是被故作玄虚的笔触打动。比如这样的句子："那些听不到风神怒吼的人，没有被海神的暴怒吓破魂魄的人，却被这些可怕的事件惊呆了。"有两个冗长的解释值得一提。第一个是作者再现奇普听到向南航行之后的心声：

> 在他的心中，他完全反对他们的计划，但他也看到了，如果他说出自己的意见，这些人现有的暴

力倾向会让他们走向极端。于是，他认真思考该如何平息他们，一方面希望能有什么事情发生，令他们改变观点；另一方面也希望他们的激情能够逐渐消退，让他们……变得服从权威。

《动人叙事》，第49页

在第二个例子中，增加的语言是为流氓哗变者准备的。这是汉密尔顿上尉和医生不愿加入他们的时刻：

> 正在这个时候，有一个家伙叫道："让他们淹死，小伙子们，如果这些蠢杂种想要跟着魔鬼一起去，又能怎么样！"另一个答道："是啊，杰克，看在上帝分上，你说得没错！"所有人都同意了。这两位绅士于是得到许可离开船，不再忍受侮辱，而与船长待在了一起——让船长觉得大受安慰。

《动人叙事》，第71页

这个叙事最动人的部分是船长拒绝接受巴尔克利所述的告别场景时。

> 我们就要离开的一刻，巴尔克利想要跑过去与那位绅士告别，想给他一个友好的拥抱。他回来之

后，看来被他刚才受到的温和对待而感动，为了分手一刻的告别而感动。我们觉得，有些事情可能是他自己的想象，因为这些场景与那位骄傲的绅士的高昂精神不相符合，他的气质与才干都是为了指挥而生，他也从来不会卑躬屈膝和甜言蜜语。

《动人叙事》，第81-82页

这是一个有趣的例证，说明这位读者对文字材料如何成了目击者的证词表示了怀疑。

V

"韦杰"号失事催生了四部值得注意的幸存叙事。在《帝国之眼：旅行叙事与文化互化》(简称《帝国之眼》)(*Imperial Eyes: Travel Writing and Transculturation*)一书中，M. L. 普拉特(M. L. Pratt)对于幸存叙事颇为不屑，认为这是一个肤浅的文类，其中多是"内容浅薄的哗众取宠"。她注意到此类叙事中常有的被异族和不信基督教者奴役的主题。她写道："幸存文学对于僭越的情节而言是'安全'的，因为这种叙事常常预设了对于帝国而言正确的结果：幸存者会幸存下来，重新融入母国社会。故事总是从返回母国的欧洲人的角度讲述的。"[1]这种对于幸存者的敌意令人难以理解。她还能指望幸

---

[1] 普拉特(Pratt)，《帝国之眼》(*Imperial Eyes*)，第86-87页。

存者们做些什么？不要回来？不要写作？不要重新融入母国社会？故事当然是从回到英国的欧洲人的角度讲述的。基于切身体验的文学，比起那些强行试图重新创造一个不同于自己文化视角的写作因其有偏见的记录，而显得更诚实。如果能找到对于美洲原住民或西班牙人更同情的态度，当然会令人满意。事实上，幸存者的态度千差万别，重要的是关注到每次叙事的个性差异。有一件事情可谓确定无疑，所有幸存者均受到了他们经验的影响，很难摆脱，也很难恢复"正常生活"。

亚历山大·坎贝尔曾在两种异质文化中长期生活，一是非基督教的美洲原住民，二是信天主教的西班牙人。受了天主教影响的坎贝尔在与英国社会的融合中屡屡碰壁。莫里斯用了幸存文学中久远的主题——他对比了美洲原住民富有人性的一面与西班牙人的残暴。不过，他的叙事中很少有"高贵的野蛮人"的主题。尽管莫里斯强调自己和伙伴们受到了美洲原住民富有人性的对待，但他也要保持欧洲人的优越口吻，总是屈尊纡贵地描写美洲原住民的风俗与宗教："我无法从他们之间看到任何政府的规则。"莫里斯把与美洲原住民长期居住的经历忘在一边，并没有显出遗憾。尽管如此，莫里斯还是在叙事中把美洲原住民当成了伙伴，接受他们，认为他们遭到了帝国主义的剥夺。这也算是揭示了殖民主义的虚伪。约翰·拜伦成了美洲原住民的仆人（美洲原住民也救了他们的命），却放纵自己的鄙视与仇恨，把美洲原住民写成了一个完全不同的人种。拜伦带着复仇的心理重新融入了母国社会。这种奇特的散光现象，让他在"海豚"号日记中写下了美洲原住民有不正常身材的记录。拜伦的做法，是否出于本能，本能地想与那些曾经让他遭受屈辱的人拉开距离？这样一来，他是否可以抵抗那种认为美洲原住民与白人同属人类的说法，从而维护自己的种族优越地位？

在巴尔克利和卡明斯的叙事中，美洲原住民位于边缘。从字面上看，他们来来往往，是"一个非常简单且无害的民族"。他们看到了美洲原住民，为他们不惧寒冷而惊奇。他们看到这里的美洲原住民男性的不从事劳作，看到了美洲原住民女性或者在捕鱼，或者在潜水捞取"海蛋"。"在这些人之中，自然的秩序好像颠倒过来了；男性免除了艰苦与劳作，女性却好似奴隶与苦工。"[①]他们叙事的重要性与其说体现在对美洲原住民的态度方面，倒不如说是对于海军的等级制上。基本上讲，他们讲述的是一个如何在皇家军舰失事后的混乱中重建权威的故事。他们非常小心，尤其低调地处理了他们在挑战既有秩序与纪律过程中的角色，尽量把自己藏在"人们"后面，或是倒霉的比恩斯身后。但非常清楚的是，他们正是逃离孤岛计划的策划者与执行人。无论他们逃往南方的计划正确与否，考虑到"敏捷"号上可怕的人员死亡比例，他们看到用一条凑合行驶的军舰是无法与西班牙人作战的，也毫无追上安森舰队的可能（安森的舰队在1741年9月离开胡

---

① 巴尔克利，《一次驶向南海的航行》，1743年，第39页。

安-费尔南德斯群岛,是在"敏捷"号离开"韦杰岛"之前)。奇普船长固执地想要去和西班牙人作战,却成了西班牙人的囚犯。

在英国,比恩斯上尉想要重建海军秩序——这是他曾经协助巴尔克利和卡明斯推翻的。但是,炮手与木匠合写的书成了一面盾牌,挡住了比恩斯的反击、海军部的愤怒与奇普的复仇。不仅如此,这本书成了"韦杰岛"上发生事件的记录,心怀恶意的人可以来做证与修改,却无法摧毁。写作了《动人叙事》的枪手,想推翻他们的故事,却没成功,而他的失败,或许可以说明,为什么过了17年之后,拜伦才会去诋毁他们,才开始批评他们对一致和服从的正确看法。

《一次驶向南海的航行》或许让作者的敌人为难了,却没给作者带来财富。除了受排斥,巴尔克利与卡明斯倒没受什么惩罚。他们拿到了航船出事之前的所有报酬,但是,他们在海军的服务也就此终止了。

第五章　霍克斯沃思博士在海上

I

我不敢质疑霍克斯沃思博士的能力，人们认为他是一位优雅的作家。但是，为什么像班克斯、索兰德和拜伦一样的人不能写他们的所见、所感与所遭遇的事件？他们难道不会写得生动准确吗？用来描写我们上次旅行的平白语言冒犯了谁？丹皮尔和伍兹·罗杰斯的书不是被人广泛阅读和理解的吗？

《鲍德温的伦敦周刊杂志》，1773年5月22日

"哎呀，先生，"我说道，"霍克斯沃思用你的叙事，就像伦敦的酒商用葡萄酒一样，他给兑水了。"

博斯韦尔（Boswell）致库克船长，1776年4月[①]

[①] 两篇引文均可从海伦·沃利斯（Helen Wallis）极具价值的哈克卢特学会版的《卡特里特环游世界的航行》(*Carteret's Voyage Round the World*) 中看到，分别是第498页和510页。

第五章　霍克斯沃思博士在海上

库克船长1768—1771年间驾驶"努力"(*Endeavour*)号完成的第一次环球航行,为英国航海发现史开辟了新篇章。他的探索,是英国之前对南美与太平洋海域一系列探索的延续或高潮。这些探索在1763年与法国的七年战争之后不断进行,目的是增强与扩展英国的海上权力与领域。探索的发起者是约翰·珀西瓦尔(John Perceval),即爱格蒙特伯爵,他曾在1763—1766年间任英国海军部首席大臣。约翰·拜伦乘坐"海豚"号之行,便是第一次这样的努力。1766年,"海豚"号刚返航,便有了下一步航行的计划。就在拜伦向爱格蒙特伯爵汇报情况的时候,麦克布莱德(McBride)船长已经受命,驾驶"詹森"(*Jason*)号在福克兰群岛(马尔维纳斯群岛)建立定居地。法国和西班牙将这些地方视为自己的领土,愤怒地盯着英国的步步紧逼。英国内阁担心可能的国际影响,也担心爱格蒙特伯爵的冒险行动。1766年8月,爱格蒙特伯爵在反对声中辞职。但就在下台前,他确认了下一次远航业已出发了[①]。

指挥"海豚"号的是塞缪尔·沃利斯(Samuel Wallis)船长,另有一艘"燕子"号伴随航行。菲利普·卡特里特(Philip Carteret)是"燕子"号的船长,曾在拜伦的"海豚"号上任职中尉。"燕子"号船不好,不适合在热带区域远航,而卡特里特直到出海前,仍对航行的最终目标毫无信心。航行的目标是

[①] 海伦·沃利斯,《卡特里特环游世界的航行》,第10-15页。

探查"合恩角和新西兰是否有岛屿或大片土地",看看"是否已经有任何欧洲强国访问此地",并"在取得居住者同意的情况下""占有这些土地与岛屿"。①两船在费力通过了麦哲伦海峡之后,"海豚"号总被"燕子"号的缓慢航行拖后腿。不过,"燕子"号的船长了解麦哲伦海峡,但沃利斯并不知道。卡特里特认为,一旦通过麦哲伦海峡,沃利斯就不需要他的破船领航了,于是就脚底抹油了。两条船最终失去了联系。很难让人相信,两船的分手仅仅是意外。

沃利斯尽管染病在身,却继续航行并发现了塔希提,将其命名为乔治国王岛。他的船员在此度过了田园般的五个星期。无论对于探索还是与岛民的协商而言,卡特里特均缺乏合适的准备。然而,他艰苦地持续着自己的航程,不断发现和命名新岛屿,其中包括皮特凯恩群岛(Pitcairn)。后来,卡特里特带领疲惫不堪、受到坏血症困扰的船员到达了望加锡(马卡萨)(Macassar),但没从荷兰人那儿得到什么帮助。过了好望角后,跨越大西洋的卡特里特运气变好了,跟随其航迹的布干维尔赶上了他,两人有了一番交谈。

1766年,布干维尔随"愤怒"(*La Boudeuse*)号与"星星"(*L'Etoile*)号开始了伟大的航程。随船的科学家有菲利伯特·科莫森(Philibert Commerson)。他曾在沃利斯之后到达过塔希提,也曾在巴达维亚听到过"燕子"号其实没有失踪。两位指

---

① 罗布森(Robertson),《发现塔希提》(*Discovery of Tahiti*),xxii-xxiii;海伦·沃利斯,《卡特里特环游世界的航行》,第302-304页。

第五章　霍克斯沃思博士在海上

挥官都在为帝国的欲望服务，都忍受了无尽的艰险。两人之间，应该有一场浪漫与动人的相聚。但是，卡特里特极度怀疑布干维尔的提议，既不愿意与之交谈，也不愿意接受帮助。

1768年5月20日，沃利斯到达英格兰。1769年3月，布干维尔和卡特里特回了国。1768年8月26日，詹姆斯·库克船长驾驶"努力"号从普利茅斯扬帆出发。同年1月，皇家学会请求乔治三世国王为向南的航程支付费用，理由是：

> "金星凌日"将于1769年6月3日发生，对此现象，只有在恰当地点才能准确观测。观测结果将有助于天文学的进展，天文学的进展也会帮助航海。
> 库克，第一卷，《"努力"号的航行》，第604页

国王同意了，海军部准备了航船，是惠特比建造的一艘运煤船，还指派了指挥官詹姆斯·库克中尉。沃利斯一回航，海军部就把他刚发现的乔治国王岛指定为观测地点。"努力"号上的科学家队伍由年轻、富裕且充满自信的约瑟夫·班克斯率领。

就如何在塔希提观测"金星凌日"，海军部给了库克详尽的指示。库克"应尽其所能与当地人建立良好关系，给他们送上所有可能被接受的小玩意""向他们致以友好

的礼仪"。①皇家学会主席詹姆斯·道格拉斯（James Douglas），即莫顿公爵，在给"努力"号上的绅士们的"提示"中又有所强调。以下是相关"指示"：

>   船只航行所到之处，要在与当地人的接触中展现最大限度的耐心与忍耐。
>
>   制止水手的易怒，限制随意使用火器。
>
>   随时牢记，任何令当地人流血的行为均是最高程度的犯罪：他们也是人，是无处不在的上帝的造物，应与最文明的欧洲人一起，平等受到上帝的关注。少一些冒犯，会更多地得到上帝的赞许。
>
>   他们是自然的，从这个词最严格的意义上说，他们才是他们居住的土地上的合法拥有者。
>
>   没有欧洲国家有权占有他们土地的任何一部分，或者在没有得到他们许可的情况下定居于此。
>
>   对于他们的征服没有合法的依据，因为他们永远不可能成为来犯者。
>
>   他们可能很自然也很合理地驱逐外来者，他们可能认为外来者扰乱了他们地区的和平，无论其人的用意是善或恶。
>
>   库克，第一卷，《"努力"号的航行》，第514页

---

① 库克（Cook），第一卷，《"努力"号的航行》（*Voyage of the Endeavour*），cclxxx。

第五章　霍克斯沃思博士在海上

库克手里还有一份密封的"特别指示"，主要内容是关于探索预想中的南方大陆。如果库克能够找到，他需要"在取得当地人同意的合适情况下，以大不列颠国王的名义加以占领"。若是库克遇到了尚未发现的岛屿，他需要标示与测量，并且也"需要以国王的名义加以占领"。库克还需要仔细勘察新西兰。在回国登岸之前，库克需要将全体军官的航海日志、书籍与笔记一并收上，以确保航行的机密。①

库克第一次航行的故事，即他在塔希提的逗留、环绕新西兰、在澳大利亚东岸遭遇危险、在巴达维亚遭遇热病，已经人所共知，此处不再赘述了。历经将近三年之后，"努力"号于1771年7月返回了英格兰。约瑟夫·班克斯担心被法国航海家抢了先机，极力想要"一旦回国，立刻出版我们的航行记录"，以便让"我们的国家独享发现的荣耀！"②然而，1771年首先出版的却是一部未经授权的匿名作品，《皇家军舰"努力"号环球航行记》（*Journal of a Voyage Round the World in His Majesty's Ship Endeavour*），出版者贝克特（Becket）鲁莽地将此书题献给了海军大臣、班克斯先生和索兰德博士。献给班克斯的一本现存大英图书馆。此书颇为古怪，单调无趣，但是，当提到塔希提女王（Queen Obrea）的和平政策时，呆滞的风格变得幽默起来。

---

① 库克，第一卷，《"努力"号的航行》，cclxxxii-cclxxxiv。
② 班克斯（Banks），《约瑟夫·班克斯的"努力"号日志》（*The Endeavour Journal of Joseph Banks*）第二卷，第249页。

女王对人类的需要有最切身的感受。她反对大臣的建议，认为应该立刻把大量的女人和猪送到船上。这番建议非常善意，理应被铭刻在石碑上记录下来。对于常年行驶在海船上的水手而言，有什么能比女人和猪肉更能让他们接受的呢？

第65页

全书仅有的动情之处是"天文学家格林先生"死于巴达维亚的一刻。他的死令"观测结果变得无序，也令其中许多内容无法理解"（第130页）。此类办公室文员一般的焦虑或许是揭示神秘作者身份的线索。比格尔霍尔认为此书作者可能是海军实习生詹姆斯·马格拉（James Magra）。

经过授权的叙事直到1773年才问世。此时，库克已经指挥"决心"（*Resolution*）号开始了第二次航程。叙事经由约翰·霍克斯沃思编辑之后，与拜伦、沃利斯和卡特里特的航海叙事一同出版。关于此书诞生的前因后果，范妮·伯尼（Fanny Burney）的故事广为人知：1771年9月，在奥福德爵士于诺福克的宅邸里，海军部第一大臣桑威奇伯爵见到了她的父亲查尔斯·伯尼，说起了库克的航行。桑威奇说，"材料都在他手上，但还没整理，只是一些杂乱无章的草稿，希望有人推荐一位合适的人，写写这次航行"。伯尼先生推荐了霍克斯沃思。加里克（Garrick）认可了这次推荐，"认为可以给他口袋里放上几百英镑"。此时，霍克斯沃思正服侍着桑威奇伯爵，于是，事情就这么定下来了。①

除了想给霍克斯沃思帮个忙，伯尼和加里克实在没什么理由应该推荐他。霍克斯沃思被他们称为"一位杂家写手"，写过不少东西，但是，他从没出过海，对库克的任务也毫无经验。1720年，霍克斯沃思生于伦敦的钟表匠家庭，曾在律师行当过实习生。他完全是自学成才的。②乔舒亚·雷诺兹（Joshua Reynolds）爵士颇为讥讽地说"此人毫无学识"。约翰·霍金斯（John Hawkins）爵士评价他"有才能却无学识"③。霍克斯沃思与来自布朗利（Bromley）的屠夫的女儿玛丽·布朗（Mary Brown）结了婚。她是一位"谦虚却有过人才华的女子"。两人一起在布朗利租了一间庄园，开办了女子寄宿学校，由霍克斯沃思夫人打理，霍克斯沃思则开始了他的文学生涯，并先后获得了约翰逊博士和加里克的友情。约翰逊博士曾告诉斯维尔（Thrale）夫人，要想知道他早期在伦敦生活的细节，"可以去找霍克斯沃思去打听，我和他非常熟悉（尽管我觉得没有太多感情）"④。

霍克斯沃思曾给《绅士杂志》写稿多年，但是，让他出名是他两周一期的"冒险者"系列文章，时间从1752年到1754年。在最后一期文章中，霍克斯沃思称自己是"一位道德作家"：

---

① 伯尼（Burney），《早期日志》（*Early Journals*），第一卷，第173页。
② 生平细节绝大多数源自阿博特（Abbott）的《约翰·霍克斯沃思》（*John Hawkesworth*）。
③ 希尔（Hill），《博斯韦尔的约翰逊传》（*Boswell's Life of Johnson*），第一卷，第253页；阿博特，《约翰·霍克斯沃思》，第6页。
④ 希尔（Hill），《约翰逊杂集》（*Johnsonian Miscellanies*），第一卷，第166页。

致力于标示出走向恶的堕落的第一步；对不认为会招致罪行的行为提出警示，罪恶与无可救药的悲惨情形便是这些行为自然而然且无可避免的后果。

如此高调的立场，让霍克斯沃思在1756年获得了坎特伯雷大主教颁发的法学博士学位。约翰逊对此奖励颇为不屑，声称"霍克斯沃思成了一个花花公子，我与他之间没什么好说的了"。（他后来态度缓和了。）霍克斯沃思编辑过斯威夫特的作品，出于道德目的为其中的污秽描写辩护。霍克斯沃思还花时间编撰过德莱顿的《安菲特律翁》(*Amphitryon*)和萨瑟恩的《奥鲁诺克》(*Oroonoko*)。他真正获得成功的东方故事《阿默兰与哈麦特》(*Almoran and Hamet*)则被他的传记作者称之为"矫正欲望，尤其矫正情欲之作"。有评论者将此作与《崔斯坦恩·香迪》(*Tristram Shandy*)相比，认为读者会发现"不用上紧时钟了"①。（意即无法引起读者的兴趣。）

1769年，16岁的范妮·伯尼初遇"著名的霍克斯沃思博士"，感到有些失望。霍克斯沃思"在对话中没有显现什么才华，没有独然出众……他的谈吐只是一般——适当或好于一般的书写语言；对我而言，他没有人们说的机智——他的谈吐既不轻松又不精彩"。② 真实情况是，霍克斯沃思既是道学

---

① 阿博特，《约翰·霍克斯沃思》，第116—117页。
② 伯尼(Burney)，《早期日志》(*Early Journals*)，第一卷，第63页。

第五章　霍克斯沃思博士在海上

家,又颇为势利。他孜孜不倦地向身边的达官贵人献殷勤。在1770年的一封信中,霍克斯沃思写道:"我与谢尔本夫人已经共进了七次星期天的晚餐;金斯伯勒爵士待我很好,在他的马车里给我留了位置。"①约翰逊博士认为霍克斯沃思是"世界上被成功宠坏了的孩子";乔书亚·雷诺兹说,霍克斯沃思是"造作的花花公子";戈德史密斯(Goldsmith)简要地说,他是一个"跳舞能手"②。

霍克斯沃思在给查尔斯·伯尼的信中写道:"我非常愿意能受雇做您提到的文字工作",后来又说"文字的权利应该都属于我"③。他从斯特拉恩(Strahan)和卡德尔(Cadell)处获得了6000英镑的出版酬劳。这高于任何一本18世纪出版的文学作品。这位令人震惊的人物很快就众所周知了,从别人的写作中获取如此高的收益,令他成为众人义愤的焦点。这也是书出版后引发恶意的核心原因。通过投资2000镑,霍克斯沃思成了东印度公司的董事会成员,但他也失去了加里克的友谊。加里克用影响力给他找了这份工作,也希望他与出版商托马斯·贝特克(Thomas Becket)打交道。但霍克斯沃思却没有听加里克的。

1771年秋,霍克斯沃思开始工作。获准使用约瑟夫·班克斯的日记补充已有材料,令他喜出望外。霍克斯沃思于

---

① 阿博特,《约翰·霍克斯沃思》,第132页。
② 希尔(Hill),《博斯韦尔的约翰逊传》(*Boswell's Life of Johnson*),第一卷,第253页;《约翰逊杂集》,第一卷,第210页。
③ 阿博特,《约翰·霍克斯沃思》,第144页。

1773年完成了工作。同年6月，此书以三卷本的形式出版了。

> 一次南半球发现之旅的航行记叙，奉陛下之命而行，由指挥官拜伦、沃利斯船长、卡特里特船长与库克船长成功驾驶"海豚"号、"燕子"号与"努力"号完成。取材于几位指挥官在航行之中的日记以及约瑟夫·班克斯先生的记录。由法学博士约翰·霍克斯沃思完成。

对于出版者而言，该书取得了成功。尽管售价高达三个基尼，同年夏天出了第二版。纽约版、法文译本和德文译本均于1774年面世，而另一种便宜的连载本，即以60个星期为单位，每一部分一先令的形式也出现了（买全了能省下三个先令）。

对霍克斯沃思而言，该书带来了一场灾难。乔治·福斯特写道，虽然书"被全欧洲兴奋地阅读着"，但"招来的却多是普遍的批评，甚至我可以说是鄙视"。"诽谤与污蔑"是忠诚的范妮·伯尼对于此种反应的用词。玛丽·霍克斯沃思说道，《一次环游世界的航行》给了"我希望过上的幸福生活的致命一击"。[①]攻击来自几个方面。第一类批评最严重，参与

[①] 福斯特（G. Forster），《一次环游世界的航行》(*A Voyage Round the World*)，第一卷，ix；伯尼，《早期日志》，第一卷，第326页；阿博特，《约翰·霍克斯沃思》，第192页。

航行的几位船长均有强烈批评。一位德国访问者写道:"受人尊敬的拜伦先生、沃利斯先生以及卡特里特先生等,均公开抗议了霍克斯沃思博士的叙事,认为有许多事实错误。"①(直到1775年返航至好望角,库克才看到此书,霍克斯沃思也不知道库克的抗议。)第二类批评是神学上的,认为霍克斯沃思没有将屡次航行的幸运归功于天意的安排。第三类批评是道德上的,比如像约翰·韦斯利就对书中的塔希提性邂逅颇为震惊。第四类批评来自诸如霍勒斯·沃波尔(Horace Walpole)等人,认为全书过于拖沓。许多批评意见都会提到亚历山大·达尔林普尔(Alexander Dalrymple)1773年出版的《来信》(Letter)。此书指出了霍克斯沃思对于南半球生存的粗心大意与漫不经心。对于《一次环游世界的航行》批评的来势之快与强度之大,让霍克斯沃思的辩护者认为其后必然藏有一场阴谋。

> 针对霍克斯沃思博士而来的辱骂风潮如此偏狭,又如此卖力,似乎已经预先有所安排,甚至在出版商出版之前,就已经为报纸准备就绪了。
>
> 海伦·沃利斯,《卡特里特环游世界的航行》,
> 第500页

在1773年8月初出版的第二版序言中,霍克斯沃思给达

---

① 海伦·沃利斯,《卡特里特环游世界的航行》,第468页,第503-504页。

147

尔林普尔写了一封意气风发的回应。但是，这本书的接受情况却让他陷入灾难。10月，范妮·伯尼说道："霍克斯沃思博士看上去很不舒服。他最近身体非常不好。确实，我觉得近来他受到了太多的不好对待……这对他的健康影响很大，也侵蚀了他的头脑。"后来，她写道："我们都觉得原来没见过一个人会有如此大的变化——消瘦、干枯、心中满是烦恼！"他喋喋不休地谈论自己的状况："没受过什么教育，出身也不好，却给自己创造了一切，直到去年，他一直保持一个清白的性格与名声。"[①]最后一条，是在1773年11月17日霍克斯沃思去世不久之后加上的。范妮·伯尼写道："他死于持续发烧。"也有传言说他是死于自杀的。无论原因到底是什么，"辱骂"的确加速了他的死，霍克斯沃思身败名裂了。要了解惨状的详情，我们必须度量一下以往自尊的高度，也就是要看看他编撰的《一次环游世界的航行》给他带来了怎样的自负。

从霍克斯沃思的总序中可以看到，他和其他人一样，既不知道为什么要出版航行叙事，也不知道读者是谁，到底想要读些什么。霍克斯沃思对于历史材料到底有什么价值并没有信心。比如，在1752年11月18日第4期的"冒险者"中，他认为虚构叙事要比事实叙事更重要。那种仅仅是重复事件的叙事，"只会让头脑受到诱惑，只会以不完美的眼光看到

[①] 伯尼，《早期日志》，第一卷，第313页，第325-326页。

第五章　霍克斯沃思博士在海上

无尽的事务，会很快地显现和消失"。事件需要一个跟一个，构成"规律和联系的系列"。"那些叙事很令人愉快，不仅仅让人好奇或是满足好奇心，也会让人更有热情。"航行与旅行的不幸之处在于，它们仅仅只能唤起惊讶的热情，然而，"自然已经被耗尽；自然所有的奇观都已被认识，每处隐蔽的所在都已被探索殆尽了"。剩下的只有艺术，其"无穷的多样性"可以产生出想要的任何效果，所需要的效果是指导思想和行动的中心，并通过媒介来实现（正如他在刚才引用的一期中详细说明的）。在这样的原则指导下，霍克斯沃思特别展现了道德的寓言。"冒险者"之中满是这些内容：幻想的、浪漫的传说，充满了警告与布道。在1771—1773年间，他的所作所为就是把那些奋力在大洋中拼搏的人们记下来的一条条日志与日记全部移除，换上他认可的文字，那种可以娱乐与指导大众的叙事。对普通读者，霍克斯沃思表达了歉意，"涉及航海的内容讲得太少了"，是为了"未来航海者"的利益而考虑的。他以一种不屈不挠的坦白态度接着说道："我个人没有得到足够的细节，就是对于本书有用的细节，所以，在我开始准备手稿后，不得不补充一些内容。"

介绍开始处，有一些关于作者声音的啰唆争论。这部分内容，必须放置在霍克斯沃思的信念之中去理解。霍克斯沃思相信，叙事必须在有恰当的道德意义伴随下才能展开。当然，霍克斯沃思能够做得到。"我接手这件工作时，人们有争论，本书到底该用第一人称，还是第三人称。"第一人称对于娱乐而言，有很大优势，"可以把冒险家与读者拉得更近"。但是，反对意见认为，如果叙事是以指挥官个人的第一人称写成，"我便只能展现一个光秃秃的叙事，无论情景如何适合，也看不到我自己的观点或感情"。我们必须理解，这个问题不是霍克斯沃思是否有权把他的观点和感情加在我们身上——他可从来没有怀疑过这一点，而是叙事是否可以有个合适的外衣。最后的胜利是保留了第一人称叙事，当然是为了保持兴趣的缘故。而航行之中的指挥官们，不得不同意霍克斯沃思写下的那些感情和反思的文字。

> 书稿将会呈现给那些绅士，即以他们名义写书的绅士，因为叙事会采取第一人称叙事，而没有他们的许可，什么也不会出版。谁来构思将会表达出的感情并不重要，而我会自由地表达情感。

霍克斯沃思不无道理地说道，这些嫁接上的感情，将会最频繁地出现在"'努力'号航行的整个过程中"。

看来，霍克斯沃思诚实地相信，船长们将同意他们新近被打造出的人格。他也很可能相信，他已经得到了想要的结果。霍克斯沃思说，每一次航行的书稿都已经在海军部念给了相应的指挥官，而桑威奇伯爵"绝大多数时间都出席了"。

第五章 霍克斯沃思博士在海上

库克直接否认了这一点:"我从没在之前读过这份书稿,也没听过这本书是怎么修改的。无论怎样,霍克斯沃思博士的说法恰恰相反。"①库克精挑细选了自己的措辞。库克告诉博斯韦尔,他曾经看过部分书稿,也曾经建议霍克斯沃思要修改,但被霍克斯沃思拒绝了。②这番话让霍克斯沃思在前言中的一段话变得非常难以理解。霍克斯沃思在前言中提到,在海军部读给指挥官们听了之后,"执行了他们的修改建议"。卡特里特对霍克斯沃思任意修改他的日志以及所犯的错误非常愤怒。看上去他也在出版前看到了部分的书稿,但他的意见却没被听取。

关于在海军部阅读一事,霍克斯沃思可能被有意或无意地误导了。但是,霍克斯沃思也有其虚伪与欺骗的做法,他没有按照建议修改书稿,或许没有把所有内容读给指挥官们,或许有意隐瞒了容易引起反对的部分。后来,的确有整个委托写作遭到撤销的危险。或许因为认识到了这一点,海军部没有完全告知霍克斯沃思军官们的反应。

霍克斯沃思创造了怎样的人格,令其陪伴着船长们,并令船长们以前所未有的方式思考?在库克的"努力"号航行之中,第一人称的位置因为班克斯的出现变得复杂。班克斯出身良好,身价不菲,得到了好几页的赞美;与之相伴的是对库克的屈尊纡贵,称其为"一位杰出的军官,一位技术良好

---

① 库克,第二卷,《"决心"号》,第 661 页。
② 卡特里特,《环绕世界的航行》,第 509–510 页。

的航海家"。班克斯从"总体上统治着"霍克斯沃思,但霍克斯沃思感到,班克斯的材料不应"被吸收到以别人的名字书写的一个普通叙事之中"。因此,一个奇特的三头怪兽就在库克、班克斯和霍克斯沃思之间创造出来了(尽管班克斯先生会经常自己行动)。应该承认,之间的缝合还是相当有技巧。以1769年5月13日塔希提的一天为例。霍克斯沃思从班克斯的材料中看到,岛民图巴莱(Toubarai)想用班克斯的枪,库克什么也没说。此时,霍克斯沃思插了进来,没来由地感慨了一句:"可千万不要让美洲原住民知道火器是怎么回事啊!"霍克斯沃思又在结束一天记叙的时刻加上了库克的想法,"铁与铁制品……美洲原住民是无论如何也无法抗拒,一定会来偷的。"

霍克斯沃思插入部分的质量高低,还可以从一个早先的小事中看出来,此事只有班克斯一人谈起过,即三位火地岛岛民造访的经历。班克斯可能想拿来客之中的"魔法师"开玩笑,但只是简单地记了一笔:"我们带领来人参观了全船,他们看着船上的一切,却没有露出任何赞叹的特殊表情。"[1]霍克斯沃思将其变成了种族低劣的表征:

> 好奇心是将人类与野兽区别开来的、少有的几种激情之一;而我们的客人看上去却几乎没有。他

---

[1] 班克斯,《约瑟夫·班克斯的"努力"号日志》,第一卷,第218页。

第五章　霍克斯沃思博士在海上

们从船的一头走到另一头，看着种种新颖的物件出现在眼前，却没有任何惊奇或有趣的表现。

霍克斯沃思，《几次航行的记叙》，
第二卷，第45页

W. H. 皮尔森（W. H. Pearson）曾在他的权威研究《霍克斯沃思的修正》(Hawkesworth's alterations)（1972年）一文中出人意料地写道，他的第一项任务会是摧毁"普通庸常之语"，而霍克斯沃思的趋势是"理想化原始社会"。然而，这个错误的概念竟然进入了1985年版的《牛津英语文学手册》(Oxford Companion to English Literature)。《牛津英语文学手册》称"霍克斯沃思对于太平洋岛屿原住民的同情，让他描绘了一幅无辜的放纵画面，却被别人称为不道德"。皮尔森在他的著作中，对于霍克斯沃思的删减与增添有严格的叙述，可以清楚地看出，霍克斯沃思的同情心到底在哪一方。

霍克斯沃思对于库克日志再创造的复杂之处，可以从使用火器的问题上看出。6月14日，星期三，塔希提岛上，"有一个岛民"从英国"碉堡"中偷走了一把铁耙。库克被这种连续不断的盗窃行径激怒了，下令报复性地抓获22艘独木舟，威胁说如果丢失的物件无法找回，就要将独木舟付之一炬。库克认为自己的做法是要强于使用火器的："我无法看到直接用枪去对付他们"，因为这种借口会被哨兵滥用，"我

153

以前曾经经历过"①。与库克相似，霍克斯沃思虽然不在塔希提的海滩上，但也受着向原住民直接开枪是否正当的道德煎熬。在他布朗利的家中衡量一番之后，霍克斯沃思认为应该给库克更多的支持。霍克斯沃思先从哨兵的职责开始辩论："一个普通哨兵是不该给予判定生死的权力。"霍克斯沃思将此思考放在了库克身上，而库克并没有出现在日志中。

> 我绝不认为，这些人该为对我们犯下的罪行付出死的代价，就像在英格兰被绞死的窃贼一般。我绝不认为他们应该被枪决。因为对这些原住民而言，这就像被"事后的法律"追溯了。他们之中没有这种法律，而我也不认为，我们有任何权利为他们来制定这样的法律。
>
> 霍克斯沃思，《几次航行的记叙》，第二卷，第 149 页②

这样的看法或许令人敬佩，但与库克无关。

真正向毛利人开火的悲剧性一刻，发生在 1769 年 10 月的波弗蒂湾(Poverty Bay)。霍克斯沃思又开始自信地腹语。

---

① 库克，第一卷，《"努力"号的航行》，第 100-101 页。
② 参见皮尔森(Pearson)在《霍克斯沃思的修正》(Hawkesworth's alterations)中的讨论，第 70 页。

第五章　霍克斯沃思博士在海上

班克斯称这一天是"我生命中目前为止最可悲的一天,只能用黑色来标记"①。在比格尔霍尔编撰的库克日志中显示,此前的库克一直竭尽所能地想要与毛利人交好,不停地改写吵嚷的一幕,不断解释为什么造成了数位毛利人的死亡,而不是为自己开脱。②库克承认,他应该为双方的冲突负责,但最后也坚称,他的行为是出于自卫。另一个版本则提及,若不是自己"胆怯",毛利人便没有施展勇气的机会。霍克斯沃思笔下的库克,则与自己争辩起来:

> 他们没有老实地遵守诺言,也没有跟随到我的船上来,倒也罪不至死,即便他们不知道危险是什么。但我职务的性质要求我从他们的地区获取知识,我无可选择,我或是通过敌意来强迫,或是通过赢得信心与善意得到许可。
>
> 霍克斯沃思,《几次航行的记叙》,
> 第二卷,第 290 页

靠礼物让岛民上船的努力失败后,"我的用意绝不是为了犯罪","这样的情况下,下令开枪后,没人能控制后果,或是预知效果了"。

---

① 班克斯,《约瑟夫·班克斯的"努力"号日志》,第一卷,第 403 页。
② 库克,第一卷,《"努力"号的航行》,ccx-ccxii,第 170-171 页。

155

我们能理解霍克斯沃思面对冲突时的焦虑情绪。他在总序之中，花了不少的篇幅来写开枪的部分，"表达在探索航行中的遗憾之情，即面对赤身裸体的可怜的野蛮人，却用我们的枪支毁灭了他们"。这些是"一些无法避免"的"恶行"。总会有抵抗，必须向那些抵抗者展示力量，让他们知道未来的抵抗是毫无希望的，"这种尝试必须被消除"。人们必须理解，这些冲突无法预见。海滩上的冲突是文化的冲突，是文明进程中一个悲伤却又不得不面对的时刻。之所以要进行发现的航程，既是为了满足"人们的物质需要"，也是为了"增加知识"。如果文明社会中，"人造的必需品"可以与"道德最初的伟大信条相悖"，我们当然会身处困境。但是，"非常夸张与极端的情况下"，如果人类的潜能不去发展，我们也会"持续生存在野蛮状态"。太平洋海滩上丧失的性命，"是为了整体的善而行的部分的恶"，"部分的恶，终将结束于整体的善"。

这段辩词迂回曲折，令人迷惑，逃避重点，庸常无奇。霍克斯沃思想展现的，是他知道对于文明之堕落的司空见惯的批评（他从编辑斯威夫特的作品中学了一些）。但是，他也彻底没有提及卢梭以及高贵的野蛮人。文明或许能被控为造作，但是，自然性是彻底的不正常，必须被终止。值得一提的是，霍克斯沃思彻底删去了库克有关澳大利亚原住民的看法。

第五章　霍克斯沃思博士在海上

对某些人而言，他们可能是地球上最悲惨的人，但事实上，他们比我们欧洲人幸福多了。他们不知道欧洲人拼命追求的各种浮华与便利，他们是幸福的。他们生活平静，没有种种的不平等。

库克，第一卷，《"努力"号的航行》，第399页[1]

多么厚颜无耻，对库克的反省绝口不提，却把另外一些话语随意转嫁到他头上！对我们而言，很容易通过比较不同的版本看出，霍克斯沃思怎样修改了委托给他的材料。但令人不安的是，尽管他的版本多遭批评，但他的版本却从没有回收，或被取而代之。超过100多年的时间里，人们唯一可以得到的，就是他清洗过的遥远太平洋地区的记录。就维多利亚时代的人们对英帝国的臣民的态度而言，霍克斯沃思要负一部分责任。

无论从审美还是从政治角度看，霍克斯沃思都造成了巨大损害。他对叙事部分的均一化处理，让人沮丧。他压制了各具特色的不同声音，那些人原本是事实的见证者，却被替换成了一位无所不知的、海上的约瑟夫·瑟菲斯（Joseph Surface）。本章的剩余部分，将试图弥补一些失去的个性。

---

[1] 参见皮尔森，《霍克斯沃思的修正》，第48页。

II

乔治·罗伯森（George Robertson）是"海豚"号上的船员，地位次于沃利斯。罗伯森在1766—1768年记下的航海日志，可谓当时最有趣的太平洋叙事。①霍克斯沃思在讲述沃利斯探险的时候，用到了罗伯森的日志。②但是，很清楚，罗伯森原本是希望自己的日志能够独立出版，他的目标读者是普通大众。罗伯森曾有一个想法，③希望在日志中加一个统计表（尽管他没有做），"我希望这本能胜过以往任何一本，能让读者更满意。"④

作为一位经验丰富、训练有素的海员，在沃利斯和船上的上尉病倒之后，罗伯森的责任日渐重大。罗伯森记录了不少操控船只的技术细节，同时，能清醒面对船上与岸上发生的事。罗伯森对航行的政治意义很感兴趣。开始的时候，因为航行不受重视和减少了拨款，罗伯森有些沮丧，"对于如此危险的一次航行，这样做令人灰心"。但是，他会给自己打气，"就我自己而言，我喜欢这次航行，既然已经身处其

---

① 编辑了完整版本的休奇·卡林顿（Huge Carrington）在1947年不幸辞世。此版本准备由哈克卢特学会在1948年出版。
② 皮尔森，《霍克斯沃思的修正》，第61–63页。
③ 罗伯森（Robertson），《发现塔希提》（*Discovery of Tahiti*），第53页。
④ 在引用卡林顿编辑的罗伯森的原文时，我会为阅读的方便修改一些怪异的拼写。

第五章　霍克斯沃思博士在海上

中,就不要做无谓的叹息——我希望上帝能够保佑我们成功,我毫无保留地相信,海军部的大人们终会给我们一份恰当的报酬。"[1]作为一位水手,一位忠诚坚定的英国人,他热爱这次航行,对福克兰群岛(马尔维纳斯群岛)的战略中心地位确信不疑,"如果大不列颠决心要在南海扩展,就必须扩展商业与贸易的范围"。[2]福克兰群岛(马尔维纳斯群岛)位于舰队驶往合恩角的中枢,随着"海豚"号发现塔希提(乔治国王岛),变得愈发重要,"总有一天,此处会变成大不列颠最伟大的发现"[3]。罗伯森认为应该殖民该岛,并用塔希提人来当水手。

船只穿越麦哲伦海峡的三个月,罗伯森描写得极为精彩,特别是他乘小艇上岸,船员们射杀了一头巨鹅,吃了鹅肉:"我一辈子都没见过,这么少的人可以吃下这么多东西,没有比这更糟的了。"[4]荒野景观令罗伯森印象深刻,他看到了高山,"这里什么都没有,只有高于云朵的赤裸岩层,浪漫极了。"

> 山峰奇高无比,从上到下没有一点儿绿色的灌木,其他地方的山谷总是有点灌木或绿草的,这里丁点儿都没有,只有深深的积雪,河流冻结了,从无比的高处挂下来。需要弥尔顿或是莎士比亚那样

---

[1] 罗伯森,《发现塔希提》,第 4 页。
[2] 罗伯森,《发现塔希提》,第 43 页。
[3] 同上书,第 235 页。
[4] 同上书,第 48 页。

的才子,才能描述这个地方,我是没办法做到的。

罗伯森,《发现塔希提》,第54页,第75页

就人品而论,罗伯森非常友善,只和外号叫"什么都知道先生"和"老鬼"的上尉威廉·克拉克(William Clarke)一人有矛盾。他称另一位上尉是"温和敏锐的好军官",称船上的医生"对待病人友好,充满善意",称"我们的年轻绅士"是"谦虚严肃,温和友好,行动勇敢,忠于职责,是真正的水手和军官"。如同后来许多的中下级军官一样,罗伯森很清楚自己与"年轻绅士"之间的双重关系。一方面,他指导这些年轻绅士;但另一方面,他又在社会地位上低于他们。有一次,罗伯森批评了炮手。炮手是士官长,与罗伯森的地位相近。罗伯森写道:"作为炮手,他非常称职,但在我看来,他不应该去命令绅士。那些绅士来海军不是为了别的,而是为了将来成为军官的。"[1]

罗伯森日志中最长的部分讲述的是与太平洋岛民的接触,尤其是与塔希提人的接触。他的文笔生动,充满细节,很有价值,但是,对于是否有权占据岛民的领土,或是岛民是否有权抵抗,却几乎没有考虑。他以旁观者的态度记录了1767年6月24日和岛民的大规模冲突,言语之间似乎有一丝认可:"我实在受不了,也做不到去猜测,这些可怜和无知的

---

[1] 罗伯森,《发现塔希提》,第33页,第41页,第175页。

第五章　霍克斯沃思博士在海上

人会怎样看待我们。"到达塔希提之前，他们到过努库塔瓦克岛(Nukutavake)。当地人划着船全部离开了，避免了冲突。罗伯森生动地记下他穿过废弃的居所，深思眼前看到的物品："我们在木匠工棚放下两把钉子，作为我们拿走东西的补偿。如此一来，他们就不会因为我们的到来而蒙受过度的损失。"①塔希提的情况有所不同。塔希提位于即将被发现的伟大的南方大陆的北边，有雄伟的高山与丰饶的峡谷，"可以掩藏能够想象出来的最美的景色"。在塔希提一开始就要诉诸武器。小艇上的罗伯森被独木舟包围，"想要友善地对待他们已经太晚了……我觉得我必须使用暴力，于是，我命令中士和另一位海军陆战队员，打伤两个最固执的家伙……命令执行了，中士开枪打死了一个人。"②

罗伯森记下的情景，都是在悲伤而非愤怒之下，才对那些"不幸的可怜人"开火的。他们竟如此愚蠢，竟然反对和威胁我们。"我们发现慈悲不管用，便使用枪炮，对他们发射了一轮霰弹。"后来，罗伯森希望那些"不幸的可怜人"不要再攻击他们了，"不要置我们于必须杀死他们的困境之下。"③沃利斯和罗伯森均不是嗜杀之人，都认为以下的道理不言自明：无人应该阻挡他们跨洋而来干他们要干的事。

他们说明了态度，某种方式的权宜之计在无法互相理解的

---

① 罗伯森，《发现塔希提》，第124页。
② 同上书，第139页，第145页。
③ 同上书，第154页，第177页。

161

双方建立起来了。通过钉子与性的方式，双方建立了交流。罗伯森描述了某一天"一种新型贸易"开始了，称为"古老的贸易"或许更合适，由"一个爱尔兰男孩，我们海军陆战队的一员"领头。关于这种性邂逅的记叙有很多，既有薄伽丘式的如何击败嫉妒心强的丈夫的记录，也发展出了新的委婉语："他告诉我，士兵一个接一个去放松了，为他们的钉子找到了价值。""古老贸易"如此繁荣，最终"小艇长告诉我们，钉子几乎都被拔出来了，甲板上2/3的人无法工作，因为找不到钉子了"[①]。

7月9日，罗伯森写道："自由的我们与原住民相处得非常友好，现在已经手拉手走路了。"如此友好的局面，正是"海豚"号的指挥官渴望的。他希望当地岛民认可来访者的优越地位和来访的必要性，放弃无效的抵抗。这样，双方就能像伙伴一样共同努力了。

> 我是真的相信，如果我们能把他们带走的话，这个地方有很多人渴望跟我们回家。一些我们的人，如果确定几年之后会有船来接他们，他们会待在此地的。
>
> 罗伯森，《发现塔希提》，第229页

在《以诗歌形式的"海豚"号日程概述》(*The Dolphin's Jour-*

[①] 罗伯森，《发现塔希提》，第180页，第196页，第207页。

nal Epitomized, in a Poetical essay)中，有关于"海豚"号航行的有趣记述，此书为 R. 理查森（R. Richardson）所作。此书在 1768 年"为作者所印"，即船只返回的同年，是"一位水手用粗笔写成……远离了所有的浪漫虚构"。此书简短，无论是在给读者的信中，还是诗中，都充满了自我贬斥。

> 详细的细节，我在此处，忍耐，
> 在安森的航行中，他们是更好的
> 以散文的形式描述，要比我在这里
> 想要用诗句写得好。

第二行中的承诺，没有真正地实现：

> 沃利斯，我歌唱，勇敢的英雄，
> 为了他的祖国，像个奴隶一样
> 毫不退缩，耕作在南方的波涛里，
> 为了寻找未知的土地。

理查森是个热情的爱国者，对于塔希提岛上"那些可怜而简单的人"的"野心勃勃"的想法，即想要攻击不列颠人的想法，非常不屑：

> 他们找不到什么安全的庇护所，

因为可怕的毁灭已经放了出来，
炮弹在风中呼啸而过
压倒这些带来伤害的人。
但是，哦！想要画出他们巨大的惊奇，
他们眼中闪烁的惊恐，
或是他们混乱的，邪恶的呼喊，
需要一只更有力的手。

对于"海豚"号和"燕子"号自麦哲伦海峡西端的分离，罗伯森几乎没有提及。他写道："一阵强烈的阵风"令他们挂起风帆，以免侧翻，这一下，他们的船"便远远超过了可怜的'燕子'号。""之后，我再没看到或听到这艘船的消息了。"[①] 几年后，"燕子"号的指挥官菲利普·卡特里特写道："非常确信……从沃利斯船长被安全领航通过海峡后，他就没打算与'燕子'号共赴患难。"[②] 这段话来自卡特里特打算放在一起的叙事，但他最终没有完成。卡特里特计划让自己的叙事跟在霍克斯沃思1773年的版本之后出版，"为自己的品行做证"[③]。卡特里特此书中，有满满的敌意：既有针对约翰·霍克斯沃思和塞缪尔·沃利斯的，也有针对海军部与荷兰人的。在有关霍克斯沃思的注解中，卡特里特写道："这是错误的，

---

① 罗伯森，《发现塔希提》，第98页。
② 海伦·沃利斯，《卡特里特环游世界的航行》，第120页。
③ 海伦·沃利斯（Helen Wallis）将两个主要的部分——日志和摘要合为一处，编辑出了完整的叙事。引文出自此哈克卢特版本。

第五章　霍克斯沃思博士在海上

与我手稿中的说法相反。"①他的愤怒更强烈一些，因为他曾在霍克斯沃思的书出版前看到过手稿，而霍克斯沃思竟然无视他的修改意见。②有一个注解，显然要为意欲出版的书的前言所作，读起来是：

> 如果有人要出版一位作者的航海叙事，不仅是在他在世的时候，而且还会拿到他面前，拿到他的住所，出版者应该不会故意增删一些与作者本人意志和愿望相违背的内容，而且整个内容也应该是真实和与原稿相符的。这一点，在把原稿交到出版者手里的时候，应该有所承诺，严格遵守。出版我记录驾驶皇家船只"燕子"号环球航行的手稿的人，没能遵守这一点。我的手稿交到了已故的 H 博士手里，却发现自己身处令人不快的情景之下，唯恐沉默会被理解成同意或认可。就对我自己的品行做证而言，我的航海叙事应该由我完整地出版；就对未来航海者的利益与安全而言，亦是同理，现在的版本中，我的许多观察被删掉了。③

卡特里特之所以生海军部的气，在于海军部没能为"燕

---

① 海伦·沃利斯，《卡特里特环游世界的航行》，第 508 页。
② 同上书，第 99-100 页，第 504-505 页。
③ 《卡特里特环游世界的航行》，第 3 页，第 105 页。

子"号的远洋提供恰当的装备，尤其是没能提供一只炉子；卡特里特生沃利斯的气，在于沃利斯没能与他分享信息，没能分享为了搞好关系和易货贸易用的货物，当然，还在于沃利斯抛弃了他；卡特里特生东印度公司的荷兰人的气，在于这些荷兰人在他倒霉的时候不愿意帮助他。卡特里特在写作的一刻，心中满是怨恨。当然，他的怨恨并非毫无理由，他的怨恨让他写出了最好的文字。比如对在望加锡（马卡萨）的荷兰人，他写道：

> 我现在发现了，这些访问和令人困扰的难题，只是为了让他们开心，让我闭嘴，直到他们（那个委员会）都同意，来决定我们的命运。他们像是一组技术拙劣的医生，碰见了一个需要截肢的病人，有的主张截肢，有的在想更仁慈的办法，倒不是出于对病人的同情，而是害怕万一手术失败，造成了严重后果，会让他们的人品性格暴露无遗。

卡特里特也在生船长的气。这位船长在埃格蒙特岛时想得到当地人的友谊，违反了他的命令，引发了一场攻击；这反而使卡特里特对当地人有了一些同情，尽管这种同情并不常见。船长和他的人在一阵箭雨之中退却了，尽管他们用"火枪和短枪"不停地开火，也没能"让这些勇敢的人放弃，而是顽强保卫自己的财产，对入侵者毫不留情，一直将他们

第五章　霍克斯沃思博士在海上

赶到了水边"。①

卡特里特在海军的事业并不成功。他叙事的编辑称他有一种"深深的失望感和被忽视感";之后,这种感觉毫无疑问地增加了。虽然在"海豚"号失踪后,卡特里特乘一艘装备极差与病号满舱的破船勇敢地参加了另一次发现之旅,但是,在库克驾驶的"努力"号大获成功之后,他的表现就黯然失色多了。

"努力"号航行之中有两位主要人物库克和班克斯,关于他们的性情、成就与作品,已有大量广泛而细致的研究,这里不再赘述了。关于航行本身的叙事,出版的并不多,只有1771年的匿名出版物,之后的霍克斯沃思的版本以及1773年悉尼·帕金森(Sydney Parkinson)的日志。帕金森是植物学制图员,在离开巴达维亚后去世了。书由他的兄弟出版。但是,出自航行本身的刻印画以及随之而来的钢笔画,却有很多。这里不仅仅有日志与日记,比如库克、班克斯和其他人的,还有以图表和海岸描绘形式所做的记录,科学观察的记录,植物和动物的图,还有对于地点和民族的图像记录(帕金森曾接替亚历山大·巴肯的工作;巴肯死于塔希提)②。航行以两种方式留存下来。其一,在到访地的历史中,航行会被无可避免地改变与重新定位;其二,在钢笔画的记录之中,通过画作,航行被带回国内,为人所知,为人牢记,虽然只

---

① 《卡特里特环游世界的航行》,第164页。
② 参见《库克航行中的海图与海岸图景》(*The Charts and Coastal Views of Captain Cook's Voyages*),由安德鲁·大卫(Andrew David)、乔比安(R. Joppien)和史密斯(B. Smith)共同编辑,哈克卢特学会1988年与1992年出版。

是一个局部的并不完美的印记，而且直到最近，才有大量被尘封的资料重见天日，重新出版。同时，有一种形式的印记——就是对于地点的命名，连接了这两种生命。通过给某地命名，不仅仅辨认了这个地方，还宣布占有了这个地方。必须有个名字，名字必须传播开，而且常常在当地有一个仪式，还会载入航行的书面记录中。比格尔霍尔版的库克日记清晰展现了库克对于写作航海记录的关切，由此，命名的方式也显得相当重要。

库克日志使用的是完成时态："这个海湾，我已经将其命名为'海军部湾'。"这是在海图上记录下的命名行为，而用什么样的名字命名，随着航程在新西兰和澳大利亚东部未知与未被描绘过的海域的深入，变得越来越必要。早些时候，日志展现了库克的犹豫。1769年7月，在社会群岛，库克发明了一套步骤——给当地酋长一个铭牌，上面有船名、船长名和岛屿的名称。在赖阿特阿岛（Raiatea），库克说他执行了这套步骤，"接着，我升起一面英国旗帜，以英王陛下的名义占据岛屿以及邻近地区，以当地人的名字来称呼这些岛屿"。比格尔霍尔指出，库克最先写下的是"为英王陛下所用"，后改成"以英王陛下和为英王陛下所用"，最终则是"以英王的名义"。[1]（我们等下会看到，"为英王陛下所用"的短语没有被弃用。）

整个占有步骤包括岸上的仪式、记入海图和记入日志。

---

[1] 库克，第一卷，《"努力"号的航行》，第144页。

第五章 霍克斯沃思博士在海上

显然，岸上仪式不会经常举行，但有一条引人注目的日志目录，是关于夏洛特皇后湾的。

> 为立柱子做好准备后，我把柱子带到岛上最高的地方，把它插进土里，牢牢地固定好，在上面升起英国国旗。我授予这个海湾一个光荣的名字——"夏洛特皇后湾"，并以英王陛下的名义，为英王陛下之用正式占领了这个海湾及其附近的陆地。接着，我们开了一瓶葡萄酒，为皇后的健康干杯，把空瓶子给了那个老头。那老头一直陪我们上到山顶，他拿到空瓶子非常高兴。
>
> 库克，第一卷，《"努力"号的航行》，第243页

库克对于命名行为的敏感性，可以从他对 Cape Farewell（费尔韦尔角）的沉思中看出来，这是他离开新西兰的地点。当他刚刚到的时候，这里是"费尔韦尔角"（之后都这么写），于是，"这个海角我称为'费尔韦尔角'，原因将在合适时给出"。库克并不总是这么审慎。在日志中想出来的名字，有时会替代原有的名字。不同寻常的是，这种命名法与两个最著名的名字相关：植物学湾和新南威尔士。植物学湾收集到了大量的植物，库克因此写道，"促成了我命名其为植物学湾"。在此之前，植物学湾被称为斯廷格力港（Stingray

169

Harbour)和植物学家港(Botanist Harbour)。①对于新南威尔士，有一个郑重其事的条目，记载着英国国旗的升起，还以英王乔治三世的名义，"占据了整个东部海岸，从上述的纬度向下直到此处，起名为新南威尔士"。用轻武器放了三阵枪，船上响了同样的数目回应。新南威尔士的名字是写在划掉的痕迹之上的。比格尔霍尔认为原来写的是"新威尔士"，但是，他接着说："很清楚，这个名字给了不止一次……事实上，库克占有东海岸的时候并没有起名字。"②

库克名字的来源均很传统。有时也会采用当地人的名字，但通常它们并不为人所知；一旦为人所知；这些名字会被替换。最宏大的名字是通过合并的行为，把英国的领土带到国外，比如新南威尔士；或者名字来自王室或政府，将国内的权威延伸海外的对跖地，在荣耀这片土地的同时，也荣耀某个个人。1770年1月13日，库克在云上看到一座山峰，是"一座非常高的山峰，顶上常年积雪……我将其命名为艾格蒙特峰，出于对艾格蒙特伯爵的敬意"。但是，库克也会用一些同事的名字。班克斯和索兰德均有以其名字命名的海角和岛屿。当然，还有那些第一个看到的人，比如尼古拉斯·扬，他是医生的帮手，第一个看到了新西兰的土地，他得到了"杨尼克岬"(Young Nick's Head)的报偿。有时候，库克依据

---

① 库克，第一卷，《"努力"号的航行》，第310页，ccix；另参见保罗·卡特(Paul Carter)，《通向植物学湾之路》(*The Road to Botany Bay*)，伦敦，1987年，第一章。
② 保罗·卡特，《通向植物学湾之路》，第387-388页。

的是事物的形状，比如"笔直角"（Point Upright），"根据其笔直陡峭的悬崖"，或者是"单峰骆驼山"（Mount Dromedary）。把一块土地称为"布列特角"（Cape Brett），是在向皮尔斯·布列特（Sir Piercy Brett）爵士致敬。库克认为"皮尔斯"用在相邻的岩石岛屿上也"非常合适"，因为正好是"被石头穿过的"。最后，是"经验性"的名字，比如"苦难角"（特里比莱申角）（Cape Tribulation），"这里我们开始遇到了麻烦"；"希望岛"（Hope Island），"因为我们总是希望能够找到岛屿"；还有"奉承角"（弗拉特里角）（Cape Flattery），这里他们曾经错误地认为大海就在前方了（这些地名都是从1770年7月到8月间穿越珊瑚礁时遭遇的失败或成功时获得的）。

对地方的命名是占有土地的先声，"努力"号担负的虽然是科学任务，但依然属于这个过程的一部分。作为乘客的班克斯，或许也有同样使命。伟大的培根式理念与伟大的复兴，即人类对于自然的控制，自人类始祖亚当那里便丢失了。现在，需要通过系统地调查、描述和分类，重建对于整个现象世界的认识，正是有了伟大的林奈式自然分类法，一种在18世纪50年代为整个未知和已知的植物世界分类的方法的出现，令这种愿望获得了巨大的动力。在《帝国之眼》中，玛丽·普拉特争论说，在18世纪中叶的探险船上，热情采用这套系统的科学家，其实是以"行星意识"将世界欧洲化了，整个过程与对世界的环球航行和对世界海岸线的绘制是平行关系。"自然科学家们自然化了资产阶级欧洲自己的全球展现和权威。""一个接一个,行星上的生命形式被从缠绕周围的环境中拔出,重新编织进入以欧洲为单位的全球体系之中。"①对于异域事物的归化,不仅是通过书写与绘制的方式,还通过将其作为标本带回欧洲,放置到博物馆的展柜,种植在植物园之中的方式(这里我们不能忘记丹皮尔与乔立王子以及班克斯与图帕亚的故事,他们分别将这两位岛民带回了英国)。

海洋与海岸被绘成图表,土地被不同的欧洲国家称为己有,不同民族的人们受鼓励穿上欧洲的衣着,采用欧洲的习惯和思考问题的方式。那些认为科学只是欧洲的另一种占领方式的人,他们能在班克斯的日志中看到大量证据。班克斯的同事是瑞典人丹尼尔·卡尔·索兰德。他是林奈的学生与门徒。他们对科学考察的准备,无论是从知识上看,还是从实际上看,均遥遥领先于以往的人。从许多方面看,班克斯的日志记录的是他对事物的广泛观察,就像丹皮尔的日志一样(班克斯带着丹皮尔的书,时时参考)。但是,"努力"号甲板上站的已经是新的科学家和他的枪了。现代读者一定会为班克斯的冷漠感到愤怒。班克斯展现的不仅是对生态学的冷漠,还有对标本的权利的蔑视。我记录了他作为搜集者的狂热一刻:

看到一头海豚,海中游动时颜色之美,令人惊

---

① 普拉特,《帝国之眼》,第24-31页。

第五章 霍克斯沃思博士在海上

叹,但毫无机会可以抓捕。

我运气不错,看到了一只海鸥类的鸟,射杀了,还无人描述过。

出外打猎,又打中了一只曳尾鹱,还有其他许多我们昨天看到的……晚间又出去一次,杀了一只信天翁,两翅尖之间有9英尺1英寸(约276.86厘米),还抓了一只红海龟。

坐了小船,打死若干信天翁,一只是漂泊信天翁,浑身棕色,与我杀的第一只相似……小船上我又杀了一大堆鸟,共有69只;抓住两只虱蝇。两者均不同于已有的任何记录。

看不到几只鸟,只有一些信天翁和一种黑色的海鸥,我没打中。

天气晴好,中午我出去,不到一小时打死了6只信天翁,要是天气持续晴好,我想我至少能打死60只。

班克斯,《约瑟夫·班克斯的"努力"号航海日记》,第一卷,第173页、174页、207页、235-236页、392页、468页

关于人呢?在他对澳大利亚原住民,即他们航行中遇到的最原始的部落的长篇描述中,班克斯提到了相对幸福的看法。他的看法对库克和霍克斯沃思均有影响。"这里居住着

我认为是幸福的人，一无所有，但心满意足。"班克斯认为，天意一方面给了欧洲人占有物质的愉悦，而为了平衡，又增加了欧洲人的焦虑情绪。"天意看上去是扮演了一个平衡的功能，把所有不同等级的人放在一个公平的状态，享有同样的贫困。"关于帝国主义的伦理问题，班克斯与当时的人相同，均有颇为相反的情感反应。班克斯兴奋地记下了他对塔希提的第一印象，"简短而言，我们看到的是真正的阿卡迪亚，我们就是国王，就是我们能想象的一切"。一年半后，他提到这里的人时说道："这些可怜的人，我们绝对没有权利入侵他们的领土，无论作为发现者，还是作为需要补给的人。"①这样的感情持续的时间并不长。对于班克斯而言，统治不那么先进的民族是为了这些民族好。他相信，如果英国政府占据了西部非洲，会让"非洲人要比现在身处专制国王的统治下幸福得多"。原则上，他反对废除奴隶制。② 在第七章，还要讨论班克斯非同寻常地向外推进英帝国边界的行为。

---

① 班克斯，《约瑟夫·班克斯的"努力"号航海日记》，第一卷，第 252 页，第二卷，第 143 页。
② 麦凯(Mackay)，《追随库克的航迹》(*In the Wake of Cook*)，第 17—18 页。

第六章　库克与福斯特父子

I

从 1772—1775 年，库克指挥"决心"（*Resolution*）号和"冒险"（*Adventure*）号完成了第二次远航，却把自己变成了欧洲负面的哥伦布。库克没有发现可以探索与占有的南方大陆。在新西兰东西部与合恩角东部，库克三次超过南纬 60 度，深入冰雪进行探索。他对自己感到满意。在他著名的日记中，库克说，他不仅有超越前人的向前探索的雄心，也抵达了前人从未到达过的地方。[①]他的行为业已证明，前方除了一片无法接近和不适合居住的冰雪之地，便一无所有了。库克以新西兰为基地，在冬季造访了无数已知与未知的太平洋岛屿，包括塔希提、复活节岛、马克萨斯群岛、汤加、新赫布里底群岛和新喀里多尼亚等。

海军部命令，航行末期所有人要上交日志与日记，并保守机密。库克执行了海军部的命令，他没有先出版经授权

[①] 1774 年 1 月 30 日；库克，第二卷，《"决心"号》，第 323 页。

的官方历史。库克的叙事是公众看到的第四部。第一部是1775年匿名出版的《"决心"号的航行日记》(*Journal of the Resolution's Voyage*)。9月份,库克得到风声,有书商要出版一本航行的书,怀疑作者可能是"决心"号上的炮手罗伯特·安德森(Robert Anderson)。在一封极有趣的信中,安德森洗清了自己(他说这已经是第二次了,他无辜遭人陷害,招致库克的不满)①。在库克的指挥下,他去了圣保罗的每家书商。从商人的闪烁其词之中,他发现弗朗西斯·纽伯里(Francis Newbery)手里有这样一本书。接着,他去了威廉·佩科福(William Peckover)的住所。佩科福是炮手的助手,是库克的另一位嫌犯。安德森没找到佩科福,却找到了约翰·马拉(John Marra),也是副炮手,还有另几位"决心"号上的船员。有人找来佩科福,安德森告诉他,"对你我而言,永远没有完"。意思是说,除非他们发现到底是谁出了书,不然他们的航海事业就算完了。他得到的信息是有人私藏了两本航海日志。最后,约翰·马拉说,要是库克来找他,"我会证明每个人都是清白的,"他加了一句,"我就是那个出版了航行日志的人。"他们坐上马车到了纽伯里的家。马拉告诉他,"朋友们已经吃不上饭了"。他问书商,"我那本要出来的日志叫什么名字?""没有名字。"纽伯里回答。马拉说,他希望书上能有自己的名字。知道这些以后,库克写信给海军

---

① 库克,第二卷,《"决心"号》,第961-962页。

部秘书："如果这是唯一一本在印中的航行日记,我认为不值得一提;我已经采取措施,看看还有没有别的。"

库克不必把马拉当成可怕的竞争对手。马拉是爱尔兰人,在巴达维亚库克把他招募上了"决心"号。其时,"决心"号因为疾病而减员;但库克喜欢马拉,带着他继续航行。航行开始不久,马拉就因顶撞军官遭了鞭打;第一次抵达塔希提时,因为同样的原因,他又被鞭打。1774年5月,"决心"号在第二次造访塔希提后准备离开时,马拉被人抓住,而他正打算游泳上岸。马拉被上了铁镣,但没给更多处罚。日志之中,库克颇为友好地评论说,对马拉这样没有家庭牵挂的人而言,留在塔希提实在是很大的诱惑。在新西兰,马拉再次意欲上岸,他是否意欲弃船而逃还不清楚,他又被鞭打了。

马拉想让自己的名字出现在封面,纽伯里没有回应。看来,日志本身还达不到出版的要求。纽伯里找了一位编辑戴维·亨利(David Henry)。此人与《绅士杂志》渊源颇深,对编辑航海叙事颇有经验。①亨利拿到了一本源自"冒险"号上的日志,他以匿名将两本书编成了一本。书中常有这样的说法,比如"这些只是推测的结果,是从我面前的这些日志当中演变而来的"。"这里必须指出,我们来自'决心'号的作者总会提到,以烟熏船,用来治疗擦伤的火药和醋";"这里,如果有目击者在场的话……"马拉的日志变成了常常被压制的潜

---

① 据推测,是纽伯里雇用了亨利。但是,亨利做过此书编辑的事实,在《绅士杂志》1792年第62期第578-579页他的讣告中泄露出来了。

航行的故事：18世纪英格兰的航海叙事

文本，偶尔冒个头，但总让人感知到它的存在。

马拉日志在船上经历的部分冒了出来，叙事者的苍白声音消失了。"23日，寻找土地，靠近礁石，刮起飓风，伴随着大雨。"①马拉可以写得更有诗意。他参与了所有日志作者都在玩的游戏，看看自己的词汇能否表达出冰山的样子，冰山像"毁坏的城堡、教堂、拱廊、尖顶、船只，还有无数狂野古怪的形状、怪物、龙，所有可怕的样子，都是人们无法想象出来的。"②看上去马拉对于海员生活有太多的抱怨，但亨利没有让其全部暴露。比如这段：

> 我们的日志作者……特别抱怨了可怜的水手寻找陆地，却只看到大海与冰山。他对此多有抱怨。冰凌悬在人们鼻子上，有一英寸长（约2.54厘米）。天气有时非常寒冷，霜冻非常厉害，呼吸都有困难。他看到人们被冰雪所困，如同身穿甲胄……即便在如此艰苦的条件下，人们也会为他们的烈酒欢呼，没有一个人会被吓到。
>
> 马拉，《"决心"号航行的日志》，第113-114页

很有可能，马拉穿上了亨利语言的外衣，质疑在岛上偷窃是否属于犯罪的问题。他提出，如果陌生人"未经同意就

---

① 马拉，《"决心"号航行的日志》，第74页。
② 同上书，第111页。

砍倒他们的树木，采集他们的水果，夺取他们的动物，总之，拿走他们想得到的一切"，对于岛民而言，自然而然，需要来访者付出代价，"到底谁该被称为罪犯，是基督徒还是野人？"①

这种反讽的语调出现在马拉想要弃船而去的部分，很可能是马拉自己的话，而非编辑的。很遗憾，他在游向塔希提时被发现了，如果他能多逗留几年，他就能提供"这些人的宗教和社会方面更加丰富详尽的描述"，一定会比那些短暂驻留此地的绅士们做得好，因为绅士们"先得学习语言"。马拉被戴上了铁镣，叙事上说，他正后悔地想，"他或许可以当上这地方的国王，至少也是首相"②。亨利对马拉的日记的改编，极有可能让我们失去了一个更生动、更智慧、更不恭敬的航行故事，一个从水手角度讲述的航行故事。

马拉的日志准备出版的过程中，还有别人的干扰。不同寻常的是，除了库克之外，日志中几乎没有提到别人的名字，唯一例外的是一位科学家，福斯特（Johann Reinhold Forster）先生经常出现在场景之中。只要船只抵达陆地，福斯特先生就会去探索。比如在复活节岛上，"船长……带领军官，由福斯特先生陪同，上了岸"。③很难解释这种将科学家的名字单独点出来的行为，除非是 J. R. 福斯特自己决定，要把他的

---

① 马拉，《"决心"号航行的日志》，第45页。
② 同上书，第235-236页。
③ 同上书，第139页。

名字加上去①。如果是这样的话,《绅士杂志》对于《"决心"号航行的日志》的处理,就非常有趣了。自1775年12月到1776年3月之间,《绅士杂志》从叙事之中节选了大量内容,配上一段评论,做了4个月的月度连载。评论者一方面提及整个作品"匆匆忙忙写就,急急忙忙出版",另一方面,认可日志的真实性。12月一期上有令人好奇的评论,说"对于(冰海)航行之艰苦,是根本无法向读者传达出来的"。1月号的另一句提到,在米德尔堡岛上,一个岛民来到了船上:

> 但是,我们的日志作者说,他们的语言完全不同,尽管这一点被日志的评论员否认了。评论员看上去曾参与过航行,现在受雇来进行评论,而此人亦有类似的作品面世。
>
> 第17页

这句话看来是杂志的编辑和书的评论者共同完成的。评论者几乎就是福斯特。他很自豪,因他能看到社会群岛和汤加群岛岛民语言之间的相似性,②其他人则看不出来。戴维·亨利掌管着《绅士杂志》,编辑了马拉的《日志》,福斯特确认自己出现在了马拉的《日志》中。他即将出版的书,也在此隐

---

① 参考霍尔(Hoare),《笨拙的哲学家》(*The Tactless Philosopher*),第159页。
② J. R. 福斯特,《"决心"号日志》,第379页;G. 福斯特,《环游世界之旅》,第一卷,第444页。

晦地做了广告。他们相互帮助,互相宣传自己的书。

从1775年的后半年到1776年,福斯特确实忙于写作自己的航行记录。其写作的准确性质与形式,在此时并不固定,也问题重重。他要讲的一个长长的、复杂的、痛苦的故事,对18世纪航海叙事的历史而言,非常重要,是在库克讲述第二次航行之前的主要前奏。①

II

1729年,约翰·莱因霍尔德·福斯特(以下称为老福斯特)生于西普鲁士距离但泽(Danzig)不远的特切夫(Dirschau)。他的祖上是17世纪40年代英国内战期间,从约克郡到达这里的保皇派。老福斯特被改革派教会授予了圣职,在但泽附近的郊区担任了12年的教职。老福斯特的兴趣是在科学,而非宗教。他早期学习过古代历史、埃及古物学和地理学等,他的知识面因为对于自然科学的兴趣而不断扩展。这要归功于他的儿子乔治·福斯特。乔治生于1754年,是他

---

① 第二个出版物是匿名作者的《第二次环游世界的航行》(*The Second Voyage Round the World*)(1776年)。比格尔霍尔说这本书是假托库克之名写的,因此是一本伪作。但是,他错了。这本书题名页上的"由库克完成"并非指的是库克为本书作者,而指的是此次航行是库克完成的。书中自称"取材于真实材料"。应该好好看看这本书,它不是一本伪作。尽管此书有大量编辑的痕迹,但还是有许多来自第一手的细节描写(悖论的是,比格尔霍尔反而是认可了这一点)。本书很有意思的一个特点是,其编辑者对于加之原住民身上的暴力非常反感,编辑者在一处写道"残忍的行为……根本不配叫作英国人"(第83页)。

八个孩子中最大的。他是一个天才，对昆虫、花朵和鸟类极感兴趣。1765年，终于从教区离职的老福斯特带着11岁的乔治去了俄罗斯。他们随一个代表团，向凯瑟琳大帝汇报伏尔加河边上的德国殖民地状况。[1] 老福斯特在俄罗斯待了18个月。在圣彼得堡期间，他广泛了解了科学发展的情况，比如气象学和人类学。他的儿子早熟地成为一位职业植物学家。老福斯特决定，他的科学未来应该是在英国。父子两人带着介绍信，在1766年10月到达伦敦。此时，距离他37岁生日还有几个星期。

接下来的5年间，老福斯特的声望颇具戏剧性地迅速高涨。他在古文物学会和皇家学会宣读了论文，成为"两会"的会员。他接替了约瑟夫·普里斯特利（Joseph Priestley），进入兰开夏郡的不信奉国教者的沃灵顿学院。这是一所启蒙式的、向前看的学校，是为那些无法进入牛津和剑桥的学生准备的。老福斯特在此教授了三年的科学与语言。此时，他的妻子和其他孩子都来了英国。老福斯特把布干维尔的法语版《环球航行》（1772年）译成英语，对英国读者了解伟大的法国航海非常重要。此书的翻译宣布了老福斯特的信仰。他认为航海发现对科学具有重要的价值。同时，此书展现了老福斯特对于祖辈家园的忠诚，他在脚注中时时强调英国的优越，是英国人组织了最伟大的发现航行，英国人对哲学上的探索也远

---

[1] 生平细节取自霍尔《笨拙的哲学家》(*The Tactless Philosopher*)，另有部分材料取自霍尔为哈克卢特学会编辑的福斯特日志(1982年版)所写的介绍。

胜法国人。

1771年夏天,即班克斯随库克的第一次航行返航后不久,老福斯特将一本以拉丁文写就的昆虫书献给了班克斯,希望随他进行下一次航海。1772年1月,老福斯特在《评论》杂志加入一则广告,宣称他因为翻译了布干维尔的书,有资格在未来航行中成为班克斯和索兰德的同事。当然,班克斯和索兰德再也没有航行过。他们没有选择老福斯特,而是选择了詹姆斯·林德(James Lind),为他从议会争取了4000英镑的资助。可是,为了他的科学团队和设备,班克斯要求一定在船体上层安装专业的观测设施。这令"决心"号在1772年泰晤士河行驶时头重脚轻。库克得到海军部的同意,拆掉了新增加的部分。士官生约翰·埃利奥特(John Elliott)写道:"班克斯在舍尔尼斯港看到这艘船,看到船上的变化,在船坞上气得跺脚,像疯了一般,他立刻下令,仆人和所有东西都下了船。"[①]班克斯不再参加航行的情况明了之后,需要立刻找人顶替。有人找到老福斯特。老福斯特愿意参加,条件是带着17岁的儿子一起去。此事有在政府与科学界均有影响的丹尼斯·巴灵顿(Daines Barrington)参与斡旋。老福斯特希望政府能为他的妻子和孩子提供补贴。航行结束后,老福斯特希望能继续拿到补贴。出版权(自霍克斯沃思之后,这成了航行最有利可图的项目)也讨论到了。无论当时达成了怎

---

① 埃利奥特(Elliott),《库克船长的第二次航行》(*Captain Cook's Second Voyage*),第7页。

样的协议，都没留下文字记录。巴灵顿或许答应了他无法给予的东西。老福斯特也许希望得到承诺之外的东西。后来，老福斯特的合同条目引发了激烈的辩论，但没得出满意的结果。但是，皇家学会保证他是合适的人选，议会也投票通过，将原本给林德的 4000 英镑给了他。老福斯特在 1772 年 6 月 11 日获得皇家任命。接下来的一个星期中，他要准备三年中要用到的装备。他的行李送上了停泊在舍尔尼斯港的"决心"号。7 月初，福斯特父子在普利茅斯上了船。

老福斯特的传记作家迈克尔·霍尔（Michael Hoare），称老福斯特是"库克的科学家中阅读最广泛、最有学识的人"。伟大的瑞典植物学家林奈听说老福斯特要登船之后，写信给国王，称"再没有比他更出色的选择了"。[1] 直到最近，福斯特父子的成就不再受到重视，他们的书也没人读了。但在德国，则是例外。德国是父子两人在三年旅行结束后带着苦涩与失望返回的国家。比格尔霍尔是研究库克的前辈，他不应为福斯特父子的名声淡忘而负责，他继承的传统是从"决心"号的甲板上开始的。但是，也不应忽视比格尔霍尔的责任，是他在《库克船长的日志》第二卷中，不断以些小的罪名指控两位科学家，每次一提到父子两人，便有一些难称善意的话，好像他们曾经伤害过他，令他无法释怀一般。这种敌意很可笑，与一位伟大学者的工作也不相符。正是由于比格尔霍

---

[1] 福斯特（J. R. Forster），《"决心"号日志》，第 53 页，第 64 页。

尔不断的恶意，我们才会在艾伦·威利尔（Allan Villier）的《库克船长：海员中的海员》（*Captain Cook：the Seamen's Seaman*）(1967年)中看到，老福斯特是"一位非常不受欢迎的人"，他"听说软卧要没有了""没人在场的情况下……被接受了"。

当然，老福斯特是个不太好相处的人。年轻的埃利奥特称他是"聪明但非常好争论的家伙"①。老福斯特好挑剔，爱吵架，易怒，顽固，怨恨，自大，自我保护，多疑到近乎病态。他是他自己最坏的敌人，不是人们愿意在一条小船上共度三年时光的那种人。但是，他和他儿子也非常了不起，他们的写作值得更多的关注。最有趣的是，老福斯特在"决心"号上有一本日志，内容颇为坦诚，充满自我揭示，但在过去两百年间，不为人知。直到1982年，在迈克尔·霍尔为哈克卢特学会的仔细编校之下，才得以问世。

日志的主体，当然是记有冰山、火山、鸟类、兽类、植物、树木、语言、风俗的大量笔记，还有小福斯特和安德斯·斯帕曼（在好望角作为自然学家的助理）编辑的其他笔记与图画，目的是记录航行中的科学发现。另外，还有大量日记形式的材料，与老福斯特的科学目的几乎没有关系，是一个私下抱怨的声音，谈及与库克和其他军官的紧张关系。日志还有一个公开的声音，试图把整个叙事纳入一个英雄的模

---

① 埃利奥特，《库克船长的第二次航行》，xxx。

式之中。很明显，这个声音是为了从总体上描述航行的历史做的准备。正是最后一点考虑，回答了为什么老福斯特要用英语来写船上的日志，而不是用他的母语德语。老福斯特的德语口音和英语错误，让他成了船上的笑料。但是，所有将要发表的材料，至少首先是以英语记录的。这是一次英国人的航行，是"自由之神的儿子，占据了这座女王之岛"，英国人有"无可战胜的海军"，还有技艺出色的航海术，他们会不断进入地球上海洋与陌生的岛屿。[①] 一本充满向英国致敬内容的日志，需要用英语写就。

日志开始，便是老福斯特的痛苦与不适。1773年3月，在第一次南极探索中，问题出现了，先是感冒和潮湿的舱房，然后是船长室和他舱房之间的绵羊和山羊。

> 库克船长给我的房间被固执的长官剥夺了。房间给了这些咩咩叫的和平生物。有一个阶段，它们长得跟我的床一样高，在房间一边拉屎拉尿。与此同时，房间另一边是五头山羊，也在干同样的事。可怜的船舱，四边都有缝隙，寒冷的空气自由通行。随着天气越来越冷，我的境况一天比一天糟。我让自己乐观些，想在头脑中战胜种种的不便和困苦，但是我的船员却会对着我最私密的想法叹气。他们

[①] 福斯特（J. R. Forster），《"决心"号日志》，第239页。

看到我的样子，觉得我非常不一样。

　　福斯特，《"决心"号日志》，第 233-234 页

　　三次南极洲的探索让老福斯特的情况变得糟糕极了。几乎没有能让他和他的团队观察的东西，他也没有任何发现未知大陆的期待。随着不幸的增加与健康的恶化，他的自恋情绪越发强烈。日记之中，他开始强烈怀疑自己此行的价值，此时他的用语，与天气温暖时写的狂想诗对比鲜明。接着刚才引用的一段，老福斯特说道，即便给他两倍于 4000 英镑的报酬，他也不愿意参加航行了。他为失去大英博物馆的舒适职位后悔不迭。1773 年 12 月到 1774 年 1 月间，即库克的第二次南极探索期间，老福斯特到达了忧郁的极点，"我没有生命，甚至都不像植物，我凋谢，我枯萎。""韶华已逝。"大海波涛汹涌，舱房潮湿冰冷。

　　我手碰到的每样东西，都是潮湿、霉变的，我好像到了一座死人的地下宫殿，而不是活人的居所。船长室窗格破碎，舱房里满是气流和烟雾，一卷铺开的潮湿风帆，几个风帆工人在劳作，因为吃了豌豆和泡菜，时不时放出恶臭。

　　已经受了 18 个月的苦，我们看到的东西都是人们见到过的……我只有小小的收获，报酬的一半得用来装备和养活自己。原以为有所发现会让人满意，

让我获取名望，现在看来，前景堪忧。

值得一提的是，在这部令人沮丧的日志末尾，老福斯特给他的声音中加入了一些治愈的希望。

> 英国的公正无私众人皆知，也在永恒的纪念碑上经历过考验。毫无疑问，英国会以恰当的方式回报她勇敢的儿子，他们航行过危险重重的大洋……不列颠光荣的儿子们，在辛劳的任务中无可匹敌："决心"号的航行将成为一个唯一永久的纪念碑，铭刻这个国家的力量和伟大，纪念这些人的智慧与关注。他们是经历和行为中的首领，他们靠勇敢与坚韧参与了困难艰苦、危险重重的探索之行。
>
> 福斯特，《"决心"号日志》，
> 第 438-439 页，第 447 页，第 450 页

小福斯特担心"决心"号的侵入对岛上生活的困扰以及使用火器造成的岛民伤亡，但是，老福斯特的看法显然不同。老福斯特与库克最尖锐的冲突，便是老福斯特认为库克没有惩罚不当的行为。1773 年 9 月，在社会群岛的胡阿希内岛上，斯帕曼(Sparrman)被人抢劫，衣服被剥去了，库克没能惩罚强盗，没能追回丢失的财物。老福斯特写道，这会"鼓励当地人各种各样的暴行，是非常危险的倾向"。一个星

期后,在赖阿特阿岛,小福斯特的枪被人抢走,老福斯特开了枪,打中了抢枪人的背部,"我为了自我保护采取了措施……以流尽最后一滴血来保护我的财产,以恰当的暴力惩罚敢于抢劫的人"。库克反对老福斯特的做法。老福斯特则坚称,自己可以独立于库克的权威,接着便开始了激烈的争吵。"双方均有激烈而毫无戒备的表达,他用武力将我赶出了他的小屋。"三天后,库克让人捎话,后悔自己使用了暴力。老福斯特要求,自己被重新请入曾被暴力赶出的船长小屋。库克"第二天早上到我的舱房,邀请我回到船长舱房,经过一番交谈,双方在无损彼此荣誉的情况下和解了,还握了握手"。① 库克的日志没有提及此番争端,却有其他一些冲突。② 正是从老福斯特处我们得知,在第三次航程开始前,在回答一位中尉提及的科学探索的前景时,库克说道:"去他的科学家,还有他们的科学!"③

正如前文提到的,老福斯特日志中的公开声音是其时不时展现的爱国狂想;另外,则是诗人维吉尔式的,试图将"决心"号的航行看成是建立新帝国或新秩序的努力。这条线索在其对第一次造访新西兰的描述中,最清晰可辨(老福斯特确实引用了维吉尔的作品)。福斯特父子在英国期间的作品中,每每谈及野蛮人与文明人之间关系时,他们的诸

---

① 福斯特,《"决心"号日志》,第355页,第363页,第365页,第369页。
② 同上书,比如第509页。
③ 库克,第二卷,《"决心"号》,xlvi。

多看法，便像是拉长了的争论。争论对象是卢梭的《论人类不平等的起源》。此书于1755年出版，1761年译成了英文。福斯特父子的经验没有让其脱离卢梭讨论的立足点，即"自然的天真"与"文明的堕落"之间的关系，小福斯特又比其父更关切两者通商的后果。但是，如前文提到的霍克斯沃思一样，对于人类在社会组织、知识和技术方面的进步会导致邪恶与堕落的看法，老福斯特颇为不屑。老福斯特在达斯基湾（Dusky Bay）的一番文字，仅仅是长篇大论的开端。

老福斯特写道："科学的运用、技术推进的贸易、便利工具的使用改变了文明国家，令文明国家相较于处在自然状态的国家，具有了优势。"环顾四周，老福斯特看到建起的天文观测台，人们正忙于计算天体的运动与经纬度，观察与描述大量的动植物。老福斯特以抒情诗般的语汇，描述了这些忙碌的人——铁砧板之上的铿锵声，酿造作坊在酿造云杉酒，桶匠在箍桶，如此这般。老福斯特如此结尾：

> 船只左舷外的山崖，几天前只是一片浓密的森林，现在已经清理干净，建起了观察台，锻造炉，伐木人的小屋，羊群的畜栏。另有超过一英亩（约4047平方米）的土地业已清理完毕。这件事，要是靠五百个手持石斧的新西兰原住民，需要三个月。
>
> 福斯特，《"决心"号日志》，第265-266页

第六章 库克与福斯特父子

老福斯特心情不错时，会选择一种类似透镜的视角，给他笔下的人物洒下柔和的光。心情不好时，他对每一个人都是满心怨恨。对于所谓的"遭流放的一群人"（marooning party），即一群外出扎营的人，有很好的例证。他们展现了文化中的技巧，比如如何用火药和麻絮点火，如何搭建帐篷，如何捕获、清理与烹饪食物（所有这些技巧，野蛮人都比他们强）；接着是一顿大餐，水手们"纵情欢闹，开各种粗俗的玩笑，你能看到了不起的天才和善良的天性、粗鲁、豪放、不堪入耳的诅咒、谩骂、吹牛皮混合在一起"。①

塔希提是人人同意的"快乐的岛屿"，是自然或者文明之前社会的完美展现。塔希提在老福斯特的文明发展理论中占据了中心位置，后来，这些理论出现在他1778年的主要著作《环球航行中的观察》（Observations Made during a Voyage Round the World）中。但是，汤加岛让老福斯特仔细衡量了西方文明进步的得与失。汤加岛民的热情好客与"对待我们的毫不自私"，让老福斯特震惊。"他们的慷慨令人称道，他们更热情，比真正的基督徒更友善……我们觉得，在技术和贸易方面我们比这些人优越……还有文字的应用……我们要给他们公正的看法……他们拥有的文明比我们开始以为的更多。"②

---

① 福斯特，《"决心"号日志》，第271页。
② 福斯特，《"决心"号日志》，第395—396页。

当然，性疾病的可怕传播，既是事实上天真之堕落的有力象征，也是阻止人们欢呼文明传播的障碍。写到新西兰时，老福斯特说，如果第一个传播疾病的人，能够"在满足兽欲之后，立刻刺死当时的情欲目标"，其犯下的罪过也要小于从婴儿时期起，就毒害"一个无害、勇敢而人口众多的民族"。①

福斯特的日志只是"决心"号随行船员们日志中的一种，其他船员留下的日志，有些依然存世，至少是部分存世，比如克拉克（Clerke）的、埃利奥特（Elliott）的、皮克斯吉尔（Pickersgill）的、天文学家威廉·威尔士（William Wales）的。威尔士在讨伐福斯特父子出书一事中，扮演了重要角色。他的日志比他日后的论文生动得多。库克自己花了大量时间，不断重写自己的记叙。② 所有这些记叙的行为，包括马拉等海员的秘密记录（有人还将日志夹记在《圣经》里），并不特别令人称奇。真正令人称奇的是，在"决心"号三年的航程之中，在几乎日夜相处的封闭环境中，两位主要的记录人库克和福斯特，竟然没有讨论过到底谁该负责记下航程的权威历史。"决心"号到港之后，此事引发了激烈争议。

乔治·福斯特的解释是，早在出行之前，他父亲便通过巴灵顿得到海军部的许可，不仅要书写航行的历史，而且会

---

① 同上书，第308页。
② 库克，第二卷，《"决心"号》，cxxxi-cxliii；附录Ⅳ和Ⅴ。

第六章 库克与福斯特父子

得到出版的报酬,还会得到年金。当他们到达好望角时,就是航程快结束的时刻,库克船长看到了霍克斯沃思的叙事以及其对自己第一次航行的修改,又听说"编书者得到了巨大的利益",库克才决定要出版自己的叙事。① 毫无疑问,曾经有这一个协议,尽管是口头的,也颇为含糊,但老福斯特一定是有责任书写航行的历史,也将能从中获益。老福斯特在王座法院有书面证词,说明曾经给过自己这项任务,除非能够有文字合同存在的证据,剩下的协商毫无意义。这项工作是在国王的亲自同意下解除的。② 缺乏正规教育的库克,想亲自处理出版事宜,也是可能的。早些时候库克或许会认为,尽管他的日记肯定是任何官方历史的基础,但最终出版一定是海军部的责任,而不会是他的。到达好望角的时候,一方面,库克下了决心,不愿把自己的手稿交到诸如霍克斯沃思等人的手中;另一方面,库克肯定感到了,如果不远的未来有6000英镑在等着他。他肯定意识到了,自己不喜欢的科学家也在对此虎视眈眈。

早在航船于 1775 年 7 月 30 日返回普利茅斯港之前,老福斯特和他的团队就在为出版其科学发现做准备。首先问世的第一卷是奢华的大型对开本,书名为《植物的种类特征》(*Characteres generum plantarum*),以福斯特父子两人的名义出

---

① 乔治·福斯特(G. Forster),《致尊敬的桑威奇伯爵的一封信》(*A Letter to the Right Honourable the Earl of Sandwich*),第 12 页。
② 霍尔,《笨拙的哲学家》,第 161 页。

193

版，并在1775年11月以个人名义献给了英国国王（此版本现存于大英图书馆）。在此之前，海军部大臣约翰·蒙塔古，即曾经任命过福斯特的桑威奇伯爵，想就航程历史的写作促成协议，其中允许库克得到部分收益。老福斯特可以提交部分样章，如果得到许可，他可以准备写作，并且与库克平等地获取收益（当然也会用到库克的日志）。索兰德和班克斯在9月5日知道了这份提议。[1]看上去老福斯特接受了提议。他开始用英语、法语和德语准备起自己版本的航行历史。不幸的是，10月份桑威奇写信给巴灵顿，信中说，"我开始担心，无法与福斯特先生再共事了。我差不多已经确信，他对我而言，是一个根本不讲求实际的人"。[2]此时的"不讲求实际"一词的意思是不可能与其打交道，不能相处，固执己见，无法沟通。谁会在桑威奇面前用这样的词形容福斯特呢？与此同时，桑威奇受到了"来自英格兰几位重要的文学人物"的压力，不许给老福斯特参与书写库克的航行的权利。到10月末，桑威奇已经下令，禁止老福斯特用外语写作航行经历，理由是航行费用是英国公众支付的[3]。

很清楚，桑威奇对老福斯特提交的样本没太大的兴趣，就在年底之前，桑威奇还曾与温莎教士约翰·道格拉斯博士

---

[1] 霍尔，《笨拙的哲学家》，第154页。
[2] 同上书，第151页。
[3] 霍尔，《笨拙的哲学家》，第156页。

(Dr. John Douglas)接触过，以"保密为条件"问道格拉斯博士，是否愿意编撰库克的航海日志。老福斯特并不知情，依然在做自己的版本。1776 年 4 月 13 日，桑威奇召集了库克和老福斯特，一起到海军部参加了正式的会议，并在众目睽睽之下，签署了一整套新协议。老福斯特和库克需要各写一卷，福斯特负责第二卷，主要包括对于自然历史的观察，还有航行中的"哲学性话语"（科学笔记）和一个总序言。两个人要相互帮助，净利润两人平分。海军部会承担制图费用，绘好的图将是两人的共同财产。①

可能是基于桑威奇的要求，老福斯特立即呈上了叙事开始部分的长篇介绍。桑威奇觉得不可接受，也很容易看出为什么。这篇介绍现收录在乔治·福斯特德语版作品集的第四卷中，从第 446 页到第 465 页，语言啰唆臃肿，情感过于丰富。对两件小事做了没有必要的大肆张扬。第一件事发生在 1772 年 8 月 20 日，木匠的助手落水溺亡。老福斯特重复了他日志中的内容，猜测了其母亲和其他亲人听到消息后会有怎样的反应。第二件事是在船上做窝的一只燕子。老福斯特用了很大篇幅描写"我们小小而友好的客人"，希望读者能够"原谅他将形容人的语言来形容这个小小的、温和的造物，他觉得这只燕子能够感知到我们给予它的慷慨与善意"。

桑威奇通过巴灵顿告诉福斯特，手稿必须修改，必须增

---

① 乔治·福斯特，《致尊敬的桑威奇伯爵的一封信》，附录第 5-6 页。

添一位编辑——理查德·欧文·坎布里奇(Richard Owen Cambridge)。老福斯特拒绝了修改建议。如他儿子所言,他"不能忍受侮辱,决不允许手稿被以完全没有常识的方式修改"。① 但是,老福斯特需要钱,正如传记作者霍尔所言,老福斯特打算以 200 英镑把手稿卖给海军部,让他们随便去写,只要不署他的名字就好;如果能拿到 1200 英镑,老福斯特可以放弃所有权利。库克倾向接受老福斯特的条件,但桑威奇另有打算。他面见了国王,得到国王的许可,他们应该"先单独推进库克船长的叙事,除非福斯特愿意改正自己的内容"。② 1776 年 6 月 10 日,海军部预定召开会议,老福斯特拒绝参加,只给库克寄来一封信,称桑威奇用权谋将自己"排除出了海军部安排的协助之外",因此,参加会议没有任何意义。库克写信给道格拉斯教士(他已与教士有了几个月的通信往来,商议编撰自己航海叙事的事宜),提及了老福斯特的这封信,信中写道:

桑威奇会采取怎样的行动,我不好说,但我觉得我应该是独自出版了……福斯特先生打算怎么做,我没听说,估计他想尽快出版。如果这样,他就抢在了我前面。他骗得我很厉害。我从没想到过,他会从海军部那边脱身而出。但他伤害不了我。我只

---

① 乔治·福斯特,《致尊敬的桑威奇伯爵的一封信》,第 14 页。
② 霍尔,《笨拙的哲学家》,第 161 页。

是替桑威奇先生感到难过——他为一个不值得的人付出了那么多辛劳。①

很难不注意到"他骗得我很厉害"这句话蕴含的力度以及库克认为老福斯特想操纵局面来抢先出版的情况。说库克会对老福斯特的退出感到遗憾，应该不太可能，尽管库克想让老福斯特改变想法。在6月23日致道格拉斯的信中，库克以欣慰的语调写道："现在解决了，我将在没有福斯特先生的情况下出版，我已经采取了相应措施。"库克即将启程和停在诺尔（Nore）的船只会合。他在信中感谢了道格拉斯过去的努力和未来的付出。7月12日，库克驾驶"决心"号驶出普利茅斯，开始了第三次环球航行。他没能活着回来，没能看到老福斯特出版第二次航行的历史，也没能看到自己的。

桑威奇本人对老福斯特退出的反应，倒不像是在老福斯特或是小福斯特的信中暗示的那么无耻。给巴灵顿的信中，桑威奇写道："我真的认为，福斯特博士并不知道他真正的朋友是谁，他无法对自己的利益做明智的判断，也并不真正了解自己的英语写作能力。"②库克正确地预见到，老福斯特会在自己道路上走下去。但是，福斯特版的历史，却不是父亲写的，而是儿子写的。1776年7月，还不满21岁的乔

---

① 1776年6月11日，大英图书馆，埃杰顿 MS 2180, f. 13 (r, v)；另参见比格尔霍尔，《詹姆斯·库克船长的生平》，第468—469页。

② 霍尔，《笨拙的哲学家》，第182页。

治·福斯特，付出了好几个月的辛劳写作与健康，并以他父亲的日志和自己的笔记等为蓝本，写出了一本内容涵盖广泛的叙事作品。作品经过托马斯·霍恩比（Thomas Hornby）——库克在 1772 年介绍给福斯特父子的牛津天文学家的核实。1777 年 3 月，《环球航行》（*A Voyage Round the World*）以两卷本的形式出版了，书中没有配图，比库克的官方版本早了六个星期。库克的版本名为《一次驶向南极与环绕世界的航行》（*A Voyage Towards the South Pole and Round the World*），其中有 60 张配图，部分配图取自乔治·福斯特的植物画。

Ⅲ

福斯特版的《环球航行》是航行叙事史上的重要文献，但作者到底是谁？此书的蓝本源自老福斯特的日志，经过了小福斯特老练与审慎的编辑，其中大量细节无法在日志中找到。《环球航行》令人印象深刻的部分显示了这位极具天赋的年轻人的极端敏感。他在随船航行时，还不到 20 岁。小福斯特注意到在塔希提天堂般的小路上，有成堆成堆、令人恶心的人类粪便。小福斯特详细描写了海员们的醉态与粗鲁的言语，也看到了一位与海员相伴的塔希提女人头发上的虱子。小福斯特平等地注意到了塔希提女性的细致。有一位女性看到一

第六章 库克与福斯特父子

位海员只有一只眼睛，于是便找来另一位只有一只眼睛的女性，与其做伴。但是，是谁的感性与想法，让《环球航行》如此有力，又如此与众不同？即便《环球航行》中的感性内容与老福斯特的日志不同，对待英国的力量与成就的态度不同，我们很难就此论定，这些就一定是小福斯特的声音。在所有宣扬爱国情怀的章节中，总能令人惊讶地看到一个颇为冷淡而疏离的声音，提到库克正在"完成占有的无聊仪式"。在南大西洋中一个类似的占有仪式中，他写到荒寂的岩石中飘荡着火枪齐射之后的回音，"令海豹与企鹅——这块新发现的领地上的居民，颇为惊讶"。这里显然不是给航海家们唱赞歌，我们还会听到"航海教育的偏见，是倾向于让航海者以轻蔑的态度看待南海诸岛上的居民"。[①]当然，这是激进的小福斯特的声音。他38岁时一文不名地死在巴黎，还遭到悬赏通缉，因为曾在美茵茨(Mainz)支持过法国革命。但是，写下这些词句的时刻，老福斯特本人已经对英国及其成就不抱任何幻想了，已经彻底失去了得到皇家资助的可能，也看不出他有任何理由修改他儿子的词句。《环球航行》是一个集体协商与同意下的产物，是两个头脑协同下的写作过程，而且极端之处在于都有压制或修正。一般而言，无论内容怎样，年轻的头脑在智力创新方面要强些，但有时也能看出年长者的痕迹。有些部分，则明显有对原始生活相互矛盾的看法，或是

[①] 乔治·福斯特,《环球航行》, 第二卷, 第165页, 第458页, 第529页。

对不同文化相遇的不同意见，或是对航海探索行为本身合理性的怀疑。这些都会在父子的差异中显现出来，他们真实地反映出来了。两个人清楚地知道，两人见证了人类不同种族间相遇的历史时刻以及这种相遇带来的不确定性和不知所措。我认为属于小福斯特的部分，要比属于其父的部分更有趣，但是，我没有十足的把握，能把两者的头脑完全区分开。福斯特父子构成了一个连续体。毕竟，是年老的头脑教给了儿子热爱生命的启蒙和理念，但年轻的头脑在十年后，在一篇非同寻常的长文《探险家库克》中，将库克尊称为一位人类道德发展的推进者。[1]

让我们从两卷本上奇特的题记谈起。第一卷书名页上的四行诗来自一位被人遗忘了的诗人米西(César de Missy)。他是伦敦胡格诺教派的牧师。其诗作《寓言或譬喻》(Paraboles ou fables)刚刚再次出版。诗作乐观地认为，人们不能沉默地面对真相。如果人们这样做了，最终会遭受羞辱。由此，福斯特版本的历史将面对他的对手以及他的对手想要掩藏或修改事实。第二卷的题记选自罗马哲人塞涅卡(Seneca)：人的心灵惯于运动，不肯安分；从不执着于一处；总在未知与已知的领域中盘桓，反思；流连忘返；不耐歇息，策划新的成就。[2] 这段话与库克的航行有什么关系，是两位讲求实际的科学家在言说自我的信念吗？答案或许能从引文出处的古典

---

[1] 参见塞恩(Saine)，《乔治·福斯特》(Georg Forster)，第 46-53 页。
[2] 出自塞涅卡(Seneca)，《安慰母亲书》(Ad Helviammatrem de Consolatione)。

第六章　库克与福斯特父子

文献中找到。但是，首先要从卢梭《论人类不平等的起源》的结尾处去寻找答案，因为卢梭的书常常显现在背景中。卢梭写道，野蛮人与文明人之间的根本差异在于野蛮人只是活着，无所事事，对任何超越了斯多葛式平静的事毫无兴趣，但是，文明人有无尽的行动，自我折磨般地发现新的劳作，为了活下去而杀了自己。[1] 最后一点是罗马作家尤维纳利斯（Juvenalis）的著名说法，即以某种方式活着只能摧毁生活的意义，老福斯特曾在日志中引用过。那个时刻，老福斯特正在第二次寻找并不存在的南方大陆的途中，心情极度低落。

　　库克的航程便是对毫不停歇、自我毁灭式的现代人探求意识的最佳展现，不仅与原始人平静的生活形成了直接反差，而且进入了原始人的生活中。卢梭对野蛮人和文明人的区分并不特别。在古罗马诗人奥维德《变形记》的开篇处，便描述了人类不同时代的不同样貌。在黄金时代，天气温暖，人们不必耕作，没有法律，没有犯罪，也没有旅行。正如英国诗人德莱顿的翻译展现的，黄金时代是：

> 在风帆展开之前，新的大洋尚待探索；
> 幸福的人们，要求不多，
> 将希望放在自己家乡的土地上。

---

[1] 卢梭，《论人类不平等的起源》，企鹅版，克兰斯顿（M. Cranston）编辑，1984年，第136页。

旅行是在白银时代与青铜时代之后的黑铁时代出现的。黑铁时代是个犯罪、欺骗和背叛的时代。其第一个标志便是树木被用作造船，而"船帆随着每一股吹来的风展开"。自此之后，曾经共有的土地被分开，人们开始挖掘黄金，战争随之爆发。古代神话之中的黄金时代与黑铁时代的说法，以奇特的方式实现了。西方人带着对黄金的渴望，航行到新世界。之后的太平洋旅行中，西方水手与岛民之间性接触的报酬，正是以铁钉支付的。

父子两人在航行中的不断思考，构成了福斯特《环球航行》的核心。思考的第一点是文化间的差异；思考的第二点是文化间的差异如何代表了人类进化的不同阶段；思考的第三点是在进化之中，技术的进步带来了怎样的道德滑坡；思考的第四点是因为西方人的航行被打断了的自然演化，会有哪些当下与长远的影响。思考本身颇为散乱与混杂，逐步在1778年老福斯特的《观察》(*Observations*)一文中变成了强大的进化理论。当然，小福斯特对此也有贡献。

1773年6月，"决心"号停泊在新西兰夏洛特皇后湾，库克思考了自"努力"号三年前的造访之后，岛民行为上的变化。与其他人一样，库克为当地男人将自己的妻女供给水手淫乐颇为苦恼，铁钉则是不道德交易的收获。在这第二次的到访中，库克颇为懊恼地在日志中写道，"对当地的道德风俗并无裨益"。接着，库克写下：

这便是与欧洲人交流的后果。而对我们文明的基督徒更为羞耻的是，我们让他们本来就容易变恶的道德观更堕落了。我们把他们没有的需要和他们不知道的疾病带给了他们。这会让他们自古以来的幸福与平静不复存在。若有人不愿承认真相，让他告诉我，整个美洲的原住民与欧洲人通商之后，到底得到了些什么。

库克，第二卷，《"决心"号》，第175页

在坎农·道格拉斯（Canon Douglas）看来，这样坦率的反思太过颠覆，不适合被英国读者阅读，于是给删除了。在更简短的印刷版中，库克对于当地人道德风气"毫无裨益"的说法，被从语境中剥离出来，变成了一种拘谨的遗憾，意思是英国人更高的道德标准也没办法阻止原住民的自我堕落。

福斯特的历史中，相似的反思同时出现了。小福斯特注意到，女性是牺牲品，被夹在饥渴的水手与贪婪的丈夫之间。小福斯特质问道，哪一方的男人更有罪，是需求的一方，还是供给的一方？在小福斯特看来，毛利人社群受到的伤害是"不可弥补的"。哪怕只有一点益处能抵消行为的恶果，他们也能稍觉安慰。"但是，我担心，我们的行为对南海各个民族只能带来全然有害的后果。那些受害较轻的民族，是因为

与我们保持了距离。"①

福斯特父子很想相信,双方的交流会有收益。在小福斯特的书中,有一段令人瞩目的塔希提记述,文字富有诗意。内容是理查德·格林德尔(Richard Grindal)和画家威廉·霍奇斯(William Hodges)的外出经历。他们偶遇了一对老年夫妇,在"狭小整洁的草屋内"受到了款待。"我们真希望能像传说中的神一样慷慨回馈他们的善意,但我们做不到,我们真以为自己遇到了好客的博西斯和腓利门。"在古希腊传说中,博西斯和腓利门是贫苦农民,在家中款待过宙斯和赫尔墨斯,宙斯和赫尔墨斯则给了他们出乎意外的回报。小福斯特和两位同事能够给予的只有"珠子和钉子"。②之后不久,我们便有了下文:

> 真心希望,最近在欧洲人与南海诸岛岛民之间的交流,能够及时停止。文明地区堕落的风俗习惯传播到这里无知的种族之前,这里的人们幸运地生活在无知与淳朴之中。但是,一个令人悲伤的事实是,善意的法则并没有与欧洲政治的法则达成和谐一致!
>
> 乔治·福斯特,《环球航行》,第一卷,第303页

---

① 乔治·福斯特,《环球航行》,第一卷,第212-213页。
② 同上书,第一卷,第299页。

第六章 库克与福斯特父子

通过观察另一个社会，乔治·福斯特理解了自己的社会。他特别在意地描述了从博拉博拉岛（Bora Bora）来的玛海因（Mahine，此人有时也被叫作西提西提或是欧迪迪）到达英国船上之后的反应，看到了玛海因经常遭受的不人道与种族主义的对待。让小福斯特尤其生气的是，欧洲人不断使用火器，显示出根深蒂固的道德优越感。在这一点上，小福斯特和他父亲的看法不同。小福斯特记录和讲述的种种行为，显示了他缺乏对船伴和英国的忠诚。这让威尔士（Wales）尤其恼火。他在《关于福斯特先生的记述》（*Remarks on Mr. Forster's Account*）一文中气急败坏地反击了一番。玛海因受到了1774年4月发生的枪杀马克萨斯（Marquesan）岛民事件的影响。有岛民从舷梯上偷走了一根铁柱，一位军官在甲板上，按照库克的命令开了枪。但是，根据库克的说法，"瞄得比我意图的要准，竟然打死了他"。① 小福斯特宣称，开枪的军官甚至都不知道，被打死的人到底犯了怎样的错。他认为此次开枪是又一个"偏见与鲁莽"的例子。类似事件造成了许多伤亡，也让"身处启蒙年代"的我们变得与只是"为了娱乐"就枪杀美洲原住民的西班牙征服者一样。福斯特认为，他的船伴常常展现出一种"残酷的倾向"，"仅仅因为最轻微的过失，便要急迫地向当地人开枪"②。

在乔治·福斯特看来，在新赫布里底群岛（New Hebrides）

---

① 库克，第二卷，《"决心"号》，第365页。
② 乔治·福斯特，《环球航行》，第一卷，第465页，第536页。

的塔纳岛发生的另一次枪杀尤其不幸,是一次"黑暗与可鄙的行为"。他们花费了两个星期时间,赢得了岛民的好感。乔治在与岛民的音乐聚会中表现积极,双方对彼此的音乐极感兴趣。接着,在远足时,福斯特和斯帕曼发现,"两个当地人坐在草地上,抱着他们刚刚死去的兄弟"。是海军陆战队的威廉·韦奇博勒(William Wedgeborough)干的,因为岛民穿过禁区就开枪打死了他。库克非常生气,下令鞭打此人。但其他军官并不同意,认为此人不过是执行了海军陆战队上尉约翰·埃奇库姆(John Edgecombe)的命令而已。于是,乔治写道:"军官可以处分当地人生命的权力没有被推翻。"[1]

小福斯特观察和分析了各个岛屿之间不同水平的技术发展程度、社会组织程度和幸福程度。从各个方面看,塔希提都排在顶端,火地岛(Tierra del Fuego)的居民则排在最下面,毛利人位于中间。看上去,可悲的火地岛人消解了高贵的野蛮人的想法。后来,老福斯特提出了新解释,认为他们不是欠发达的人类,而是实际上堕落的人类。新赫布里底群岛的马拉库拉岛岛民,则让福斯特父子很难在其进化理论上找到合适的位置。

　　　　他们丑陋的体型,黑色的皮肤,常常让我们把

---

[1] 乔治·福斯特,《环球航行》,第一卷,第353页。

第六章 库克与福斯特父子

他们与猴子联系在一起。我们感到很抱歉，不得不用卢梭或是应和其哲学信条的浅薄哲学家的论断，认为他们倾向于类人猿。①

这听上去很像是老福斯特的声音，他曾是虔诚的基督教牧师。在《论人类不平等的根源》中，卢梭讨论了人类从类人猿堕落而来的可能性，尽管他倾向接受这种理论，最终因其没有证据而放弃了。列入"浅薄哲学家"的可能还有蒙都博爵士（Lord Mondobbo），他的人是从猴子变来的理论受到了约翰逊博士的批评。卢梭的讨论本身便是对"已经揭示了的宗教权威"的挑战。老福斯特在《观察》中提出，虽然种族有多样性，但人类是一个物种，很可能是"由一对配偶传下来的"。②

乔治·福斯特对塔希提社会的评价与卢梭文明社会发展的想法更为一致。乔治注意到，塔希提社会已经开始出现阶级差异了。他看到岛上的酋长，身体肥胖，生活闲散，依靠地位较低的人喂养。乔治认为，这些地位较低的人最终要与闲散阶层从类别上分开。低下阶层最终会发展出"人类普遍权力"的观念，最终会有一场革命。"这是人类历史的自然循环"，趋向一个阶级分层社会的趋势会被"外来奢侈品的引

---

① 乔治·福斯特，《环球航行》，第二卷，第207页；另参看 J. R. 福斯特，《环球航行中的观察》，第242页。

② J. R. 福斯特，《环球航行中的观察》，第257页。

入"而大大加快。

> 如果一小部分人的知识只能依靠以民族幸福为代价取得，那么，无论对于欧洲发现者而言，还是对于当地的被发现者而言，南海还是不要被发现的好。
>
> 乔治·福斯特，《环球航行》，
> 第一卷，第367-368页

这位年轻植物学家谴责着自己的职业，如塞内卡所称的一样，这正是黑铁时代疾病。知识上的不知停歇，追求着自己的使命，其实是在传播疾病。

很难想象，小福斯特批评英国人虚无的观点会无人应答。天文学家威廉·威尔士如同骑着骏马赶来的骑士一般，重申了正确的价值观。在《关于福斯特记录的评论》(Remarks on Mr. Forster's Account)(1778年)中，威尔士不愿承认乔治是真正的作者，因为书中有太多的"无知、自大与粗鄙"，因此，只会是心怀不满的年老科学家的作品。小福斯特的书中满是"恶意的错误再现"，特别是"对于可怜海员的恶意攻击"。"博士总是很愿意攻击欧洲人。"[①]威尔士给出了一系列事件的另一种版本，用来说明攻击用错了地方。乔治出版了《对威

---

① 威尔士，《关于福斯特记录的评论》，第71页，第24页，第27页。

尔士先生说法的回应》(Reply to Mr Wales's Remarks)一书,称其为"一位外国人……向一个自由民族发出的请求"。此书比威尔士的书更克制,更有智慧,威尔士的攻击太刻薄了。对于总是抨击自己人的指责,小福斯特坚持认为,只有对于行动的道德判断,而道德判断与民族无关。小福斯特反过头来批评那些旅行者,那些总是"批评遥远地区的居民的"旅行者,而不批评他们自己的同胞。这个问题事关原则,但是,细节方面的反驳与交锋显得冗长,辩论常常变成了行话比赛。威尔士质疑老福斯特作为语言学家的地位,称其"英语发音非常不准确"。乔治反驳说,"那个讲一口约克郡方言的人可真是一位有能力的裁判啊!"

小福斯特的《环球航行》出版于1777年3月17日。六个星期后,库克的《一次驶向南极与环绕世界的航行》便让其黯然无光了,后者才是探险的官方版本,价格只有两个基尼。[1]第一版立刻销售一空,第二版很快又要上市了。精美的雕刻画当年在2月出版,福斯特父子有时会以批评的口吻提到,但他们没有复制这些图。福斯特父子的书销售得不温不火,到了秋天,还有570本没卖出,[2]在英格兰没有再版过。在1968年,民主德国的卡恩(R. L. Kahn)出版过乔治·福斯特全集,本书收入了全集的第一卷。老福斯特过着只能勉强糊口的生活。他把乔治的植物学画以400基尼卖给了班克斯,

---

[1] 乔治·福斯特在给桑德维奇的信中抱怨,这种定价有补贴的成分。
[2] 霍尔,《笨拙的哲学家》,第169页。

又把自己的书以 350 英镑卖给了班克斯，还从班克斯处借了 200 英镑。① 1778 年，为了给父亲寻找一个职位，乔治去了德国，自己则在卡塞尔（Cassel）得到了教授职位。后来，乔治在哈雷（Halle）给老福斯特找了个教授自然历史的职位，黯然结束了老福斯特在"女王的岛屿上"成名与致富的梦想。

Ⅳ

《一次驶向南极与环绕世界的航行》是库克的作品，是他唯一出版的作品，尽管库克本人从没见到过此书。库克的第一次航程是霍克斯沃思代述的。第三次航程中库克写的日记，是他死在夏威夷之后带回国的，由坎农·道格拉斯补写而成。相对而言，道格拉斯对库克第二次航行的记叙少有改动。道格拉斯细致地回避了直接提及阴茎包裹物的记叙，谨慎地删去了库克为探索打扰当地岛民生活感到的不安，也平息了偶尔出现的对欧洲人保持优越性不利的感情。库克对塔希提人有这样的看法，"越与他们熟悉，就越喜欢他们。公平地说，我必须承认，他们是我曾经遇到过的最亲切与善良的人"。②在印刷版本中，这句话不见了。但是，道格拉斯没有遮蔽库克。他没有像霍克斯沃思一样，打着库克的幌子说自

---

① 霍尔，《笨拙的哲学家》，第 164 页，第 170-172 页。
② 库克，第二卷，《"决心"号》，第 236 页。

第六章　库克与福斯特父子

己的话。人们读到的还是库克，不过是修整了一下，整齐了一些。

在总序言之中，库克请求读者原谅文字的缺乏修饰，因为自年少起便在海上漂泊，"缺乏学校教育的优势"，本书能给读者带来的，是一个热情为国家服务的普通人，如何尽其所能将自己的经历展现出来。比格尔霍尔整理了不同版本的日志，即便只对航行中发生的事件略知一二的人，也能看出来这位普通的讲述者不仅仅在展现自己的经历，其说法也颇有依据。《一次驶向南极与环绕世界的航行》充满热情、努力与服务精神，却不是为自我服务的。诚然如此，尽管叙事者是库克本人，叙事者也希望读者们如此认为，但是，故事却不是关于库克的。贯穿全文却没有特别提及的是库克坚持承担的重大责任。库克关注的是"决心"号的日常工作，即人们吃什么、衣着是否整洁、健康状况如何、行为是否有序；库克关注的是风平浪静与狂风暴雨之中的海船、起帆与落帆、未知的海域、冰雪与大雾、穿过珊瑚礁；库克关注的是如何协调两个天文钟、自己的计算和威尔士的计算、如何确定经度、协调过去的航海记录与现在观察结果之间的矛盾。横跨这些之上的，库克还需要做出主要的战略决定，如何在海军部的命令范围内确定路线和目标。另外，库克还需应对每一块土地上的居民，确定各种主要与次要的政治决定。如我们所见，每个人都有对于原住民的看法，但库克需要独自决定，应该与当地人采取怎样的关系；同时，他还要监督相关指令的执行情况。如果库克的历史读起来显得沉闷,那是因为他需要一个岛一个岛不停地协调遭到偷窃与不能过度使用暴力之间的关系。库克不理解为什么会有人不停地偷窃。他像一位愤怒的校长,不得不面对难以管教的顽童。

库克一行一路探索过太平洋,小心接触一个又一个岛屿。他们不知道岛民能否接受他们,他们希望得到欢迎,也做了武力应对的准备。库克的日志之中,有一个著名的段落,讲到欧洲人在新赫布里底群岛的塔塔岛的遭遇。道格拉斯让其变成了现在的样子,但是,比格尔霍尔编辑的版本言辞要激烈一些。

> 如若不是受到了嫉妒的反面刺激,他们都是文明与善良的人,即便有这样的行为,我们也不能责怪他们,设身处地地想,他们会如何看待我们?他们永远无法了解我们的真实目的,是我们驶入他们的港口,令他们不敢抵抗。我们尝试以和平的方式登陆。如果不行,我们可以用火器的优势来保证登陆。他们又会怎样看待我们,难道不像是侵略者吗?对我们有所了解之后,时间让他们知道自己犯下了大错。
>
> 库克,第二卷,《"决心"号》,第493页

库克的写作展现了真诚和勇气。库克没有隐藏的个人秘

第六章　库克与福斯特父子

密，但毫无疑问，他对自己的任务依然缺乏了解，因为库克得到过明确指示，只要有可能就应该占有领土。其后，这些岛屿的不幸历史证明了岛民并没有错。是库克本人展现了对"我们的真实目的"的无知。从这个角度看，年轻的乔治·福斯特更明智一些。

第七章 弗莱彻·克里斯琴的沉默

I

1779年2月,库克暴死在了夏威夷的凯阿拉凯夸湾(Kealakekua Bay)。他在1776年夏天指挥"决心"号开始了第三次航行,伴随他的是查尔斯·克拉克(Charles Clerke)指挥的"发现"(Discovery)号。库克从新西兰到达汤加和塔希提,然后向北转向,希望寻找在拜伦之旅中忽视的目标——西北航道。库克发现了桑威奇群岛,即夏威夷群岛。库克探索了美洲西北部海岸,造访了努特卡湾,驶入了俄罗斯在阿拉斯加和阿留申群岛的皮毛产地。库克穿过白令海峡,到达北冰洋,在遭到冰雪阻隔后撤回夏威夷,希望等到来年夏天继续航程。库克死后,克拉克指挥两艘船继续驶向西北,把他的信件与库克的日记交给了俄国人,并通过陆路交给海军部。克拉克再一次试图穿过白令海峡,不久却死于肺炎。1780年夏末,詹姆斯·金(James King)和查尔斯·戈尔(Charles Gore)途经中国后将两艘船驶回英国。此时,距离出发已经过去了四年多。此次航行的官方历史出现在1784年之后。库克

第七章 弗莱彻·克里斯琴的沉默

的日志再一次由坎农·道格拉斯整理并准备出版。其中最后一卷是詹姆斯·金在约瑟夫·班克斯的指导下写成的。随行的其他几位,比如约翰·里克曼(John Rickman)、威廉·埃利斯(William Ellis)、海因里希·齐默尔曼(Heinrich Zimmermann)、约翰·莱迪亚德(John Ledyard)(圣萨尔瓦多岛)以及桀骜不驯的戴维·萨姆韦尔(David Samwell)都出版了各自的记叙。[①]

18世纪剩下的20年中,英国船只频繁行驶在太平洋海域。大洋的西南部有为流放罪犯建立起的新南威尔士;大洋的东北部有对西北航道的进一步探索与更多的皮毛贸易;大洋的东南部有捕鲸船出没;塔希提有为西印度群岛收集面包树的活动。[②]影响力巨大的约瑟夫·班克斯爵士身处这些活动的中心。班克斯自1778年担任皇家学会的主席,直至1820年去世。1781年,班克斯成为准男爵;1797年成为枢密大臣,为英国政府在全世界的殖民事务提供建议。他的庇护对各种的事业或计划而言,不可或缺。1780年,即将回到英国的詹姆斯·金在给班克斯的信中写道:"怀着喜悦与满意的心情,我尊奉您为我们发现者心目中的共同核心。"[③]库克影响了他死后的太平洋冒险,许多最活跃的探险者都曾是他

[①] 在林恩·威西(Lynne Withey)的《发现的航程》(*Voyages of Discovery*)一书的第402-405页,有关于此段历史进程的精彩描述。
[②] 戴维·麦凯(David Mackay)的《追随库克的航迹》(*In the Wake of Cook*)简洁而有帮助地介绍了这些行动。
[③] 同上书,第21页。

215

手下的军官，比如乔治·迪克逊(George Dixon)、纳撒尼尔·波特洛克(Nathaniel Portlock)、詹姆斯·科尔内特(James Colnett)、威廉·布莱(William Bligh)和乔治·温哥华(George Vancouver)。

  对于成功的太平洋探索而言，与班克斯的庇护和支持几乎同样重要的是后续的出版。令人印象深刻的记叙，能将一次失望的航程变成一场胜利，或者至少变成下一次成功航行的序曲。詹姆斯·科尔内特(James Colnett)的《一次驶向南大西洋和太平洋的航程》(*A Voyage to the South Atlantic and …into the Pacific Ocean*)(1798年)是很好的例证。此书记载了从1793—1794年之间"响尾蛇"(*Rattler*)号的航行。大英图书馆中的一本曾为乔治三世所有。其封面以红色山羊皮精心压制与装订，应该是当年敬献给国王本人的。该书印制精良，海图清晰，"为作者本人印制"。科尔内特是一位海军军官，曾参与太平洋西北海域的皮毛商业航行。该书有趣的序言记载了他本人的历史以及"响尾蛇"号的探索航程。科尔内特由海军部提名，原本计划参加海军为在南美建立捕鲸基地进行的海上勘查。英国政府担心触怒西班牙，久拖不决的协商激怒了以恩德比(Messrs. Enderby and Sons)为首的大商号。"响尾蛇"号是一艘海军单桅帆船。为避免政治上的麻烦，恩德比买下此船，将其改造为一艘捕鲸船，以科尔内特为指挥。科尔内特说他买了此船一半的股份，还贡献了许多设备，"我还买下了以往不同航海者的记录和自然历史方面的书籍，希望对我的航行有帮助"。①科尔内特的身份含混,既为商船服务,又为海军效力。此行的目的模糊,既有海上勘查,也要猎捕鲸鱼。科尔内特的期待也难称清晰,既不知道能从捕鲸中获得多少收益,也不知道海军部是否会因此提拔他。此书装帧的奢华与航行的结果不成比例。鲸难寻,找到之后又难以捕获;至于未来的捕鲸基地,科尔内特能做的只是提议使用加拉帕戈斯群岛中的詹姆斯岛(James's Island)(圣萨尔瓦多岛)和麦哲伦海峡北部的查塔姆岛(Chatham Island),称其"非常便于修理船只和补充给养"。②关于他早于"响尾蛇"号之前的航行,科尔内特写道:"我总是把对海军的热爱和商业进取的精神融为一体。"此书出版于科尔内特回航的一到两年之后,尽管是"为作者本人印制",但更像一块敲门砖,试图为作者在海军或商业领域寻找更大的机遇。

正如我们看到的,贝塔弗曾经愤怒地反驳了谢尔沃克的记述。但是,一本高度赞美某次航行的书也不免会遭遇挑战。约翰·米尔斯(John Meares)的《1788年和1789年间从中国到美洲西北海岸的航程》(*Voyages made in 1788 and 1789, from China to the North West Coast of America*)一书,装帧精良,遭遇了相似的命运。此书在1790年出版,"由罗格格力菲克出版社(the Logographic Press)印制"。此书含有订购者的名单,卷首有米尔斯的精美画像,配有许多地图、海图与插图。此

---

① 科尔内特,《一次驶向南大西洋和太平洋的航程》,xiii。
② 同上书,第159页。

书紧跟 1789 年出版的两本同名著作《一次环球航行》(*A Voyage Round the World*)之后，两书作者分别是乔治·迪克逊(George Dixon)与纳撒尼尔·波特洛克(Nathaniel Portlock)。两书均记叙了"乔治国王与夏洛特皇后"(*King George and Queen Charlotte*)号在 1785—1788 年间的航程。迪克逊的书题献给班克斯，波特洛克的书题献给国王。迪克逊书中的讲述者是威廉·贝雷斯福德(William Beresford)，一位"贸易助理"，一位"既对文学事业完全外行，也对海上生活全然无知"的人士。贝雷斯福德有时会引用迪克逊的话，但我认为他从头到尾只是迪克逊的传声筒。

自 1785 年起，乔治·迪克逊便与班克斯讨论是否能赞助一次商业航行，以探索库克最后一次航程开启的"具有无尽财富的新宝藏"，即与美洲西北部开展的皮毛贸易。[1]他们引起了理查德·卡德曼·埃切斯(Richard Cadman Etches)的兴趣，乔治国王的海湾公司(the King George's Sound Company)也建立起来，其目的大致是想要以海獭皮打开日本市场。[2]但是，对于皮毛交易的期待过高了，从美洲原住民手里获得皮毛并不容易，进入中国的皮毛市场更是困难。在美洲海岸，波特洛克和迪克逊遇到了其他忙碌的探险者。在阿拉斯加湾的威廉王子湾，按照当地美洲原住民的指点，他们吃惊地遭遇了"一艘名为'努特卡'(*Nootka*)号的双桅船，从孟加拉来，

---

[1] 迪克逊，《一次环球航行》，x。
[2] 麦凯，《追随库克的航迹》，第 62-63 页。

由船长米尔斯(Meares)指挥,悬挂英国国旗"。①此船被冰困了一个冬天,急需援助。根据迪克逊所言,船员们的困境又因"毫无节制地饮酒"而雪上加霜,他们慷慨给予了米尔斯食物和两位海员。但是,迪克逊和贝雷斯福德严厉批评了米尔斯关于皮毛贸易自相矛盾的记叙,还批评了他对待船只与船员的方式。波特洛克的记叙更完整,他与米尔斯本人有近距离接触。波特洛克详细讲述了他如何帮助这位无照的闯入者,也讲述此人因为给当地美洲原住民出了太高的价钱而毁了皮毛生意。

对于发生在阿拉斯加海岸上的三位前英国海军军官之间的贸易竞争,米尔斯的书给出了自己的版本。出发时他有两艘船,与另一位海军中尉威廉·蒂平(William Tipping)指挥的"海獭"(Sea Otter)号中途分开了,从此不见踪影。冰雪之中,米尔斯挨过了一个可怕的冬天,很多船员患上了坏血症,多人死亡。尽管已经不太可能彻底搞清楚在"乔治国王与夏洛特皇后"号出现后到底发生了什么,尽管米尔斯会像乔治·拜伦一般自然地夸大其词,但可以明确的是,在迪克逊与波特洛克自以为是的叙事中,一定隐藏了部分事实。他们给米尔斯的帮助有严格的条件,条件是米尔斯必须赶紧走人,把皮毛贸易交给他们。波特洛克在给米尔斯的信中写道:"你做了一笔好买卖,我也要做我的了。"同时,他要求米尔

---

① 迪克逊,《一次环球航行》,第152页。

斯签下一份协议，一旦船能够行动，便要立刻离开。①

在米尔斯的书中，1786—1787年航行到努特卡的记载只能算是序曲。其书的主要内容是记叙他驾驶"费利斯和伊菲吉妮娅"(Felice and Iphigenia)号的贸易航程，由印度的商人赞助。米尔斯尝试与由欧洲人和中国人混合而成的船员们打交道。中国人"吃苦耐劳"，吃鱼和大米，只要"很低的工资"。他的船还载了两位要回家的岛民，一位是蒂亚那(Tianna)，来自库克群岛中的阿图依族(Atui)的王子；另一位是美丽的温妮(Wynee)，由"皇家老鹰"(Imperial Eagle)号船长不屈不挠的妻子巴克利夫人从夏威夷带回国的。巴克利夫人本想带她去欧洲，但因为她"身体极度不适"，只好留在了中国。温妮死在了回家的路上。

米尔斯充分利用了他在温哥华岛上建立的定居点（造成了日后的国际争端），也充分利用了在美洲西北海域修造的第一艘船（书中有一幅插画描绘船下水的情景，船上飘扬着英国国旗）。他写书的目的是刺激英国的贸易。他非常关心英国和西班牙在这些水域的权利之争。

  有明智的大臣给予的鼓励，有富有商人的进取精神，地球上每一个风吹过的角落与波涛起伏的海

---

① 米尔斯(Meares)，《1788—1789年间的航行》(Voyages Made in the Years 1788 and 1789)，xxvii-xxx。

第七章 弗莱沏·克里斯琴的沉默

域，或早或晚均会被探索，均会为英国增加财富、力量与繁荣。

米尔斯，《1788—1789 年间的航行》，lxvii

看来是有人帮助米尔斯写了书，[①] 但是，即便如此浮夸的语言不是他的，那种情绪也是他的。在英国商业的扩张之中，航海叙事有特殊的位置。

如果航海历史的写作仅仅是为了富人闲暇时的消遣，或是满足哲学家好奇的探求，类似本书之中的许多详尽之处便大可以删除，因其既不能令人娱乐，又无法引起注意。但是，航海叙事自有目的。如果航海叙事对于未来的航行无益，如果航海叙事并非旨在帮助与促进商业进步，航海之中遭遇的种种危险与困难便失去了意义，花费时间去写下种种经历也只不过是在浪费生命了。

米尔斯，《1788—1789 年间的航行》，第 117 页

没有故事便没有航行。可是，米尔斯高调的立场和利用叙事提升国家贸易的目的，却被乔治·迪克逊激烈抨击。在迪克逊看来，米尔斯是无票入场，还满口狂言。在《关于

[①] W. 凯·兰姆（W. Kaye Lamb）收于温哥华的《一次发现的航行》（*A Voyage of Discovery*），第 229 页。

约翰·米尔斯先生的评论》(*Remarks on the Voyages of John Meares, Esq.*)一书中,迪克逊写道:"瞧瞧,先生,我很惊讶,从你自大的出版物中只能看到一堆自相矛盾的说法与错误。"对此,米尔斯则以《给乔治·迪克逊先生的回答》(*An Answer to Mr. George Dixon*)(1791年)作答,而迪克逊又写了《再论》(*Further Remarks*)。最终,对于事实的冗长争议让位给了迪克逊最关注的话题,即米尔斯到底有没有贸易的权利以及他是否有权打着英国旗号行事。

> 在威廉王子湾第一次登上你的船,我便问你,是谁给你以英国的名义在此处贸易的权利;同时,我也告知了你,除非持有南海公司颁发的执照,是不能以英国名义在此处经商的。对此,你说你没有。
>
> 迪克逊,《再论》,第34页

这个世纪北美西北海岸的活动,是以乔治·温哥华在1791—1795年间的航行画上句号。温哥华航行的最初目的,是以武力重申英国在此的贸易权利,航行却变成了一次和平与探索之旅。他与西班牙签署了努特卡海湾协议(the Nootka Sound Convention)。无论航行本身多么重要,温哥华本人在去世两年前耗尽心血书写的历史,却被曾任"发现"号实习军官的罗伯特·巴里(Robert Barrie)称为"我读过的最乏味的书"①。很难否认巴里的看法。温哥华的风格僵硬呆板，浮夸自大，迂回冗长，毫无幽默感。看来，让海员亲自讲述自己的故事，并不总是最佳选择。

II

买到奴隶后，西印度群岛上的种植园主便有了劳动力，但是奴隶还得吃东西。对种植园主而言，从树上把食物摘下来吃的想法别具吸引力。跟随库克第一次航行的过程中，班克斯曾在塔希提见过面包树。无论最早的想法是不是他的，班克斯都强烈支持将面包树引种到西印度群岛。丹皮尔在1697年首次注意到了面包树。对班克斯而言，唾手可得的食物正是前亚当时代塔希提式闲暇的特征。早在1772年，种植园主们便就此项目与他有过接触。到了1775年，约翰·埃利斯（John Ellis）发表了一本小册子，建议将面包树引入西印度群岛，为奴隶提供食物。法国人动手在先，将面包树首先移植到了毛里求斯，然后到了西印度群岛。② 美洲的独立战争以及之后的美国独立，使种植园的供给愈发困难和昂贵。随着时间推移，该计划愈发吸引人了。

班克斯希望把他最看好的两个计划合起来做。他提议说，

---

① 温哥华，《一次发现的航行》（*A Voyage of Discovery*），第 243 页。
② 麦凯，《追随库克的航迹》，第 127–130 页。

向植物学湾运送完罪犯之后的船只应该继续前行,到达塔希提,装载上面包树。① 但是,到了1787年春天,班克斯改变了看法,认为有必要派遣专门船只,进行专门航行。他说服政府向国王建议,下令海军部提供一艘舰船。由此可见,班克斯的权力有多大。班克斯建议买一艘船,重新命名为"邦蒂"(Bounty)号。他个人推荐了威廉·布莱(William Bligh)担任指挥与采购。布莱当时33岁,曾在库克"决心"号的航行中担任航海官。布莱写信给班克斯致谢。但当班克斯造访停泊在德特福德的"邦蒂"号时,他发现没人告诉布莱这次航行的目标。班克斯告诉布莱后,布莱说"很高兴能为祖国与人类提供这样的服务"。②

"邦蒂"号的哗变故事怎么讲也讲不完,每位新作者都能找到自己的立场。题材如此诱人,却又无人能说清。我的关注完全放在文字记录的特质上。我假想读者对故事本身已经相当熟悉,也知道布莱不是一个喜好鞭打船员的船长。这方面的记录,布莱相比库克或是温哥华而言要好得多。③

在"韦杰"号沉没与权威不复存在之后,出现了大量出版物,但船长本人保持了缄默。至于"邦蒂"号,出版物则少得可怜,且绝大多数出自船长本人。其他参与者的口头证言由爱德华·克里斯琴(Edward Christian)于1794年出版;并且而

---

① 麦凯,《追随库克的航迹》,第131页。
② 肯尼迪(Kennedy),《布莱》(*Bligh*),第19-20页。
③ 关于此情况的事实与数据参见德宁(Dening)的《布莱先生的恶语》(*Mr. Blight's Bad Language*),第113-130页。

第七章 弗莱彻·克里斯琴的沉默

乔治·汉密尔顿(George Hamilton),即被派去抓捕叛乱者的"潘多拉"(Pandora)号上的医生,在1793年出版了《环球航行》(Voyage Round the World)。对于此桩自发生之日起便引发剧烈争议的事件,当时的出版物不仅量少,而且片面。当然,现在已有不少数量的手稿为人所知,但就当时而言,对公众有用的材料显然不足。1790年返航英国之后,布莱立刻出版了他的《哗变叙事》(Narrative of the Mutiny)。1792年,经由詹姆斯·伯尼(James Burney)和班克斯编辑之后,布莱内容更广泛的《一次驶向南海的航程》(A Voyage to the South Sea)出版了,其中依然有稍加修订后的《哗变叙事》。此时,布莱正在海上,随"天意"(Providence)号进行第二次,也是成功的面包树移植之旅。1794年,布莱出版了《对某些断言的回复》(Answer to Certain Assertions),挑战了爱德华·克里斯琴的观点,即是布莱本人的行为造成了哗变的后果。这些便是所有"邦蒂"号参与者出版的材料了。

布莱深知独断出版的重要性,或者至少要抢先出版,以确立官方的版本,发出权威的声音。他对詹姆斯·金记录下来的库克最后一次航行的官方叙事,颇有批评,但他的异议只是处于边缘的位置。[①] 很明显,布莱愤愤不平,他没法接受记录均具有的主观性与相对性。等当了指挥,布莱无法容忍不同意见。"天意"号上一位中尉写道:"在许多情况之下,

---

[①] 麦卡尼斯(Mackaness),《海军少将威廉·布莱的生平》(The Life of Vice-Admiral William Bligh),第一卷,第25-33页。

225

出于妒忌，他不许我记下私人的日志，还常常语多嘲讽，说我的目的是出版。"[1]漂流过程中，他把写作工具据为己有。1789年4月28日，布莱被迫下到"邦蒂"号的大艇，与18名同伴开始漂流。这一刻，布莱开始了自我免责、自视正当与自我庆贺的航程。这种说法，并非仅仅是一种修辞。布莱的书记约翰·塞缪尔抢救出了"邦蒂"号的日志，带到大艇上。布莱征用了舰上实习生海沃德（Hayward）的笔记本，一直"护在怀中"。漂流持续41天，跨越3000英里（约4828千米），克服了无数危险，抵达帝汶岛。在条件许可的时刻，布莱会草草记下几笔。[2] 与"邦蒂"号分离的时刻，布莱将大艇带到了邻近的托富阿岛（Tofua Island）。他们没得到想要的接待，也担心遭到攻击（攻击最终发生了）。不过，"我在岸上，日志在我手中，在山洞里记下发生的事，送到艇上时，要不是炮手及时帮助，就被抢走了"。（5月1日）

布莱那时写下的，也许就是以下条目的开头。塞缪尔的版本中是出现在哗变当日的（4月28日）。

> 这里我们能看到，人类天性的卑劣会达到怎样程度，不仅仅对最黑暗的死亡毫无怜悯，还对国家和他人犯下了永恒罪行。
>
> 没走多远，我开始思索人类事务中的起伏。此

---

[1] 布莱，《"邦蒂"号记录》（*A Book of the Bounty*），xv。
[2] 布莱，《布莱的笔记本》（*The Bligh Notebook*），第5页。

时，我内心的喜悦又让我不再消沉，我意识到自己的正直、热切与服务的事业。我感到心里有极大的支持。面对如此巨大的灾祸，我心里开始集聚希望，要向我的国王和国家讲述我的不幸。

布莱，《"邦蒂"号航海日志》，Ⅱ，第122页

这一段在印刷版中有删减，但是"意识到自己的正直"保留了下来，最后一句也保留了下来。有趣的是，印刷版中将"讲述我的不幸"变成了"解释不幸的事件"。看来，在不由自主之间，证明自我而非仅仅讲述故事的需要，冒了出来。

布莱从托富阿岛出发，途经澳大利亚海岸、帝汶和巴达维亚，耗时十个半月，到达了英格兰。说布莱在旅途中一直给自己脸上贴金，倒不是有意反对布莱。如果布莱不这么做，反而不正常了。本书一再想说明，所有出版了的航海叙事，均是公共关系方面的操练。叙事之中不屈不挠的自我保护，毫无疑问是基于本能，但是，很多算计用在了操纵、通融与改写事实上。对于谢尔沃克而言，编造与撒谎可谓第二天性；对于布莱而言，虽然呈现自我的时刻他没这么做，但是布莱却很善于压制。比如，弗莱彻曾把自己的六分仪给他，让布莱用于大艇的导航；[①] 再比如在塔希提，布莱曾惩罚过弃船而逃的丘吉尔（Churchill）、马斯普拉特（Muspratt）和米尔沃德

---

① 布莱，《布莱的笔记本》，第30页，第38页，第128页，第132页。

(Millward)，还曾惩罚过在驶离时值班睡觉的实习生海沃德。① 对于后面这件事，人们常说，布莱从《一次驶向南海的航程》和《哗变叙事》中删去了航海日志中的事实，是为了保护他人，而非自己。因为这些事都是下级不服从、不履职或是批评其他军官的言论②。但是，将灾难发生之前的航行讲述得风平浪静，显然对布莱有利。那些被压制的事故、批评与摩擦，暗示出仇恨与报复有长时间酝酿的过程。

布莱在大艇上的日志颇为戏剧化，令人着迷。笔记本和航海日志的条目质朴无华，本身有力量，在文学性更强的《哗变叙事》中得到了修饰和软化。以下的例子是5月16日（海上计算时间）的条目：

>《航海日志》：夜色黑，阴沉，看不到星星，无法定向，海水不时打到身上。
>《哗变叙事》：夜色非常黑暗，一颗星星都看不到，没有办法知道方向，海水时不时打到我们的身上。

5月21日"邦蒂"号的《航海日志》中，记载的是"尽管都

---

① 对比布莱《"邦蒂"号航海日志》，Ⅱ，第11页，12页，第22-23页，第30页，和布莱《一次驶向南海的航程》，第120页；参看莫里森(Morrison)，《詹姆斯·莫里森的日志》(*The Journal of James Morrison*)，第33-34页。
② 比如麦卡尼斯，《海军少将威廉·布莱的生平》，第一卷，第108页。

第七章　弗莱沏·克里斯琴的沉默

渴望睡觉,但睡觉太可怕了"。《哗变叙事》中,这句话变成了"睡眠,尽管人人渴望,却感觉不到任何安稳"。5月20日的记叙是最具力量的句子,但因为"清楚"变得无力了,"我们的外表可怕极了,我无论看向哪里,都会与他人目光相接"。《哗变叙事》中,这句变成了"看到了别人绝望的目光"。

无论怎样,《航海日志》和《哗变叙事》的中心人物都是布莱,目的是记下他作为唯一一个(他自己宣称的)具有驾驶小艇能力的人的航海技能,记下他在分配食物上的仔细与坚定以及记下他超人的忍耐力。约翰·弗赖尔(John Fryer)是"邦蒂"号的水手长,与布莱一直冲突不断。他也记下了大艇漂流的过程。弗赖尔的记叙也许是从巴达维亚返程时开始写起的,但也是对布莱1790年出版《哗变叙事》的反驳,[①]其中对布莱少有奉承之词。该书没有公开出版,只是到了1934年,经由欧文·拉特(Owen Rutter)之手印刷了一些,私下流行。我将花些时间,对比两书对在澳大利亚附近岛屿靠岸时发生事情的不同记述,事情是关于木匠与牡蛎的。对比的目的不是为了说明谁对谁错,而是对比两种不同的叙事模式:一种是英雄主义的,另一种是颠覆性的;一种是史诗型的,另一种是滑稽模仿的;一种是喜欢自夸的,另一种是倾向于讽刺揭露的。无怪乎加文·肯尼迪(Gavin Kennedy)会不停地把弗赖尔叫作爱惹麻烦的家伙。当然,我们对于弗赖尔的话也不

[①] 肯尼迪,《布莱》,注解90。

必照单全收，不必认为他就如实揭示了布莱是如何创造自我的。

布莱对此事件的记述，在《哗变叙事》中要比航海日志手稿中简短得多，以下是此次事件的详情：

> 我派了两队人出发，一队向北，一队向南，寻找给养。我命令其他人待在艇旁。此时，饥饿与虚弱令他们无法履行职责，有些人开始嘟囔谁干得多，还说宁肯不吃东西，也不愿去找东西吃。其中有一个人，带着哗变的样子跟我说，他竟然跟我一样。如果不及时制止这种倾向，我不知道会发生怎样的情况。于是，我决定发起最后一击，或是保住我的指挥权，或是死在这里。我手握短刀，命令他也拿起一把刀防卫。他却大叫起来，说我要杀了他，接着便退缩了。我不允许这种情况进一步干扰艇上的人员，后来就平静下来了。
>
> 布莱，《哗变叙事》，第 55 页

这段叙事能自圆其说，但也有令人费解之处，布莱为什么会把这个事件当成是对他权威的彻底挑战？为了 1792 年的出版，这段文字是"剪刀加糨糊"，增加了不少修饰。但是，布莱在更详细的《航海日志》（1937 年由拉特出版）中，依然对于挑战的缘由到底在哪里，语焉不详。上述的"一个人"，

第七章 弗莱彻·克里斯琴的沉默

指的应该是木匠威廉·珀塞尔（William Purcell）。他是船上的另一名士官长，常常和弗赖尔一道与布莱发生冲突。

> 我派了两队人出去，一队向南，一队向北，看看能找到点什么，我命令其他人在艇旁待命。有人嘟囔起来，争论谁干得最多，还有人说宁愿不吃东西，也不愿意出去找东西吃。简单来说，如果他们不怕我用其他方式强制命令，我就几乎没法控制他们。
>
> 木匠的态度越发无礼。最后，他竟然以类似哗变的表情和我说，他与我是一样的好。我不想任由事态发展下去，决定采取手段，要么保住我的指挥权，要么就死了算了。我手握短刀，命令那个混蛋拿起一把刀自卫。他大叫起来，说我要杀了他，接着便退缩了。只有内尔森先生一人支持我。水手长故意大声，喊起了小艇长，要把我逮捕了。他的话激起了更大的混乱。我告诉他，如果他在我履行捍卫秩序的职责时，再有打扰，再引起混乱，我会第一个杀了他。这番话对他产生了效果。他反过头来说，我可以信任他，他是支持我的命令和未来的指挥的。
>
> 这便是15分钟内发生骚动的大致情形。我看如果要执行命令或保持秩序的话，唯一依靠的只有权力，有些人已经彻底忘记了应该怎么服从。
>
> 布莱，《"邦蒂"号航海日志》，Ⅱ，第192页

以下是弗赖尔的记述。可以看到，争议的焦点是木匠用了双关语指涉布莱应该为他们当下的情况（安全和困境）负责，而非拒绝出外寻找食物。

珀塞尔先生在我前面先上了小船。当我背着牡蛎攀到岩石上的时候，听到了小艇上的很大吼声。布莱船长叫某人是混蛋，说是我把你带到这里来的，要不是我，你早就完蛋了。是的，先生，木匠说，要不是你，我也不会到这里来。你这个混蛋，你是什么意思。我不是混蛋，先生，木匠答道，我跟你是一样的人。布莱船长抓起一把短刀走到小船前，告诉木匠也去拿把刀来。木匠说不行，先生，你是长官。此时我上了小船，看到布莱船长拿把刀在木匠头顶挥舞，我忍不住笑了。我说不许打斗，否则把你们两个都关起来。布莱船长转向我，上帝啊，你要是敢碰我，我就把你砍倒。我说，先生，现在不是谈论打斗的时候。布莱船长指着木匠说，他竟然敢说是和我一样的人。木匠答道，你叫我混蛋，我告诉你我不是混蛋，我是和你一样的人；你说是你把我们带到这里来的，我告诉你，要不是你，我们也不会到这里来。布莱船长说，要是你没有别的意思，这件事就算了，于是就平静下来了。争执发

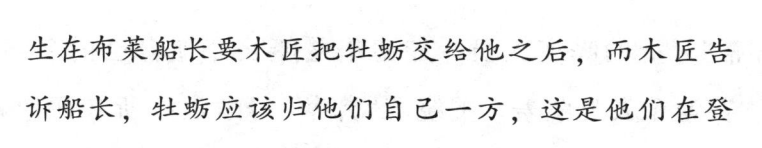

生在布莱船长要木匠把牡蛎交给他之后,而木匠告诉船长,牡蛎应该归他们自己一方,这是他们在登上小船之前约好的。

弗赖尔,《"邦蒂"号大艇的航行》,第70-72页

很遗憾,艇上的人尽管一起漂流,却没有牢固的情谊。抵达安全的荷兰领土之后,途经巴达维亚返回英格兰之前,布莱、弗赖尔和珀塞尔之间爆发了激烈的冲突。到达安全地区后,布莱给英国海军部、约瑟夫·班克斯爵士和自己的妻子写了长信,解释原因,"亲爱的贝奇,我丢了'邦蒂'号"。接下来,

我知道你会多么震惊,但我请求你,亲爱的贝奇,不要去想它了,一切都过去了,我们应该看到未来的幸福。正是作为真正的海军军官的意识一直支撑着我。我不能给你的叔叔写信,只能在公开的信中告诉人们,人们会看到我的人品依然值得尊敬,荣誉不受玷污。我的记事本保留下来了,所以我的利益不会受损,一切都会好的。

布莱,《"邦蒂"号之书》,第305页

布莱到达英格兰不久,海军部就派遣了爱德华·爱德华兹(Edward Edwards)船长驾驶"潘多拉"号前往太平洋,抓捕

"邦蒂"号上的哗变人员。爱德华兹船长令他自己的名声蒙羞,甚至令人类蒙羞。围绕着"邦蒂"号争议的所有评论者,都谴责了他在抓捕中的暴行。爱德华兹没有找到弗莱彻·克里斯琴和"邦蒂"号,就把所有留在塔希提的人都抓了起来。其中有些人,比如说年轻的士官生彼得·海伍德(当时只有十几岁),认为他们没有赞同或是协助叛乱,而是自愿下了船。所有人都遭到了相同的对待,被铁链锁起,关在"潘多拉"号甲板上一座特别修造的监狱里,就是他们所称的"潘多拉的盒子"。"潘多拉"号在大堡礁触礁之后,爱德华兹船长任由他们淹死。14人中有10人活了下来,其中有詹姆斯·莫里森,"邦蒂"号水手长的副手。1792年8月,在朴次茅斯的军事法庭上,莫里森、海伍德、汤姆·埃利森(Tom Ellison)、约翰·米尔沃德(John Millward)、威廉·马斯普拉特(William Muspratt)、托马斯·伯基特(Thomas Burkitt)被判有罪,所有人被判死刑,但是,莫里森和海伍德被提议赦免。马斯普拉特因为法律技术上的原因被释放了。埃利森、伯基特和米尔沃德被绞死。军事法庭审理期间,案件主要的证人布莱船长因出海而缺席了。

接下来的几个月里,莫里森利用一切以前准备的材料,赶写关于"邦蒂"号的记述,写他在塔希提的时光(其中有对该岛和岛民的详细描述),还有爱德华兹的虐待。他的记述非常详尽。这让很多人认为,他肯定是在种种起伏之中暗暗记下了日记。加文·肯尼迪认为这是不可能做到的,并进而宣称，莫里森的叙事"作为针对布莱的目击证词而言，毫无用处"。① 这是不合理的推论。不能因为用笔写下了发生过的事，目击证人就不能当目击证人了。莫里森的叙事是极有价值的目击证词。当然，与布莱的一样，不能全信。

肯尼迪有充分的证据认为，莫里森写下叙事是为了出版，也一定会热卖。1792年11月，一位对莫里森颇为友好的朴次茅斯年轻牧师威廉·豪厄尔（William Howell）写信给莫尔斯沃斯·菲利普斯（Molesworth Phillips）船长，说"莫里森很期待他的书能出来，再等六到七个星期就可以印刷了"。实际上，莫里森的日志直到1935年才出版（依然是欧文·拉特出版的限量版，315册）。肯尼迪争辩说，是约瑟夫·班克斯压制了该书的出版。莫尔斯沃斯·菲利普斯曾经在库克手下任职，他认识班克斯。他给班克斯送去了根据莫里森的日志删减过的备忘录。肯尼迪写道，"不需要多大的压力，就可以说服年轻的豪厄尔，如此的出版物将会给正在海上、为国家服务的海军高级军官造成多大的伤害"。布莱从"天意"号的航程回来后，班克斯把"备忘录"寄给了他，布莱写下了自己的回应。②

对于"邦蒂"号事变的导火索是弗赖尔和莫里森均提及了在哗变之前为椰子产生的激烈争执，但《哗变叙事》中布莱对此事却不置一词。此事发生之前，在安纳姆卡岛，克里斯琴

---

① 肯尼迪，《布莱》，第150页。
② 同上书，第201页，第203页，第209页。

率领的一队人丢了一把斧子和一把锛子，为此布莱与克里斯琴有过冲突。布莱记下了此事，但没有提及克里斯琴的名字。根据莫里森的记述，克里斯琴告诉布莱有物品被盗，布莱骂他是个胆小的混蛋，说他手里有武器，竟会害怕一群野人。对此，克里斯琴答复说："你命令不许使用武器，有武器又有什么用。"①至于椰子，布莱在几门炮之间存了一些。但是，他在4月27日，即哗变前一天回到甲板上后，发现他堆放的椰子不见了。根据莫里森的记述，布莱把所有军官召集了起来，军官们说没看到有人拿走椰子。布莱说，"肯定是你们自己拿走了"。接着，他命令把全船的椰子收起来。布莱问每位军官，他们给自己买了几个椰子。问到克里斯琴时，克里斯琴答道："我希望你不要认为，我竟然能卑劣到偷你的椰子。"对此，布莱答道："真该死——一定是你偷了，不然你倒是说说看，你这个恶棍，你们都是贼，竟然合伙偷我的东西。"②布莱的论据是，要是一个人说不清他有几个椰子，他就一定是在说谎。弗赖尔的记述颇为类似，但没提到布莱是否仅仅针对克里斯琴一个人。

1794年，斯蒂芬·巴尼（Stephen Barney）出版了"邦蒂"号军事法庭的庭审记述，而爱德华·克里斯琴，即弗莱彻·克里斯琴的兄弟，剑桥的法律教授，也加上了他的附录。爱德华想证明，是布莱的行为而非对塔希提女性的渴望，促成

---

① 莫里森，《詹姆斯·莫里森的日志》，第37页。
② 同上书，第41页。

第七章 弗莱彻·克里斯琴的沉默

了哗变。爱德华知道椰子的事,把此事记在了附录中,尽管细节上与莫里森的记叙不同。在他的答复之中,布莱没有提到关于椰子的争执,但是印上了"邦蒂"号上船伴的证词,所有的证词均减低了椰子事件的重要性。但是,针对莫里森的"备忘录",布莱的确写过一份没有出版的评论。布莱声称,他受到了指控,称他把"军官们称为窃贼和恶棍,等等"。布莱争辩说,他曾下过命令,所有人均不许碰那些椰子,而值守的军官声称有人在偷偷窃取。布莱接着说:"有公开的盗窃,""拒不从命,直接破坏秩序——具体是谁无法确认……无论用了怎样的词语,窃贼也好,恶棍也罢,难道夺船是对的吗?"[1]我认为布莱的论证是这样的:①有人在偷东西,已经不再是偷偷摸摸的了;②军官们要么是知道谁偷的,并纵容之,要么是自己偷的;③有的人就该被称为窃贼;④即便我用了这个说法(他也没有否认),也不足以构成哗变的理由。

布莱还有一条手稿的记录存放在悉尼的米切尔图书馆(the Mitchell Library)中。其中,布莱再一次以第三人称回应了爱德华·克里斯琴的指控:

《哗变叙事》中向公众呈现的事实,没有隐瞒,没有修改……布莱船长在《哗变叙事》中宣布的每件

---

[1] 麦卡尼斯,《海军少将威廉·布莱的生平》,第159页。

事都是神圣的事实,即使是最大的恶意,也无法令其扭曲。

肯尼迪,《布莱》,第 240 页

在这些大量的言辞、誓词、指控、自证、断言与否认之外,弗莱彻·克里斯琴几乎完全沉默了。他告诉莫里森:"整个航程中,我被用得像一条狗。"在他夺船之前的晚上,布莱船长曾邀请他一起吃饭,他称病拒绝了。三位证人,布莱、弗赖尔和莫里森均认可的是,弗莱彻说过"我身处在地狱里",尽管三位的表述各有不同。彼得·海伍德宣称,当两人在塔希提分手时,克里斯琴对他说起了"其他与那场不幸灾难有关的条件";而这些条件在他亲人死后,"或许不会被公众所知"。这些只能影响他,或许能够减轻他的罪过,但无法使之合理。① 这里有大量的推测,但我们真正知道的只有他的沉默,除了一句"我身处在地狱里"。

他的意思是受了很多苦,还是觉得灵魂迷失了,受到了诅咒?夺船行为的确是彻底绝望的表现,毫无意义,一定会身败名裂。那天晚上,克里斯琴肯定有过偷取一条小艇离船而去的想法。这种行为一定是彻底的毁灭,没有希望,自我毁灭,没有任何可能回归的希望。为什么他改变了主意,或是被人说服改变了计划而夺船,也因此牵扯进了许多人,已

---

① 巴罗(Barrow),《皇家军舰"邦蒂"号的哗变与夺船》(*The Mutiny and Piratical Seizure of H. M. S. Bounty*),第 99 页。

第七章 弗莱彻·克里斯琴的沉默

经很难搞清楚了。或许他有微弱的希望找到类似皮特凯恩岛的地方，然后成功地生活下去？或许他有意将自己的否认、拒绝、反抗与脱离弄得尽人皆知？他宣称"我身处在地狱里"，不是因为他放弃了真正的上帝，而是他拒绝了社会发明的"一切人的父亲"（Father of All），即同时期的威廉·布莱克所称的"无人之父"（Nobodaddy）。正是社会发明出来的这位神，给了布莱将自己记录下来的事件称为"神圣真理"的权力。正是这位神，肯定了社会结构的合理性，让社会可以将小偷与政治异议分子送往澳大利亚，也认可了海军的军规。否认了这位神，真是进了活的地狱。

威廉·布莱是一位杰出的海员、领航员与测量员。他非常负责地执行了命令，非常关心船上人员的身体健康与福利。当然，布莱也过于严苛而不通情理，报复心强，常常以恶语伤人。在我看来，布莱气量狭小，缺乏对人的热情、慷慨与理解。这些缺点，在其他领域或许不会显现，但他是一艘船的船长，这凸显了他最坏的一面。布莱对自己的位置非常在意，这是他在船长的位置上会感觉到的。毫无疑问，布莱非常用心地肩负着自己的责任，但他需要如此之多的赞美则显得可悲了。对于年轻绅士的进步，比如弗莱彻·克里斯琴，他肯定是关心的。但可悲的是，他们需要对他俯首帖耳，以便获得他的关照，而且总得时时不忘对他表现出感恩戴德的样子。此处，他最成功的例子是控制了托马斯·海沃德（Thomas Hayward）。因为托马斯两次值班的时候被他发现睡着了，后来，便在他面前表现得像一条小猎犬一般。弗莱彻·克里斯琴是希望得到认可的：

> 我问他，这样对待我，能算是从我这里得到过的友谊的回报吗？对于我的问题，他表现得很不安，激动地回答说："布莱船长，这个是这样，我身处在地狱里，我身处在地狱里了。"
>
> 布莱，《哗变叙事》，第8页

将自己藏身在18世纪英国海军令人畏惧的组织之后，布莱暴露了自己的渺小。他并不常常鞭打船员，却从不停止以虐待、贬损与辱骂来折磨船员。他不仅摧毁了船员对于自我和工作的尊重，他还很享受船员们受到羞辱，正如更变态的船长喜欢鞭打船员一样。格雷格·德宁（Greg Dening）给他写布莱的书起了一个绝佳的名字《布莱先生的恶语》。布莱的恶言相向是他丢船的主要原因。

布莱之所以能如此行事，是因为他喜欢折磨的那些人无法还嘴。整个严酷的海军军纪，将他保护了起来，免受可能的报复，让他不受侵犯，无懈可击。1788年10月，当弗赖尔拒绝连署某些材料时，布莱召集起全船的人，大声宣读了《战争法则》(the Articles of War)。船长的确会因残酷的虐待行为被送上军事法庭，但船长不会因为羞辱性的言语被送上法庭。在弗赖尔看来，布莱总想激怒他，让他越界，让他"说

第七章 弗莱彻·克里斯琴的沉默

一点他能抓住把柄的话"。[①] 布莱总是生活在危险的边缘,不是有人会说些什么,就是有人会做点什么,而弗莱彻·克里斯琴就是最终的那个人。在布莱的想象之中,先把克里斯琴称作窃贼,然后再请他共进晚餐,对自己应该是安全的。

没有人应该低估海上执行命令的难度,低估在海上保持权威的重要性以及在海上维系一个守纪律与顺从的船员队伍的必要性。但是,在我看来,布莱利用了不必要的严酷手段来支撑自己的权威,其目的是摧毁与他一道工作的海员的精神,逼迫他们像奴隶一般为他工作,认可对他的依附。他激将他们说出了"我跟你是一样好的人"。在我看来,克里斯琴已经忍受了很长一段时间,而在最后,他也没有准备放弃自我的身份与个性。但是,尽管他敢于去抵抗布莱,他所有的教养也告诉他,自己此举将带来怎样从社会之中被摒除的后果:"我身处在地狱里了。"

当然,弗莱彻·克里斯琴不是一位圣人。正像我们看到的,他是怎样想过上另一种生活。但是,我必须说,我尊重他不想忍受布莱持续不断的羞辱的抗争之举。但是,他的不妥协只是走入了一条早被海军部堵死了的死胡同。哗变本身是疯狂之举。

[①] 弗赖尔,《"邦蒂"号大艇的航行》(*The Voyage of the Bounty's Launch*),第 74 页。

第三部分

第八章　奴隶贸易

　　漫长而残酷的跨大西洋奴隶贸易产生了大量的作品，但是，只有极少部分是直接关于中央航路（the middle passage）的。这条海上航线连接着非洲西海岸和西印度群岛，既是字面上的意思，也是实际上奴隶贸易的主要通道。航线上行驶着来自利物浦、布里斯托尔或伦敦的运奴船。奴隶主没有写作的动机，奴隶没有写作的条件。可是，在18世纪，奴隶贸易是英国航运生活中极为重要的一部分，或多或少地出现在了当时大量的航行叙事之中。这些叙事原本关注的既不是奴隶制问题，也不是中央航路上的生存条件。本章挑选讨论的一些叙事，是为了揭示其时人们的态度与看法。位于讨论中心的是约翰·牛顿（John Newton）的作品。他是一艘奴隶船的船长，也是后来白金汉郡奥尔尼镇的教区牧师。他称奴隶贸易是一种"不幸与令人耻辱的商业类型"。

　　纳撒尼尔·尤灵（Nathaniel Uring）是一位早期的观察者，本书将在第十章讨论他的自传。1701年，"玛莎"（*Martha*）号从唐斯（Downs）驶往几内亚海岸和西印度群岛，他是船上的二副。船长死在加那利群岛之后，他成了船上的大副。他们主要在葡萄牙属安哥拉的卢安果（Loango）从事贸易。①新的船长需要与非洲当地的权势人物打交道。这种人或叫作"穆康迪"(Mucundy),即女王或女酋长,或叫作"玛弗卡"(Mafucca),即镇子的统治者。

  船长在镇上租了一间房,作为我们的工厂。镇上的统治者给我们强行派来了六个仆人,我们要按月付钱。一个是我们的语言学家,是当地官员,官衔称作"玛弗卡·玛林勃";一个是厨师;一个负责打水;一个负责木柴;两个负责照看奴隶,并把他们运到海边,安全地运到大船的小艇上,还要为每一个奴隶负责。工厂建好后,我们开始贸易,船长又在南部约40英里(65千米)的地方,一个叫作萨蒙的地方,是在海边——建了厂。在那里留下一个年轻人照看生意,让他住在那里,购买奴隶……后来这个年轻人生病了,回到了船上。我去了他的房间,购买奴隶,安排了二副照看船只和船上的人。

  镇上奴隶是这样购买的:奴隶一被带到镇上,卖主先把奴隶交给镇上的人,由镇上的人出面把奴隶卖给欧洲人。镇上的人其实就是代理人,称为"玛卡多尔"。玛卡多尔会来卖奴隶。他与欧洲人说的语言其他人都不懂,他总会在自己觉得合适的时候欺

---

① 晚些时候,尤灵写到了葡萄牙占据的非洲,"葡萄牙人就像是赛狗比赛中的狗,会拼命向前冲,其他人则从中受益"。

骗卖主。

尤灵，《航行与旅行的历史》，第 37–38 页

尤灵讲了大量讨价还价的信息，讲到了自由的非洲人的习惯。在叙事的这个阶段，尤灵对于非洲人的态度总是倨傲的。尤灵几乎从没有提到过奴隶，除了一句"我被告知说，最大一部分的奴隶是从距此八九百英里一个名叫蓬姆勃（Poamboe）的地区带来的，我觉得应该是埃塞俄比亚"。有些奴隶是从附近抓住之后驱赶而来的，就像人们驱赶牛马一样，他们把这些人赶到附近的镇上，卖为奴隶。这种贸易很平常，就像其他地方的人卖马、牛、羊一样。"这里镇上的人极少被卖做奴隶，除非是犯了通奸罪，或是他们的大人物把不服从的仆人卖掉"。[①]

尤灵批评了非洲奴隶供应商的冷酷无情，但没有批评欧洲买家。在叙述航行的结尾处，他对船长运载的人类货物几乎毫无兴趣。

我们在卢安果待了四个月采购奴隶。其间我们卖出了所有货物，买进了200个奴隶，有男人、女人、男孩、女孩，并给他们准备了大量的玉米等食物，还准备了大量的马蚕豆，打算在驶往西印度群

---

① 尤灵，《航行与旅行的历史》，第 49–50 页。

岛的航程中喂给他们……我上了船，为出发做准备；为船上准备了木材和淡水，为出发做好一切准备，船长从萨蒙回来了。他和会计，还有我们其他的人，都上了船，都有了航行中的必需品。10月份我们扬帆驶向西印度……离开安哥拉海岸之后，有阵阵强风，让我们可以顺利抵达尼维斯岛，我们将在10月末到达。航程中，我们葬了大约20个奴隶。一到达尼维斯，我们的奴隶就卖给了种植园主；作物一收获，我们就装上了糖。1702年4月，我们回航英格兰。

尤灵，《航行与旅行的历史》，第68-69页

1709年，尤灵开始思考未来。他想在牙买加和新西班牙之间做生意。为了到达牙买加，他答应了福斯特（Forster）船长的邀请，乘"约瑟夫"（*Joseph*）号进行贩奴航行。再一次，尤灵详尽描写了非洲海岸的情况，却几乎没有提到奴隶，奴隶仅仅是商品，"从好几个镇子来的独木舟与我们交易，我们从他们手里买了黄金、奴隶和象牙，买奴隶的价格要比在夸夸（Quaqua）岸边时高"。

我们拜访了好几位当地头人，去了他们家，他们被称为"凯波瑟斯"（Cabocers）。根据当地的习俗，他们用棕榈酒招待我们。这里的人非常客气，对待我们很文明。他们以鱼类、大蕉、香蕉和根块为食。

他们有玉米和其他作物。我们从他们手里购买的商品是黄金、象牙和奴隶，绝大多数奴隶是从几百英里之外带来的。

尤灵，《航行与旅行的历史》，第136-137页，第140页

他们到达黄金海岸的邦巴尼亚角（Pompanea Point），靠近附近荷兰的巴特罗城堡（Butteroe）。他们从独木舟上买入了奴隶、玉米和黄金。尤灵上了岸，"尽可能地熟悉岸上环境，熟悉愿意与我们交易的当地人"。他遇到了"本船长，当地的首领"，"当地人文明，客气，值得信任"。不到三个小时，他惊恐地看到自己的船竟然扬帆起航了。福斯特船长欠了本船长三个奴隶和一定数量的玉米，尤灵被当成抵押品扣下来了。尤灵尽力掩饰着自己的不安、没有遭到虐待。

我和当地人聊了一个下午。晚上，本船长下令给我准备晚餐，慷慨招待我。除了他把我扣下这件事之外，我喜欢他的行为举止。到了睡觉的时间，他给了我一间属于他的房子，里面准备了床垫和毯子。我躺下了，却很难睡着，心里焦急。福斯特船长竟然如此对待我，也不知道本船长会拿我怎么办。

尤灵，《航行与旅行的历史》，第136-137页，第149页

一位伦敦商船船长付清了福斯特所欠的债务，尤灵被释

第八章 奴隶贸易

放了。他在非洲海岸追上了福斯特，拒绝了他的借口，但他"对处理结果并不满意，福斯特如此对待我，现在却装起了病"。尤灵乘坐另一艘船到达了牙买加。

现在，尤灵在牙买加和西班牙属美洲大陆之间建立了贸易联系。奴隶是他的主要货物。看上去，对于奴隶的需要超过了对西班牙和英国正在开战的顾虑。1711年，他从布卢菲尔兹(Bluefields)出发，在领航员的带领下，沿尼加拉瓜的莫斯基托海岸(Mosquito)行进时，遭遇了风暴，船在格拉西亚斯-阿迪奥斯角(Cape Gracias a Dios)附近的福尔斯角(False Cape)损坏了。尤灵遭受了蚊子、日晒、饥饿与（他自称的）船员背叛的折磨。稍早的时候，一些船员打死了一头母牛，他们吃了牛肉，不久遇到了"一个当地人……讲着不连贯的英语"，告诉他们牛是属于"霍比船长(Hobby)的，他是当地的头人"，"得知自己的牛被打死，他会很不高兴"。他们破损的船只沿海岸漂流了一段，他们在一个美洲原住民居住地附近追上了船，却发现美洲原住民喝了船上的朗姆酒，一个个醉得不省人事。霍比船长赶到了，他对发生的事"非常不满"。尤灵安抚了他。霍比船长"表现得很文明"。霍比船长的母亲"喝了不少朗姆酒，躺了三天不能说话。他问我怎样才能救他母亲的命？我告诉他，时间会让一切好起来的"。① 霍比船长和他母亲到底是什么人？晚些时候，尤

---

① 尤灵，《航行与旅行的历史》，第176页，第178页。

灵从美洲原住民中得知，曾经有一艘奴隶船在此搁浅，"没淹死的人与当地美洲原住民通婚，生下一些混血的孩子"。"霍比船长……是其中之一，他母亲是黑人。"[1]告诉尤灵这些事的美洲原住民还说，他们已经与自己的民族决裂了，因为这些"自命不凡的人要建立政府了"。[2]

晚些时候，尤灵与身边仅剩下的几个伙伴，打算向西到达卡梅伦海角(Cape Camerone)。他们迷了路，精疲力竭，但发现了"一个人的足迹"。第二天，"我们发现了一条通往林间的小路，这个迹象给了我们无法表达的欢乐。我们沿着小路，走了半英里（约800米），发现一座小屋，让我们感到快慰的是，出现了一个白人。我无法描述此时自己心里的快乐"。他们向他讲了来历。那个白人说，在尤灵还在干定期货船生意的时候就知道他了。

这个白人名叫卢克·霍顿(Luke Haughton)。他家里有两位女性和一个超过15岁的美洲原住民男孩。男孩是他的奴隶；其中一位女性也是他的奴隶，曾经和他睡在一起，给他准备餐食，曾经也是他的

---

[1] 尤灵，《航行与旅行的历史》，第227页。
[2] 有多种关于此次船难的记载，但日期各异。如果真有一次船难，其也不会是与苏姆族(Sumu)部落通婚的唯一源头；山博－密斯基托(Sambo-Miskito)部族与大西洋岸边的英国定居者有密切的关系，具有明显的非洲元素，但他们讲英语。因此，尤灵可以和霍比船长交流。参见：纽森(Newson)，《征服的代价》(*The Cost of Conquest*)，第32页；弗洛伊德，《盎格鲁－西班牙争斗》(*Anglo-Spanish Struggle*)，第22页；黑尔与戈登(Hale and Gordon)，《科斯蒂诺人口统计》(*Costeno demography*)，第17页。

妻子；另一个女人是另一个失踪了的白人男子的奴隶……卢克·霍顿曾是一条牙买加小船上的船主……他欠了债，还与另一位已婚女人有染。他劝她离开她丈夫跟他走，她便来了这里。后来他们闹翻了，她跟着一艘洋苏木船去了洪都拉斯湾，那个美洲原住民女人取代了她的位置。

尤灵，《航行与旅行的历史》，
第207页，208页，第209-210页

后来，尤灵告诉了我们许多这个美洲原住民女人的事。尤灵详细讲述了"莫斯基托美洲原住民"是如何攻击"外来的美洲原住民"的。他们是从西班牙残酷统治下逃离，躲在森林隐蔽处的。[1]到达外来的美洲原住民居住地时，莫斯基托人首先会惊吓他们，然后尽可能抓获所有人。如果有警报，双方爆发战斗，"除了女人和小孩，很少人会被当成俘虏。俘虏会被送到牙买加当奴隶卖掉。我在那里看到很多这样不幸的人。他们不幸的表情会让最残酷的心融化掉。救助我的人的妻子就是他们中的一个，有些白人男人会把她们当妻子，她们过得还算不错"。[2]

---

[1] 抓捕奴隶的偷袭有很好的文献记录，参见黑尔与戈登(Hale and Gordon)，《科斯蒂诺人口统计》(*Costeno demography*)，第17页；弗洛伊德，《盎格鲁-西班牙争斗》(*Anglo-Spanish Struggle*)，第65页以及约翰·罗奇(John Roach)的证词。

[2] 尤灵，《航行与旅行的历史》，第231页。

尤灵和他的救助者在一起住了几个月，后来设法返回了牙买加。

II

约翰·阿特金斯（John Atkins）是一位军医。1731年，他随船在几内亚海岸巡逻，保护"我们的贸易与工厂"免受海盗侵扰。1735年，他出版了基于经历的沉思录。尽管认为"有一点异端"，他还是接受了广为流传的观点，即"黑色种族与白色种族，从源头上看，是从肤色不同的第一对父母而来的"。① 他的书仔细描述了"几内亚贸易"及其实践与人物。来自塞拉利昂的本斯岛（Bense Island）的"私商"，被他称为"松散的私掠者"，既与皇家非洲公司的官员作对，也会在必要时欺骗与抢夺非洲人。他们手下有"格洛麦塔斯"（Gromettas），是"服从于他们主人控制的任何妓女"的黑人仆人。这些贸易商中，"约翰·利德斯坦恩（John Leadstine），常被叫作老疯子，是最兴盛的"。阿特金斯会去看这些交易。几乎所有的奴隶看起来都"非常绝望"，唯有一个例外。

   我没法不注意到一个人：他身材高大，强壮有

---

① 阿特金斯，《驶向几内亚的航程》，第39页。

第八章 奴隶贸易

力……他看到其他奴隶准备接受检查的样子，颇为不屑。他以鄙视的目光看着我们，拒绝了主人要他举起或伸展四肢的命令。这让他挨了一顿老疯子的残酷鞭打。鞭子是海牛皮制的，要不是担心自己的财产受损，可能就把他打死了。这个黑人以勇敢的姿态接受了惩罚，没有退缩。他努力藏起流下的一两滴眼泪，似乎为自己感到羞耻。所有人都为他的勇气感到惊讶。

阿特金斯，《驶向几内亚的航程》，第 41-42 页

阿特金斯的同情或许没有错，但看到他是这个场景中的一个看客，并不令人愉快，而他的语言很明显将受害者放入了一个传统的框架。疯子告诉大家，这个勇敢的奴隶是托巴船长，"一个位于乡村的头领，反对他们，也反对奴隶贸易；杀死了我们的朋友，烧毁了他们的村舍。"他们在晚上发动突袭，尽管他杀死了两名突袭的人，他们还是绑住了他。于是，"他被带到这里来，成了我的财产"。

托巴船长是被哈丁船长带来的。哈丁驾驶着一艘来自布里斯托尔的"罗伯特"（Robert）号。托巴不愿接受现在的处境，想要杀了船员。他的主要帮手是一位女奴。他们的行动没有成功。托巴用一把锤子杀了三位水手，但还是被制服了。阿特金斯对于反叛者遭到怎样的惩罚的记叙非常有名，但真实性很难确认。

读者或许很好奇他们的惩罚方式：哈丁船长仔细考虑了两个奴隶的顽固和他们的价值，然后就像其他国家的人们对付有尊严的盗贼那样，只是鞭打和严厉训斥了他们。另外三个没有参与行动的教唆犯……被他判了残忍的死刑。让他们先去吃被杀的人的心脏和肝脏。他绑起那个女人的大拇指，在其他奴隶面前将她吊起来，鞭打她，用刀刺她，一直到死。

阿特金斯，《驶向几内亚的航程》，第71—73页

阿特金斯特别驳斥了威廉·斯内尔格瑞夫（William Snelgrave）船长书中的一些极端的观点。斯内尔格瑞夫的书在1734年出版，名为《关于几内亚一些地区以及奴隶贸易的新记录》(New Account of Some Parts of Guinea, and the Slave-Trade)。斯内尔格瑞夫认识到，他的记叙或许会吓坏一些人，那些对"一直在地球上，而且还会在地球上存在的野蛮与残忍民族的风俗和习惯"不熟悉的人。他的书里有关于非洲部落之中活人祭祀和食人的耸人听闻的故事，还有达荷美国王（King of Dahomey）征服维达（Whydah）之后，欧洲人遭受的痛苦经历。斯内尔格瑞夫对于奴隶贸易有强烈兴趣。他的父亲曾是奴隶船船长，他现在也是。他告诉我们，一次航程他可以装载600个奴隶，耗时17个星期。他们最终到达了安提瓜

第八章 奴隶贸易

岛,"黑人货物(状态都不错)到了很好的市场上"。①

斯内尔格瑞夫肯定很关注他的奴隶。"我总是叮嘱我的白人,要用人道和细致对待他们。"

> 有些对这项合法贸易的不同意见,对此我将不予驳斥。我将简要地谈一下,尽管人口贸易第一眼看上去是有些野蛮、不人道和不自然,但是,贸易商却有自己的理由,也与其他类型的贸易相通。这项贸易不仅对商人有好处,对奴隶本身也有好处。
>
> 斯内尔格瑞夫,《关于几内亚一些地区以及奴隶贸易的新记录》,第160页

他认为因为奴隶是他们自己人造成的,如果没有市场,他们会被杀掉。因为有了奴隶贸易,"大量有用的人才能活下来"。而且奴隶在新地方要比老地方生活得好。他还认为他们的主人会给他们付钱,会照顾他们。他们比白人更适合耕种土地。"正因为这个,英国的种植园得到了极大改善,因此,对于国家而言,增加了许多利益。"

阿特金斯没有为之所动。他全然怀疑那些食人的故事。他把达荷美国王看作一位无私的英雄,而非一个残暴的人,因为他甘愿放弃自己的财政收入,以免让同胞陷入被卖为奴

---

① 斯内尔格瑞夫,《关于几内亚一些地区以及奴隶贸易的新记录》,第160页。

的命运。对阿特金斯而言，奴隶贸易"极大地违背了自然界公正与人性的法则"①。至于说斯内尔格瑞夫认为奴隶在种植园的状况要更好的说法，阿特金斯自有话说：

> 考虑到这些赤身裸体、贫困不堪和无知无识的人，人们倾向认为，将他们送到基督教世界中最坏的奴隶制之中，能改善他们的状况。但我们发现，他们的状况在西印度群岛也几乎没有改变，他们的主人像对待牲口一样对待他们；将他们从家乡和家人身边分离，极不人道……他们的确有东西吃，但只是我们用来喂马的食物。更糟糕的是，他们不能拥有财产，甚至连妻子和孩子也不能拥有。
>
> 阿特金斯，《驶向几内亚的航程》，第 61 页

尼古拉斯·欧文(Nicholas Owen)与"疯子"不是一个阶层，但他的日志提供了对白人奴隶贩子生活的有趣洞见。1931年，欧文的手稿第一次印刷出版。很明显，欧文生前曾经很想出版自己的日志。日志开始处，欧文写道："如果我不去记录一下我过去的生活，让世界了解航海面临的许多危险，我的时间便荒废了。"欧文生在一个盎格鲁-爱尔兰家庭，他的父亲是个败家子，花光了一大笔家产，让依赖他的

---

① 阿特金斯，《驶向几内亚的航程》，第 178 页。

人生活无着。1750 年，到海上谋生的欧文与兄弟布莱尼（Blayney）上了一条利物浦的贩奴船。他们发现了一条被奴隶占据的法国贩奴船，却没能捕获，便产生了分歧。欧文和其他四个人上了船上的大艇，在西非海岸漂荡了差不多一年。他们最喜欢的停靠地是海龟岛（Turtle Islands）。

> 我们上岛的时候，岛上没有居民，只有猴子和其他一些动物，还有大量的牡蛎和鱼类……这里没有人类，野兽、鸟类、果树都按自己的规律自然生长。我们在这里就像隐士一样，有时会上船，有时登陆休息。我们主要的食物是牡蛎和大米。
>
> 欧文，《奴隶贩子日志》，第 28 页

一场热病的暴发迫使他们去了塞拉利昂，欧文也上了一艘美洲贩奴船。不过，他与其他几个人在岸上被非洲人抓获，并被扣留了。欧文解释说，这是非洲人在报复曾经受到的荷兰贩奴船的粗暴对待。他们被绑起来，财物洗劫一空，幸好被理查德·霍尔（Richard Hall）救下来了。霍尔是一个白人，曾经是医生，被放逐之后在此处与当地人生活了四年。四年间，霍尔没看到过一个白人，他娶了一个非洲妻子。

与许多人一样，这位绅士挥霍掉了家乡的财产，不得已出海寻找新的财富。他算是有一个好名声的，

> 尽管面临着自由带来的慷慨精神，他还是缩回了肩膀，只会对自己说"过一天算一天"吧。他有许多荣誉的原则，也有许多缺点。这让他的名声有些矛盾。
>
> 欧文，《奴隶贩子日志》，第 38 页

霍尔给了他们工作，后来，欧文成了住在歇尔布罗（Sherbro）的奴隶贩子，但并非没有良心上的顾虑。此时，他的叙事常常回顾发生的事，也是从此时开始，他的叙事变成了日志。他常常感到不快。他不喜欢当地人，"尽可能离他们远些"。他畅想自己的未来，既想再次出海，又恐惧水手悲惨的生活。有时他吹吹口哨，让自己高兴起来，也会细数一下自己的所得。更多的时候，他对于搜捕奴隶的沉闷感到悲哀。他的生意做得很小，通常只能卖出一两个奴隶。他赚不到钱。离开英格兰八年了，他没有接到家中的信。"要不是我有女人，还有四五个人同伴，我早就被人当成隐士了。"①接着，他病了。

> 就这样，我们把最好的年轻生活花在了黑人之中，从世界上艰难地赚点钱——这人类无所不在的上帝，直到死亡占有了我们。
>
> 欧文，《奴隶贩子日志》，第 38 页

---

① 欧文，《奴隶贩子日志》，第 85 页。

第八章 奴隶贸易

接着，日志由他的兄弟布莱尼接手了。布莱尼写道，尼古拉斯死于 1758 年 3 月 26 日，"剩下我在这个世界上多苦苦挣扎一阵子，在一群黑人中孤独而悲伤"。

这些叙事中揭示的不确定性，也能在约翰·里奇（John Roach）的《惊奇的旅程》（*The Surprizing Adventures*）的记叙中得到印证。在 1783 年和 1784 年间的初版中，谈起早期的航行，里奇写道，1769 年他去了布里斯托尔，"上了'简'号，船长是克拉克，目的是驶向几内亚海岸从事奴隶贸易。我们很快就到了，装上 500 个奴隶，接着我们到了牙买加"。在 1810 年的另一个版本中，贩奴航程的内容大大增加了。改写者是同情他的格拉德斯（Gladders）兄弟。他们在坎伯兰郡的沃金顿教书。在改写过的版本中，克拉克船长成了一个邪恶的人，"充满无法克制的愤怒"，将暴力施加在船员与奴隶身上。

在这样一个恶棍的管理下，可怜黑人的遭遇就更加不堪了。恶名昭著的代理人，把黑人从家人与故乡强行分离，投入这项有损文明民族名声的贸易中。有 100 多个黑人死在航程中，尸体被扔入大海。剩下的人的命运比死去的也好不了多少，只是在绝望和苦难中多苟延残喘几年。只要有一丁点同情心的人，目睹他的人类同胞有如此遭遇，目睹奴隶贸易的可怕后果，都会对奴隶贸易给人类造成的灾难感到悲哀，都会痛批野蛮残酷而毫无人性的教唆犯。幸运的是，对于当下一代人而言，大不列颠政府已经采取措施，颁布了一系列有助于人类利益的政策，禁止臣民从事这项恶名昭彰的贸易。祝福这一值得敬礼的行为，但愿其成为地球上所有居民终获自由的先兆，并预见世上所有种族不再遭受压迫。

里奇，《惊奇的旅程》（1810年），第13—14页

"对其所见所闻感到厌恶"，里奇在牙买加离开了"简"号。克拉克带着六位船员回到了布里斯托尔。出发时跟随他的有36人。所有这一切可能是真的。叙事者称所有的事实都是里奇亲历的。但如果经过扩展的"简"号上的故事不是他们的故事，那也是由他们的方式讲述出来的。毫无疑问，里奇需要一些刺激来提供更多的信息。对英政府略显笨拙的赞美指的是1807年的法案。该法案旨在废除奴隶贸易（而非根除奴隶制度）。

有人或许会问，是否还有人像罗伯特·巴克（Robert Barker）在《不幸的船工与残酷的船长》（The Unfortunate Shipwright, or Cruel Captain）中那样，写过布里斯托尔贩奴船上生活的另一面。但是，即使是他的话只有一半可信，也足以成为坚实的证据，证明奴隶船上的白人之间存在种种暴行，遑论是针对黑人的了。这个小册子是用质量很差的灰色纸张草草印制的，上面写有"为受害者本人所印，由受害者本人利

益而非他人售卖"。日期是1759年或1760年①。巴克于1722年生于威根(Wigan)附近，在利物浦做船工学徒，参与修建了布里斯托尔的"西蒂斯"号，并决定作为木匠随船出海。当船只到达非洲海岸时，船上发生了争执与决斗。巴克称自己成了大副罗伯特·瓦布沙特(Robert Wabshutt)以及船医约翰·罗伯斯(John Roberts)迫害的目标。船长菲兹赫伯特(Fitzherbert)住在岸上，忙于交易。他通常站在巴克一边。但是，在瓦布沙特和罗伯斯指控巴克哗变之后，巴克被上了镣铐，船长又突然死了。巴克觉得船长是被人毒死的。瓦布沙特获得了指挥权。在驶往西印度群岛的整个航程中，巴克都被锁在甲板上，又病又饿，眼睛瞎了。不出所料，瓦布沙特把他拖到法庭上，指控他意图哗变。当案件因为缺乏证据而无法继续下去的时候，瓦布沙特告诉法庭，巴克"曾参与了发生在英格兰北部的叛乱"（指的是1745年的叛乱）。这一点就足够了。最后巴克回到了英格兰。他花费多年时间，徒劳无益地想为自己争取清白。

至于说到奴隶，目前只有在阿特金斯的叙事中，他们才被当成活生生的个体提及。但是，有一份非常重要的证词，是奴隶书写的。此人是奥劳达·伊奎亚诺(Olaudah Equiano)。1789年，奥劳达大约44岁时出版了《奥劳达·伊奎亚诺或古斯塔夫斯·瓦萨，一位非洲人的生平趣事，由他

---

① 考科斯(E.G.Cox)在《旅行文学参考手册》第二卷第460页将此书标记为1755年，是不可能的。

自己所写》(*The Interesting Narrative of the Life of Olaudah Equiano, or Gustavus Vasa, the African, written by himself*)（简称《生平趣事》）。奥劳达是弗吉尼亚的小奴隶，被购买他的英国海军军官起名为古斯塔夫斯·瓦萨，成为该军官的仆从。十年后，即1766年，经过许多历险之后，奥劳达赎买了自己的自由。奥劳达是尼日利亚的伊博族人(Ibo)，在11岁时和妹妹被人绑架。他先后被转卖给好几个主人，尽管不幸，但没有被虐待。1756年，他被带到海边，卖给了一艘英国贩奴船。

奥劳达的叙事极佳地再现了刚刚看到大海时的无助和恐惧。巨大的船只和未知的白人，"这些白色的人面貌可怖，有红色的脸庞和长长的头发"①。在船上他看到"一大群各种各样的黑人，被铁链锁在一起，每个人都痛苦和绝望"。他因吃不下东西而被吊起来鞭打。有些奴隶会被经常鞭打，只因为不吃东西。"我从没见过如此残忍的事，而且不仅仅是针对黑人，也有对他们白人自己的。"②甲板下的条件更是无法忍受。在令人窒息的恶臭和高温中，许多奴隶因病死去了。

> 这些倒下的受害者，在我看来，是买主们贪欲的牺牲品。可怕的处境由于铁链的禁锢而愈发严重，变得无法忍受，便桶里污秽横流，会让孩子跌倒，险些溺毙。女人的尖叫与死者的呻吟，让场景无比

---

① 奥劳达·伊奎亚诺，《生平趣事》，第72页。
② 同上书，第75页。

可怕，难以描述。对我自己而言，幸运的是，我很矮小，被认为可以待在甲板上；也因为我的年纪小，我没有被铐上锁链。

奥劳达·伊奎亚诺，《生平趣事》，第 79—80 页

两个锁在一起的奴隶"宁肯死也要脱离困境，挣脱渔网跳进大海"。奥劳达在第一章中回顾了自己的少年时代，颇为浪漫地描写了家乡的宁静与稳定。他的同胞把他卖上了奴隶船，他从文明社会进入了欧洲人野蛮的奴隶船。这一事实，让为奴隶制辩护的人显得不知羞耻。奴隶制的辩护人声称，贩奴可以把野蛮人从无上帝、无政府的邪恶状态中拯救出来。

Ⅲ

约翰·牛顿（John Newton）是一位海船船长之子，生于 1725 年。1744 年，牛顿被强征入伍，加入海军。靠着经验和关系，他成了海军士官生。可是，出海之前，因为深爱着玛丽·卡特利特（Mary Catlett），牛顿开了小差。被抓回后，他遭到鞭打，戴上镣铐，剥夺了军衔。在马德拉群岛附近，牛顿通过交换上了一艘奴隶船，从这里到达非洲，为奴隶贩子克劳（Clow）工作。牛顿的生活变得尤其不幸。克劳的非洲妻子迫害他。他在奴隶贸易的行当中从事最低下的劳动。唯一

让牛顿感到安慰的是他可以读欧几里得（Euclid）。最终在父亲的努力下，牛顿得救了。1748年3月，搭载他回英格兰的船遭遇了风暴，眼看就要沉没。尽管牛顿一直是一个彻底的自由思想者，此时也不得已向上帝祈祷。船只的最终脱险被牛顿认定是上帝干预的结果，是神意向他展现了慈悲，他的生活就此改变。牛顿变成了"一位严肃的教授"，从此"永远成了上帝的仆从"。

之后，牛顿当上了利物浦贩奴船"布朗洛"（*Brownlow*）号上的副官。1750年与玛丽成婚后，牛顿又在三次长期的贩奴航行中担任船长。因为生病，他没参加第四次航行。1755年之后，牛顿不再航海，成了利物浦的潮汐测量员。几年后，他被授予圣职。1764年，牛顿成为白金汉郡奥尔尼镇的助理牧师。这个职务他干了15年，成了威廉·考珀（William Cowper）的同僚，与其共同写作了《奥尔尼赞美诗》（诸如"有荣耀的事乃指着你说的"等）。1779年，他成为伦敦圣玛丽·乌尔诺斯教堂的教区长。1807年，牛顿死在了任上。

牛顿生平信息的来源是他的自传作品《真实的叙事，记录某某某值得一提与有趣的事件，由一系列写给哈维斯牧师的信件组成》[*An Authentic Narrative of Some Remarkable and Interesting Particulars in the Life of ×××,（John Newton）communicated in a Series of Letters, to the Rev. Haweis*]（简称《真实的叙事》）（1764年）。实际上，此书第一稿在1762年就完成了，完成后送给了牛津基督教堂的托马斯·哈维斯审阅，哈维斯建议重写,并增加内容。此书直接与牛顿被授予圣职有关。①此书是一本精神证词,其记录夸大了作者在尚未悔改时的暴力状态,也强调了皈依后,上帝对他个人福祉的眷顾。此书思路狭窄,颇以自我为中心。可以说,此书的中心就是主人公自己的灵魂,与其他人的关系几乎一律被排除在外了(只有他的妻子是例外)。因此,读者阅读后的感受可能是,主人公信仰的本质仅仅就是他灵魂的状态,与周围的人毫无关系。从这点上能看出来,至少就他把非洲奴隶强迫运送到西印度群岛一事而言,牛顿重新发现的信仰没有对他的价值观、观念、态度和行为上有多少作用或改变。

谈及第一次作为副官参与"布朗洛"号的贩奴航程,牛顿描写了上帝是如何在非洲海岸的诸多危险与困难中保护了他,困难与危险包括"当地人的性情,他们残忍多变,总是伺机作恶"。②牛顿没有提到中央航路,但谈到了他很难在查尔斯顿参加公共祈祷的人群中找到"严肃的人"。他指挥的第一次贩奴航行更非比寻常。他从没提及奴隶,只是提到了船员。

> 我现在要命令和照顾30个人。我尽力人道地对待他们,给他们树立一个好榜样。根据祈祷书要求,我建立了公众的祈祷仪式,每天两次,由我主

---

① 马丁(Martin),《约翰·牛顿传》(*John Newton: A Biography*),第195—196页。
② 牛顿,《真实的叙事》,第151—152页。

航行的故事：18世纪英格兰的航海叙事

持……现在有了更多空闲，我开始学习拉丁语，成效不错……我的第一次航程共 14 个月，经历了各种危险与困难，但没有什么特别值得一提的事……我没有受到什么伤害；看到许多人在我的手中倒下，我自己平安回来了……

牛顿，《真实的叙事》，第 164-169 页

牛顿第二次航行的记述，提到了一些机会，即他利用控制船的时机，进行冥想与反思。关于航海生活，牛顿写道：

对于掌握一艘船的人而言，我想不出有任何一种使命能够对他更有益，更能唤起他的头脑，更能在灵魂之中促进宗教生活……对于去往非洲的航行尤其重要。这些船上有超过两倍比例的人手，让我的工作变得相当容易。同时，期待有迅速的贸易和不经常造访海岸，让我有大量的空闲。

牛顿，《真实的叙事》，第 172-173 页

"神意的明显介入"，他继续写道："回应了祈祷，这样的事几乎每天会发生。这些加速和强化了宗教的忠诚。"所有遭遇的危险中，他曾被救，"我的人密谋要成为海盗，想要从我手中夺船"。"船上的奴隶经常计划暴乱，经常处于爆发的边缘，但总能在关键时刻被揭露。"

第八章 奴隶贸易

牛顿离开大海七八年后,《真实的叙事》写就了。作为贩奴船船长,他还写了另外两部叙事,更贴近地讲述了三次贩奴的航行经历。其中之一是他的日志,直到1962才出版;另一部是《给妻子的信》,于1793年出版。1962年出版的日志由伯纳德·马丁(Bernard Martin)和马克·斯珀雷尔(Mark Spurrell)将两份证词做了并置处理。第一次乘坐"阿盖尔公爵"(*Duke of Argyll*)号的航行日志,时间是1750—1751年。日志阴郁地记录了非洲海岸边的情形:如何与白人、黑人和混血的奴隶贩子交易,这里买两个,那里买三个。没有买一个乳房下垂的女人,因为卖不出去。对一次奴隶交易感到不安。这些奴隶从一艘法国船上转过来,船上的法国船员被谋杀了。"当时我装作什么都不知道,什么也不说,不然就会让自己的生意受损,对那些受难的人也毫无益处"(受难的是法国人)。[①] 时不时会有船员死亡的记录,也会有他费力寻找的奴隶的死亡记录。船上的猫死了,老鼠啃咬船帆、缆绳和睡觉的人。船装满后,雨季开始了,牛顿写信给妻子:"200个人局限在一个狭小的地方,天气恶劣,经常吵闹,肮脏,麻烦不断。"[②]

这次航行在商业上并不成功。在"经历了海岸边上的七个月后",即在他的第二次航程时(1752—1753年),他在给妻子的信中写道:"我……最终只能有一次赔钱的航行了。"

[①] 牛顿,《贩奴船日志》,第40页。
[②] 牛顿,《给妻子的信》,第67页。

> 两次不成功的航行会影响我的利益，减少我期待中的利润，我能接受。我把我的依赖放在了高处：我把我的朋友和雇主们看成上帝为了我好而准备的工具。
>
> 牛顿，《给妻子的信》，第162-163页

依然是第二次航行中，在非洲岸边，奴隶有两次试图逃脱。

> 11月11日，星期一……在神意的青睐下，及时发现了奴隶试图暴乱的阴谋，抓住了两个奴隶，他们试图挣脱铁链。搜索了他们的房间。通过三个孩子提供的信息，又找到一些刀子、石头、弹丸等，还有一把旧凿子。经过讯问，发现有八个人计划发起行动，还有四个男孩子会把上述工具供应给他们。给男孩上了铁链，还稍微用了拇指夹，好让他们全部交代清楚……
>
> 11月12日星期二……早上讯问了男性奴隶，惩罚了六名首犯，给四个套上了颈圈。
>
> 牛顿，《贩奴船日志》，第71页

这里的"颈圈"是铁制刑具，周围配有长钉，令头部无法朝任何一个方向休息。在2月23日，牛顿从男孩处得到消

第八章　奴隶贸易

息，称又有"意图推翻我们的暴动。找出四名主犯，给他们戴上拇指夹，之后给他们套上了颈圈……"①马丁和斯珀雷尔从牛顿在大西洋上写下但从未发表过的日志中引用了一段，其中提到男性奴隶看上去"性情完全改变了"。"大致 2 月底开始，他们表现得更像一个家庭里的孩子，而不像戴着镣铐的奴隶。"牛顿将这种变化归因为"和平之神的帮助"。②

从 1753—1754 年的第三次航行期间，牛顿在海岸边度过了一段不开心的时光。奴隶数量稀少，价格昂贵，又听说了几起奴隶暴动成功的传闻。他在给妻子的信中提到"令人厌恶的天气和工作"。③发现工作并不令人愉快不等于发现工作不道德。在《真实的叙事》中，牛顿提到要放弃自己的行当，放弃出海，因为他把自己第四次出海前生病的情况当成了一种神意。

> 我再一次为出海做好了准备。但是上帝否定了我的计划。这段时间我一直从事奴隶贸易，没有考虑过其合法与否。我一直对此颇为满意，就像是神意特意拣选了我一样。但这项职业并不合适。尽管这项职业应该是绅士做的，而且通常也非常有利可图，但对我而言却不是这么回事，而上帝也看到了，

---

① 牛顿，《贩奴船日志》，第 77 页。
② 同上书，第 80 页。
③ 同上书，xii。

把一大笔财富给我并不好。可是我把自己看成是某种监狱长或看守。我有时也会为这项工作感到震惊，总是要用到铁链、铁锁与脚镣。我常常在祈祷中祈求上帝，给我安排一个更人道的职业。

牛顿，《真实的叙事》，第 191-192 页

牛顿生这场病时是 29 岁，他在 39 岁时写下了这些文字。1788 年，他 62 岁时，成了圣玛丽·乌尔诺斯教堂著名的福音派传教士，一个影响了考珀(Cowper)写下他反奴隶制诗歌的人，年轻的威廉·威尔伯福斯(William Wilberforce)的密友与导师，汉纳·莫尔(Hannah More)的朋友。牛顿以《关于非洲奴隶贸易的思考》极大地促进了废奴运动的深入。这是一份极好的文献，揭示的目的崇高，但细节令人惊恐。这是一本痛悔之作。

受良心驱使，我必须在公众面前忏悔，但无论我多么真诚，都为时已晚，无法防止与修补我作为帮凶而制造的凄惨与困厄了。

对我本人而言，希望这羞愧的反思会永远延续，我曾积极参与那种生意，现在想想，我的心战栗不已。

牛顿，《关于非洲奴隶贸易的思考》，第 2 页

第八章 奴隶贸易

牛顿的目的与其说是为了废除奴隶贸易的努力争取同情，倒不如说是要揭穿欧洲人不可剥夺的优越感，在卷入了可怕生意的两方之中，白人变成了低下的一方。考珀曾经写过白人对于黑人的轻蔑，"他发现他的同类因为肤色而获罪，只因不像他自己的一样"。牛顿争辩说，因为奴隶贸易的本质，令身处其中的人腐化了。"我不知道还有其他的赚钱办法……比这个更能直接抹去人们的道德感。"[1]在这项贸易之中，欺骗自由的非洲人、强奸女奴隶、伤害男性奴隶都是可以接受的正当行为。揭示出迫害受害者的细节令人厌恶：奴隶两个两个以锁链铐在一起长达数月。他们既无法轻易走动，也很难休息。"毫无怜悯的鞭打"，"用拇指扣的折磨，这是一种可怕的装置，如果铁扣被无情地扭动，将带来难以忍受的痛苦"。奴隶生活的舱房只有5英尺（约1.83米）高，还被分成两部分，"奴隶会睡成两排，一上一下，在船的两头，紧密地贴在一起，像架子上的书一样"。[2]

为了写出非洲人的感情，牛顿一定看过奥劳达·伊奎亚诺还没出版的手稿，因为他对于非洲奴隶登上白人贩奴船的描写，与伊奎亚诺的叙事非常近似。他对非洲人的经验是，他们对于性道德和商业伦理的标准，要比海岸上的欧洲人高许多。"什么！你觉得我是一个白人？"一个非洲人在被控欺诈之后说道。牛顿认可了那些被欧洲人购买的奴隶，其实是

---

[1] 牛顿，《关于非洲奴隶贸易的思考》，第14页。
[2] 同上书，第17页，第33页。

被他们的非洲同胞变成奴隶的。但就那些在部落战争中被俘为奴的奴隶，牛顿争辩说，如果欧洲人停止提供可以贩卖俘虏的市场，"战争的很大一部分"就会停止。奴隶贸易令非洲人和欧洲人一起堕落了，双方都应为大量生命的损失负责。

牛顿没有重写自己奴隶贸易的部分，也没想要减轻责任。"那个时候，我没有丝毫良心上的不安。"但是，或许他并没有充分描写那些让他早期叙事的读者感到不安的东西。牛顿认为上帝引导着他的信心，他对自己精神不断提升感到满意，同时，他也制造着悲惨与绝望。

> 我做的一切，都是在无知中做的；认为这种生活就是神意安排给我的，那个时候，我没有丝毫良心上的不安。我在自身安全的前提下，尽可能人道地对待和照顾了奴隶。
>
> 牛顿，《关于非洲奴隶贸易的思考》，第 4 页

并非奴隶贸易的经验让牛顿认识到奴隶是和他一样的人类，也不是他对于上帝的发现，至少不是第一位的原因。他用于表达自己悔恨的意象——就像个狱吏——表示在 1754 年，他依然把奴隶看成罪犯。他没有感到奴隶身处的不公，这对他信奉的宗教是严厉的批评。不论何时他开始认识到了自己理解的不足，《关于非洲奴隶贸易的思考》都借助虚伪的上帝，完成了信仰的高尚重生。

IV

詹姆斯·菲尔德·斯坦菲尔德(James Field Stanfield)生于爱尔兰。他受的教育是为了成为牧师。在利物浦遭遇了一场无法解释的危机后，他写下了一份对房东太太颇为有利的遗嘱，上了一艘贩奴船。船离开港口不久，他写下了自己的经历。他的书写成了反对奴隶制最直接的证词。詹姆斯以两种形式写下了自己的经验：其一是写给托马斯·克拉克森(Thomas Clarkson)的系列信件；其二是一首诗，《几内亚航程有感》(Observations on a Guinea Voyage)。前者出版于1788年，后者出版于1789年。1807年两者合在一起，用以记录对奴隶贸易的抑制。诗歌经过了大幅删改。

系列信件之中谈论最多的是船员的处境，而非奴隶。船长残酷得近乎邪恶，即便我们剔除夸张的因素，船长还是个有虐待狂的精神病患者。斯坦菲尔德写道，即便是船长患病的时候，他也要让人把受害者，或是船员，或是奴隶，绑在船长室上铺，以便让他看到他们被鞭打时的表情。对待奴隶制，他的诗歌有更宽广的视角，也写到了不断鞭打的细节，"随着鞭子飞扬，筋肉不住颤抖"。无论情感如何有价值，诗本身写得并不好。

> 如何能描绘阴郁的视野，
> 追寻凄凉大海中的痕迹，
> 以鹰一般看穿真相的双眼，
> 透射黑暗迷雾下的非人贸易。

诗的开端是"强硬的商人"具有"无法满足的贪欲"，以计谋组织起一船人。接着是有关可怜的"拉塞尔"号的大段描写，他"喜好有朋为伴"，因为一颗破碎的心踏上了航程：

> 抛入远离自由庇佑之地，
> 海员的悲鸣从来无人在意。

第二卷中，非洲鬼魂欲求报复"从事人血贸易的商人"。在这样的诅咒下，疾病和死亡横行于欧洲船员和商人之间。诗人祈求"元老院的乐队"能够施以同情的援手，"猛攻恐怖如地狱一般的贸易"。第三卷中，诗人描绘了中央航路令人厌恶的细节。诗歌特别写到了女性奴隶的痛苦。一位女奴在可怕环境中产下婴儿，诗人求助英国女性：

> 哦，幸运女神率领自由的人群
> 瞄准目标，冲破压迫者的铁门。

最终，作者期待一个自由的非洲，与世界其他部分的贸易繁荣发达。

当然，他依然缺乏他欲达成之目标的才华。奴隶贸易从没产生自己的威尔弗雷德·欧文（Wilfred Owen），即写出了第一次世界大战之惨烈和残酷的著名诗人。以散文和诗歌的不同形式再现同一事件的设计大胆有趣，但双重出版的方式却失败了，因为信件的出版商没有对诗歌考虑充分。根据《全国传记词典》（*Dictionary of National Biography*），斯坦菲尔德将兴趣转向了戏剧，最终成为英格兰北部一家巡回戏班的导演。他死于1824年。他的儿子克拉克森·斯坦菲尔德（Clarkson Stanfield），成了一位海洋与陆地风景画画家。

V

奴隶贸易的最后一节，我带大家回到塞拉利昂（Sierra Leone）早期的动荡历史。在18世纪80年代中期，英格兰生活着相当数量的黑人，至少有几千人，绝大部分是青壮年男性。他们游离于奴隶贸易之外，许多人曾是船长个人的奴仆，或是以奴仆身份带回英格兰的，还有一部分是美洲奴隶，曾在美国独立战争中为英国人，尤其是英国海军打过仗。自1772年曼斯菲尔德法官（Judge Mansfield）在格兰维尔·夏普（Granville Sharp）引发的案件给出令人称道的裁决后，英格兰便没有奴隶制度了。但是，居住在城镇中，特别是伦敦城的黑人，依然生活在贫困中。他们一直是社会关注的目标。1786年成立了穷困黑人救助委员会(Committee for the Relief of the Black Poor)，格兰维尔·夏普是重要的领导人。

亨利·斯米斯曼(Henry Smeathman)承担了在塞拉利昂建立定居点的工作，他在自己的画作中不时以绚丽的色彩描绘塞拉利昂。他的死没有消减人们对此项目的热情，诸如奥托巴赫·卡库阿诺(Ottobah Cuguano)和奥劳达·伊奎亚诺等人，均是此项目最初的支持者。最终，在英国政府的许可和支持下，超过500名乘客乘坐战船于1787年5月到达塞拉利昂，其中绝大多数乘客是黑人男性以及少数的白人妻子。有50人死于航程中。汤普森船长(Captain Thompson)从奈姆巴纳国王(King Naimbana)以及附属的汤姆国王(King Tom)那里协商到了一块土地，但整个事情却搞砸了。他们抵达的时刻，恰好是雨季的开端。热病与痢疾要了不少人的命，许多失望的人开始从事奴隶贸易。新年到来之际，殖民地只剩下了130个人了。夏普派人增援，但情况依旧糟糕。汤姆国王被吉米国王(King Jemmy)取代。新国王不再愿意给定居者土地。前来的战舰烧毁了新国王的村庄。战舰离开后，新国王烧毁了定居者的格兰维尔镇。

与此同时，伦敦成立了圣乔治公司(St. George Company)，以促进殖民地的发展。其董事会的成员包括夏普、威尔伯福斯、托马斯·克拉克森(Thomas Clarkson)、酿造商塞缪尔·惠特布莱德(Samuel Whitbread)、银行家与国会议员亨

第八章　奴隶贸易

利·桑顿(Henry Thornton)。尽管有奴隶贸易既得利益者的阻拦，他们还是赢得了国会授权，很快变成了塞拉利昂公司(Sierra Leone Company)。收到格兰维尔镇传来定居者被驱散的消息后，他们在1791年派遣了亚历山大·福尔肯布里奇(Alexander Falconbridge)去处理此事。福尔肯布里奇曾在贩奴船上担任过医生，其经历让他转变成了一位坚定的废奴者。他带上来自布里斯托尔的新婚妻子安娜·玛利亚(Anna Maria)。[①] 他的解救任务完成得相当成功。同年晚些时候，他返回伦敦汇报进展。他再次携妻子到访殖民地时，事情有了完全不同的基础，他也成了商业代理。克拉克森的兄弟约翰从新斯科舍带来了1000名黑人。他们曾在美国独立战争中为英国效力，但对旧安置地的气候和条件都不满意。克拉克森做了大量工作，重新建立起了现在名为自由镇(Freetown)的新殖民地。福尔肯布里奇死于长期酗酒造成的身体衰弱。1794年，福尔肯布里奇已经再嫁的妻子出版了她的《两次驶向塞拉利昂河的叙事》(Narrative of Two Voyages to the River Sierra Leone)。

　　叙事的框架是一系列写给"我亲爱的朋友"的信件，收信人没有名字，很可能不是真的，尽管有诸如"我们的牧师，吉尔伯特先生乘坐我写到的那艘船返回了英格兰"的细节。

[①] 这一段取材于法伊夫(Fyfe)，《塞拉利昂历史》(A History of Sierra Leone)；韦斯特(West)，《重返非洲》(Back to Africa)；布雷德伍德(Braidwood)，《黑人穷人的起始和组织，1786—1787年》(Initiatives and organizations of the Black poor, 1786—1787)。

277

无论真假，在序言中，她说这些信就是为出版而写的。信的基础是一部日志。日志在最后经过了细心修订，用以传达一段颇为伤感的经历。尽管结尾有些出人意料，似乎与单纯的开篇不符，却遵循了所描绘内容的逻辑。其中有很多艺术加工的成分，显示出她犯了一个大错误。她遵循的法则，是不允许结尾的文本透露出任何开始写作一刻的意识。但是，这条法则对于一封信的叙事进程而言，却不恰当。在信的开端记录了她丈夫的死，她没有给出发生过什么事的暗示，尽管他仅仅死于这封信开始的9天之前。"在最近一封信之后的10天或12天之后，两艘我们期盼的船到来了。"这是在我们看到她的丈夫之前，也是我们看到公司对于她丈夫的不公待遇之前。接着是意外的消息："他在困厄与痛苦中耗尽了生命，在本月19日，没有一声呻吟，他走到了生命的尽头。"[①]她接着才说，经过两年多的不被善待之后，她不为他的死惋惜。如果在开篇处能建立一个逼真的语境，能告诉她的通信对象她有重要的事要讲，叙事会顺畅得多。

她对待她丈夫的微妙态度相当重要。一方面，她对他的缺点日益不满，这成为她对他所从事的废奴事业日渐不满的原因之一；另一方面，她需要对他表现出同情，将他描写成伦敦那些无良董事手中的牺牲品，并谴责这些人，不愿将欠她丈夫的钱给她。在讲述第一次航程时，平衡对她丈夫不利。

---

① 福尔肯布里奇，《两次驶向塞拉利昂河的叙事》，第169页。

第八章　奴隶贸易

在他与奴隶船主的争执中,他像一个偏执的醉汉。他强迫她睡在肮脏不堪的"田凫"(*Lapwing*)号独桅船上,而不是岸上。在第二天与奈姆巴纳隆重的协商仪式中,她拒绝与他做伴,而是与岸上另一位有礼貌的法国人待在了一起。

但是,她对那些受压迫和受鄙视的人显示了立刻的同情。离开朴次茅斯时,他们看到了即将驶向植物学湾的囚犯船船队,她立刻就为"看到那些不幸的人,还有他们即将经历的痛苦"难过。①第一眼看到关押奴隶的场院时,她被吓住了。她这样描写自由的非洲人:

> 洁净的原则是普遍遵守的。他们的家具简朴,一般会有几块毯子。自己做的木制食盘和勺子总都干干净净。他们的住所打扫得很清洁,没有任何污垢。我不认为自然在此变得吝啬了,令这里的人们比起其他地方的人类种族来,少给予了改进与教化的能力。
>
> 福尔肯布里奇,《两次驶向塞拉利昂河的叙事》,
> 第 79 页

她最有名的情感震惊体验来自看到白人女性的一刻,她们生活在痛苦与毫无依靠的定居者中。

---

① 福尔肯布里奇,《两次驶向塞拉利昂河的叙事》,第 16 页。

> 我从没见到过,也希望上帝不要让我再看到,这么悲惨的一幕。作为一个旁观者,我在这里看到了七位我们国家的女性,因疾病而衰老,浑身上下肮脏不堪。我竟然看不出她们出生时会是白人。更糟糕的是,她们几乎全身赤裸。总而言之,我觉得她们的样子可以让最无情的心里生出同情……
>
> 我一直以为,运到这里的人都是罪犯。但是,后来与其中一位女性的交谈,让我部分地有所醒悟。她说,这里的女性绝大多数是伦敦的妓女,靠皮肉交易养活自己。有男人受雇把她们带到沃平(Wapping),把她们灌醉,接着便诱骗她们上了船,嫁给了她们根本没见过的黑人。在她结婚第二天的早上,她根本就不记得前一天晚上发生了什么,有人告诉她之后,她才不得不问一句,谁是她的丈夫?
>
> 福尔肯布里奇,《两次驶向塞拉利昂河的叙事》,第64-65页

这番指控,即陪伴黑人定居者的白人女性是妓女,是被人绑架和下了药的,曾经在当时受到广泛讨论,也被认为总体上并不真实。公司的董事会支持这么干,那些女性会如此长时间地忍耐(经过了很长时间船只才驶离英格兰)以及那些男性会需要与接受这些妓女,都极不可能。更有可能的是,有些妻子曾当过妓女,有些有可能上船时喝醉了,但是,提出有一个给

第八章 奴隶贸易

男性定居者配上配偶的阴谋,更像是源于安娜·福尔肯布里奇试图抹黑这项事业赞助者的热情。她把定居者描绘成"被政府送出的不幸的人",而政府又被想要做好事的人误导了。

安娜和她丈夫返回了英格兰,汇报有关协商的结果。在佛得角群岛,她的警觉拯救了"田凫"号独桅船。

> 我把头伸出船舱看到的第一个景象,是那些垂直高耸的岩石,几乎要压在我们身上。此时只有奈姆巴纳国王的儿子在甲板上,他也睡着了。
>
> "上帝!"我喊了起来,"福尔肯布里奇,我们要上岸了!"
>
> 福尔肯布里奇,《两次驶向塞拉利昂河的叙事》,
> 第108-109页

安娜·福尔肯布里奇认为,将一大群黑人从新斯科舍带到非洲的计划"不成熟、轻率也未经深思熟虑"。但是,她返回塞拉利昂,新移民也到达了之后,她发现他们"总体而言,是有宗教节制与性情温和的人"。她对克拉克森中尉为殖民地生活建立秩序与意义的努力表达了热情。

在她第二次航行的记叙中,她把她丈夫看成是被董事会缺乏信任之后的牺牲品,同时,也因为当地官员的自大而难有所作为。同样受挫的还有克拉克森。他们令她丈夫更深地陷入酒精之中,最终送了命。附近的奴隶工厂和贩奴船的船主开心地目睹着殖民地的混乱,"这里的混乱和失望让他们非常满意"。雨季带来的死亡让她更悲伤,"我惊讶地看到那些自吹为慈善家的人,那些公司董事会的成员,会如此惧怕受到批评,会把这么多他们的同类送到这里来送命"[1]。董事会成员是"一群虚伪的清教徒""一群伪善的寄生虫"。她希望殖民地能够由一群没有"宗教信条"且具有商业知识和了解非洲海岸的人来管理。这些人缺乏判断的最佳例子,就是用"严格而寡言"的道斯(Dawes)先生替代了克拉克森。

在这里说一下,或许并非不合时宜,道斯先生是海军的军官。军队严格教育的缺陷,因他在植物学湾服役的经历被放大了。当然,毫无疑问,绅士应该在表情与举止上显得异常严肃。但是,这种行为,无论怎样适合由专制铁棒所管理的罪犯殖民地,但在此处应该慎用和加以提防。此处殖民地的基础是自由和平等,这里的治安即使不是全然,也是大部依赖于随意组合的人们的性情,只能依靠和平和克制加以管理。

福尔肯布里奇,《两次驶向塞拉利昂河的叙事》,第 178-179 页[2]

---

[1] 福尔肯布里奇,《两次驶向塞拉利昂河的叙事》,第 150 页(印刷错误已经纠正)。

[2] 印刷错误已经纠正。

第八章 奴隶贸易

安娜·福尔肯布里奇与她的新丈夫伊萨克·杜波依斯（Isaac Dubois）离开了塞拉利昂。他是美国人。受雇于殖民地不久，因为他是克拉克森的人，也和他一道失势了。他们搭乘一艘贩奴船途经牙买加返回英格兰。安娜·福尔肯布里奇对自己的期待感到"愉快的失望"。这艘贩奴船上的奴隶受到了良好对待，可以整天待在甲板上，"他们的供给好极了"，"病人得到了很好的照顾"。她承认该船搭载的乘客只达到了承载量的 2/3，但是这段经验颠覆了她以往的信仰。

很长一段时间以来，我都以厌恶的态度看待奴隶贸易——认为奴隶贸易玷污了每个同意或支持它的文明国家……但是，现在我敢大胆承认，那些情感都是无知的产物，而且我那偏颇的观点，是在没有足够信息以做出独立判断的情况下，在与一群熟识的废奴派顽固分子交往中产生的……现在，我认为无论从道德上还是宗教上，均不应反对它。恰恰相反，它却与宗教和道德相符，尽管不幸的非洲还没有道德与宗教。在这个人口众多的地方，有 3/4 的人已经踏入了世界，而他们的生命，犹如猪羊一般，成为另外 1/4 的人可以随时剥夺的对象。

福尔肯布里奇，《两次驶向塞拉利昂河的叙事》，第 235 页安娜争辩道，奴隶制拯救了奴隶的生命，而且他们"未来的生存也会舒适，因为交到了懂得珍惜的基督徒主人的手中"。在牙买加，她看到的奴隶都"非常心满意足"，状况远远好于英格兰贫苦的劳动者。当教育可以战胜横行在非洲的"顽固偏见、无知、迷信与野蛮"时，也就是到了废除奴隶制的时候，因为"我希望每个上帝的造物都能获得自由，而上帝知道自由的价值"。

本书的高潮是安娜对塞拉利昂公司董事会的严厉批评，特别是针对亨利·桑顿（Henry Thornton）的批评，认为他令"业已舒适的定居者"的生活陷入了险境。安娜批评了公司董事会对待侮辱了黑人的代理人不公。这些代理人奔赴伦敦，只是为了请求履行原本承诺好的权利。安娜还特别批评了公司董事会——他们扣下了本该付给她去世丈夫的钱，拒绝转交给一位屡遭"损害与不幸"的女人。的确，最后一封信其实是给桑顿的公开信，一方面总结了公司董事们对待她丈夫的种种不公，另一方面也对桑顿本人进行了批评。在公正性方面，本书的价值因作者的怨恨打了折扣。安娜认为公司欺骗了她，没有付给她应该得到的钱。公司董事的决定全都是错的，包括整个塞拉利昂计划。安娜争辩说，这些高高在上的人物根本就没想到，他们的善心一旦冷酷地推行起来，会给受害者带来怎样的灾难。但是，如果她的证词是带有偏见的，那么，本书中每个人的话也莫不如此。她的偏见易于辨认，她的愤怒和批评在书中机智而聪明地展开，尽管她是一位心怀恨意的见证人,她依旧还是见证人。至于后来,显然她拿到了她的钱,并跟着新丈夫离开英格兰,一起去了西印度群岛。①

---

① 韦斯特,《重返非洲》,第51页。(无出版信息)

第九章 乘 客

在整个 18 世纪，男人、女人和孩童乘坐海船，到达全世界的各个角落。他们或是移民，或是士兵，或是士兵的妻子，或是商人，或是官员，或是官员的新娘，或是罪犯，或是契约奴，或是访客，或是潜逃的债务人，[1]或是为了自己的健康旅行。[2]在船上记录旅行的人们会自然地把焦点集中在要去的地方，而非海上经历。提到海上经历时，他们的记录通常很简短。在他们眼中，海上的经验不那么重要。但是，乘客的视角却对航海叙事很重要，乘客本人也让人感兴趣。以下部分，我会讨论如下几位人物和他们的作品：两位主要作家，亨利·菲尔丁（Henry Fielding）和玛丽·沃斯通克拉夫特（Mary Wollstonecraft）；一位很有才华的业余作家，珍妮特·肖（Janet Schaw）；18 世纪最重要的福音派牧师乔治·怀特菲尔德（George Whitefield）；他的一个弟子，是一位去了西印度

---

[1] 约翰·克里默（John Cremer），《浪游的杰克》（Ramblin' Jack）。

[2] 1756 年，一位名叫埃布纳泽尔·吉尔克里斯特（Ebenezer Gilchrist）的苏格兰医生出版了《航海旅行在医学中的用处》（The Use of Sea Voyages in Medicine）一书；1757 年又再版了。书中认为，带有咸味而潮湿的海上空气对人的身体有好处，同样，"船只自动与缓慢的摇晃"也能提供极好的肌肉练习，令人"保持平衡"。即使晕船也是一种练习，可以清理体液的通道。话虽如此，1715 年，威廉·塞姆森（William Symson）却写道，在孟买"我们船上原本载了 24 位乘客，有 20 位都埋在了此处"。《到东印度的新航行》（New Voyage to the East-Indies），第 16 页。

群岛的卫理公会派教徒医生；还有一位陷入财政困境的女子，她要去俄罗斯当女管家。但是，我要先从一个男孩的故事说起，对他的生平还多有争议。

罗伯特·德鲁里

《马达加斯加：或罗伯特·德鲁里的日志，在岛上被囚十五年》(*Madagascar: or Robert Drury's Journal, During Fifteen Years Captivity on that Island*)（简称《德鲁里的日志》）出版于1729年。该书"由本人所写，并整出条理，在友人要求之下出版。"该书由梅多斯(Meadows)、马歇尔(Marshall)和沃勒尔(Worrall)三家书商以及"作者本人在伯钦巷的老汤姆咖啡馆售卖"。书很长，有封面装订，售价六先令。书是在德鲁里返回英格兰12年后出版的。此时，德鲁里可能在位于利登豪街(Leadenhall Street)的东印度公司大楼当门房。他也很愿意向人展示他投掷标枪的精准性。[①] 正如书尾上所写，能在街角的老汤姆咖啡馆找到他。

> 我每天会到位于伯钦巷的老汤姆咖啡馆。我愿意满足任何一位绅士深入了解本书的愿望。可经得

[①] 生平细节若非取自他本人的《日志》，便是取材于西科德(Secord)的《罗伯特·德鲁里的日志》(*Robert Drury's Journal*)。

起最严格的检验，可以确认有人表示怀疑的地方。

《德鲁里的日志》由旨在确认其真实可靠的证词围绕，正如以下将谈到的，其中的焦虑被证明是完全起到了反作用。序言部分首先谈到的是，"刚刚看到这本书的时候，我觉得毫无疑问，肯定会被人当成是另一部类似《鲁滨孙漂流记》的罗曼司"。序言的作者称呼自己是"誊写者"。他说原书是由德鲁里所写，"包括了八册对开纸的内容，每一册有一百页厚，有必要进行缩减，更容易被人接受"。在重写过程中，罗伯特·德鲁里也时常"见到誊写者"。誊写者是一名热情的业余启蒙神学家。他对德鲁里在马达加斯加岛表现出的奉行宗教的行为着迷。他坦诚在这个问题上，他"给作者嘴里放进去了一些反思"。除此之外，他没有"修改任何事实，或是增加任何虚构的内容"。

正文前还有一个威廉·麦凯特（William Mackett）船长写的附注，日期是1728年5月7日，证明罗伯特·德鲁里"现居伦敦，是我本人从马达加斯加救起，带他返回祖国英格兰的"。他相信德鲁里"所写的奇特而令人惊讶的冒险是真实可信的"。

1687年，罗伯特·德鲁里生于伦敦一位颇受尊敬的旅店老板家中（同时也是圣奥拉夫·犹太教堂的教堂执事）。德鲁里告诉读者，11岁那年，他非常想去航海。父母亲看到无法阻止，便让他登上了一艘驶向印度的"德格拉夫"（Degrave）号，又拜托威廉·扬（William Young）船长照顾，还给他准备了"价值一百镑的货物"。另外,孟加拉还有他的堂兄约翰·斯蒂尔(John Steel)可以拜访。"我作为乘客上了船,被引荐给了威廉·扬船长,他同意我带上自己的货物。"此时的德鲁里13岁。1701年1月,"德格拉夫"号出发了,三个月零二十天之后,到达了"东印度的圣乔治堡"马德拉斯。罗伯特在船上并非无所事事,在书中最后的部分,他写到自己再访马达加斯加岛的航程时,自己"还是个男孩子的时候,在去往印度的航程中学习了航海的技术"。①在圣乔治堡发生了一场灾难。同行乘客中有"一位珠宝商拉佩先生和他的儿子",他们计划在马德拉斯定居下来。可是,载着他们驶向岸边的小船倾覆了,父子二人溺水身亡,他们"价值数千英镑"的货物随之沉入海中。

德鲁里在孟加拉碰到了他的堂兄,当时是位领航员。但是,代行德鲁里父亲职权的扬船长认为他还不能够照看好德鲁里,便替德鲁里处理了带来的货物。不久,德鲁里的堂兄与船长一起,成了欧洲人高死亡率的最新证明。威廉·扬的儿子尼古拉斯,也是"德格拉夫"号上的二副接管了船只(船上的四副是约翰·本葆,海军上将的儿子)。18个月后,他们离开了孟加拉。德鲁里写道:"在孟加拉我得到的仅有好处,也是事后证明对我非常有利的,是我在这里学会了游泳。之后有两三次的危急情况,是游泳救了我的生命和自由。"②

---

① 德鲁里,《德鲁里的日志》,第444页。
② 同上书,第7页。

德鲁里说"船上有120位船员，再加上两位女士、我自己和几位其他乘客"。船在加尔各答的胡格利河（Hugli River）触了底，造成了缝隙。在印度洋之中，裂缝越来越大，他们不得已驶向毛里求斯。之后，船只的状况愈发危险，他们不得已驶向了马达加斯加。

> 第三天早上，他们让我和船长的仆人爬上主桅杆去瞭望陆地——他们已经没有别人可以用了。生死攸关的时刻，他们顾不得我的乘客身份了。
>
> 德鲁里，《德鲁里的日志》，第10页

德鲁里看到了马达加斯加的海岸。船只撞向海岸，撞碎了。除一两个人淹死外，绝大部分人安全上了岸。

> 船长上岸了，手里拿着他父亲的心脏。根据老船长临死时的要求，他的心脏被放在一个瓶子里，要带回英格兰的多佛埋葬。
>
> 德鲁里，《德鲁里的日志》，第13页

当地人劫掠了船上大量的货物和每个人的财物。出乎意料的是，一位名叫萨姆的英国人出现了，他是另一艘遇难船上的船员。他们一起出发，找到了当地的国王柯林多（Crindo），又在那里发现了两位苏格兰船长德拉蒙德（Drummond)和斯图尔特(Stewart)(苏格兰人以为这位船长在海上被谋杀了,于是绞死了"沃瑟斯特"号的格林船长)。扩大了的不列颠人的队伍发动政变,绑架了国王和他的家人,向多凡堡(Fort Dauphin)出发,希望得到萨缪尔国王(King Samuel)的保护。绝大多数人没有走完这次旅程。又饿又渴的一队人与前来追击的军队愚蠢地讨价还价,结果遭到屠杀。有些人逃脱了,而德鲁里和其他一两个年轻人作为俘虏,被挑了出来。

接下来的故事很长,与我们没有直接关系。德鲁里得到的待遇因主人的不同而不同。得意的一刻,他写道:"我在这里的位置很重要,我成了主人卫队的长官。""我的妻子舔我的脚,表达对我遇到麻烦的关心,对我的被释放感到快乐……我有了30头牛,生活得既轻松又愉快。"[1]

最终,德鲁里被奴隶贩子威廉·麦凯特船长所救。德鲁里在岛上时,遇到过另一艘英国失事船上的水手威廉·索恩伯里(William Thornbury)。索恩伯里回到伦敦,非常偶然地遇到了德鲁里的父亲。德鲁里的父亲得到麦凯特的帮助,答应寻找和赎回儿子。德鲁里于1717年9月回到英格兰。此时他的父亲已经去世,他的母亲去世得更早。德鲁里回到了自己当了15年奴隶的岛上。这一次是与麦凯特的同事一起去贩奴的。去的路上他们在纳塔尔(Natal)稍做停留,"我们花了

---

[1] 德鲁里,《德鲁里的日志》,第379页,第422页。

两周时间买了 74 个男孩和女孩。他们比马达加斯加的更适合劳作，更强壮，肤色也更黑"①。在马达加斯加，德鲁里换上了当地人的服装，看望了对他最仁慈的主人热牟麦（Rer Moume），舔了他的膝盖，还买了大量的奴隶。《德鲁里的日志》以马达加斯加当地语言的词汇表为终，词汇表共 8 页。

若干年来，总有人不断质疑此书作者的真伪与是否可靠，还有人提出此书可能是笛福所作。约翰·罗伯特·穆尔（John Robert Moore）教授不仅极大地扩展了笛福创作的数量，还认定此书就是笛福所著。②穆尔教授认为，笛福利用了许多当时的材料，尤其是 1705 年的一则新闻作为开端，那条新闻记录了曾被认为"最令人不可思议的'德格拉夫'号的故事。"③一艘从印度驶来的航船带来了"德格拉夫"号在马达加斯加岛失事的消息以及除了"一个小男孩"，全体船员均被杀害的悲剧。日记作者纳西瑟斯·勒特雷尔（Narcissus Luttrell）提到那个小男孩是与船一起到达的（德鲁里从来没有提到过这个小男孩，而他的逃生方式也令人疑惑）。穆尔教授的说法是，笛福以这个小男孩为中心，编出了整个故事。他在 1943 年出版的专著《笛福写作罗伯特·德鲁里日志所用的材料》（*Defoe's Sources for Robert Drury's Journal*）可谓影响巨大，诸如伦敦图书馆这样的机构，纷纷从作者目录中划去了德鲁里的名字，以"参

---

① 德鲁里，《德鲁里的日志》，第 445 页。
② 弗班克和欧文斯，《丹尼尔·笛福的经典化过程》，第 109 页。
③ 西科德，《罗伯特·德鲁里的日志》，第 22 页。

第九章 乘 客

见笛福"取而代之。根据 P. G. 亚当斯（P. G. Adams），《大不列颠百科全书》取消了将德鲁里作为实际旅行者的词条。亚当斯将《德鲁里的日志》称为"火炉旁的虚构"。[1]博纳米·多布里（Bonamy Dobrée）在《牛津英语文学史》第七卷中，称《德鲁里的日志》"几乎肯定"是笛福所作，但也注意到这与"A. W. 西科德的观点相悖"。西科德一直埋头在历史资料中，1945 年，他指出《德鲁里的日志》中很大一部分内容根本不是罗曼司，而是事实。后来，西科德写道："穆尔教授对我的意见印象不深。"这当然是比较克制的说法。[2]他继续进行了执拗而不同寻常的研究，德鲁里故事中提到的几乎每件事和每个人最终能够从文献上得到证实，虽然他只是没法证实水手索恩伯里的生平。西科德准备接受笛福是本书的"誊写者"，却不像穆尔所称的，笛福是本书的创作者。尽管我认为西科德其实也不必如此认为。不幸的是，西科德没等到成果在 1961 年发表就去世了。穆尔教授尽管将大量作品归在笛福名下，但是，他的方法很难站住脚。这个不怎么令人愉快的故事，正是 P. N. 弗班克（P. N. Furbank）和 W. R. 欧文斯（W. R. Owens）在 1988 年出版的《丹尼尔·笛福的经典化过程》（*The Canonisation of Daniel Defoe*）的主要内容。1989 年，在葆拉·巴克希德尔（Paula Backscheider）出版的标准笛福传记中，根本没有提到《德鲁里的日志》一

---

[1] 亚当斯，《旅行者与旅行的说谎者》，第 237 页。
[2] 西科德，《罗伯特·德鲁里的日志》，第 6 页。

书,甚至在"据称为笛福所作"的著作表中也没有。

乔治·怀特菲尔德

1739年8月,乔治·怀特菲尔德正在第二次横跨大西洋的旅途中。怀特菲尔德是韦斯利(Wesley)的追随者,他的布道越来越受欢迎。他也正面临着英国宗教权威的不断反对。此时,他要去往佐治亚,要继续由韦斯利开创的传道事业。尽管只有24岁,怀特菲尔德已经开始书写自己的生平故事了,"我想在这三年内,从孩提时代开始记述上帝是怎样待我的"①。1740年,他出版了自己的日志。他在扉页中提到本书是在"从伦敦驶往费城的'伊丽莎白'号上完成的,船长是斯蒂芬森(Stephenson)",本书的收益将用在他在佐治亚创办的孤儿院。书中讲述作为一个格洛斯特旅馆老板之子,他如何从学校辍学,如何接受劝告回到学校,又如何成了牛津大学彭布罗克学院(Pembroke College)的工读生(他以前当过酒保,这段训练对现在的职位有帮助)。他受到了"受人轻视的卫理公会派教徒"的影响,遇到了韦斯利,开始造访穷人、病人与囚犯。尽管,如果他"再次造访穷人"的话,彭布罗克的院长警告要开除他。取得学位并受领了执事之后,他继续

---

① 怀特菲尔德,《乔治·怀特菲尔德的日志》,第232页。

第九章 乘 客

造访穷人和监狱，并且发现了自己作为牧师的特长。他吸引了大量群众听其布道，可以一周布道九次。1737年，年轻的怀特菲尔德只有22岁，他"很喜欢阅读戏剧"，更喜欢演戏，经常（自己也觉得羞愧）扮演剧中的女性角色。[①]

韦斯利和英厄姆从佐治亚给怀特菲尔德写信，半是建议，半是要求怀特菲尔德应该前来。他最终下定了决心。佐治亚殖民地是詹姆斯·奥格尔索普（James Oglethorpe）的计划，并在1732年在公共和私人资金的赞助下成立，目的是给穷人新的土地。不幸的是，该殖民地选定在萨凡纳河南部的土地，被西班牙认为是佛罗里达的一部分。西班牙人在1736年派人开始武装巡逻。佐治亚成了与西班牙冲突的前线，这能解释为什么怀特菲尔德要等到1737年底乘坐"惠特克"（*Whitaker*）号到来——该船被用来运送士兵和他们的家人。

上船后的怀特菲尔德开始写日志。日志不是私密的，而是为在朋友与同僚之间提供信息和启迪教诲用的。朋友们可以将其自由出版。日志是"记录自我离开英格兰起，上帝对我的灵魂做了什么"，我们需要从头到尾记住他的读者是谁，日志时不时会出现惊叹与祈祷，比如"赞美上帝，哦，我的灵魂！"或者"愿上帝赐我一颗感恩的心！"或者"本周我得到了怎样的慈爱！"或者"愿上帝保佑他双手劳作的成果！"或者"噢，酗酒，看你都做了怎样的恶！"或者"愿上帝给他们一双

[①] 此处及其他生平的细节取自《神恩略记》（*A Short Account of God's Dealings*），1740年，由伊恩·默里（Iain Murray）编辑，1960年在伦敦出版。

倾听的耳朵，一颗顺从的心！"尽管不是虚荣或骄傲之作，它也算是一份上帝仆人的胜利记录。读者不太容易透过持续不断的热情，看清楚船上的同伴到底是怎样看待他的。

但怀特菲尔德一定是船上占有统治地位的人物。上船伊始，他便开始组织公开的祈祷，拜访船上的病人，并对一些士兵开始教义问答。"我很惊讶，他们乐于回答。"后来，他写到有些人"回答得非常恰当，因为我在他们之中提的问题，都是我知道比较好回答的，哦！我应该用点手段问住他们！"①1月24日，他注意到"遇到了一点反对"，但是，他的公开祈祷和布道却越来越强大。2月4日星期六的早上，他在船上最大的舱房内参加了祈祷，"如常地"向士兵们布道两次；晚上，在同一船舱内向"绅士们"详细讲解了第二次布道的内容。2月8日星期三，他向士兵布道的主题是地狱之中永恒的折磨。他主持船上的婚礼，还和同事詹姆斯·哈伯山姆（James Habersham），就是后来的佐治亚议长，一起为不识字的士兵开设了阅读班。在3月底，他写下"有更多的证据表明这艘船上已经有人彻底皈依了"。他认为整艘船有了"明显改善"。船上最大的舱房中，"我们几乎只谈上帝和耶稣"。②

怀特菲尔德经常说起他从船长和船上的高级军官处得到的鼓励和帮助。毫不奇怪，他宣讲的实用基督教教义毫无颠覆性。他总是站在顺从与驯服的一方，"在我早上的布道中，

---

① 怀特菲尔德，《乔治·怀特菲尔德的日志》，第101页，第116页。
② 同上书，第148页。

第九章 乘 客

我时不时会借机劝诫士兵应该服从有权命令他们的人"。他特别敦促船上的 16 位女性"要顺从她们的丈夫，而之前她们做得并不够"。①船上还有些孩子，日志中也有一些缺乏吸引力的条目写到了"及时摧毁孩子的意志的好处"。有一个 4 岁大的男孩子不愿跪下说祈祷词，怀特菲尔德就"强迫他跪下"，还给了他"几拳头"，直到孩子如他所愿地说出了祈祷词为止。自然地，在哈伯山姆组织晚间祈祷的时候，那孩子哭着"说出了自己的祈祷词"。怀特菲尔德将此看成自己的胜利，认为如果孩子的父母"要能下决心在孩子小一点时就摧毁他们的意志"，皈依工作会容易得多。②

怀特菲尔德写道："在上帝的大能之中我感觉最好。"很明显，当他 9 月份乘船从查尔斯顿返回英格兰时，他在船上没什么事情干，于是，他有了很多时间反思。他写道："我活动的领域被限制在一个非常狭小的空间里。"接连两天，他都"情绪不高"。这次返航困难重重，时间长，天气恶劣，食物短缺，怀特菲尔德也生病了。他发现自己的信心"不那么活跃"，但是"祈祷上帝，如果上帝要杀我，我也要相信他"。③将天气和他们遭遇的困难都解释成上天安排的并不容易。航行遭遇风暴时，他写道，他已经尽力去"荣耀上帝了，上帝要让人知道他的能力"。在这次糟糕的回航中，他写道，"上帝

---

① 怀特菲尔德，《乔治·怀特菲尔德的日志》，第 110 页，第 121 页。
② 同上书，第 146 页。
③ 同上书，第 166 页，第 174 页。

297

会感到欣喜，如果那风……能够掉个方向"，而"上帝又好好想了想，要给我们送来反方向的风"。八个星期后，他开始认为阻止他们前进的原因是"撒旦阻止了我们，我认为正是他许可干了这一切……哦，撒旦，你可以让我在波涛中颠簸……但是耶稣·基督会为我祈祷的"①。

> 我外在的自我正在衰弱，但精神的自我却在每日更新。我多次恳求上帝给我们送一阵好风，但是，我知道他还不想回答我。我要彻底顺从他，我知道他对我有足够的恩典，他的时间是最好的。
>
> 怀特菲尔德，《乔治·怀特菲尔德的日志》，第176页

第二天，他们看到了爱尔兰海岸。在另一次延长了的跨大西洋航程中，他又一次感到了无能为力，"我从没像被困船上一般被如此诱惑"。他写道，"内心的许多挣扎"和"灵魂无法表达的痛苦"。但在1741年，在返回英格兰的航程尾声，他写下了如下文字：

> 本次航程对我的灵魂而言，收入丰厚，因为我有许多的机会阅读、冥想与祈祷。我实在忍不住要

---

① 怀特菲尔德，《乔治·怀特菲尔德的日志》，第171页，第173页。

赞美神意，上帝给我在大海之上安排了如此宝贵的闲暇时间。

怀特菲尔德，《乔治·怀特菲尔德的日志》，
第506页

在怀特菲尔德传播福音的工作中，他总共13次横跨大西洋。他传播福音的范围远不止佐治亚，而是到达了所有北美的殖民地。1770年，他死在马萨诸塞，享年55岁。在很早的时候，他与韦斯利因教义基础的差异分开了。他一生中的大多数时间都用在传播福音的旅途上，日程像受罚一般紧张。他的布道感情充沛，也让人精疲力竭。有人建议他休息休息，他会说："我宁肯耗尽也不愿锈蚀。"看到他的布道记录，莱斯利·斯蒂芬（Leslie Stephen）认为，基于这些"戏剧性修辞的碎片"为证据，怀特菲尔德成功的秘密"一定既藏在听众那里，也藏在演讲家那里"。[①]

罗伯特·普尔

罗伯特·普尔生于1708年，是怀特菲尔德的追随者。他曾在伦敦和法国学医，也曾在伦敦的天花病医院中行医。他曾以西奥菲勒斯·菲兰斯罗普斯（Theophilus Philanthropos）为

[①] 《18世纪英国思想史》，伦敦，1876，XII，第103页。

笔名发表过一系列的小册子，还有去往法国和荷兰的日志。可能是为了自己的健康，普尔于1748年登上"安娜·玛利亚"号，驶向了直布罗陀和西印度群岛。但是，他没能活着看到自己的日志《勤勉的蜜蜂：或旅行者的伴侣》(*The Beneficent Bee: Or, Traveller's Companion*)（简称《勤勉的蜜蜂》）的出版，甚至也没有亲自编辑此书。《勤勉的蜜蜂》出版于1753年，以强烈的信心开头，以痛苦与疑虑结尾。

日志中的有些条目相当乏味。

> 今天上午，舱房里的大量苍蝇给我们造成了不小的麻烦。苍蝇个头尽管不大，却很烦人，会透过袜子叮人，把腿叮得很不舒服。
>
> 普尔，《勤勉的蜜蜂》，第44页

他的用意与其说是为了记录，倒不如说是以发生的事为例，进行精神利用与道德说教。他总是为周围人的咒骂感到难过。他用曾经的笔名给自己创造了一位旅伴西奥菲勒斯。西奥菲勒斯满脑子都是改良的想法。

> 整个下午，船行驶得缓慢，像要停下来，我们觉得这是个锻炼耐心的好机会……我们的情形可以比作一个荒芜的灵魂，处于毫无生命、毫无用处的状态……哦，西奥菲勒斯说道，要是让他走得快一

点就好了，让他把善意和仁慈展现给我们吧，让我们有外面的风和内心的恩典……

普尔，《勤勉的蜜蜂》，第 163-164 页

为了消磨时间，普尔为读者编撰出了"礼貌养育"的 44 条法则，其中的第 17 条是这样的：

礼貌养育禁止一个人当着别人的面放屁，要想方设法避免大声地打嗝；上下都不能发出响声，尤其是下面的响声，无论怎样都要避免。

普尔，《勤勉的蜜蜂》，第 85 页

他们横跨大西洋的航程走得很艰难，风暴不断，给养缺乏，普尔和他另一个自我的道德说教也少多了，"受够了上下颠簸与动荡不安"。

一旦到达西印度群岛，普尔又恢复了喜好判断的样子。他不断记下黑人的无知、错误与亵渎的言行以及他们不参与礼拜仪式的情况。很快，他的批评有了新情况。他注意到有些衣着体面的黑人"养着情妇"。对于男人来说，他认为不应该"在黑暗中追求伴侣，却在白天羞于被人看到和伴侣在一起"。[①]这句话或许部分是针对种族混杂说的，但也是反对种族

---

① 普尔，《勤勉的蜜蜂》，第 221 页。

主义和虚伪言行的。他注意到尽管"有些黑人有一定的智慧和易于管教的性情",因此可以信奉基督教,但就其主人的利益而言,"让这些可怜的黑人去劳其筋骨,对他们的灵魂要好得多"。

鞭打的场景与声音萦绕在日志中。奴隶们"没有人指导,只会得到不同形式的残酷鞭打,可怜的人啊!""没有一天耳朵里不会听到鞭打声"。他详细描写了职业的打手、监工与使用的鞭子。有一次他去做客,女主人准备茶的时候发现牛奶洒了,她认为是奴隶要下毒。在五六个奴隶否认了她的指控之后,她找来监工,手里提着"长长的皮鞭",每一鞭子下去都会"把人的皮揭起来"。可怜的奴隶被绑起来。普尔进行了干预,他说应该先尝尝牛奶再说。他找了一只温顺的兔子,让兔子喝了牛奶,什么都没有发生。"于是,我救了那个无辜的人,让他免受一次残忍的惩罚。"

普尔在岛上四处旅游,与总督和其他要人一起用餐。尽管如此,他身体不好,感到孤独,也并不开心。他记下离开伦敦后"最开心的一刻"是接到了朋友来自伦敦的信,"特别是来自她的信,她是上帝给我安排的生活伴侣"。[①]他对奴隶的同情日渐增长。在安提瓜(Antigua),他看到一个旗帜飘扬、敲锣打鼓地售卖伊博族(Ibo)奴隶的场景。

[①] 普尔,《勤勉的蜜蜂》,第297页。

我没法不注意到,我的同类是被这样对待的。他们像战争中的俘虏一样,被像畜生一样带到市场上卖掉。尽管他们没有被屠杀,却会因此陷入或许更为悲惨而永恒的奴隶身份中,而其中有的奴隶主,不会把他们当成同类,对他们绝不会好过于对待牲口。

普尔,《勤勉的蜜蜂》,第 313 页

这段不连贯的话中有两次提到了非洲人是他的同类,意味着普尔改变了日志开始时的伪善语气。可是,由于经常在岛上穿行,普尔得上了热病。如果船上没有其他人,他甚至都病得下不了船。后来他上了岸,在"人性几乎不存在与缺乏基本照料的地方"找到了一处居所[①]。在最后的条目中,他感谢上帝让他的状况有所改善,但日志却戛然而止了,没有说明他是否返回了英格兰。根据《国家人物传记大辞典》,他于 1752 年死在了英国伦敦的伊斯灵顿(Islington)。

亨利·菲尔丁

1754 年 6 月,47 岁的作家亨利·菲尔丁踏上了驶往里斯本的航船。陪伴他的是他的第二任妻子、妻子的女伴、他的

---

① 普尔,《勤勉的蜜蜂》,第 387 页。

长女，还有两个仆人。菲尔丁病得不轻，身体有水肿，无论是他自己还是其他人，都认为他活不了多久了。实际上，在航船抵达后两个月，他就死在了葡萄牙。当菲尔丁乘坐的"葡萄牙皇后"(*Queen of Portugal*)号离开泰晤士河到达唐斯的时候，菲尔丁有了独处的机会。他的女仆因为晕船而休息，剩下的乘客便是一个14岁的男孩和一位不懂英语的葡萄牙传教士。此时，菲尔丁写道："我第一次有了将自己当成航海作家的严肃想法。"①这个想法的结果是，"在作者觉得最不快的时候写成"的《里斯本航行日志》(*The Journal of a Voyage to Lisbon*)，1755年，此书在菲尔丁去世后出版了②。

令人惊讶的是，这位伟大的小说家竟然对虚构颇为不屑。在前言中，菲尔丁认为最好的旅行写作需要最高等级的才华，因此也很难找得到。菲尔丁认为旅行写作竟被"如此多伟大与博学的天才忽视，将其交到了野蛮的哥德人和旺达尔人手中，成了他们的合法财产"。

> 就我自己而言，我必须坦诚，如果荷马是以平和的散文写了一部真实的历史，而不是写了已经收获了无数时代赞誉的高尚诗歌，我会更尊重与爱戴他；尽管我会以敬仰与惊讶的心情读荷马，我也在

---

① 菲尔丁，《里斯本航行日志》，第293页(8月2日)。
② 有意思的是，同一个出版商几乎同时出版了两个不同版本的日志。短的版本或许是用来替代另一个的，很可能也是被菲尔丁的兄弟约翰修订过。我引用的是长一点的版本，出自菲尔丁全集(1784年)第十卷。

第九章 乘 客

读希罗多德、修昔底德斯和色诺芬,而且读得更愉快,更满足。

菲尔丁,《里斯本航行日志》,
第 173-175 页(序言)

有人或许会认为荷马事实上就是航海作家,但是《奥德赛》以及"其他这个种类的作品"对航海写作而言,就像"罗曼司与真实历史的差别一样,前者混淆和败坏了后者"。

在他从劝导性虚构向哲思性历史的转变中,品尝到一点大海滋味的菲尔丁像是预见了未来的康拉德一般。在生命的最后 30 年,康拉德重新检视了年轻时的海上生活,将早期的经验变成了神话。每况愈下的身体、死亡的预期、身处受限的船上空间以及被迫与并不喜欢的人做伴,令菲尔丁的整个思想显得颇为阴郁,他也由此重新看到了人类生存的基本状况。克劳德·罗森(Claude Rawson)认为《里斯本航行日志》再现了菲尔丁晚期作品的"痛苦的背叛"与"整体缺乏自信"的特点。[1]我会以更积极的角度去看。就我而言,《里斯本航行日志》中深深的悲观主义更是一种发现的感觉,而非是失去的感觉(后文将详细论及)。

所有的事件和人物都变成了神话。在一个值得一提的段

---

[1] 罗森,《亨利·菲尔丁和重压下的奥古斯坦理念》(*Henry Fielding and the Augustan Ideal under Stress*),第 55 页。

落中，旅行本身变成了堕落人性的象征。①菲尔丁想在书中涵盖旅行的历史。后来，他听说了"一位年轻古文物研究者"的发现，称"最初的一个人是旅行者"。"最初的这个人和他的家庭都不怎么喜欢自己的家，也没有在天堂定居，而是成为去往另一处地方的旅行者。"这个发现极大地缩短了他的劳作。②

或许《里斯本航行日志》中最著名的段落（也是罗森讨论过的）是在泰晤士河边，无助的菲尔丁如何被人用小艇运送，又如何被人用绳子吊起来上了船。这个过程中，菲尔丁经历了一排排水手和船工的"夹道攻击"，"几乎没有人不对我说点什么，满都是对我不幸遭遇的侮辱和嘲笑"。菲尔丁写道："这真是人类残酷和缺乏人性的活生生的图画，也是我长久以来一直思考的。"这种放纵"从来没有在文雅的人中显现出来"，因为他们"将恶意的天性清洗干净了，这种天性是我们在出生之初就从野蛮的创造中带来的"。③动词"清洗干净"看上去与"从没显现"相互矛盾。问题是这种原初的恶意是被文明人除掉了，还是仅仅被他们掩盖起来了。

在船员讥笑嘲讽的"夹道攻击"④中离开英格兰是一个可怕的意象，但还不止如此。这更是一个离开了人类的意象，

---

① 或许乔治·福斯特也读过菲尔丁和塞内卡的书。
② 菲尔丁，《里斯本航行日志》，第201页（6月27日）。
③ 同上书，第197页（6月26日）。
④ Run the gauntlope（遭到夹道攻击）中的"gauntlope"是恰当的拼法，现在词常被拼为"gauntlet"。

第九章 乘 客

就像作者乘坐小船横跨了冥河(Styx)一般。"葡萄牙皇后"号上的船长叫查伦(理查德·韦尔,菲尔丁从没提到过他的名字)。此人也是古怪之极。他70岁,耳聋,身边总挂着一把笨拙的佩剑,仿佛在证明海军昔日的尊严。他多情到竟然向菲尔丁的女仆求婚。他不停许诺的好风总也没来。他还是"那小小的木船的世界"中专横的暴君。可是,这次航程却不是驶向地下的旅程,而是一个充满意外的笑话,好像他们永远也离不开英格兰。持续反向的西南风让他们不得已沿着南部的海岸航行,不断驶入一个又一个避风港。航行开始了37天,日志写了94页之后,他们的船还在英格兰水域。接着,11天航程和15页日志之后,他们到达了里斯本。因此,就像快死的菲尔丁写下最后的日志一样,这也是从海船上的视角出发,重新审视人的本质。怀特岛(Isle of Wight)上坏脾气的女房东弗朗西斯就像船长一样,也是菲尔丁新世界里一个古怪的居民,但她是全然属于老英格兰的,是属于陆地的。

一个主要的策略是把海上的人们与陆地上的人们进行对比。比如说,迪尔的船员会把危难中的乘客当成老天赐给他们增加收入的猎物。这让菲尔丁不禁去想"居住在海边的人是一种两栖的物种,他们不具有人的天性"。菲尔丁想,为什么"水手会把自己当成是与人类普遍联系相隔离的人,竟然从如此野蛮的语言与行为中找到了荣耀!"甚至连海军军官——或许尤其是海军军官——也会把他们自己当成"完全摆脱了体面与文明的人,而体面与文明正是指导和限制陆地社会成员行为的基本准则"。①最后一句话把我们直接带到了康拉德的小说《黑暗之心》当中，带到了马洛在泰晤士河的船上与同伴说话的场景中。马洛说，要不是街道尽头站着警察，要不是公众的议论纷纷，他们早就能做出库尔兹做出的事情了。

　　海上世界让陆上居民菲尔丁义愤，这里的一切都与他熟悉的不同。作为地方治安官的菲尔丁熟悉陆地上的法律结构，他也负责执行法律，但是，颠倒过来的海上社会其实正是正常社会的真实景象。菲尔丁得到的结论，即"所有的人类血肉其实不是一样的，有一种人是陆地上的人，还有一种是海洋上的人"，其实是一个讽刺的结论。②看上去，文明社会像是被船上的模拟社会篡夺了，被船上的暴君统治了，而暴君的意志就是法律。但是，不仅是在船上，公共马车上的旅行者一样是独断专行的受害者，"没有控制自己意愿的权力，就像亚洲的奴隶或是英国人的妻子一样"。聪明人的话，看到一句话就明白是什么意思了。我们全在社会中，我们全是旅行者。菲尔丁说，在斯皮特里德看到的一支舰队是一种美丽的景色——

　　为什么说这些战舰会让我们的眼睛觉得愉快？

---

① 菲尔丁，《里斯本航行日志》，第213、220页和222页(7月4日，6月30日，7月5日)。
② 同上书，第266页(7月26日)。

它们难道不是在支持暴君、镇压无辜,会在主人一声令下便带来破败与毁灭吗?

菲尔丁,《里斯本航行日志》,

第 255 页(7 月 23 日)

对于"夹道攻击"段落中揭示的人性之恶,菲尔丁强调说,"说了这么多,而能说的也就这么多了"。这里的"就这么多了"可以做多重阐释。在一个层面上,这本日志不断重复着不安与痛苦,那是来自一个无助的挫败者的痛苦与愤怒。在另一个层面上,它又是"生命如旅程"这一叙事的严肃考虑,充满了对人类本性和文明社会的悲观看法。但是,在第三个层面上,本书又很有趣。愤怒的受害人,从身体上无法逃离房东太太和船长的任性与粗鲁,却仍然能把折磨他的人描绘得古怪而有趣。或许正如菲尔丁取笑的那样,人性之中有不少恶的部分。但是,正是菲尔丁的幽默把他的叙事从绝望中挽救了出来。他的优雅帮助了他。

伊丽莎白·贾斯蒂斯

菲尔丁是 18 世纪伟大的文人之一,但就伊丽莎白·贾斯蒂斯的叙事特色而言,最有意思的一点却是其毫无艺术性。在 1739 年约克出版的《驶向俄罗斯的航程》(*Voyage to Russia*)

的前言中，伊丽莎白为试图跻身航海叙事的作者之列给出了原因。她首先为自己的行为道歉："我竟然妄图写出一部作品，这原本需要更细致与高超的技能才能完成，远不是女性能胜任的。"

> 之所以要去俄罗斯，是因为我的丈夫，他原本要每年付我25镑的年金，却5年多没给我；我……不得不……诉诸法律；我得到了有利的判决。
>
> 贾斯蒂斯，《驶向俄罗斯的航程》，第2页

她丈夫威胁说，如果她不付法律费用就要向大法官上诉，她放弃了。于是，得来的年金不仅全被用在支付诉讼费用上了，她还欠了债。"我只好到国外赚钱，让我的债主满意。"她的一位回到俄国的朋友得到消息，说有一对居住在圣彼得堡的埃文斯夫妇想给他们的3个女儿聘请一位女教师。那是在1734年，她在俄罗斯待了3年，她听说自己的丈夫依然没有付给年金，而且她的孩子也需要她。在书中她写道，她丈夫的违约"令她经历了极大的困境，也促使她最终出版了此书"。她感谢了本书的215位订户，其中包括一位"约翰逊博士"和一位"纳蒂·坦卡德夫人"（Mrs. Nutty Tankard）。

贾斯蒂斯夫人是乘船前往圣彼得堡的，"船名为'彼得堡'号，船长是约翰·南森（John Nansum）"。另外的一位乘客是特罗特（Trott）夫人和她的女儿。我认为特罗特夫人便是

第九章 乘 客

给贾斯蒂斯介绍工作的人，因为她的丈夫很可能是圣彼得堡的珠宝商。贾斯蒂斯夫人记下了途经波罗的海的两个月航程。她的记叙让她足以成为菲尔丁小说中的人物。船因为没风而滞留在奥福德（Orford）期间，她们与牧师及其夫人一起上岸喝了茶。尽管事情已经过去了5年，她依然对那天的晚餐记忆犹新，她们一起吃了"冷羊腿、龙虾和豌豆"。对于船上的食宿，她印象深刻。关于船上的舱房，她写道：

> 非常整洁，用深红色的锦缎装饰得很雅致。有很漂亮的瓷器、玻璃器皿、烛台和画框。护墙板上用的是金色镶边。茶具用的都是统一的器具，与我们岸上用的一样。
>
> 贾斯蒂斯，《驶向俄罗斯的航程》，第3页

每个星期天，"所有能去的地方，气氛都很肃穆"。船员们"胡子刮得干净，衣着整洁"，"值守的人们都在读一些很好的书"。相比之下，在埃尔西诺（Elsinore）操练的士兵则是"一群有点脏的家伙"。她还给船长与掌舵副手的叫喊声加入了一点地域色彩，"沉着，小伙子，沉着！"而在一场风暴中，只能听到"在下风处转舵迎风！上风满舵！多么让人不安的命令！"

到达喀琅施塔得（Kronstadt）的时候，贾斯蒂斯很高兴受到了"一位苏格兰绅士"戈登将军的款待。"他有个女儿，嫁

给了亨利·斯特林(Henry Sterling)先生。他们有着人们期望得到的一切优点,特别是他们非常和蔼。考虑到他们的等级,让他们显得尤为吸引人。"她记下了在圣彼得堡的英国人的生活,其中充满了有意思的被动和放弃的说法。有人说俄罗斯皇宫里的下水系统比凡尔赛宫里的还要好,但是她没有去过凡尔赛宫。于是,她只能说"的确不错,但是我没有能力描述出来"。皇宫本身"非常壮丽,但是,因为女王陛下正好在此,我没能进到里面去"。她描述旅行马车"有人告诉我那是什么样的,但是,我在的时候一次也没坐过"。"就他们的洗礼仪式而言,我从没有参加过。但是,有人跟我说是……""我从没参加过当地的婚礼,但是,我曾看到过两三个准备结婚的人。""有人跟我说,天主教大教堂装饰得非常华丽,但是,我从来没有进去过。"[①]

令人难过,一种令人难过的生活,再加上对于自我缺乏能力的自我认识,她将自己无法描述的缺憾归结为自己的性别。"我认为女性没有能力画出四季变化之中应有的颜色。"[②]对于自己的返航经历,她写得很简短,尽管返航的过程耗时七个星期。她很高兴看到船上还有三位女性的旅伴,但很快发现了她们的缺点,"她们都被吓坏了"。关于伊丽莎白·贾斯蒂斯,我没有再多的信息了。

[①] 贾斯蒂斯,《驶向俄罗斯的航程》,第10页,第20页,第27—28页,第37页。
[②] 同上书,第41页。

第九章 乘 客

珍妮特·肖

珍妮特·肖身上没有经济的压力,也远比伊丽莎白·贾斯蒂斯的交往广泛。珍妮特有相当的文学才华,她把自己于1774—1775年乘船前往西印度群岛和南卡罗来纳的经历记录了下来,分批寄给了在苏格兰的亲戚。但是,直到1921年,她的文字才由伊万杰琳·安德鲁斯(Evangeline Andrews)和查尔斯·安德鲁斯(Charles Andrews)编辑后出版,他们给作品起了一个并不快乐的名字:《一位高雅女士的日志》(*Journal of a Lady of Quality*)。

珍妮特与她的一个兄弟同行。此人后来当上了圣基茨岛(St. Kitts)的海关官员。他们要去看望另一个兄弟,此人现在是北卡罗来纳的官员。珍妮特还负责照看三个拉瑟弗德(Rutherfurd)家的男孩子,他们曾在七年前被从卡罗来纳送回了苏格兰接受教育。18岁的范尼,最年长的孩子,以能在风暴中阅读凯姆斯爵士(Lord Kames)的《批评的元素》(*Elements of Criticism*)证明了教育计划的成功。他们乘的船叫"牙买加包裹"(*Jamaica Packet*)号。其从福斯湾(Firth of Forth)出发,然后绕过苏格兰北部。

珍妮特以为她和这几位就是船上的所有乘客了。但是,当她第一次在甲板上看到其他人的时候,她惊讶极了,"甲板上有各种年纪的人，从 3 岁大的婴儿到 60 岁的老人，有男，有女，有孩童，还有吃奶的婴儿"。"我从没看到过如此可怜、如此令人不能接受的一幕。他们看上去就像斯威夫特笔下的耶胡，刚刚被人抓住"。船长解释说，这些都是要出国的移民。船主让他带上船，关在船舱里，直到安全到达海上后再放出来。

我下定决心，再不去碰这些可怜的人……的确，你从没看到过这样的人……从那个他们被关的洞里出来的气味，足可以在船上造成一场瘟疫。我可不是只有一点儿的担心。他们会给我送来他们身上的活物，因为我不怀疑，他们往船上带了几千只。呸！让我别再想这个了。想到这里，即便在风平浪静的时候，我的胃里都装不进去东西了，更别说现在海面上波涛翻滚，我们走路都走不稳，我甚至连笔都握不住了。

肖，《一位高雅女士的日志》，第 30 页

不过，当他们即将抵达奥克尼群岛（Orkneys）的时候（船长在其中的费尔岛上有些神秘的账务要处理），珍妮特看到移民们拥挤到了船的一侧，眼睛直直地盯着这些岛屿。珍妮特说她心烦意乱，不想去问这些移民到底是谁，"但是，他们其实是一群不幸的流放者，从刚刚经过的岛屿离开，被迫

第九章 乘 客

远离家乡的土地"。

这些人是被岛上新的所有者赶走的。珍妮特的同情与她开始时的厌恶一样强烈了。"现在,这批'耶胡'会去哪里呢?"她下定决心要"尽我所能改善他们不幸的处境"。这处境正是由于"有些人的罪过和错误"造成的。她接近他们,与其中一位年轻的母亲交上了朋友,听到了他们的故事。[①]所有的交流却因一场突如其来的大西洋风暴中断了。风暴持续了好几天,船只剧烈转向,船体侧倾,还失去了主桅杆。有12天的时间珍妮特无法书写她的日志,而最后一条也正是风暴加剧的一刻,只有一句简单的结尾,"旨意终将成就"。接下来她对于海上风暴的描写,是我所知的较为精彩的记叙之一。文字太长了,这里无法引用。她以精确而生动的细节描述了风暴中的可怕情景。比如,一个小男孩哭着说,如果他淹死了,上帝是不会把他从海里捞出来的。而且范尼·拉瑟弗德的羽管键琴滑过甲板,把"一只可怜的鸭子,也是我们的最后一只家禽压成了一块馅饼"。

对于这位高雅的女性而言,此次航行更是一次学习的经历。其中,她既想到了自己,也想到了其他人。她注意到水手的双手因为经常拉绳索变得粗糙,水手身上的衣服也永远是湿的,因为船主把甲板下的空间都给了移民和货物,他们没有地方晾衣服。至于移民们,在整个风暴期间,他们被关

---

① 肖,《一位高雅女士的日志》,第33-37页。

在用木条封住的舱房中,只有一位年轻的女子因为流产而除外。她的丈夫"情急之下破开了舱门,把她抱上了甲板,也救了她一命"。她知道了这些移民有9天都没法睡觉,因为水漫入了他们的舱房,他们也只能依靠生芽的土豆和发霉的饼干度日(给他们的食物总是严重不足)。在风暴停息、应急桅杆重新装上索具之后,她从出来的移民那里知道了这些情况。她还从他们那里得知,一段从克莱德河(Clyde)到福斯湾寻船出海的旅程,就已经耗尽了他们的金钱,不得不把自己卖给"牙买加包裹"号的船主,以成为契约奴来支付船费。就像珍妮特写道的,"要把自己卖身当几年的奴隶。"还有,他们放置随身物品的木箱子,也因为在水中泡了15天破损了,他们所有的物品要么毁坏,要么丢失了。①

珍妮特·肖喜欢西印度群岛,此时的北美却因为独立的风潮,并不安宁。她对那些"叛乱分子"的活动震惊不已。给她写信的人要她在事态变得更糟之前离开北美。她的兄弟亚历山大要给英国政府递送公文。她在1775年11月与他一同启程了,随行的还有她曾经带来的三个拉瑟弗德家的男孩子!

玛丽·沃斯通克拉夫特以及其他人

女性书写的海外旅行叙事,常常粗略地讲述她们在海上

---

① 肖,《一位高雅女士的日志》,第42-55页。

第九章 乘 客

的旅程。比如说,军人的遗孀杰迈玛·金德斯利(Jemima Kindersley)曾经在1777年出版过《来自特内里费岛的信》(Letters from the Island of Teneriffe)一书。在书中,从特内里费岛到巴西的航程只是被她称为"漫长、危险而不舒适的航行"。事实上,她在印度走了很多地方,书中的绝大部分内容也是关于印度的。玛丽亚·里德尔(Maria Riddell)曾经很幸运地得到过罗伯特·彭斯(Robert Burns)的帮助。彭斯帮她于1792年在爱丁堡出版了《至马德拉群岛和背风群岛的航行:以及这些岛屿的自然史札记》(Voyages to the Madeira, and Leeward Caribbean Isles: with Sketches of the Natural History of these Islands)一书,其中既有旅行的内容,也有自然史方面的记叙。1788年,16岁的玛丽亚跟随父亲威廉·伍德利(William Woodley)到达西印度群岛。他在安提瓜岛继承了一桩产业,也在背风群岛担任过总督。1790年,玛丽亚嫁给了一位圣基茨岛上有产业的鳏夫,两人在1792年回到了在苏格兰购置的土地上。①玛丽亚记下了飞鱼和发光的海洋("航行过燃烧着火焰的海洋"),记下了被海盗追逐的经历以及船撞上珊瑚礁的遭遇。小书的大部分内容采自于她的自然历史笔记,植物是"以林奈命名法为依据,按照字母顺序排列起来的"(要感谢苏格兰对于女性教育的重视)。

1795年,玛丽·安·帕克(Marry Ann Parker)的《乘坐战

---

① 生平细节引自格拉德斯通(Gladstone)的《玛丽亚·里德尔》(Maria Riddell)。

舰"戈尔工"号环游世界的航程》(*Voyage Round the World in the Gorgon Man of War*)出版了,"为了一个人口众多的家庭的利益"。她的丈夫约翰·帕克(John Parker)是"戈尔工"号的船长,奉命将一队新的士兵送往囚犯流放地新南威尔士,却不幸在返航的行程中死于黄热病。同船的还有吉德利·金(Gidley King)。他要返回新南威尔士,并成为恶名远扬的诺福克岛的新任总督。约翰要玛丽与他同行,玛丽只有两个星期时间回复并做好出行准备。到开普敦的航行颇为平静,但是,她总也适应不了船只的摇晃与颠簸,还有无法容忍的恶劣天气。玛丽详细描述了开普敦的社交生活。到达新南威尔士后,她注意到了被带来的囚犯经历的恶劣条件,"这些可怜的人下船后就大量地死去"。她的丈夫参观了当地医院,回来后满是义愤地对她说,那儿的人"只剩下骨头架子了",快死的人和死人躺在一起。只要一想到"如此可怕的人类悲剧"还要不停地重演,"当下运送这些可怜的人的做法还要继续",她说她丈夫就感到不寒而栗[①]。玛丽是为数不多会为原住民说好话的人之一。

他们途经合恩角返航,在此遇到了冰山和极冷的天气,他们只能在舱房里饮酒取暖。再次到达好望角的时候,他们接上了"潘多拉"号失事船的船长爱德华兹,与其一起返航。玛丽看到了爱德华兹身边有"犯人……是从杰克逊港逃

---

① 帕克,《乘坐战舰"戈尔工"号环游世界的航程》,第 72 页。

出的",但她并没有提到著名逃犯玛丽·布赖恩特(Mary Bryant)的名字,她曾是博斯韦尔的"从植物学湾来的女孩"①。她也没有提到爱德华兹船长还带了一些被严密看管的船员,他们来自"邦蒂"号。

最具浪漫色彩的女性乘客的故事是伊丽莎白·温(Elizabeth Wynne)讲述的。为了躲避拿破仑,她的父母带着她们姐妹和一大群仆从在欧洲四处搬迁。1796年6月在佛罗伦萨,为了躲开逼近的法国军队,他们一家再次逃开。在意大利的里窝那,他们登上了由托马斯·弗里曼特尔(Thomas Fremantle)船长指挥的"无常"号战舰。18岁的伊丽莎白很喜欢舰上的舒适,更对船长印象深刻。在日记中,伊丽莎白写道:"弗里曼特尔船长真是和蔼友善!他比我见到的任何一位男性都好。他并不好看,但是他的面容令人欣喜,他闪亮的黑眼睛令人着迷。"②显然,这种吸引是相互的。接下来的几个星期,弗里曼特尔船长在地中海海域执行任务,等候安置的一家人不断造访其他舰船,但两个人会时不时地见面。在意大利的厄尔巴岛(Elba)旁,弗里曼特尔小心地透露了自己的感情。在法国的土伦(Toulon)旁,他给了伊丽莎白一枚戒指。"我们离别的时候心都碎了。"她的父母希望她嫁给更富有的"不列颠尼亚"(Britannia)号的船长福利(Foley),但是,她还是在威廉爵士和汉密尔顿夫人的见证

---

① 休斯,《致命的海岸》(*The Fatal Shore*),第208页。
② 温,《温的日记》(*The Wynne Diaries*),第二卷,第98页。

下，和托马斯·弗里曼特尔在那不勒斯结婚了。伊丽莎白是一名出色的水手，婚后，她在船上陪伴着需要执行海军战斗任务的丈夫。

> 1797年4月30日，星期天，刮了一天逆风，晚上可能还要刮得更厉害。弗里曼特尔与纳尔逊海军上将一起上了岸。我晚上独自睡在舱房。这是我结婚后第一次一个人睡了一晚上，我不喜欢这样。
>
> 温，《温的日记》，第二卷，第176页

封锁加的斯（Cadiz）的时候，她就在那里；攻击特内里费（Tenerife）遭遇惨败的时候，她也在。这场战役令纳尔逊丢了一条胳膊；伊丽莎白的丈夫也受伤不轻，同样也是伤在了胳膊上。

玛丽·沃斯通克拉夫特的《短暂居住在瑞典、挪威和丹麦时写的信》（*Letters Written during a Short Residence in Sweden, Norway and Denmark*）（1796年）很难算是航海叙事。与海洋有关的篇章仅仅出现在第一封和第十一封信之中。但就质量而论，虽然她写得不多，但分量不比别的章节轻。在与不忠于感情的丈夫吉尔伯特·伊姆利（Gilbert Imlay）分手之后，她去旅行；并在两次尝试自杀的中间，写下了她的旅程。理查德·霍姆斯（Richard Holmes）在给企鹅经典版的精彩序言中，介绍了沃斯通克拉夫特非同寻常的旅行。她是为伊姆利踏上

第九章 乘 客

了去瑞典和挪威的航程。她想去寻找一艘船——那艘船上的银子是伊姆利从法国走私出来的——船在波罗的海沉没了。玛丽·沃斯通克拉夫特从没有在文中提及她的目的,也没有提到谁是收信人(其实是伊姆利),因为信是计划要出版的。缺乏语境的信件让她的开篇文字具有一种阴暗神秘的力量:

> 11 天疲倦地待在船上,一艘原本没有打算搭乘乘客的船,让我精疲力竭,更别说那些你早都熟悉了的其他原因了。我感到困难,但坚持要为你写出我看到的一切。我正目睹新的景色,它们给我带来的印象让我温暖。
>
> 沃斯通克拉夫特,《短暂居住在瑞典、挪威和丹麦时写的信》,第 1 页

船长没能把船开进阿伦达尔(Arendal)或哥德堡(Gothenburg)让乘客下船,他们只能在瑞典海岸边停船。不耐烦的玛丽请求水手用小船把她送到岸边,上了当地领航员的小船,由领航员帮助她上了路。我们看到,在第二页她有了伴,一位温顺的玛格丽特女士。但是,过了几页之后,我们却看到她爬上了悬崖,用中尉的望远镜眺望离去的船只。这时,我们才知道她还带着一个婴儿,"我的孩子",年幼的范尼·伊姆利。

信中尽是能量、独立与自足。评论来得突然而苛刻:"男

人以压迫女人来支撑尊严。"[1]正如她在广告之中不以为意地承认的，本书是颇为感性之作。第十一封信记载了乘坐小船在挪威海岸边的行程，可称为灾难性的。"这里荒芜的海岸，随着我们的旅程展开，让我不禁沉思起来。"她想到了"世界未来的进步"，随着未来世界上"住满了人，每个地方都必须有人住；是啊，即便是如此荒凉的海岸"。接着，她"想到了人类未来的场景，地球不堪重负了"。她变得"异常沮丧……这个意象挥之不去，世界就像一座巨大的监狱一般。我很快就会进入另一座小一点的监狱了，因为我叫不出这片岩石的名字"。马尔萨斯(Malthus)让位给了皮诺内西(Piranesi)。她写道，"有两百所房子挤在一起"像巴士底狱一样，关上了"所有理解的窗口，或扩展心灵的可能"。她感到自己被夹在了岩石"巨大无比的堡垒"和"无边的大海"之间，担心要在"无知的孤独"中度过余生；那些卑鄙的当地人，"永不闭嘴……抽烟、喝白兰地，不停地讨价还价"。当她乘坐一艘小船，爬上岩石后，听到有人吹起了圆号，她感到好多了，觉得自己到了"莎士比亚笔下的神奇岛屿"。但是，她回去"被关在温暖的房间里，只能看着岩石在沉睡的波涛上投下巨大的阴影"。她发现回到海格罗亚(Helgeroa)，自己才算"得到了一些解放"。[2]

---

[1] 沃斯通克拉夫特，《短暂居住在瑞典、挪威和丹麦时写的信》，第27页。
[2] 同上书，第132—141页。

第十章 自 传

　　我是家里最大的孩子，父亲很重视对我的教育，把我送到了舍伯恩的一所学校。学校是爱德华六世创建的，怀尔丁博士任校长。通过了惯常的拉丁文和希腊文学习之后，父亲把我送到曼恩希尔镇的詹姆斯·唐医生那里，当上了他的学徒。

　　这段话取自《"达灵顿·印第安人"号医生威廉·威尔士先生非同寻常的历险与困难的叙事》(*A Narrative of the very Extraordinary Adventures and Sufferings of Mr. William Wills, Late Surgeon on Board the Durrington Indiaman*)的开篇处。该书出版于1751年。有人或许会认为，18世纪的个人真实的航海叙事能够与虚构的故事一样好。不幸的是，这种看法是错的。绝大多数想写自传的海员都能写一个不错的开头，但接下来往往令人大失所望。起码这位威廉·威尔士先生不是例外。他的叙事啰唆冗长，充斥着他对一位马达加斯加岛女乘客的批评指责与自我辩护，还有和船长不断的争执。

　　笛福利用大量真实的航海叙事创造全然虚构的《鲁滨孙漂流记》和《辛格顿船长》，反讽的是，他创造的自传模式没有影响到想要写自传的英国水手。航海故事是航海者真正的文学成就,内容远超笛福 1725 年出版的《环游世界的新航行》(*A New Voyage Round the World*)。但就自传而言,虚构的作品要好得多。总体而言,真实的自传要晚得多。我要讨论的一些自传是作者晚年在 19 世纪写下的,回顾 18 世纪发生的事情。当然,与他的先行者相似,丹皮尔的航海故事中有大量的自传成分。他航海叙事的成功也依赖于如何处理其中个人出现的部分。①但在当时,水手的生活写作(life-story)还是一个并不发达的文类,前后存世的作品也以笨拙的材料堆积居多。就出版而言,很难说是当时缺乏供给,还是缺乏需要,或许两种情况都存在,起码出版商并没有来争夺出版权。约翰·克里默(John Cremer)、塞缪尔·凯利(Samuel Kelly)和雅各布·内格尔(Jacob Nagle)的书均是在 20 世纪才出版的。

纳撒尼尔·尤灵生平叙事的开始写得不错。

> 我出生在诺福克郡的沃辛汉姆,我父母在这里开店。我父亲在 25 岁之前以海为生,结婚之后在沃辛汉姆定居下来。14 岁之前我一直在家,常常听到父亲高兴地讲起他当年在全世界旅行的故事,让我非常向往。尽管有人提起,说该送我到伦敦去学手

---

① 亚当斯(P. G. Adams)讨论过第一人称旅行叙事在真实或虚构自传之中的作用,参看他《旅行文学与小说的演化》(*Travel Literature and the Evolution of the Novel*)一书中"叙事人"一章。

第十章 自 传

艺，最终我还是想出海。我去了伦敦一位亲戚家。他在和海外做生意，在好几艘船上都有股份。

尤灵，《纳撒尼尔·尤灵船长航行与旅行的历史》，第 1 页

接下来，尤灵的历史就不比别人的好了。但是，他的叙事依然重要，原因在于，其一，他的叙事时间较早；其二，他的叙事正式出版了；其三，他的叙事可能是以笛福等人的虚构的生活叙事为反对目标写成的。《纳撒尼尔·尤灵船长航行与旅行的历史》(A History of the Voyages and Travels of Capt. Nathaniel Uring)（简称《航行与旅行的历史》）出版于 1726 年；1727 年又出了第二版。其对读者的广告中写道，"近年来，有身份不明的人出版了许多航海与旅行叙事，其中有许多错误和编造，尽是些虚假的故事，目的只是为了欺骗世人，获得金钱。"（《鲁滨孙漂流记》出版于 1719 年，自称是"本人所作"；《辛格顿船长》出版于 1720 年。）这本《航行与旅行的历史》是尤灵 45 岁时出版的，是他第二次的出版尝试。他的第一部叙事是前一年出版的，书中记载了他在当代理总督时的不幸经历，那时他在向风群岛上的圣卢西亚任职，后来岛屿被迫割让给了法国人。《航行与旅行的历史》充满了他对自己早期海上生活的回忆，充满了各种各样的细节，但在事件的重要性和趣味性上缺乏选择。书中有很多有价值的材料，比如第八章讨论过的关于奴隶船的记述，但必须从一

大堆材料中挑选出来。

是否可靠而符合现实一直是水手自传中的问题。读者对可靠性没有太高的期待，读者也常常带着同情而怀疑的态度去读水手的自传。出于比如需要让人印象深刻，需要让别人觉得自己好以及记忆力并不可靠等原因，真相往往会在压力下变形。读者会读到有意的歪曲，但也会发现关于真假对错的判断并非完全不可靠。弗朗西斯·伯格（Francis Bergh）的作品读起来会让人觉得很诚实，但是，我对他和他的狗尼格罗在被抛弃到孤岛之后生活了270天的记叙深表怀疑。约翰·丹恩（John Dann）细心编辑雅各布·内格尔的回忆可以看成一个绝佳的范例，能说明作者长时间的海上生活之后多少会有混淆与疏漏。

作者身份的真实性（authenticity）又是另外一回事。就我看来，本章讨论的几部自传均非欺诈（hoaxes）之作，但是，会牵涉诸如捉刀代笔与编辑干预的问题。尽管我们相信眼前作品基本上就是弗朗西斯·伯格、约翰·罗奇（John Roach）和威廉·斯帕文斯（William Spavens）自己写的，但是，也很难想象他们这样在桅杆前劳作的水手，会在没有任何人帮助的情况下出版自己的回忆录。约翰·罗奇的第三版比前两版问世要晚得多，是被有同情心的热心人改写过了，其中的增删清晰可辨。伯格的回忆录原本连载于1851年的《家长里短》（Household Words）杂志上，"我们向读者展现的是一位老人自己的手笔。我们或许会删掉个别段落，或许会改正一下他的拼写，但我们不会干预他在叙事中展现的朴实真相"[①]。缺失的段落可以从出版的书中找到（格斯珀特，1852年）。但是，这个版本中也有一些小心的修正，原因是有银行家宣称，杂志连载诋毁了他的名誉。

约翰·尼科尔的《生平与冒险》(*Life and Adventures*)出版于1822年。前言之中，作者向公众解释了"为什么一个不识字的67岁老人，会坐下来讲述自己的生平故事"。在本书的后记中，编辑约翰·豪厄尔(John Howell)写道，遇到这位虚弱、贫困与年迈的水手后，"我决定把他的故事记下来，要采取他亲口讲述，我尽力以他的说法来记录的方式完成"。约翰·克里默的自传《浪游的杰克》(*Ramblin' Jack*)首次出版于1936年。他的手稿是由家人提供的，其中有些说法坦率的地方被撕掉了许多页。塞缪尔·凯利也是在20世纪出版的。他的手稿原先由私人收藏，也被从原来的30万字减少到了10万字。我没有看过原稿，无法判断如此编辑还能多大程度上保留原稿的风貌。

乔治·沃克(George Walker)出版于1760年的《航行与巡游》(*Voyages and Cruises*)，尽管真实性毋庸置疑，但提出了一个很有意思的作者身份问题。沃克是在詹金斯耳朵之战（1740—1748年）中著名的私掠船船长。本书有他私掠职业的大量信息，比如，船员、船长和商人拥有船只与装备，如何

[①] 伯格，《一位水手的生平故事》(*The Story of a Sailor's Life*)，第211页。

得到政府的许可打击敌国，如何在战争中劫取对方财物。因为战争的结束和雇主的不法行为，沃克破产了，在债务监狱里待了4年。本书的目的是帮助沃克东山再起，再次成为贸易船船长。

在介绍部分（1929年重印本中被莫名其妙地删掉了），作者自称是"以下内容的编撰者"，称其"非常荣幸，能够参与了他（乔治·沃克船长）几乎所有的航行"。沃克待在监狱里的时候，作者曾多次要求沃克船长同意出版，但总听到沃克船长回答说，"耐心点，我的朋友，公众还没有准备好听我的故事"。但是，沃克最终让步了，"我必须承认，把本书初稿交给他细读之后，他并不满意。他从头到尾做了将近1/3的严格修改"。书中的许多事件都是"我本人亲眼所见，是我本人记录下来的"，即便不在场，也会仔细从在场的人那里收集情况。

以下是这位编撰者的叙事风格：

我们接着便靠近了，看到他们的都是战舰，我们这一方已经做好了战斗准备。可是，我相信船上的人还不想动手，还待在船尾。沃克先生或许是注意到了手下军官的犹豫，他们在等他的命令，他便走向我们，说了如下一番话，"绅士们，我希望……"

沃克，《航行与巡游》，第一卷，第125页

第十章 自　传

　　叙事人像影子一样，我们不知道他在船上到底是什么职位。讲到船上发生了一起有军官参与的哗变时，读者会非常困惑，不知道叙事人到底站在哪一边。直到后来，叙事人才这样说起，"我因病滞留在达特茅斯了。这是我唯一一次没有随沃克船长出行的航程"。①

　　"我的意图是写出我朋友的性格。"②当然，他笔下朋友的性格是毫无疑问的好。整本书如同圣徒行传一般，充满对沃克的赞美之辞。在开篇部分，我们知道了"他总能让雇主、军官和手下人非常满意"，接着，我们会听到"无论在怎样的情况下，他都有冷静的性格和清晰的头脑"。在这些赞誉之间，我们还会读到"我有好几条理由，在看到沃克船长和他的囚犯展现礼貌和慷慨的时刻，都保持了沉默"。最后是"我知道沃克先生要准备和我吵架了，要是我再敢多赞美他一句的话"。③

　　如果我们认为本书的作者是乔治·沃克本人，那么，这位秘密的分享者和编撰者，就是沃克虚构出来的。刚才那句话就有了几分幽默的色彩，编撰者称病而没有参与航行的说辞，是为了增加可信性编造的有趣借口。但是，在我看来，这份幽默感与狡黠并不能归之于沃克，也不能归之于他身边的某个人。编辑者更像是沃克雇来的某位格拉布街的合作者。

----

①　沃克，《航行与巡游》，第一卷，第 239 页。
②　同上书，第二卷，第 88—89 页。
③　同上书，第一卷，第 135—136 页。

沃克一定认为，找个职业写手书写自己的回忆录，不仅能把故事讲得更好，也能从旁观者的角度把自己需要的形象建立起来。因此，他的合作者也把他当成了舱室墙上的苍蝇。但是，他很聪明，并不出现在所有的墙上。

> 沃克先生上了"博斯卡温"号，与船长秘密会谈，他从没公开指责过船长的言行。没人知道协商的结果，但是，我们很快清楚了，协商没什么效果。
>
> 沃克，《航行与巡游》，第一卷，第54-55页

在介绍部分，叙事人提及他曾经"有时从主题上偏离"，担心"有些严肃的读者"会觉得"他离题太远，写得像罗曼司了"。叙事人可能指的是两个例子，他用了当时小说家的方式讲述了两个相逢的故事。有一个特别的章节题为"某某女士的故事"，讲述船上救起了一位法国女士。她的船来自马提尼克岛，不幸沉没了。她与丈夫结婚还不到一年，丈夫死在了马尔博罗（Marlburian）的战争中。这位女士流了产，身边没有小孩。但是，叙事中却出现了一位神秘女性。这位神秘女性携带的婴儿长相酷似法国女士的丈夫，神秘女性也自称婴儿的父亲就是法国女士的丈夫……讲到这里，故事还是不错的。但是，读者很快会发现，故事既没有现实基础，也不知该往何处发展。比这个好一点的是"西班牙绅士的故事"，颇有浪漫色彩，一个邪恶的看守骗取了受害人的财富，但是，

第十章 自 传

看守的女儿却爱上了受害人。这两个故事读起来像虚构的一样。但是，我认为这其实都是源自沃克丰富的生活经历，再加上帮他写作的人的添枝加叶，就有了小说的样子。虚构的旅行故事努力想装扮成真实的事，真实发生过的事又像是虚构的，真是怪异。

　　沃克的生平故事满是自我夸耀，充满虚荣。"雷德"(*Red*)号上的海军少将，神圣罗马帝国男爵爵位继承人杰弗里·雷格斯菲尔德(Jeffrey Raigersfeld)的故事也是一样。他的自传曾在19世纪30年代私下印制过，1929年又有重印。在自传之中，雷格斯菲尔德不断赞扬自我的行为与头脑。如此高昂的自尊，实在不多见。其他作者笔下的自己，往往既不成功，也不幸福。比如，塞缪尔·凯利(Samuel Kelly)是在1778年14岁时第一次出的海。他写道，"从这时起，我生活的不幸开始了"。[1]尽管他后来成了船长，但看上去总是阴郁、孤独与不够虔诚，很难令船员们效忠。这篇他30出头时写下的长篇叙事，价值便在于它的尖锐。凯利写下了少年时的种种不幸。他像一条总会失败的狗一般，在前桅杆值守时会在波涛汹涌的大海上晕船，会被船上的老鼠困扰，会背着木头光着脚从沼泽地中穿过而被芦苇划伤了脚，会在北大西洋航程中用化脓的手拉着绳索，而疼痛也越来越难忍，等等。受他的恩惠，我们才能看到船只被闪电击中的样子。

---

[1] 凯利，《塞缪尔·凯利》(*Samuel Kelly*)，第19页。

我清醒后，看到周围的人姿态各异，一个接一个开口讲话，就像刚刚从梦中醒来一样。船上有一股浓重的硫黄味，我的耳朵里像有铃声一般，响了一夜。

凯利，《塞缪尔·凯利》，第 116–117 页

约翰·克里默（John Cremer）又称"浪游的杰克"。他在 68 岁时写下了自己的生平，其中充满不幸，尽管还没有凯利那样抑郁，"我要是不那么毫无头脑、无所顾忌的话，我可能会有一个幸福的晚年。但是，一直以来，我浪迹天涯，生活不幸"。[①]他的故事讲到 25 岁为止。他还在婴儿的时候，被一位姑姑收养。按照他自己的话来说，他长成了一个粗野、顽劣、难以驾驭的孩子。后来，他被一位在海军当尉官的叔叔挑中，带到了海上，算是替家里解决了一个难题。"我们家里有四个男孩，他挑中了我，因为我是最调皮的，也是最活跃的。"他最初进入"木船的世界"（他自己的说法）的过程惊心动魄；之后，他开始了充满不幸与惊险的生活。要是他能很好地驾驭材料，这部分完全可以写成一部好看的流浪汉小说。可以原谅的是，他自己想当然地拼写，但是，他也确实缺乏讲故事的才华。他的叙事有质朴的材料，但要是想写好，还需要非常有经验的编辑帮助，才能让其拥有更可读的

---

① 克里默，《浪游的水手：约翰·克里默的日志》，第 39 页。

样子。

弗朗西斯·伯格(Francis Bergh)与克里默一样，都没有怎么上过学，也都经受过很多的不幸。与克里默不一样的是，伯格从没能当上指挥官。他整个回忆的精神和风格，都和克里默的迥然不同。面对灾难和不公的时刻，他的叙事之中有一种平静的语调和哲学般谦恭的态度，特别值得一提。他能够从种种危险中生存下来，他便有了资格，可以以"上帝给了我太多的怜悯"来开始讲述。在逆境之中，他总是喜欢用"谋事在人，成事在天"的说法，全然不顾这句话可能隐含的别的意思。

18 世纪的航海叙事产生了目前为止最有趣的自传材料。这个判断也适用于凯利和克里默。海员的生活既被来自长官和船长的暴力控制，也被来自自然和战争的暴力控制。惩罚总是过度的，而且很多并不必要，却是海员记忆之中重复出现的主题。在这个问题上，海军少将雷格斯菲尔德的看法显得颇为特别。他还是海军中的实习生时，有一次"我们四个人被一个个地绑在大炮后面，用九尾鞭打了屁股"。刚开始，他还为遭到鞭打愤愤不平，后来，他却认识到"科林伍德船长这样做，既是对我，也是对国家尽了职"。[①]但是，就被强征入伍的伯格和雅各布·内格尔而言，如此野蛮的海军纪律让他们震惊不已。内格尔写道："我实在是无法描述军舰上

---

① 雷格斯菲尔德，《一位海军军官的生活》，第 36 页。

的残酷,但是,我还是尽量简短地描述一下……不把人打倒在地、不进行鞭打就无法履行职责。"(等等)[1]伯格是被强拉上"出色"(Brilliant)号军舰的。

> 第一晚,在收帆的时候,我看见有7个人因为不够聪明遭到鞭打。我从没看到过鞭打,我真希望能回到我的小船上去……"出色"号上对人很野蛮……要启程了,一整天都有人被鞭打。
>
> 伯格,《一位海员的生活》,第214页

威廉·斯帕文斯也有类似的故事。他也是被强征入伍,上了卡明斯(Cummings)任船长的"布兰德福德"(Blandford)号,并受到了粗暴对待。但是,他的故事却有一个非同寻常的结尾,卡明斯船长因为粗暴行为以及其他罪行上了军事法庭,最终被开除了。另外值得一提的是,内格尔颇为赞许地记下了阿瑟·菲利普制止滥用暴力的决心。阿瑟是1787年到达植物学湾的第一舰队的指挥官,他曾对"天狼星"(Sirius)号上的军官说:"如果有人胆敢在他的船上打人,他会立即将他停职。"[2]

约翰·尼科尔和塞缪尔·凯利均目睹了舰队中可怕的鞭打仪式。尼科尔称为"可怕的一幕"。凯利写道:"最残酷的

---

[1] 内格尔,《内格尔日志》,第58页。
[2] 同上书,第85页。

惩罚……我听说其中有一个人当天就死了。"①在豪厄尔的帮助下，尼科尔生动地记下了肯尼迪的故事。肯尼迪是一艘被俘获的波士顿"贾森"号上的船员，是"一个聪明的小伙子，礼貌周全……离家不久"。他与船上的军医成为好友，"他们常常在一起读书、聊天"。肯尼迪奉命看管这艘船上的储藏酒的舱室，却让船员偷拿了酒喝。肯尼迪被送上了军事法庭，被判绞刑。军医为他请愿，被驳回了。

> 他被带到了行刑的地方，绳索套上了脖子，火绳点燃，神父来到身旁。我们都来到甲板上，看他在死亡的烟火中到了横桅杆下。大家等待命令开炮的一刻，将军决定赦免他了。他又被抬到甲板上，已经不像活人，而像一具尸体了。他几乎无法走路，似乎对船上的一切都不再熟悉，好像自己已经不知道生死一般。这种状态持续了一段时间，他几乎不和任何人说话。后来他自由了，不再承担任何责任，和船上的乘客一样。
>
> 尼科尔，《生平和冒险》，第 31 页

本章讨论的许多作者都曾生活在被强征入伍的阴影之

---

① 尼科尔，《生平和冒险》，第 35 页；凯利，《塞缪尔·凯利》，第 27 页。

中。①能够想到,雷格斯菲尔德会支持强征入伍的做法,"尽管强征入伍的做法不受人欢迎,但事情的迫切性要求这样做……所有在海上谋生的人,从他们踏入这行的那天起,就受到这种必要法则的管辖……还没有出现能在紧急状态下装备国家船只的更好方法"。②雷格斯菲尔德采用的是当时流行的辩护方式,也是后来历史学家的看法:不列颠之所以能够在与法国的百年帝国争斗中胜出,是因为有船只和驾驭船只的人员;志愿者的人数不够,征兵制度也有许多问题;强征入伍的做法虽然不幸,却实属必需。这种制度的不公之处,正如琳达·科利(Linda Colley)指出的,被夸张成了"强征入伍者身上笼罩的黑色传说"③。但是,有必要近距离地听一听那些非志愿者的声音,他们对于构建帝国不可或缺。

正如上文提到的,弗朗西斯·伯格便是被强征入伍的。1798年,他趁着在特内里费(Tenerife)战事正酣之际跳船逃走,上了一艘美国的双桅帆船。后来,他意识到自己所在的驶向汉堡港的船只会停靠伦敦,自己有可能被再次强征入伍,"我曾经在英国军舰上待过,对此无比恐惧"。他便在根西岛(Guernsey)上了岸,上了一艘私掠船。接下来的几个月,这艘私掠船不仅给他提供了保护,还给了他350英镑的工资

---

① 在 N. A. M. 罗杰的《木船的世界》(*The Wooden World*)第五章有对强征入伍运作方式的详细讨论,在 J. C. 丹恩编辑的《内格尔日志》第七章中也有简要介绍。
② 雷格斯菲尔德,《一位海军军官的生活》,第 39–40 页。
③ 科利,《不列颠人》,第 65 页。

第十章 自　传

和劫掠来的赏钱。有了这笔钱，他离开了海洋，结了婚，在泰晤士河皮克赫灵阶梯(Pickle Herring Stairs)附近的葡萄园买了房子，开了一间商店，他的妻子看店，他自己到船坞工作。不幸的是，他妻子的继母"酗酒成性"，总是找他们要钱。在一次争执之中，她还打了他的妻子，被他赶离了他们家。于是，这位继母找到了负责强征入伍的军官，告发了伯格曾经当过水手的经历。

当晚十点半左右，我正要关上商店的门，强征入伍的人来了，抓住了我……我跟他们扭打起来，打倒了先进入房间的两个人，但是我寡不敌众，被他们强行拉到了停在皮克赫灵的小船上。从那里，我被带到了停泊在塔夫西尔旁的"努力"号上，我的双脚被锁上了铁链，双手被反绑在身后。我躺在那里，直到天亮。

他被送上了其他船只，船只绕过了斯皮特黑德(Spithead)。

现在我有些恢复了，你能够想到我的感觉是绝对不会好的。让我感到最难过的是，我知道我妻子已经怀孕7个月了。

他试着给朋友，也是他的房东布兰德先生写了一封信，想让他从银行那里取出些钱来，找两个人来替代他。他又被转到了驶向东印度的"阿尔比恩"（Albion）号上。船出发了，他还没有收到回音。

> 我心情沉重地离开了英国，没有收到朋友的消息。我常常想到，是不是我的信没有送出去。我难过极了，放纵自己参与赌博、酗酒、谩骂、诅咒，也给我自己带来了不少麻烦。

四年半之后，他回到伦敦，才听说就在他被抓走的当天，他的妻子听到了消息，因为惊吓早产而死了。[①]

约翰·罗奇在1783—1784年间出版了两版自己的叙事。他在中美洲被俘了13年，腿已经瘸了。在两版之中，他都没有提及自己曾被英国海军强征入伍以及之后逃跑的事。14年之后，他已经62岁了，也已经安全了，他的朋友帮他出版了第三版的叙事，其中才有这段信息。"服务皇帝陛下的任务颇不适合罗奇。带着被强征入伍的人常有的感情，他紧张地考虑该如何逃跑。"正如罗奇一样，尼科尔也生活在被再次强征入伍的恐惧中。他也写了许多应对的办法和策略，虽然不能总是成功。1801年，尼科尔离开了海洋，像伯格一样结了婚，在女王船坞当上了箍桶匠。他的前景不错，"我一生中

[①] 伯格，《一位水手的生平故事》，第215-216页，第227页。

从没有这样幸福过"。但是,"战争再次爆发,强征入伍的人来抓我了,我没法再待在爱丁堡。我的妻子就像疯了一样,让我卖掉了所有干活的家当和大部分家具,搬到了乡下。尽管我躲到了乡下,也不敢睡在自己的房子里,有好几次他们都来抓我。"①

威廉·斯帕文斯,本身就是被强征入伍的,也与其他许多人一样,成了负责强征入伍者中的一员。有一次,他在利物浦搞突袭,抓住了一个船上的船员,却被愤怒的市民攻击,被人用石头砸了。他自己逃跑过,有几次差点被抓回去。有一次,他发现自己和海军尉官同乘了一辆马车。还有一次,在伦敦的一家书店里,他看到了自己船上的海军少尉正站在他身旁,"以前他没有见到过我穿长衣的样子,我认为他看不出是我……过了几天,我在东史密斯菲尔德街又看到了他,身后跟着一帮负责强征入伍的队员"。②

就海员的岸上生活而言,雅各布·内格尔提供了大量信息。他的叙事色彩丰富,篇幅冗长,内容庞杂,似乎暗示作者是一位具有不凡勇气、智慧、能力与尊严的人,其中没有多少刻意压制的谦虚。写到岸上行为,内格尔的叙事有一种自然的骄傲。第一次到英格兰,内格尔去了伦敦,"正如水手们常说的,'要看看大钟长得什么样'"。在一所妓院里,年轻的加拿大伙伴的钱和他自己的手表被妓女偷走了。内格

---

① 尼科尔,《生平与冒险》,第200页。
② 斯帕文斯,《海员的叙事》,第69页。

尔讲了自己是如何把钱拿回来的。再一次到伦敦，他的另一位朋友被人偷了，内格尔写了很长一段，讲述了小酒馆、妓院和妓女的详情，讲述了自己如何把钱拿回来。年轻的妓女莉迪被吓坏了，"几乎晕倒"，因为内格尔假装是带着巡警一起来的。但是，她发现内格尔没有打算把她送到警察局后，又很感激。"她说我是她遇到的最好的朋友，她说我把她从绞刑架或流放中救了出来。"后来，两人共度了一晚，走的时候，内格尔发现缝有35个基尼的腰带不见了，"我想，莉迪虽然知道我知情，还是对我下手了"。但是，腰带在铺盖间找到了。"她问我是否误会了她，我说得等我回来之后才知道。她哭了。我安慰了她。我给她两个基尼，她不要，我让她拿了。"①

内格尔最后一个有关妓女的故事讲得颇为动情。他在一间酒吧碰到了一个女孩，应该还不到13岁。他跟她回了家，看到了她寡居的妈妈。她的妈妈告诉内格尔，女儿不得不干这个，家里只能靠女儿的收入生活。内格尔给她们买了晚餐，跟女孩子上了床。"她脱掉了外衣，里面的内衣就是破布片。"早上，内格尔给了女孩半个基尼，又给了她妈妈一个基尼。"跟她们说了早上好。我觉得我这一生，从来没有像这次一样，为自己的灵魂做了一件这么好的事。"②

约翰·尼科尔讲述的感情故事颇为不同。尼科尔曾跟随

---

① 内格尔，《内格尔日志》，第71-72页，第154-157页，第160页。
② 同上书，第185-186页。

第二舰队(Second Fleet)向植物学湾运送过女囚犯。他和"朱莉安娜女士"(*Lady Juliana*)号上的萨拉·惠特拉姆(Sarah Whitlam)有过一段颇为动人的浪漫关系。

我们到了海上之后,每个人都从女囚中找了个妻子,都不是勉强的。我在这时和其他人一样坏,和我在一起的女孩名叫萨拉·惠特拉姆。她原来住在林肯郡,是世界上最温和与善良的人。我用一个多星期向她求爱。如果船上有牧师的话,我想当时就和她结婚。她是因为借了一位熟人的斗篷而被流放的。她的朋友指控她偷了斗篷,她要被流放7年。自从在我的砧板上打开她铁链上的铆钉之后,我的心里就都是她了。我下定决心,要在她刑满之后,把她作为合法妻子带回英格兰。在旅程中,她给我生了一个儿子。她现在怎样了,人是死是活,我不知道。我不知道是不是我的错,我的叙事将会说明。

尼科尔,《生平和冒险》,第 119–120 页

的确,后来他花了多年时间登上能找到萨拉的船。有人告诉他,不知是真是假,萨拉离开了殖民地,去了孟买。

我们在谈水手的感情生活,正好可以提到位处社会阶梯

另一端的另一位作者，奥古斯塔斯·赫维（Augustus Hervey，1724—1779年），后来成了布里斯托尔（Bristol）的第三位伯爵。他的手稿在1953年以日志形式出版了。日志具有自传的框架，时间是1746—1759年，两头是战争，中间夹着一段和平时期。赫维对船上的生活并不关注，仅有一次提到了船员，是因为他在抱怨，他用肿胀疼痛的手打了他的膳食员。他真正关心的是舰队的表现，还有他在性方面的不断征服。就后者而言，无论是在里斯本，还是在任何一座可以停靠的地中海港口，都有无穷无尽的冒险经历，或是与他接近的歌剧歌手，或是对他不忠的太太们，或是他勾引的女伯爵，或是耽搁了他行程的公爵夫人，或是让他得了手的女孩子。他常常让情人到船上来。他的欲望实在令人叹为观止。至于舰队的表现，他滔滔不绝地谴责了内阁、海军部（特别是安森）和霍克爵士，又滔滔不绝地替约翰·宾将军（Admiral John Byng）辩护，认为宾将军没能为米诺卡岛解围不是他的错，为此上了法庭更不公平。赫维对于宾将军的义愤和忠诚，比书中其他部分更有意思。

我挑选了一部自传叙事来仔细阅读。作者是来自怀特黑文（Whitehaven）的约翰·罗奇（John Roach）。他的叙事几乎不为人知，出版的历史很有意思，故事非同寻常，以独特的语言写成。

在1783年年末或1784年年初的时候，怀特黑文的印刷商弗朗西斯·布里斯科（Francis Briscoe）以一本64页的书的

第十章 自 传

形式出版了罗奇的叙事。该叙事只有三本存世,一本在剑桥大学三一学院,一本在卡莱尔公共图书馆,还有一本在美国。书名页是这样的:

> 一位来自怀特黑文的水手约翰·罗奇的令人惊奇的冒险。内容包括他在南美洲被野蛮的美洲原住民长期扣留时遭受的野蛮与残忍的对待,还有被西班牙人强征入伍的真实经历。同时,还有他是如何被神意奇迹般地帮助与解救,在13年身处残忍的敌人中间后,终于回到家乡。怀特黑文:由F. 布里斯科印刷;由作者售卖,价格:6便士。

罗奇只有35岁,遭受的一切已让他半身不遂。有一段时间,卖书是他唯一的生活来源。1784年年初,布里斯科又出了第二版。罗奇给自己贫乏的生活故事增加了不少内容,也做了一些有意思的删减。叙事从1.3万字增加到了2万字。这一版的封面上有一个声明,说本书作者已经尽力改进了他的叙事,还对"因以往记忆不充分之处"做了修改;接着,上面写道,"第一本书……没能让他超越自己故乡的边界",作者希望扩充之后的第二版能够销售到"王国其他遥远的地区"。然后是一个严肃的声明,"约翰·罗奇,被他受到的伤害所警告"。因为本书的出版,是"他目前唯一的生活来源,将会利用不列颠法律的保护"来对付"未经他许可印刷与售卖同样的书的人"。尽管有这样的警告，此书还是在1785年的利物浦以及1788年的邓弗里斯（Dumfries）和格拉斯哥被人盗版和售卖。

在怀特黑文公共图书馆，有一本晚些时候的作者授权版，出版时间是1810年。印刷者是沃金顿（Workington）的埃德蒙·鲍内斯（Edmund Bowness）。①这一版的出版情况在书中有介绍，大致如下：大约在1768年，约翰·罗奇最后一次离开怀特黑文前，他与简·麦卡伦（Jane McCullen）订了婚。她在他回来的时候还没有结婚，现在成了他的妻子。有两年的时间，这对夫妻四处旅行卖书，并且"频繁收到了仁慈和善良的人的捐款"。他们也做起了生意，为怀特黑文的造船厂和修船厂拣选麻絮，最终还雇了四五名女工。罗奇还会抽空到各地展览在圣比斯角抓到的一条怪鱼——此鱼4英尺（约1.2米）长，有两条腿，有脚，甚至"还有雄性的睾丸和阴茎"。

罗奇的妻子死于1808年。麻絮生意失败了，60岁的约翰·罗奇又陷入了困境。沃金顿有两个兄弟，威廉·格拉德斯和亨利·格拉德斯，在两所不同的学校教书，对罗奇产生了兴趣。两人帮助罗奇准备了一个全新版本的自传，希望借此帮助他渡过难关。前言中写道，出版本书是"为了减轻一个不幸的人的痛苦……这个不幸的人的最后安慰，就是希望让众人知道他的苦难，能够从他人那里得到恰当的同情"。

---

① 这一部分的知识我要感谢哈里·范西（Harry Fancy）先生，怀特黑文博物馆的馆长。他还给我了一本载有罗奇死讯的书。

第十章 自传

书上有29位帮助出书的订购者的名字,有银行家、制帆工人、印刷商、造船工人、铁匠、裁缝、造纸商、园丁等。大多数人都出了一个基尼,这一版书与以往的一样,印刷粗糙,纸质拙劣。

尽管是匿名,编辑一定是格拉德斯兄弟。他们说"这一版增加了大量内容,改写了一些令人不快的内容,删去了一些内容"。为了清晰,"全书重新写过",但"所有事实均源自罗奇的记忆。他的记忆、悟性和自我坚持令人惊讶,保证了讲述的真实"。我们在奴隶叙事的章节中见识过了,在两位头脑自由的编辑影响下,叙事的语调会有怎样的变化。本书的销售或许能让罗奇的日子好过一阵子,但最终没法把罗奇从沃金顿的济贫院中救出来。1819年,71岁的罗奇死在济贫院中。《怀特黑文报》上有一条他的简短讣告。

从三个不同版本的罗奇自传中,我们可以看到叙事的扩展与缩减。

1748年,罗奇生于怀特黑文。罗奇的父亲是一名水手,尽管在他11岁时溺水身亡了,但罗奇还是当上了水手。罗奇曾在14岁时遭遇过船难。罗奇曾在从怀特黑文往都柏林运煤的船上干活,还曾到过圣彼得堡。有一次,从沃金顿到科克的航行中,罗奇被强征入伍的人抓到了,送到了一条有64门炮的军舰。这是叙事中第一次大的变化。前两个版本中没有出现他曾在海军中的经历。在格拉德斯兄弟的版本中,他在朴次茅斯跳船逃跑了。他是付了一笔保证金并承诺返回后,

345

才被允许上岸的。他去了布里斯托尔，上了自己能找到的第一条船。在第一个版本中，他只是简单提及了自己从科克到达了布里斯托尔。在第二个版本中，"我冒险到了布里斯托尔"。

罗奇在1769年7月到达的布里斯托尔。他上的是一艘名为"简"号的贩奴船，船长是克拉克。在格拉德斯兄弟的版本中，原本含糊不清的记录被扩写了，加上了对克拉克船长的邪恶的描写和道德批评。罗奇在牙买加离开了"简"号，还在加勒比地区换了好几条商船。比如，他在去洪都拉斯运洋苏木和红木的船上都干过。不同版本的叙事中，船名和船长的名字相互矛盾，但很清楚，有些船长的名声实在不怎么样。最后一位船长最糟糕，这个流氓在达连(Darien)装了牛，没付钱就把船开走了。罗奇与一群奴隶或曾经的奴隶上岸伐木。他们都是这些商船上常见的船员。看上去他们是在哥斯达黎加的岸边，巴拿马的西边。突然，他们受到了美洲原住民的攻击，奴隶们要比罗奇跑得快，上了小船逃走了。

俘虏了罗奇的美洲原住民四处游荡，会有规律地从一地到另一地。美洲原住民发现他不会用弓箭后，就把他当成了驮东西的牲口。罗奇写了很多受苦的经历，比如受到痢疾和虱子的折磨、腿脚酸痛以及被女人虐待。罗奇很喜欢用形容词，从一个版本到另一个版本之间，词汇的变化也很大。"这些移动的一队人"在第二版中变成了"这些异端的一队人"；"野蛮的面容"在第二版中不见了，取而代之的是"可怕的眼睛"和"可怕的野人"。这些说法在第三版中有所克制，保留下来的说法是"野性难以驾驭的蛮族"。比名称更有价值的是,他对于俘虏他的人的习惯的描写,第二版中扩写了这部分内容。罗奇称呼这个部族为 Woolaways,即现在常被称的乌拉维人(the Uluas)。罗奇描写了他们如何用木板将婴儿的头夹平,如何决定狩猎场的仪式,文身的方法(他自己也文了身),陶器、制造弓的过程以及他们始终伴随左右的恐惧。他们担心被米斯基托人突袭,卖到牙买加的奴隶市场上。

看上去罗奇并不是什么残酷行为的受害者,但他还是想逃走。10个月之后,机会来了。趁着猎人们用车前草酒庆祝捕猎成功的一刻,罗奇逃跑了。"银色月神用照亮大地的月光给了我很大的好处"(这个说法对他来说有点过于文绉绉了,在第二版之中,改成了"一轮满月用照亮大地的月光给了我很大的好处")。跑了几天后,他很惊讶,竟然看到了一匹配着鞍的马,他称为苏格兰烈马。他骑上马,但马却驾驭了他,一直把他带到一处属于另一个美洲原住民部落的营地。他又成了俘虏。他的运气太差了,碰到的是这个部落唯一的一匹马。这匹马还是属于酋长的。罗奇把这些俘虏他的人称为巴克若人(the Buckeraws)。我认为这些人应该是布鲁卡卡人(Burucaca),人类学家对他们还知之甚少①。

到了第二版中,因为身上的文身、油彩、黑色的长发以及皮肤久未清洁之后的黝黑,罗奇被俘虏他的人当成了来自

---

① 参阅多利斯·斯通,"中美洲较低处的原住民综述",载于《中美洲原住民手册》,R. 沃乔普编辑,第四卷(得克萨斯,奥斯丁,1966年),第 210 页。

不同部落的美洲原住民，受到了不错的对待。但是，一场暴雨之后，油彩与污渍脱落，俘虏他的人认出了他的白皮肤，又把他当成了驮东西的牲口，遭受了各种虐待。我对这段表示怀疑，看上去像是编造的。但是，格拉德斯兄弟把这段收录了进来，由于美洲原住民表现出来的种族主义让他们觉得不安，他们又加了一段话，"对美洲的劫掠行为造成了美洲原住民对白人的憎恶"。从罗奇的讲述可以看出，他其实没有受到多么严重的虐待。再次，他写下了看到的各种风俗习惯，记录下了一次盛大的庆典，看上去像是一次通过仪式。

"10个月被俘的时间里，其他人都躺在翠绿的草地上。"罗奇还想着逃走，他尽力想与那匹马交上朋友（罗奇总是用"翠绿"形容草地。他试着有一些词汇变化，比如在第二版中，他说酋长把他们从"草床"上叫起来）。他再一次逃跑了，不幸的是，这一次的逃跑又失败了，他又被另一个美洲原住民部落抓住了。罗奇把抓住他的美洲原住民称为"阿森瓦斯人"（the Assenwasses），而我无法确认到底是什么人。这些美洲原住民耕种土地，也与西班牙人做生意。罗奇又一次逃跑了，总算在三年后逃出了森林。看到了一条道路之后，他又惊又喜。这条道路通向一所房屋。房屋里住着一位穿欧洲服装的美洲原住民。这个美洲原住民的面貌毫无疑问是乌拉维（Woolaway）原住民的。他先用西班牙语，再用英语与罗奇交谈。他跟罗奇说，自己还是孩子的时候，曾经被米斯基托人俘获，在牙买加被卖给了一位在米斯基托海岸定居的英国

第十章 自传

人。他在英国人那里待了许多年。英国人待他不错。后来他回到了自己的部落，但已经无法适应了。现在他受雇于西班牙人，负责检查来往的旅行者。

这个美洲原住民收留了罗奇，后来把他送到了位于尼加拉瓜腹地的马塔加尔帕(Matagalpa)。很明显，他不知道西班牙人对英国人的敌意。罗奇很快就被当成间谍抓了起来，戴上手铐，投进了监狱。罗奇开始了在西班牙监狱中为期10年的悲惨生活。通常他只能靠着路人的善心得到一点吃的，几乎总是戴着锁链。他可谓是低效的官僚程序的最大受害者。在一所监狱被关了12个月，在第二所监狱被关了6个月，在第三所监狱被关了6个月，在第四所监狱被关了12个月，在第五所监狱被关了12个月。4年之后，他才有机会在一位西班牙治安官面前陈述情况，地点是在洪都拉斯中部的科马亚瓜(Comayagua)。虽然他的情况引起了同情，却没给自己带来什么好结果。

在尼加拉瓜的莱昂(Leon)的监狱里，罗奇讲了一个特别的鬼故事。罗奇说他知道别人是不会相信他的，但是，"我讲的是实情"。那所监狱因为幽灵与鬼魂而闻名，大部分鬼魂幽灵都无害，只有一个特别"狂躁的访客"，总是"不停地摇动铁链"。这个鬼魂总是缠着监狱里的一个西班牙人，不幸的西班牙人没办法，只好躲到罗奇的监房中。鬼魂跟他进了监房，"就像一个人一样，穿着男修道士的白袍，长长的头发披在肩膀上"。在鬼魂的可怕骚扰之下，西班牙人很快就死了。

349

第二天晚上，罗奇在监狱的院子里又看到了这个鬼魂。

> 他把自己的身体缩成一枚星星的样子，在我惊讶的目光注视之下穿过了墙缝，站到我房间的地面上，恢复了人样，冲我扑过来，用一双我从未感到过如此冰冷的手掐住了我的脖子。
> 罗奇，《奇特的冒险》，1783/1784 年，第 53-61 页

罗奇吓坏了，但是，"让我高兴的是，这个可怕的访客松开了双手，立刻从我房间消失了，方法和进来时一模一样"。这种情况连续出现了两夜，罗奇报告给了总督。总督派遣了一位"可敬的修道士"一起守在他的房间。夜里，"那可怕的兄弟"又出现了，罗奇的客人"对着鬼魂讲了一通拉丁语，鬼魂立刻消失了。自此之后，我再没见过他"。

整个故事在第二版中被删掉了。第二版和第三版中没有提到任何鬼魂一类的故事。我想罗奇会因为这个故事受到很大的质疑。叙事中有个鬼故事，会让整个叙事的可信性受到挑战。为了整体的考虑，他放弃了这个部分。从另一方面讲，这是个损失。就我看来，罗奇把监狱经历中非常个性化的部分删掉了。可以想见，身处如此巨大的恶意与常常被单独监禁的痛苦之中，罗奇很难能够保持头脑的完全清醒。很有可能是有西班牙人被关在他的监房之中，在早上已经被折磨致死了。考虑到罗奇讲述故事时所处的暴力语境，故事更像是幻觉之下的产

第十章 自 传

物，而非纯粹的谎言。

在监禁的后期阶段，罗奇写道："我在地牢中被关了3年，除了我被带到威严的法官面前时，我看不到一丝阳光。"罗奇说他"存有一线带来安慰的希望，曾经将我从在森林漫游着的异端（nemorivagous miscreants）解救出来的神，一定还会把我从这些独裁的西班牙人手中解救出来"。① nemorivagous 一词的确是在《牛津词典》中的，形容漫游在丛林之中的人，但是《牛津词典》的编辑没有关于该词实际使用的例证。该词只能从更早的两部词典上找到。在罗奇的第二版中，这个词被删掉了，取而代之的说法是"异端的美洲原住民"。人们马上会想到，肯定是有人为了第二版的出版提出了建议，此人既然在这里提出了应该换掉 nemorivagous 一词，也应该换掉"银色的月神"（silver Luna）。人们不禁会想，只懂英语的罗奇怎么能在美洲监狱里找到一本词典。

罗奇被送到危地马拉，那里的人说要等从西班牙发来的指令，再决定如何处理他。3年后，命令到了，要把罗奇送到西班牙终身监禁。在返回欧洲的船上，罗奇突发中风，被扔在了哈瓦那的海滩上。他恢复过来之后，西班牙人又觉得他有用处，可以为英国的战俘当翻译。此时正是美国独立战争时期，西班牙人抓获了英国的战俘。罗奇想办法进入了双方用来交换的战俘中，被送到了牙买加，终于在13年后获得

---

① 罗奇，《奇特的冒险》，1783/1784，第72-73页。

自由。他的部分身体已经瘫痪了，口袋里也空无一文。幸运的是，他得到了托马斯·克拉格(Thomas Cragg)船长的照看。克拉格船长指挥"阿波罗"(*Apollo*)号自沃金顿而来。克拉格船长为他安排了返回伦敦的免费航行。罗奇于1783年4月15日到达了怀特黑文。

第十一章 不幸的人

《不幸的人》(The Infortunate)是威廉·莫拉雷(William Moraley)的"航行与冒险"一书的书名。他在1729年作为契约仆前往费城。"不幸的人"对于穷困潦倒、无路可走的人，对于被判流放无从选择的人，是一个合适的章节题目。我将在讨论过他们的航程后，再加上一些遭遇了海上灾难等极端情况的水手的故事。

契约仆

威廉·莫拉雷做什么都做不好，但也出版了自己的故事。我将把他的叙事与另一位非常负责任的约翰·哈罗尔(John Harrower)的叙事进行对比。哈罗尔从离开家乡苏格兰的设得兰找工作开始，到死于弗吉尼亚为止，一直记着日志。哈罗尔的日志直到1963年才出版。

在伯纳德·贝林《驶向西方的航程》(Voyagers to the West)(1986年)一书中，详尽介绍了美洲殖民地使用契约仆的做法。贝林关注的是1773—1776年间。他的统计数字有助于人们了解契约仆都是什么人，从哪里来，为什么到这里来。在这个时间段内，离开英国到达殖民地的登记在册的移民有 9364 人，4472 人是契约仆或是"出卖劳力抵扣船费的人"（redemptioners）。在契约仆制度中，某个人要和船长或企业主签订契约，免费乘船到达美洲；之后，必须不拿工资地劳作一段时间（通常是 4 年）以抵偿船费。到达美洲后，船长会把契约仆卖给当地的雇主。"出卖劳力抵扣船费的人"如果能在一定时间内付清船费，可获得自由。

1743 年，返回英国之后，莫拉雷在泰恩河畔纽卡斯尔（Newcastle-upon-Tyne）出版了他的书。[①] 该书的写作风格可谓洋洋自得，大大咧咧，不断超出事实地强调自己的绅士身份与穷困潦倒。1698 年，莫拉雷生于伦敦，先是学习法律，后来学了制造钟表。他父亲在南海泡沫中赔了钱，带家人搬到北边的纽卡斯尔，1724 年去世。莫拉雷与母亲大吵一场之后，回到了南边，但很快陷入了贫穷。

> 我不在乎会发生什么事，我想到可以离开英格兰，就想把自己卖给美洲的种植园一段时间。于是，我到了皇家交易所，看墙上贴的印刷广告，看哪些船要驶向美洲。
>
> 莫拉雷，《不幸的人》，1743 年，第 8 页

[①] 该书极为罕见。据我所知，英国唯一的一本也有残缺，现存于纽卡斯尔公共图书馆。本书在 1992 年被克莱普（S. E. Klepp）和史密斯（B. G. Smith）编辑过。他们用的是美国密歇根克莱门茨图书馆中的藏本。

第十一章　不幸的人

莫拉雷的美国编辑告诉我们，他曾经因欠债被送进监狱，只是因为有"无偿还能力债务人的法令"(the Insolvent Debtor's Act)而被释放，莫拉雷自己并没有提及这些。[①]他碰到一个为船只招徕生意的人。此人给他买了啤酒，告诉他在莱姆豪斯码头停着一艘即将驶往费城的船。莫拉雷到了市长处，发誓说自己既没结婚，也不是学徒，于是，他在伦敦桥上的一家文具店里签下了卖身契。很快，莫拉雷上了"博尼塔"(*Boneta*)号。船主是查尔斯·汉金(Charles Hankin)；船长是詹姆斯·里德(James Reed)。莫拉雷给一位"斯塔福德先生"写了信，告诉他自己的打算。但是，斯塔福德回信说，他一定是疯了，而且他马上会通过起诉莫拉雷的母亲，拿回属于自己的钱。就在"博尼塔"号顺着泰晤士河而下的时刻，船只被人截住，"有小船上的人问船上，是不是有个叫'莫拉雷'的人"。不知道是斯塔福德还是其他人告到了市长那里，市长下令截住船只，把莫拉雷带回来。大副发誓说，船上没有此人。莫拉雷说此事发生时，他正在睡觉。他发誓说不知道有这回事。到了格雷夫森德(Gravesend)，有海关官员询问船上每个人是否都是自愿出海的，莫拉雷什么也没说。

1729年9月7日，船只驶向美洲，圣诞节第二天到达了费城。

---

① 莫拉雷，《不幸的人》，1992年，第10页。

> 我被卖了 11 英镑，买主是一位艾萨克·皮尔逊（Isaac Pearson）先生，非常善良。他是一位铁匠、钟表匠和金匠，住在新泽西的博灵顿。他是贵格派教徒，但不反对饮酒。
>
> 莫拉雷，《不幸的人》，1743 年，第 13 页

他和皮尔逊先生在一起待了三年。其间，他逃跑了一次，被抓了回来，五年的服务时间被减到三年。接下来，他四处游荡，这里干干，那里干干，为了躲避债主而东躲西藏。后来，他"真心厌倦了东游西荡的生活"，决定返回英格兰。和"海上之花"（Sea Flower）号的皮尔（Peel）船长讨价还价后，他以在船上当厨师为代价，换得了免费的船票。船上还有好几位乘客，其中一位是有三位妻子——"一位在都柏林，一位在费城，还有一位在伦敦"的爱尔兰人。他们在船上讲各自的冒险经历打发时间。"其他时候，我们清洗自己的衣物。"莫拉雷承认，自己没有足够的衣服。

到达都柏林后，他上了一条沃金顿的运煤船"利维坦"（Leviathan）号。该船船长每天早晚都会带领船员祈祷。这让莫拉雷吃惊不已，"这是我一生中唯一待过的一条船——船上没有亵渎或咒骂的话"[①]。1734 年圣诞节后，莫拉雷到达英格兰，还是穷困无助，"我与孤岛上的鲁滨孙·克鲁索没什么不同"。

---

① 莫拉雷，《不幸的人》，1743 年，第 56 页。

第十一章　不幸的人

他冒着恶劣的天气一路乞讨，从坎伯兰的沃金顿一直到了纽卡斯尔。在纽卡斯尔，看来他是和母亲和解了，又住在了一起，直到3年后她去世。"从那时起，我开始经历最大的不幸以及遭遇了命运犯下的种种错误，让我简述如下……"① 让我们就停在这里吧。

约翰·哈罗尔的故事非常悲伤。他没有把自己的经历写成一个故事，也没有严格按照日期来写日志，故事是从他的日志条目中显现出来的。1773年11月，哈罗尔离开了在设得兰群岛的妻子和孩子，带着价值3英镑的设得兰编织袜子和8½便士的现金，想要外出找份工作。他开始的目标是荷兰，不是美洲，他觉得北卡罗来纳"离我的家太远了"。他靠着卖袜子为生，日志中有关食宿的细节显示，这样的生活实在不易。他在森德兰（Sunderland）上了一艘船，打算去荷兰，但船只却转向到了朴次茅斯。他步行到了伦敦，用诗句的形式记下了途中的经历。

> 上帝保佑我久违的朋友们，还有
> 我亲爱的妻子与孩子；
> 我为敌人祈祷宽恕
> 还为他们流下泪滴；
> 今天我到了埃普索姆，歇息

---

① 莫拉雷，《不幸的人》，第63页。

想起自己以往的罪孽；
我向耶稣祈祷，祈求他的宽恕
也为我的朋友祝福胜利。

哈罗尔，《日志》，第 13—14 页

很快，在伦敦能找到工作的前景黯淡下来。哈罗尔想在一家商铺找份书记员或是会计的工作（看来他原来就是干这个的）。现在，他也愿意看看美洲的广告上提供的工作，但是，他应征的每个职位都满了。他写道，"很多好人在乞讨"。他给自己写了广告，但无人应答。

现在，我身处伦敦一间阁楼之上
无朋无友，心情低落；
我从上帝处定会得到帮助
我信任他，他让我不再难过；

我向上帝奉上祈祷
我的一切，他全都知晓；
希望看在耶稣的份上
他能很快把我安顿好。

哈罗尔，《日志》，第 16 页

1774 年 1 月 26 日，星期三，他写下了又一个条目。

第十一章 不幸的人

今天,我只剩下最后一个先令了,我只能踏上一艘去往弗吉尼亚的船只,去当4年的学校老师,可以得到食宿,还有5英镑的报酬。

哈罗尔,《日志》,第17页

哈罗尔上了"种植园主"(Planter)号,意外地发现船上不仅有他的设得兰同乡,还有很多苏格兰人,而且人数多到可以被他称为"苏格兰帮"。鲍尔斯(Bowers)船长也是苏格兰人。尽管已经多年没回过家乡了,他一直奔忙在有利可图的弗吉尼亚贸易之中。哈罗尔写道:"很惊讶地看到,每天上船的人,各行各业的都有。"伯纳德·贝林告诉我们,类似"种植园主"号的船上会有做假发的工人、木匠、钟表匠、泥瓦匠、家具工人、制帽匠、纺织工、做马裤的工人、烟斗制作工、农民和马夫等。[①]航行开始了,天气恶劣,逆风迫使船只不得不沿着南部的海岸曲折行进,随之而来的是船上越来越多对食物不足的不满,甚至有哗变的危险。但是,"苏格兰帮"没有参与其中。很快,哈罗尔被船长叫到一旁。船长说,如果他上岸时船上有任何骚动,希望哈罗尔"能够与长官们站在一起"。在乘客与船员之间有大量的物物交换,哈罗尔用自己攒的六块饼干换了一把小折刀,又把一件旧的粗

---

① 贝林,《驶向西方的航程》,第277页。

毛绒外套卖给了水手长，得到了四个先令。

船行驶到海上后，哈罗尔生动描述了甲板下的景象。

> 晚上8点，关上前后舱舱门，在这里，我看到了以往从没听过或见到过的奇异景观。
>
> 有人睡觉，有人呕吐，有人吐口水，有人拉屎，有人放屁，有人大声争吵，有人叫骂，有人使劲咒骂自己的腿脚，有人使劲咒骂自己的肝、肺和被光线刺痛的双眼，更为怪异的是，还有人拼命诅咒他们的父亲、母亲、姐妹与兄弟。
>
> 哈罗尔，《日志》，第24-25页

船上流行起了热病，哈罗尔会整晚照顾他生病的苏格兰同乡。他自己也病了，还好病情不重。船上的情况愈发严重，船长和大副病倒了，哈罗尔受雇承担起了记录航行日志的工作。他要在值班人员的帮助下，写下每天的航行日志。船只接近美洲海岸的时候，他还要负责整理出一份表格，写下"船上所有契约仆"的情况。

船只进入了拉帕汉诺克河，驶向了弗雷德里克斯堡。

> 今天有好几个人上船来买仆人，其中有两个是人口贩子。他们会到所有的船上来，看看有没有契约仆或是罪犯可以购买。有时候他们会把人都买走，

第十一章　不幸的人

有时候他们只买上几个人。他们会把买来的人像赶羊一样地到处走，把他们卖出去牟利。但是，今天他们一个都没买。

哈罗尔，《日志》，第 39 页

船长为了报答哈罗尔，向一位"商人安德森先生"说了一些好话，让安德森先生帮他找个好归宿。在"很多的绅士与女士"都去了城里参加年度市集和赛会之后，哈罗尔又等了等。按照哈罗尔的说法，安德森先生请他到他的朋友丹杰菲尔德上校家里去"做老师"。

于是，哈罗尔就成了丹杰菲尔德上校的三个男孩的家庭教师。

> 我定居在弗吉尼亚的贝尔维迪尔
> 希望他们能够体谅之后的原因
> 我远离亲爱的妻子
> 撇下幼小的孩子，让他们没有父亲；
>
> 我在这里当家庭教师
> 必须干满 4 年时间
> 让我一直敬畏上帝
> 遵从他的命令如此；

上帝给予了我力量

他会指定好时间

如果遵从他的旨意

他会让我回到家人身旁；

上帝让我不停劳作

我的命运由您修补

我希望能得到您的眷顾

让我最终回到家人之中。

哈罗尔，《日志》，第42-43页

这首诗还有三段。哈罗尔的雇主不仅待他不薄，他还能另外招些学生，他于是想能否不回家，而是攒够钱把妻子和孩子接来。他抄下了一封给妻子的信。

> 我希望能得到上帝的谅解，我时不时想让你变成一位弗吉尼亚女士。美洲丛林之间的景色要比设得兰四周咆哮的波涛声更令人愉悦。

哈罗尔，《日志》，第76页

她同意来美洲，但是，他们都对两地之间日益增长的敌意担忧不已。哈罗尔攒了70英镑。他日志的最后一条写于1776年7月，他死于1777年，享年44岁，死前没能看到他的妻子与家人。

第十一章 不幸的人

罪　犯

　　帝国的便利之处在于，其海外领土就像现成的垃圾桶，能够让帝国把制造麻烦的人轻松丢弃。这不是18世纪才有的想法。在伊丽莎白的年代，殖民计划的鼓吹者就曾宣传，殖民地可以帮助解决社会问题，能够给人口拥挤的母国中的废物与懒汉找到活干。将罪犯运到殖民地背后的逻辑非常明显。《菲利普总督驶向植物学湾的航程》(*The Voyage of Governor Phillip to Botany Bay*)(1789年)的作者对此做法的确定性有直白的表述：

> 殖民地能够轻松接受这种非常必要的援助，母国则可以解除负担。这些人在家里不仅没用，而且有害。
> 　　　　菲利普，《菲利普总督驶向植物学湾的航程》，第7页

　　据估算，在1715—1775年，有3万到5万的罪犯被送到了美洲殖民地。[①]但是，独立后的美国不再愿意接受英国社会

[①] 埃克(Ekirch)，《被绑至美洲》，第23页；贝林，《驶向西部的航程》，第295页。

的废弃物。有一段时间，运送囚犯的体制出现了令人担忧的空隙。当权者不知道哪里能找到合适的空间，去处理困在腐烂船舱里的罪犯。他们的罪行还没严重到要上绞架的程度。虽然通过了增修监狱的法案，但是，人们都不喜欢该计划。后来，约瑟夫·班克斯以及其他人提出建议，将库克在第一次航行中到达过的澳大利亚东南角当成殖民地以安置囚犯，此事才得到解决。1787年，"第一舰队"（First Fleet）起航了。

18世纪早期，"著名街匪"詹姆斯·多尔顿（James Dalton）被判流放到美洲。他的叙事《詹姆斯·多尔顿的生平与作为……由本人从新门监狱亲口讲述》（*The Life and Actions of James Dalton…As taken from his Mouth in his Cell at Newgate*）（简称《多尔顿的生平与作为》）（1734年）看上去少有人知，而且据我所知，也从未再版过。我当然知道，此书不仅满是多尔顿的谎言，也会有不少编辑增添的矫饰之词，即便如此，故事本身的确讲得很好。我曾经想过，此书会不会是彻底的谎言，但是，有了罗伯特·德鲁里的例子之后，我们应该特别小心，不应该因为故事讲得好就断定其为纯然虚构。叙事之中有一段对读者的话，日期是1730年5月1日，地址是在新门监狱，其中提到说许多人都想要他的故事。但是，他只把自己的故事给了出版商罗伯特·沃克（Robert Walker）一个人。的确，1728年也出版了《一个街头抢劫罪行的真实叙事……由詹姆斯·多尔顿本人所作》（*A Genuine Narrative of all the Street Robberies Committed…by James Dalton*）一书，的确是纯粹编造的产物。

"我的父母生活在非常冷漠的环境中。他们遭遇了很大不幸，至于这些不幸是不是他们应得的，我就不好判断了，也不便在这里提及。"书中提到他父亲遭遇的最后不幸，是被处以了绞刑。多尔顿生于1700年，他的书中很少提及年份。多尔顿漫不经心地提起自己早期的抢劫经历。他之所以被判流放，是因为偷了价值39先令的亚麻布料。这在他犯的案子里算是很小的。运送囚犯的"荣誉"（*Honour*）号上共有36位男性和20位女性。船只遭遇强风，主桅杆被吹倒了，大副对他们说："如果我们中间有水手，愿意到甲板上来帮忙，就可以把锁链拿掉。"12个人愿意帮忙。"大副很喜欢我，让我来管理这些囚犯。"[①]他们的自由带来的结果并非不可预料。他们发现，有一个囚犯走私了不少数量的酒，包括"两大罐杜松子酒"，被他们洗劫一空。"船长……威胁说要鞭打我们，让我们交代是谁干的。我们16个人同意，要采取手段掌握整条船……在鞭打的风暴加剧之前，我们达到了目的。"

在掌握了整条船之后，他们驶向了西班牙西北端的菲尼斯特雷角（Cape Finisterre）。他们在"16个掌船的男人之间"制定了规则：如果有人在值班时喝醉了，或是"被抓住与女犯人在一起"，就要处以鞭打12下的刑罚。他们给女犯人

[①] 多尔顿，《多尔顿的生平与作为》，第25页。

"呼吸空气的好处",也承诺可以与他们一起上岸。但是,他们并没有守约。14天之后,他们接近了菲尼斯特雷角。

> 我们放下船上的大艇,把船上能搬动的东西,包括船长和副官的手表和钱都拿走了,差不多价值100镑。我们把船……接着,我们与船长和副官喝起酒来,也给了他们自由,但把那些不同意夺船的19个人关了起来,还有那些女人。接着我们驾船到了岸上。
>
> 多尔顿,《多尔顿的生平与作为》,第26页

他们被西班牙当局逮捕了。西班牙当局要求他们加入西班牙军队,不得返回"荣誉"号。他们表面上服从了,但是,多尔顿最终溜回了伦敦。这次,他被一个女的给出卖了,"这个女人是和我妻子住在一起的"。他因为从流放中逃回被判处了死刑,判决后来改为流放14年。这一次的流放地是弗吉尼亚。多尔顿被带到弗吉尼亚,卖给了一个爱尔兰人。他又逃到了波托马克河,"上了一艘驶往布里斯托尔的船,在船上干活,挣了10英镑。"[1]他溜回了布里斯托尔,不久又被抓住了,再次流放,再次逃跑,再次被抓,等等。最后,他在美洲过上了自由的生活。

---

[1] 多尔顿,《多尔顿的生平与作为》,第30页。

第十一章 不幸的人

后来，我当上了领航员，一年可以挣20镑，我干了五年。在河上不停往返的时候我认识了一位布朗上校的女儿，她有1500英亩（约607公顷）土地和200镑的钱。我们作为夫妻生活在一起，直到财产都花完了。后来，我在莫比吉克海湾娶了一个木匠的女儿，和她生了一个儿子。这孩子如果活下来的话，应该叫詹姆斯·多尔顿。在死神把我们分开之前，我又离开了她。

多尔顿，《多尔顿的生平与作为》，第32页

多尔顿坐船回到英格兰。但他一到唐斯，就被"强征入伍上了由马斯克里爵士指挥的'汉普郡'号军舰，参加了包围直布罗陀的战斗"。这应该是在1727年。回到家之后，多尔顿拿到海军付给的工资，"让我好好奢侈了一段时间"。不久，他便重操旧业，最终被判处了死刑。但他说判到他头上的案子不是他干的。

多尔顿的叙事可称为带有挑衅性的流氓文学（rogue literature），其中没有丝毫的悔意。与之相对，《威廉·格林受苦的历程，关于他7年被流放期间的种种痛苦遭遇……由不幸的威廉·格林所著》（The Sufferings of William Green, being a Sorrowful Account of his Seven Years Transportation… Written by W. Green, the Unhappy Sufferer）（简称《格林的受苦》）（未标注出版年代，很可能是1775年出版）则站到了另一面。全书满

是虚情假意的忏悔与好为人师的训诫。这种悔恨叙事其实是一个抄袭另一个的产物。在格林的书中用到的词汇与主题，也能在另一本《可怜而不幸的罪犯讲述在美洲弗吉尼亚14年悲惨的流放生活，由不幸的詹姆斯·雷维尔所著》(The Poor Unhappy Transported Felon's Sorrowful Account of his Fourteen Years Transportation at Virginia in America. By James Revel, the Unhappy Sufferer)中找到。这本书也没有出版日期。格林笔下的运囚船上，"我们有26个不幸的重罪犯，是一群最邪恶的人，几乎人人都抽烟，人人都诅咒"。雷维尔以打油诗的形式说了同样的情况：

船上人数三十多
个个可怕又可恶
几乎人人都诅咒，
个个还把烟草抽。

如何在市场上购买罪犯的记述也差不多。格林写道："他们买我们，就像这里的牲口贩子买马一样，看看我们的牙，检查一下我们的四肢，看看结实不结实，能不能干活。"雷维尔写道：

检查四肢，买主让我们转圈圈
就像买马的一样，看我们是否能干。

第十一章 不幸的人

不过，两个人的不幸还是有所不同的，尽管对他们而言，后来的日子也不算太坏。格林上了一条捕鲸船，他生命的最后两年是在海上度过的，"我很喜欢海上的生活"，尽管"海上生活太乏味，写不出来"。1772年，被判流放10年之后，格林回到了英格兰。此时他只有24岁，我们不太清楚他到底是因何被判刑的。他当过织工学徒，后来跑去加入了舍伍德森林（Sherwood Forest）的匪帮。1773年，他的父母在他回到英格兰后，都去世了。

> 于是，就剩下我和我眼前这个广大的世界了。我想，结婚是一个审慎的选择，我便结了婚，建立了一个小家庭，生活得很幸福。我写下这本小小的书，用意是要警告年轻或年长的人，要避免犯下给我带来无数痛苦的错误。
>
> 格林，《格林的受苦》，第14页

早期关于运送囚犯至植物学湾和杰克逊港的航海叙事，作者大都不是囚犯本人。约翰·尼科尔（John Nicol）本是一名箍桶匠。他曾在1789年到1790年在"朱莉安娜女士"号上当过管事。他写下了自己与一名女囚犯萨拉·惠特拉姆的感情故事，是一个值得重视的证人。他还记下了开航之前死掉的一个苏格兰女孩，尽管他的记叙看来被编辑约翰·豪厄尔以浪漫化的手法处理过了，但依然值得重视。

我们起航了，船上共有245名女囚犯，没有多少重罪犯，大多只是轻微的罪行，很大一部分只是扰乱治安而已，比如街头的妓女。此时的殖民地急需女人。

有一个苏格兰女孩，心碎了，死在了河上，被埋在了达特福德。因为陛下的康复，有四个人得到了赦免。这个可怜的苏格兰女孩总是停留在我的脑海里。她很年轻，尽管穿着囚服，却很漂亮，但脸色却如死亡一样苍白，眼睛也因为总是流泪而通红。她从不和其他女人说话，也从不到甲板上来。她总是一个人静静地坐在角落里，从早到晚，即便吃饭时间到了，也不离开。我的心为她流血。她真是一位不幸的乡村女子。我想安慰她，但是，她的心中却没有希望。我对她讲话，她不理睬我。如果我用苏格兰语对她讲话，她就会扭动双手，泣不成声。我想要让她说出自己的故事，但是，她的双唇却如坟墓一般沉默。我给了她一本《圣经》，她并不读，只是把《圣经》亲吻一下，放在腿上，哭泣起来。最后，她死了，不是死于疾病，而是死于一颗破碎的心。

尼科尔，《生平与冒险》，第111–112页

第十一章 不幸的人

　　我认为这篇叙事尽管感情脆弱，却要好于沃特金·坦奇(Watkin Tench)叙事之中那种缺乏人性的轻松感觉。坦奇是第一舰队(1787—1788年)之中"夏洛特"(*Charlotte*)号上的海军军官。在离开英格兰之前，囚犯们"情绪高昂"，"热切盼望着开船的一刻"。坦奇想要为囚犯们的"冷静与体面"写下公开的证词。囚犯们的行为总体而言是"谦卑的、服从的、整齐的"。不过，经历了36个星期之后，坦奇终于承认，对于"一项如此麻烦与可恶的任务而言"，"我们高兴得过早了"。①

　　第一舰队的军医约翰·怀特(John White)也是在"夏洛特"号上。在《驶向新南威尔士的航行日志》(*Journal of a Voyage to New South Wales*)(1790年)中，怀特写下了更为个人化，也更具同情心的叙事。他记下了一位艾萨克·科尔曼(Isaac Coleman)的死亡过程。科尔曼"被长时间密闭地囚禁，造成了低落的情绪和衰弱，最终不吭一声地停止了呼吸"。这是他在叙事开始不久时记录下的。在叙事快结束的时刻，怀特又记下了一位爱德华·汤姆森(Edward Thomson)的死，"因为忧郁与长期监禁而衰弱，要是他能活下来，我觉得他一定能成为社会上受人尊敬的一员"。②叙事中，还有很多的例子，能够看到怀特不仅仅把罪犯看成是罪犯，而且也把他们当成人。比如有一位威廉·布朗(William Brown)，"可怜的家伙"掉进了海里。怀特的叙事中更有名的是，他对于船

---

① 坦奇，《驶向植物学湾的探索航程》，第1页，第2页，第43页。
② 怀特，《驶向新南威尔士的航行日志》，第12页，第112页。

上男性和女性近距离接触的担忧。在热带地区，气温很高，女性会接连晕倒。

> 天气太热，令人容易疲倦，也令生活多有不便。然而，或因为身体的热度，或因为心灵的堕落，囚禁她们的舱门门闩却不可打开，尤其是在晚上，否则会招致她们与水手或海军陆战队队员之间立即发生滥交。
>
> 怀特，《驶向新南威尔士的航行日志》，
> 第30-31页

为了解决环境与道德上的问题，怀特向菲利普船长建议，将舱门换成百叶窗式的，并且装有风斗，既能够通风，也能防止男性进入。但是，怀特看到，这些女性依然想方设法与男性接触，还有3个男人爬进了原本是通风用的孔道。怀特特别关注船上人员的健康状况，当时"亚历山大"号上疾病盛行，怀特对该船上的卫生条件尤为义愤。舱底积蓄污水散发出的"有害气体"能把长官衣服上的纽扣熏黑。"一旦舱门打开，恶臭扑鼻，令人站立不稳。"[1]

罗伯特·休斯（Robert Hughes）收集了罪犯亲自记下的航行条件等内容，将这些颇为匮乏的信息编入了《致命海岸》（The Fatal Shore）一书。该书异常出色，但也很压抑，囚犯叙

---

[1] 怀特，《驶向新南威尔士的航行日志》，第39页。

第十一章 不幸的人

事主要出现在"航行"一章，该章对19世纪的航海叙事也有涉及。休斯的书中有托马斯·米尔本(Thomas Milburn)写给他父亲的信，是1790年印制的。其中提到囚犯会隐瞒身旁被锁同伴的死讯，以便多分一些口粮。另一个更为正式的名为《T. F. 帕尔默和W. 斯科文在1794年被意外流放至新南威尔士航程中的遭遇》(*A Narrative of the Sufferings of T. F. Palmer, and W. Skirving, During a Voyage to New South Wales, 1794, on the Surprise Transport*)(1797年)，休斯介绍了该文的背景和语境。帕尔默毕业于剑桥大学女王学院，是一名基督教一位论派(Unitarian)牧师，因为被控散发鼓吹反对与法国开战的小册子，被判处了7年流放。该小册子是他们在剑桥的朋友出版的，要替帕尔默和斯科文洗白，因为有人指控他们两人在流放途中试图在船上煽动哗变。哗变的两位"策划者"其实是付了船费的。他们把钱给了船长帕特里克·坎贝尔(Patrick Campbell)，希望能得到相应的食宿待遇，还希望他们的绅士身份能让他们免于鞭打与镣铐。他们与杀掉船长、哗变夺船、驶向美洲的说法没有任何关系，但是，他们还是被关了起来，剥夺了所有物品，包括纸张和应得的食物。坎贝尔是一个恶棍。他们两人也时常遭到虐待。后来的结果对他们有利，尽管休斯没能详细讲述事情发展的细节，他还是展现了帕尔默在囚犯殖民地相对安稳的生活。[①]

[①] 休斯，《致命海岸》，第178页。

濒死之际

1726年，约翰·迪安（John Dean）告诉读者，他曾经担任了多年"国王陛下驻佛兰德的领事，居住在奥斯坦德。"他的书回忆了15年前"诺丁汉"号帆船在新罕布什尔附近发生船难的情景。当时的迪安是船长。迪安没有交代出书的动机。在我看来，即便船难已经过去了15年，但因船难产生的谣言依然困扰着迪安，或者说，迪安依然恐惧谣言的出现。此时，因为"只有船长还在船难之后依然存世"，迪安觉得应该写出最后的，也是最权威的记录，以便为自己的行为获取最有力的辩护。我认为，迪安此举其实是要为他的职业前景考虑，并非出于良心上的不安。

关于"诺丁汉"号船难已经有了三种不同的叙事，均出版于1711年。第一种是约翰·迪安自己写的；第二种是迪安的兄弟贾斯珀（Jasper）写的；第三种是大副、水手长和一位水手合写的，分别是克里斯托弗·兰曼（Christopher Langman）、尼古拉斯·梅林（Nicholas Mellen）和乔治·怀特（George White）。第三种还附有一份宣誓书，是在新罕布什尔的朴次茅斯的治安法官面前立下的，日期是1711年1月。宣誓书是在他们被救起之后立下的，时间要早于8月份他们在伦敦的

第十一章 不幸的人

公证书。谣言主要指向两点,其一是船难的原因。船难发生在皮斯卡塔夸河(Piscataqua River)河口不远处的小岛,距离新罕布什尔的朴次茅斯不远。其二是谁该为吃掉船上木匠尸体的决定负责,木匠死在了船难中。

就第一点而言,迪安1726年的叙事是这样的:

> 大副的身体略有不适,船长上到甲板,走向前,无比惊讶地发现,岩石已经离船非常近了;他立刻叫舵手,立即向右转舵。惊慌之中,舵手进行了相反的操作。
>
> 迪安,《船难叙事》,第4页

但是,在迪安早期更直接的叙事之中,舵手的失误却没出现。

> 我看到了前方的巨浪,我命令向右转舵,就在船转向之前,我们撞上了岛东端的岩石。
>
> 迪安,《受苦叙事》,第2页

但是,在兰曼和其他人的叙事中,他们根本否认了船长就在甲板上,"那时他正脱衣服准备睡觉"。

"诺丁汉"号帆船由迪安的兄弟贾斯珀和另一个名叫惠特

沃斯（Whitworth）的年轻人合伙拥有。其中，贾斯珀占了 7/8 的股份，惠特沃斯占了 1/8 的股份。在兰曼、梅林和怀特的叙事中，他们认为船主有意想让"诺丁汉"号或是被法国私掠船抓获，或是搁浅，以便得到保险金。他们宣称自己听到了贾斯珀和惠特沃斯之间的对话，并详细描述了出来。正是为了应对这些说法，迪恩出版了第一版的船难叙事。第一版的叙事内容简陋，写法笨拙，印刷品质低劣。第二种叙事由贾斯珀出版，由约翰以第一人称讲述，内容要充实与周详得多。迪恩兄弟两人出版了三种叙事，内容有许多自相矛盾之处，其中的最后一版经过了很大程度的改写，是为了凸显船长的勇敢、高贵与足智多谋。迪安利用船员的"无知与轻信"来告诉他们，他们是可以获救的，尽管他自己也不相信这一点，"因为他早已清楚地看到了船员们无比的消沉，还有他们对待神意常常表现出的极不信任"。

> 上帝嘉许，赐予了船长比其他人更健康的身体与更多的力量以及与之相称更有活力的头脑，因此，是他最终能够令这些情绪极度低落的人重拾对于上帝的信心……
>
> 迪安，《船难叙事》，第 11 页

至于"吃掉木匠"一事，迪安逐步让自己从令人厌恶的一

第十一章 不幸的人

幕中脱身了。他的做法如果不是有些可耻的话，至少也还有趣。在第一版中，船员们"向他提出要求，要吃掉尸体"。在"一番成熟的思考与讨论之后"，他"被迫同意了"。在第二版中，他详细讲述了自己在不得已"吃掉死尸"时的悲伤与震惊，同时，他也与自己进行了辩论，一方面是此行为是否合法，另一方面则是此行为的"极端必要性"。但在两个版本中，他分发死人身上的肉的一幕令人恶心。可是，这一切在最后一版中又经历了怎样大的变化！此时，船长从叙事中消失了一段时间；接着，他发现了船员之间的一场对话。

> 稍事停顿之后，惠特沃斯先生，一位年轻的绅士，他母亲亲爱的儿子，受过良好教育，长在富足的环境中，对一般的食物根本瞧不上眼……开始以众人的名义，希望得到船长的赞同，将人类的身体变成供给自己的营养。
>
> 迪安，《船难叙事》，第 16 页

一番长长的犹豫后，船长同意了他们的要求。但是，在兰曼和他同伴的叙事中却简略地提到，是船长本人提议剥掉死人的皮，并吃掉他的肉，并且，船长说"这不算是犯罪，因为上帝是情愿看到他死去的，而且我们也没有侵

377

犯过他"①。水手长拒绝帮助船长切开木匠的尸体。小册子的三位作者也说，他们最初都不愿碰他的肉，是到了第二天才放弃坚持的。

已经无法确切地描述1711年的时候，在新英格兰沿岸的小岛上到底发生了什么事情，但是大副、水手长和怀特的叙事，却比船长不断修改的叙事显得更为诚实可信。如果一篇描述海上麻烦的叙事显得既流畅又自以为是，那么其中也经常会有对真相的压制与篡改，但是，像迪恩以三种不同版本来为我们提供例证的做法还真是罕见。

就海上发生的有关食人事件的记叙而言，我只知道1766年在纽约的"佩姬"（*Peggy*）号单桅帆船上发生过更可怕的一次。这艘船的船长名叫戴维·哈里森（David Harrison），通过在"伦敦市长乔治·内尔森（George Nelson）阁下与公证人罗伯特·尚克（Robert Shank）先生面前做证"确认了他的故事。②"佩姬"号离开了亚速尔群岛中的法亚尔岛返回纽约，船装载的主要是葡萄酒和白兰地。在大西洋中部，"佩姬"号遭遇了持续多日的风暴，船只无法航行，船员强行打开了白兰地，喝得烂醉，没有食物，他们把猫和水泵上的皮革都吃掉了。

天气没有好转。"暴风如同'黑暗的十二月'一般，就像

---

① 兰曼，《航行的真实记述》，第18页。
② 哈里森，《阴郁的叙事》，封面页。

第十一章 不幸的人

莎士比亚说的一样。"（此处借用了莎士比亚在《辛白林》中"风雨如同黑暗的十二月"的说法）。圣诞节的时候，有一艘船驶近了，但是"那无情的船长只顾自己的航程，根本没有理睬我们"①。哈里森病得很重，没法起床。船员还是不停地喝酒。哈里森对"狂喝滥饮的做法深恶痛绝"。船员告诉他，他已经无权指挥了。大副阿奇博尔德·尼科尔森（Achibald Nicolson）坚持认为，必须以抽签的方式，从他们之中选出一人作为祭品。有意思的是，抽出来的是威尔特希尔（Wiltshire），"一个黑奴或黑人"。他是哈里森的货物，但没能在法亚尔岛卖出去。他们开枪打死了这位黑人，切开他的尸体。詹姆斯·坎贝尔（James Campbell）迫不及待地生吃了肝脏。三天之后，"他因发疯而死"。船长因为厌恶，没有接受他的一份。

> 并且，他们炖食与油炸的恶臭令我高烧不止，情况还因为我患的坏血症与肿胀的双腿而更糟糕。
> 　　　　　　　　哈里森，《阴郁的叙事》，第27页

随着船员们吃完了第一位受害者，船长担心他自己可能成为第二个。"随着黑人的减少，我的担心在增加。"现在，船上剩下了七个人。到了1月底，船员们告诉哈里森，他们准备再次抽签。这次的死签落在了戴维·弗拉特（David

---

① 哈里森，《阴郁的叙事》，第14页。

379

Flatt)身上,"一位普通水手,也是整条船上我唯一可能依靠的人。""舱室里的火已经燃烧了起来。"弗拉特看来很顺从,他请开枪打死了那个黑人的詹姆斯·杜德(James Doud)来射杀自己,但是,也希望"能给他留点时间,做好准备"。时间延迟到了早上。但是,在半夜的时候,哈里森写道,他已经听不见了,到了凌晨4点,他"已经神志不清了"。到了早上8点,船员们看到了一艘船。

这是托马斯·埃弗斯(Thomas Evers)指挥的"苏珊娜"(*Susanna*)号,从弗吉尼亚返航回伦敦。"苏珊娜"号放下小艇,把"佩姬"号上的船员接过去。"苏珊娜"号上的船员被"佩姬"号船员的样子吓坏了,那是"空洞的双眼,皱缩的脸颊,长长的胡须,悲惨的面容"。哈里森被人抬上小艇。人们没看到大副,后来才发现,他已经喝得烂醉了。哈里森高度赞扬了埃弗斯船长对他们的照顾。埃弗斯的船也遭遇了风暴,船上同样短缺粮食。3月初的时候,他们到达了达特茅斯。大副尼科尔森、杜德和约翰·沃纳(John Warner)死在途中,只有哈里森、莱缪尔·阿什利(Lemuel Ashley)、塞缪尔·温特沃思(Samuel Wentworth)和弗拉特活了下来,弗拉特依然"神志不清"。为了雇主的利益,哈里森去了伦敦,在公证员那里做了证。等待回到家乡的时候,哈里森写下了《船长戴维·哈里森阴郁的叙事,记述他可怕的航行与奇迹般的获救》(*Melancholy Narrative of the Distressful Voyage and*

第十一章 不幸的人

Miraculous Deliverance of Captain David Harrison)(简称《阴郁的叙事》)。"我在本杰明·戴维斯(Benjamin Davis)船长的'希望'(*Hope*)号上,正要返回纽约。"[1]他再没有提及戴维·弗拉特。

---

[1] 哈里森,《阴郁的叙事》,第49页。

第十二章 结 语

要让通情达理之人认可自己的讲述，航行者需要特殊与杰出的才能……

看上去有点奇怪，但具备如此才能的作家其实很普通……但是，从另一方面说，还没出现过一个值得我们一提的作者。为什么在其他的历史领域，会有人以如椽巨笔去书写，偏偏此领域会被天才与博学的人士忽略，只将其变成了哥特人与旺达尔人的领地，真让人难以捉摸。

除去个别例外，作者之短缺非常明显。

亨利·菲尔丁，《驶向里斯本的航程》

我们还需要问一个问题：本书收集与描述的作品到底有什么价值？正如我们看到的，菲尔丁在最后的病中写下了《驶向里斯本的航程》。菲尔丁说，"罗曼司混淆与败坏了真正的历史"。（菲尔丁的罗曼司包括荷马的作品。）为什么菲尔丁会问，作为历史一个分支的"航海叙事"，竟然没有最好的天才为之写作？"最早的诗人"或许有借口，"他们发现，自然的界限对于他们的才能而言，太过于局限，令他们没有空间发挥，只能靠虚构扩展事实"。① 菲尔丁接着说，人类的景象已经变得越来越大，越来越复杂，诗人们不应该再有借口了。

菲尔丁是从更广阔的角度思考旅行书写的。就我研究的范围更小的航海叙事而言，缺乏伟大作品的明显理由之一是，具有文学才能的人很少会到大海上去。虽然有斯摩莱特、麦尔维尔、马里亚特、康拉德、达纳、斯蒂文森与戈尔丁等人，名单还可以延长，但是，人数依然不多。当然，这个"技术性的"解释没有真正面对问题。即便是到过大海的作家，也倾向于把经验转化为虚构作品。与菲尔丁感觉到的一样，即便对有能力书写航海叙事的人数极少的第一流作家而言，创作虚构作品的吸引力还是丝毫不减。

为什么魔鬼总是有最好的曲子？如果坚持要回答菲尔丁的问题，我们首先需要问的是，为什么那些伟大的作品，即能够在某种语言中得到认可的，能够将人类经验固化并使之代代相传的作品，竟然几乎都是虚构的或想象的。"要想到我干的事，最好还是忘掉我自己。"如同伟大的艺术家希望说的是，"这是生活的样子"，而他们表达出来的却是，"这是我想象中的生活的样子"。很少有抒情作家会坚持走个人经验的狭窄道路，无论菲尔丁怎么想，想象中的生活显然要比

---

① 菲尔丁，《驶向里斯本的航程》，前言。

事件的生活更丰富，更广博，也更具诱惑力。正如莎士比亚借克里奥佩特拉（Cleopatra）之口说的："自然需要材料，与幻想争夺奇异的形式。"

如果我们关注的是海洋对于激发文学想象力的作用，本书就是完全不同的写法了。但是，我关注的是亲自参与了海上事件的人士的真实记录。如果我们一方面对菲尔丁将他们称为哥特人和旺达尔人的说法不满；另一方面，我们也得接受，这些人绝不是伟大的作家。我的目的是把曾经非常流行的航海叙事重新带到阳光下，而不是发现文学杰作。我既没这样去找，也不曾找到过。

那么，这类作品凭什么占据我们的注意力？首先，最明显的原因，是其中的血肉之躯会出现在我们面前，这是最终与最重要的原因。这里的男男女女并非任何人想象中的产物。这些船都是真实的，驶向了真正的大海。距离或许遥远，接触或许贫乏，或许并不确定，但是，即便其中有谎言，也无法抵消真实性。这些写作背后，是一个个真实的生命，他们证实的不是某种象征，而是真实的存在。在韦杰岛上，奇普船长要在帐篷外应对他的对手，年仅12岁的托马斯·卡普尔则在"敏捷"号上饿得奄奄一息，他们是真实的存在，他们同样存在于巴尔克利叙事的书页之间。这叙事超越了教区登记簿或法庭记录，而将个人的记忆保留其中，使之免于遗忘或湮灭。这叙事平淡无奇，就事论事，却能让奇普船长与托马斯·卡普尔起死回生。在韦杰岛上，他们曾演出了一场真实的戏剧，巴尔克利参与其中，促其发展。我们会在叙事中再次遭遇如演员一般的他们。叙事取材于真实事件，却有书写者巴尔克利的个人目的。叙事是由亲历者将自我的经历重新转化而来，它们完全可以与虚构作品并置一处，即使虚构作品或许写得更好，会有对人类心灵更深入的洞见。

我并非想在两类叙事之中分出高下，每一类叙事有每一类叙事的目的。人们可以以读事实汇报的方式去读想象性的文学作品，人们也可以对虚构作家令其人物肆意进入道德困境的做法表示不耐烦。克尔凯郭尔曾经大胆地说过，美学是"一种礼貌与多愁善感的科学，比当铺老板懂得更多的权宜之计"。① 本书搜集的各个故事包含的道德困境是真实的。当然，描写得不够出色，分析得也不够细致，同时，也没有人工制造出来的结论。

航海叙事源于真实，是其值得关注的首要原因。但是，很多时候航海叙事却在躲避真相。航海叙事的艺术，是掩盖的艺术。伟大的《漂流者》(*The Castaway*)一诗源于安森《航行》书中记载的事件。诗人威廉·考珀写道，"书页/带着叙事的真诚"因"安森的泪水而湿润"。"真诚"的意思是诚实、未曾堕落与不加掩饰，有这种品质的叙事罕见。正如我们看到的，安森的叙事绝对算不上。航海叙事的价值在于其贴近

---

① 克尔凯郭尔，《恐惧与战栗》，第95页。

真实事件,但是,却常常因为作者本人的利益与真实事件保持了距离。如果说航海叙事一半的价值是源于其与真实的接触,那么,另一半的价值则源于其躲避真实的方式。正因如此,航海叙事才变得生动起来。

约翰·霍克斯沃思对于库克和其他人叙事的"整容",是比较特殊的例子。霍克斯沃思既没有参加过实际的航行,也没受雇于航行参与者,这与许多格拉布街上的代笔人不同。但是,霍克斯沃思的例子只是诸种"改进"中更极端的一个,每个叙事都或多或少地被修改,以满足作者或读者的需要。约翰·马拉曾经问他的书商,"我的航行日志到底该印上谁的名字?"这个坦率的问题揭示出的正是观察所得与成书出版之间的隐秘过程。

我在本书中展示了书商与雇用写手在出版过程中的催生作用,尽管有时明显得像灾难一般,却是对航海叙事操纵的诸环节中最不重要的一环。从笨拙的修补者与外来者霍克斯沃思的位置往另一端走,会看到乔治·谢尔沃克或是约翰·迪安。这些船长以满篇的谎言与诸多的隐匿占据了另一个极端。这里,我不再重复书中谈过的问题,即这些作者是如何以种种方式调整记录与逃避事件的。从17世纪末的丹皮尔到18世纪末的布莱,均是如此。但是,正如我刚刚提及的,正是在种种调整之中,他们再次生动了起来。

这里有一个有趣的对比。毫无疑问,伟大的艺术是个性的杰出表达,另一方面,正如T. S. 艾略特坚持认为的,伟大

第十二章 结 语

的艺术是没有个性的，是创造之中创造者退出的过程。在报告文学中，作者的个性在写作之中生动了起来。我在写作本书中得到的主要快乐便是看到作者无论男女，均可以从死亡中复活，重现在他们的作品中，希望我这么说不要显得过于煽情。他们并不一定都讨人喜欢，却都十分真实；他们非常努力，希望展现自我的美好画面；但是，他们又常常缺乏自我隐藏的手段。可以说，在借助写作以逃离现实的过程中，他们又把自己与曾经参与的现实牢牢焊在了一起。

我讨论的所有作家均重新创造了事件，他们重新创造了他们的同事、他们的敌人、他们的受害人，还有他们自己。他们是以自己的方式来重塑这一切的。在一定程度上，我们可以接受他们的做法，因为航海叙事本身就是对种种遭遇与波折起伏的主观记录。从帝国扩张与文化碰撞的角度看，则更有价值。但是，我们必须清醒地意识到，在我们与种种的人与事之间，总隔着一层迷雾，迷雾源自带有偏见的再现。

读航海叙事的时刻，我们像坐在剧院里的观众，看着一部关于书写本身的戏剧。我们不是在看原初的人物与事件，那些已随时间流逝，不可追回了。我们也不是简单地看着事件的主观版本。我们看到的，是事件如何被写，是如何为了给海军部大臣和具有阅读能力的公众而被写。这个版本的事件会遇到挑战，有时是另外的航程参与人呈现了另一种叙事，有时是同一位作者在不同版本之间的自相矛盾。演出的情况复杂，视角不断移动与切换，自我也在不断经历重塑。写作或许显得业余，但是，正是这样的写作，令演出之中密布了种种有缺陷的、不足的与破裂的意象。

在本书有关菲尔丁的部分中，我曾提到，菲尔丁将他的航海叙事变成了堕落人类的不幸象征，亚当成了第一位旅行者。菲尔丁还把旅行看成某种监禁，无论旅行是在航船上，还是在马车中。

> 屈服是绝对的，是一种绝对的，既有身体的也有灵魂的顺从，全然位于他人的支配之下。在一段特定的时间内只有彻底的顺从，主体没有了控制自我意志的权力，如同一个亚洲的奴隶，或是英国的妻子一般。
>
> 菲尔丁，《驶向里斯本的航程》，第 203 页

在玛丽·沃斯通克拉夫特简短但令人印象深刻的叙事中，她描述了沿挪威海岸的航行令她感到的强烈的幽闭恐惧以及她对未来的担心：一个人口拥挤的地球将令人没有立足之地，"这个意象挥之不去，世界看上去就像一所巨大的监狱"。你会对这两位文人乘客有所期待，看看他们会如何利用大海这一历史悠久的文学象征。还有两位教养良好的人士也具有追求类比的能力，即福斯特父子。年轻的乔治·福斯特走得更远一些，他发表作品之中的引文源自古罗马哲人塞内加。在

福斯特的文字中，库克的探索成了现代生活毫无目标的热情的象征。尽管不太擅长文字的作者常常会使用"木船的世界"（the wooden world）来指代船只，很少有人把这个象征用到他们自己的生活上。

在引言部分，我引用了约翰逊博士将船看成监狱的说法。在同一次旅程中，约翰逊和博斯韦尔被唐纳德·麦克莱恩用辛普森先生的船从斯凯岛接出来，"想要看一看马尔岛、因考姆基尔岛和因奇凯尼斯岛，都离得不远"。天气的变化让辛普森改变了终点，从因考姆基尔岛的艾奥纳转到了马尔岛上的托伯莫里。天气再次变化，变得更糟了。辛普森先生和他的船长不断提出更多的可能终点。天气极度恶劣，他们决定驶向科尔岛。博斯韦尔细致地记录了他们在暴风雨中的航程。博斯韦尔想帮忙，别人扔给了他一根绳子，让他抓住，后来，博斯韦尔发现，"他的目的是让我不要挡路"。

> 虔诚让我有所安慰。但是，我也觉得不安，因为有人对神意的反对……经常会有反对，霍克斯沃思博士在《南海航行叙事》的序言也有反对。但是，是奥格登博士关于神意干涉的精彩说法获胜了。

最后，他们到达了科尔岛。

约翰逊博士一直很安静，也并不在意。他躺在床上，不再晕船，心满意足。其实是他根本不知道我们面临的危险。但是，无惧和毫不关心，是他为他的《漫游者》选的箴言。

Que me cunque rapit tempestas, deferor hospes.

博斯韦尔，《去往赫布里底群岛的旅行日志》，第349-350页

这句拉丁文选自贺拉斯的《书信集》，意思是："任凭风暴将我卷向何方，皆能为客安居。"

在这次经历中，约翰逊作为不自愿乘客的经历，还是非常幸运的，他被迫在暴风雨中去了他不愿去的地方。对于许多海上的人而言，航船真是监狱。比如，对那些被送往美洲和新南威尔士的囚犯；比如，那些中央航路上戴着镣铐的奴隶；再比如类似弗朗西斯·伯格一样的人，他们被强征入伍，远离亲人和朋友。但是，值得一提的是，在航船这一"木船的世界"中，没有多少人可以控制他们想要做什么，或者他们想要去什么地方。船上的长官与海员常常是出海之后才被告知他们要去哪里，即便如此，一个目标模糊的任务，也常常会因为天气和船长的原因发生种种调整与变化。航行中会花大量的时间，在新的情况下调整和改善，以适应情况的变化。私掠船会在岸边"巡逻"，期待等到合适的猎物，以便掠夺或开战。商船会为了货物寻找销售地点。各种各样的船只

会因为恶劣天气或缺乏饮水而停靠到计划之外的港口。探索者没有发现欲求中的大陆，却发现了尚未标识过的岛屿。殖民者带着模模糊糊的想法出发，并不知道未来的土地是否合适定居。从这个方面看，任务只是模糊给定的，路线更改、目的地调整与航行的成功或失败，均颇为偶然。此处，书写航程的重要性再次凸显。在纸上，完成一个目标的任务要比在船上时更为清晰明确。

船上的绝大多数人对船只驶往何处，根本没有发言权。船主或海军部大臣的意图能否实现，要取决于船只的质量、船长和副官们的知识与性情以及天气的变化。船长从 A 点行驶到 B 点的决心，要依靠风向与天气，要依靠副手和船员们的健康状况与配合程度。还有谁，或是哪些因素控制或影响了那些行走在海上的人们？在其他方面颇为传统的霍克斯沃思，却在这方面颇为特殊，他没有把船只脱离险境的原因归咎于神意。因为对起保护作用的神意的缺乏信心，他被人猛烈抨击。他肯定觉得，乔治·怀特菲尔德和约翰·牛顿每每将风向与天气变化归结于上帝干涉的想法显得相当愚蠢。在尺度的另一端，是弗朗西斯·伯格并非故意的黑暗言辞，尤其是在计划无法执行时，他又想显得比较有哲学意味，他会说"谋事在人，成事在天"。

无论上帝是否在场，是否有意眷顾，海上航行者的命运也不在他们自己手中。或者可以这样说，他们自己的命运必须与其他一些人的命运或者力量紧密贴合在一起。丹皮尔的大部分经历可以说是一系列的即兴之作，几乎可以看作是他不断从一艘船跳到能够遇到的下一艘船的过程。本书中其他几位作者的经历，也都是流放、孤独、不幸的漫游，罗杰·普尔和约翰·哈罗尔的经历，尤其如此。还有尼古拉斯·欧文在非洲西海岸的故事，"从世界上艰难地赚点钱——这人世间无所不在的上帝，直到死亡占有了我们"。还有另一位爱尔兰人约翰·马拉，他被剥夺了一切，上了库克的船，时而被同情安抚，时而又遭鞭打折磨。还有"浪游的水手"约翰·克里默，"一直以来，我浪迹天涯，生活不幸"。

从我收集的这些写作之中，不难看到"木船的世界"的神话维度。尽管这些作者很少提到这一点，但是，他们的写作让我们见识到了，特别是诸如威廉·斯帕文斯和弗兰西斯·伯格这样的自传性作家。他们没有什么艺术与文学的技巧，却在不断遇到的困境中，显现出了多样及哲思的应对方式。他们讲出的真相，比他们自己知道的还多。他们不断揭示了另一种真相。他们与自己的海上同伴一道，有权拥有真相。

参考文献

The following is a list of the writings referred to in the text, both the primary voyage-narratives (prefaced with an asterisk), and the secondary works. Dates within round brackets are those of first publication. The names of publishers are given for modern secondary works only. For information, I give the titles of further editions, not specifically referred to in my text, after the word ALSO.

Abbott, J. L. *John Hawkesworth: Eighteenth-Century Man of Letters*. Madison, Wis.: University of Wisconsin Press, 1982.

Adams, Percy G. *Travelers and Travel Liars* (1962). Revised edition, New York: Dover, 1980.

Adams, Percy G. *Travel Literature and the Evolution of the Novel*. Lexington, Ky: University Press of Kentucky, 1983.

An Affecting Narrative of the Unfortunate Voyage and Catastrophe of his Majesty's Ship Wager. London, 1751.

*Anson, George. *A Voyage Round the World in the Years MDCCXL, I, II, III, IV. By George Anson, Esq. ... Compiled from Papers and other Materials of the Right Honourable George Lord Anson, and Published under his Direction. By Richard Walter, M.A.* London, 1748.

Anson, George. *A Voyage* ... Ed. Glyndwr Williams. London: Oxford University Press, 1974.

*Atkins, John. *A Voyage to Guinea, Brasil, and the West-Indies in His Majesty's Ships, the Swallow and the Weymouth*. London, 1735.

ALSO: Reprinted, London: Frank Cass, 1970.

Bach, John. *See* Bligh, *The Bligh Notebook*.

Bailyn, Bernard. *Voyagers to the West: A Passage in the Peopling of America on the Eve of the Revolution* (1986). New York: Vintage Books, 1988.

*Banks, Joseph. *The Endeavour Journal of Joseph Banks 1768–1771*. Ed. J. C. Beaglehole. 2 vols. Sydney: Public Library of New South Wales, in assoc. with Angus and Robertson, 1962.

*Barker, Robert. *The Unfortunate Shipwright, or Cruel Captain*. London, [1760?].

Barrow, Sir John. *The Mutiny and Piratical Seizure of H. M. S. Bounty* (1831). Introd. by Sir Cyprian Bridge. London: Oxford University Press, 1951.

Batten, Charles L. *Pleasurable Instruction: Form and Convention in Eighteenth-Century Travel Literature*. Berkeley: University of California Press, 1978.

Beaglehole, J. C. *The Exploration of the Pacific* (1934). Third edition, London: Black, 1966.

Beaglehole, J. C. *The Life of Captain James Cook*. London: Black, 1974.

See also Cook, James; Banks, Joseph.

*Bergh, Francis. *The Story of a Sailor's Life*. In *Household Words* III (1851), 211–16, 222–8, 256–61, 306–10, 353–4.

ALSO: *The Story of a Sailor's Life, or, Fifty Years at Sea.* As related by Francis Bergh. Third edition, Gosport, 1852.

*Betagh, William. *A Voyage Round the World. Being an Account of a Remarkable Enterprize begun in the Year 1719.* London, 1728.

*Bligh, William. *A Narrative of the Mutiny on Board His Majesty's Ship Bounty.* London, 1790.

*Bligh, William. *A Voyage to the South Sea ... in His Majesty's Ship the Bounty.* London, 1792.

*Bligh, William *The Log of the Bounty.* Ed. Owen Rutter. London: Golden Cockerel Press, 1937.

*Bligh, William, and others. *A Book of the Bounty.* Ed. George Mackaness (1938). Introd. by Gavin Kennedy. London: Dent, 1981.

*Bligh, William. *The Bligh Notebook ... 18 April to June 1789.* Transcription and facsimile, ed. John Bach. Sydney: Allen and Unwin in assoc. with the National Library of Australia, 1987.

ALSO: *The Log of H. M. S. Bounty 1787–1789.* Facsimile. Guildford: Genesis, 1975.

Bonner, W. H. *Captain William Dampier: Buccaneer and Author.* Stanford University, Calif.: Stanford University Press, and London: Oxford University Press, 1934.

Boswell, James. *Journal of a Tour to the Hebrides with Samuel Johnson, LL.D* (1786). Ed. R. W. Chapman, with Johnson's *Journey to the Western Islands of Scotland.* Oxford: Oxford University Press, 1979.

See also Hill, G. B.

*Bougainville, Louis de. *A Voyage Round the World ... in the Years 1766, 1767, 1768, and 1769.* Translated by J. R. Forster. London, 1772.

Braidwood, S. J. 'Initiatives and organisation of the Black poor 1786–1787'. *Slavery and Abolition*, 3 (1982), 211–27.

Brosses, Charles de. *Histoire des navigations aux terres australes*, 1756. *See* Callander, John.

*Bulkeley, John and Cummins, John. *A Voyage to the South-Seas, In the Years 1740–1. Containing, A Faithful Narrative of the Loss of His Majesty's Ship the Wager.* London, 1743.

*Bulkeley, John and Cummins, John. *A Voyage to the South Seas, In the Years 1740–1.* Second edition, with additions, London and Philadelphia, 1757.

Bulkeley, John and Cummins, John. *A Voyage ...* Ed. A. D. Howden-Smith. The Argonaut Series. London: Harrap, 1927.

Burney, Fanny (Mme d'Arblay). *The Early Journals and Letters.* Ed. Lars E. Troide. 2 vols. Oxford: Clarendon Press, 1988.

Burney, James. *A Chronological History of the Discoveries in the South Sea or Pacific Ocean.* 5 vols. London, 1803, 1806, 1813 and 1817.

*Byron, John. *The Narrative of the Honourable John Byron ....* London, 1768.

Byron, John. *Byron's Journal of his Circumnavigation, 1764–66.* Ed. Robert C. Gallagher. Cambridge: Cambridge University Press for the Hakluyt Society, 1964.

Callander, John. *Terra Australis Cognita: Or, Voyages to the Terra Australis, or Southern Hemisphere.* 3 vols. Edinburgh, 1766–8. [Free Translation of Charles de Brosses].

*Campbell, Alexander. *The Sequel to Bulkeley and Cummins's Voyage to the South-Seas.* London, 1747.

Campbell, John. *See* Harris, John.

*Carteret, Philip. *Carteret's Voyage Round the World 1766–1769.* Ed. Helen Wallis. 2 vols. Cambridge: Cambridge University Press for the Hakluyt Society, 1965.

Colley, Linda. *Britons: Forging the Nation 1707–1837.* New Haven and London: Yale University Press, 1992.

*Colnett, James. *A Voyage to the South Atlantic and Round Cape Horn into the Pacific Ocean.* London, 1798.

*Cook, James. *The Journals of Captain James Cook on his Voyages of Discovery.* Ed. J. C. Beaglehole. I. *The Voyage of the Endeavour 1768–1771.* Cambridge: Cambridge University Press for the Hakluyt Society, 1955.

*Cook, James. *The Journals* ... II. *The Voyage of the Resolution and Adventure 1772–1775.* Cambridge: Cambridge University Press for the Hayluyt Society, 1961.

*Cook, James. *A Voyage Towards the South Pole and Round the World. Performed in His Majesty's Ships the Resolution and Adventure. In the Years 1772, 1773, 1774, and 1775.* 2 vols. (1777). Second edition, London, 1777.

See also Hawkesworth, John.

Cox, E. G. *A Reference Guide to the Literature of Travel (in English).* 3 Vols. Seattle: University of Washington, 1935–49.

*Cremer, John. *Ramblin' Jack: The Journal of John Cremer.* Transcribed by R. Raynell Bellamy. London: Jonathan Cape, 1936.

Crone, G. R., and Skelton, R. A. 'English collections of voyages and travels, 1625–1846'. In *Richard Hakluyt and his Successors*, ed. Edward Lynam. London: Hakluyt Society, 1946, pp. 65–140.

*Dalton, James, *The Life and Actions of James Dalton, (The Noted Street-Robber) ... As Taken from his Own Mouth in his Cell in Newgate.* London, [1730].

*Dampier, William. *A New Voyage Round the World.* London, 1697.

ALSO: Ed. Sir Albert Gray (Argonaut Press, 1927). London: A. C. Black, 1937.

*Dampier, William. *Voyages and Descriptions. Vol. II. In Three Parts.* London, 1699. ['Vol II' means the second volume of Dampier's works.]

ALSO: *Voyages and Discoveries [sic].* Ed. Clennell Wilkinson. London: Argonaut Press, 1931.

*Dampier, William. *A Voyage to New Holland, &c. In the Year 1699 ... Vol. III.* London, 1703.

A Continuation of a Voyage to New Holland, &c.. London, 1709.

ALSO: Ed. J. A. Williamson. London: The Argonaut Press, 1939.

ALSO: Ed. James Spencer. Gloucester: Alan Sutton, 1981.

See also Masefield, John.

*Dean, John. *A Sad and Deplorable but True Account of the Dreadful Hardships, and Sufferings of Capt. John Dean, and his Company, on Board the Nottingham Galley.* London, 1711.

*Dean, Jasper. *A Narrative of the Sufferings, Preservation and Deliverance of Capt. John Dean and Company; in the Nottingham-Gally of London.* London, [1711].

*Dean, John. *A Narrative of the Shipwreck of the Nottingham Galley, &c. Published in 1711. Revis'd, and Re-printed with Additions in 1726*. London, 1726.

Defoe, Daniel. *A New Voyage Round the World. By a Course Never Sailed Before*. London, 1725.

Dening, Greg. *Mr. Bligh's Bad Language: Passion, Power and Theatre on the Bounty*. Cambridge: Cambridge University Press, 1992.

*Dixon, George. *A Voyage Round the World: But more Particularly to the North-West Coast of America*. London, 1789.

*Dixon, George. *Remarks on the Voyages of John Meares, Esq*. London, 1790.

*Dixon, George. *Further Remarks on the Voyages of John Meares, Esq*. London, 1791.

*Drury, Robert. *Madagascar: or, Robert Drury's Journal, During Fifteen Years Captivity on that Island*. London, 1729.
 ALSO: *The Adventures of Robert Drury, During Fifteen Years Captivity on the Island of Madagascar*. London, 1743.
 ALSO: *The Adventures . . . .* Reprinted, Hull, 1807.

Ekirch, A. Roger. *Bound for America: The Transportation of British Convicts to the Colonies, 1718–1775*. Oxford: Clarendon Press, 1987.

*Elliott, John, and Pickersgill, Richard. *Captain Cook's Second Voyage: The Journal of Elliott and Pickersgill*. Ed. Christine Holmes. London: Caliban Books, 1984.

Equiano, Olaudah. *See* Olaudah Equiano.

*Falconbridge, Anna Maria. *Narrative of Two Voyages to the River Sierra Leone, During the Years 1791-2-3* (1794). Second edition, London, 1802.
 ALSO: Reprinted, London: Frank Cass, 1967.

*Falconer, William. *The Shipwreck. A Poem in Three Cantos*. In *The British Poets* (Chiswick Press), vol. 58, 1822.

*Fielding, Henry. *The Journal of a Voyage to Lisbon* (1755). In *The Works of Henry Fielding, Esq.*. London, 1784. Vol. 10, pp. 167–304.

Firth, C. H. ed. *Naval Songs and Ballads*. London: Navy Records Society, 1908.

Floyd, Troy S. *The Anglo-Spanish Struggle for Mosquitia*. Albuquerque: University of New Mexico Press, 1967.

*Forster, George. *A Voyage Round the World, in His Majesty's Sloop, Resolution*. 2 vols. London, 1777.
 ALSO: Ed. Robert L. Kahn, in *Georg Forsters Werke*. Vol. 1. Berlin: Akademie Verlag, 1968.

*Forster, George. *A Letter to the Right Honourable the Earl of Sandwich*. London, 1778.

Forster, George. *Reply to Mr. Wales's Remarks*. London, 1778.
 ALSO: *Streitschriften und Fragmente zur Weltreise*. Ed. R. L. Kahn. *Sämtliche Werke*, vol. 4. Berlin, 1972.

*Forster, J. R. *Observations Made During a Voyage Round the World on Physical Geography, Natural History, and Ethic Philosophy*. London, 1778.

*Forster, J. R. *The Resolution Journal of of Johann Reinhold Forster, 1772–1775*. Ed. Michael E. Hoare. 4 vols. London: Hakluyt Society, 1982.

Forster, J. R. and G. *Characteres generum plantarum*. London, 1775.

Frantz, R. W. *The English Traveller and the Movement of Ideas, 1660–1732* (1934). Lincoln, Neb.: University of Nebraska Press, 1967.

Fremantle, Elizabeth. *See* Wynne.

*Fryer, John. *The Voyage of the Bounty's Launch as Related in William Bligh's Despatch to the Admiralty. And the Journal of John Fryer*. Ed. Owen Rutter. London: Golden Cockerel Press, 1934.
*Funnell, William. *A Voyage Round the World. Containing an Account of Captain Dampier's Expedition into the South-Seas in the Ship St. George. In the Years 1703 and 1704*. London, 1707.
Furbank, P. N. and Owens, W. R. *The Canonisation of Daniel Defoe*. New Haven and London: Yale University Press, 1988.
Fyfe, Christopher. *A History of Sierra Leone*. Oxford: Oxford University Press, 1962.
Gallagher, R. E. *See* Byron, John.
Gilchrist, Ebenezer. *The Use of Sea Voyages in Medicine* (1756). Second edition, with a Supplement, London, 1757.
Gladstone, Hugh S. *Maria Riddell, the Friend of Burns*. Dumfries: Private Circulation, 1915.
*Green, William. *The Sufferings of William Green, Being a Sorrowful Account of his Seven Years Transportation*. London, [1775?].
Hale, C. R. and Gordon, C. T. 'Costeno demography: historical and contemporary demography of Nicaragua's Atlantic coast'. In *Ethnic Groups and the Nation State: The Case of the Atlantic Coast of Nicaragua*. Ed. CIDCA/Development Study Unit. Stockholm: University of Stockholm, 1987.
Hamilton, George. *A Voyage Round the World in His Majesty's Frigate Pandora. Performed under the Direction of Captain Edwards*. Berwick, 1793.
Harris, John. *Navigantium atque Itinerantium Bibliotheca. Or, A Complete Collection of Voyages and Travels. Now Carefully Revised, with Large Additions*. London, 1744. [Revision by John Campbell. 1st ed. 2 vols. 1705; 1st 1 vol. folio edn 1715.]
*Harrison, David. *The Melancholy Narrative of the Distressful Voyage and Miraculous Deliverance of Captain David Harrison, of the Sloop, Peggy, of New York*. London, 1766.
*Harrower, John. *The Journal of John Harrower, an Indentured Servant in the Colony of Virginia, 1773–78*. Ed. Edward M. Riley. Williamsburg, Va.: Colonial Williamsburg Foundation, 1963.
*Hawkesworth, John. *An Account of the Voyages Undertaken ... for Making Discoveries in the Southern Hemisphere ... by Commodore Byron, Captain Wallis, Captain Carteret, and Captain Cook*. 3 vols. London, 1773.
*Hervey, Augustus (3rd Earl of Bristol). *Augustus Hervey's Journal ... 1746–1759*. Ed. David Erskine (1953). London: William Kimber, 1954.
Hill, George Birkbeck. *Boswell's Life of Johnson*. Revised L. F. Powell. 6 vols. Oxford: Clarendon Press, 1935–50.
Hill, George Birkbeck. *Johnsonian Miscellanies*. 2 vols. Oxford: Clarendon Press, 1897.
Hoare, Michael E. *The Tactless Philosopher: Johann Reinhold Forster (1728–1798)*. Melbourne: Hawthorn Press, 1976.
Hughes, Robert. *The Fatal Shore: A History of the Transportation of Convicts to Australia 1787–1868* (1987). London: Pan Books, 1988.

Hulme, Peter, and Whitehead, Neil L., eds. *Wild Majesty: Encounters with Caribs from Columbus to the Present Day. An Anthology*. Oxford: Clarendon Press, 1992.
Joppien, Rüdiger, and Smith, Bernard. *The Art of Captain Cook's Voyages*. Volume Two. *The Voyage of the Resolution and Adventure 1772–1775*. New Haven and London: Yale University Press in assoc. with the Australian Academy of the Humanities for the Paul Mellon Centre for Studies in British Art, 1985.
A Journal of a Voyage Round the World, in His Majesty's Ship Endeavour. London, 1771.
*Justice, Elizabeth. *A Voyage to Russia*, York. 1739.
*Kelly, Samuel. *Samuel Kelly: An Eighteenth Century Seaman*. Ed. Crosbie Garstin. London: Jonathan Cape, 1925.
Kennedy, Gavin. *Bligh*. London: Duckworth, 1978.
  ALSO: *Captain Bligh: The Man and his Mutineers*. London: Duckworth, 1989.
Kierkegaard, Søren. *Fear and Trembling* and *The Sickness unto Death*. Trans. Walter Lowrie (1941). New York: Doubleday Anchor, 1954.
*Kindersley, Jemima. *Letters from the Island of Teneriffe, Brazil, the Cape of Good Hope, and the East Indies*. London, 1777.
*Langman, Christopher (and others). *A True Account of the Voyage of the Nottingham-Galley of London*. London, 1711.
Lowes, John Livingston. *The Road to Xanadu* (1927). New York: Vintage Books, 1959.
Mackaness, George. *The Life of Vice-Admiral William Bligh, R. N., F.R.S.*. 2 vols. Sydney: Angus and Roberston, 1931.
Mackay, David. *In the Wake of Cook: Exploration, Science and Empire, 1780–1801*. London: Croom Helm, 1985.
*Marra, John. *Journal of the Resolution's Voyage*. London, 1775.
Martin, Bernard. *John Newton: A Biography*. London: Heinemann, 1950.
*Masefield, John, ed. *Dampier's Voyages*. 2 vols. London: Grant Richards, 1906.
*Meares, John. *Voyages Made in the Years 1788 and 1789, from China to the North West Coast of America*. London, 1790.
Meares, John. *An Answer to Mr. George Dixon*. London, 1791.
*Moraley, William. *The Infortunate: Or, The Voyage and Adventures of William Moraley*. Newcastle, 1743.
Moraley, William. *The Infortunate* ... Ed. Susan E. Klepp and Billy G. Smith. Philadelphia: Pennsylvania State University Press, 1992.
*Morris, Isaac. *A Narrative of the Dangers and Distresses which Befel Isaac Morris and Seven More of the Crew, Belonging to the Wager Store-Ship*. London, [1750?].
*Morrison, James. *The Journal of James Morrison, Boatswain's Mate of the Bounty*. Ed. Owen Rutter. London: Golden Cockerel Press, 1935.
*Nagle, Jacob. *The Nagle Journal: A Diary of the Life of Jacob Nagle, from the Year 1775 to 1841*. Ed. John C. Dann. New York: Weidenfeld and Nicolson, 1988.
Narborough, Sir John [and others]. *An Account of Several Late Voyages and Discoveries to the South and North*. London, 1694.
Newson, Linda. *The Cost of Conquest: Indian Decline in Honduras under Spanish Rule*. Boulder and London: Westview Press, 1986.

*Newton, John. *An Authentic Narrative of Some Remarkable and Interesting Particulars in the life of * * * * * * * **. *Communicated in a Series of Letters to the Rev. Haweis.* London, 1764.
*Newton, John. *Thoughts upon the African Slave Trade.* London, 1788.
*Newton, John. *Letters to a Wife.* London, 1793.
*Newton, John. *The Journal of a Slave-Trader (John Newton) 1750–1754.* London: Epworth Press, 1962.
  ALSO: *The Works of the Rev. John Newton* (1827). Edinburgh, 1841.
*Nicol, John. *The Life and Adventures of John Nicol, Mariner.* Edinburgh, 1822.
  ALSO: Ed. Alexander Laing. London: Cassell, 1937.
*Olaudah Equiano. *The Interesting Narrative of the Life of Olaudah Equiano, or Gustavus Vasa, the African. Written by Himself.* 2 vols. London, [1789].
  ALSO: Abridged and edited by Paul Edwards. London: Heinemann, 1967.
*Owen, Nicholas. *Journal of a Slave-Dealer.* Ed. Eveline Martin. London: Routledge, 1930.
Pack, S. W. C. *The Wager Mutiny.* London: Alvin Redman, 1964.
*Palmer, Rev. Thomas Fyshe. *A Narrative of the Sufferings of T. F. Palmer, and W. Skirving During a Voyage to New South Wales, 1794, on the Surprise Transport.* Cambridge, 1797.
*Parker, Mary Ann. *A Voyage Round the World in the Gorgon Man of War.* London, 1795.
Parks, G. B. 'Travel'. In *The New Cambridge Bibliography of English Literature.* Cambridge: Cambridge University Press, 1971. Vol. 2. 1389–1486.
Pearson, W. H. 'Hawkesworth's alterations', *Journal of Pacific History,* 7 (1972), 45–72.
Phillip, Arthur, *The Voyage of Governor Phillip to Botany Bay* (1789). Third edition. London, 1790.
Phipps, C. J. *A Voyage Towards the North Pole Undertaken by His Majesty's Command, 1773.* London, 1774.
Pickersgill, Richard. *See* Elliott, John.
*Poole, Robert. *The Beneficent Bee: Or, Traveller's Companion.* London, 1753.
*Portlock, Nathaniel. *A Voyage Round the World: But More Particularly to the North-West Coast of America.* London, 1789.
Pratt, Mary Louise. *Imperial Eyes: Travel Writing and Transculturation.* London and New York: Routledge, 1992.
Prebble, John. *The Darien Disaster* (1968). Edinburgh: Mainstream, 1978.
*Raigersfeld, Jeffrey, Baron de. *The Life of a Sea Officer.* (1830?) Ed. L. G. Carr Laughton. London: Cassell, 1929.
Rawson, C. J. *Henry Fielding and the Augustan Ideal under Stress.* London and Boston: Routledge and Kegan Paul, 1972.
Rediker, Marcus. *Between the Devil and the Deep Blue Sea: Merchant Seamen, Pirates, and the Anglo-American Maritime World, 1700–1750.* Cambridge: Cambridge University Press, 1987; reprinted 1993.
*Revel, James. *The Poor Unhappy Transported Felon's Sorrowful Account of his Fourteen Years Transportation at Virginia in America.* London, [1800?].
*Richardson, R. *The Dolphin's Journal Epitomized, in a Poetical Essay.* London, 1768.

*Riddell, Maria. *Voyages to the Madeira, and Leeward Caribbean Isles: with Sketches of the Natural History of These Islands.* Edinburgh, 1792.

*(Ringrose, Basil.) John Esquemeling, *Bucaniers of America.* The Second Volume ... Written by Mr Basil Ringrose, Gent. London, 1685.

   ALSO: Ed. W. S. Stallybrass. London: Routledge, and New York: E. P. Dutton, [1923].

*Roach, John. *The Surprizing Adventures of John Roach, Mariner, of Whitehaven.* Whitehaven, [1783 or 1784].

*Roach, John. *The Surprizing Adventures* ... Second edition, Whitehaven, [1784].

*Roach, John. *A Narrative of the Surprising Adventures and Sufferings of John Roach, Mariner, of Whitehaven.* Workington, 1810.

*Robertson, George. *The Discovery of Tahiti: A Journal of of the Second Voyage of H. M. S. Dolphin Round the World, Under the Command of Captain Wallis, R. N. in the Years 1766, 1767 and 1768.* Ed. Hugh Carrington. London: Hakluyt Society, 1948.

Robinson, Tancred. *See* Narborough.

Rodger, N. A. M. *The Wooden World: An Anatomy of the Georgian Navy.* London: Collins, 1986.

*Rogers, Woodes. *A Cruising Voyage Round the World.* London, 1712.

   ALSO: Ed. G. E. Manwaring. London: Cassell, 1928.

Saine, Thomas P. *Georg Forster.* New York: Twayne, 1972.

*Schaw, Janet. *Journal of a Lady of Quality.* Ed. Evangeline W. Andrews and Charles McL. Andrews (1921). Third edition, emended and enlarged, New Haven: Yale University Press, 1939.

**A Second Voyage Round the World in the Years MDCCLXXII, LXXIII, LXXIV, LXXV, by James Cook, Esq. ... Drawn up from Authentic Papers.* London, 1776.

Secord, A. W. *'Robert Drury's Journal' and Other Studies.* Ed. R. W. Rogers and G. Sherburn. Urbana: University of Illinois Press, 1961.

*Shelvocke, George. *A Voyage Round the World by the Way of the Great South Sea, Performed in the Years 1719, 20, 21, 22, in the Speedwell of London.* London, 1726.

Shelvocke, George. *A Voyage Round the World* ... Ed. W. G. Perrin. London: Cassell, 1928.

Shipman, Joseph C. *William Dampier: Seaman–Scientist.* Lawrence, Kan.: University of Kansas Libraries, 1962.

Skelton, R. A. *See* Crone, G. R.

Sloane, Hans. *A Voyage to the Islands Madera, Barbados, Nieves, S. Christophers and Jamaica.* 2 vols. London, 1707, 1725.

Smith, Bernard. *European Vision and the South Pacific 1760–1850: A Study in the History of Art and Ideas.* Oxford: Clarendon Press, 1960.

   See also Joppien, R.

*Snelgrave, William. *A New Account of some Parts of Guinea, and the Slave-Trade.* London, 1734.

Sparrman, Anders. *A Voyage to the Cape of Good Hope, Towards the Antarctic, and Round the World.* Translated from the Swedish Original. 2 vols. London, 1785.

   ALSO: Ed. V. S. Forbes, Cape Town: Van Riebeck Society, 1975.

*Spavens, William. *The Seaman's Narrative.* Louth, 1796.

Stafford, Barbara Maria. *Voyage into Substance: Art, Science, Nature, and the Illustrated Travel Account, 1760–1840*. Cambridge, Mass., and London: MIT Press, 1984.
*Stanfield, James Field. *The Guinea Voyage. A Poem. In three Books*. London, 1789.
*Stanfield, James Field. *The Guinea Voyage. A Poem, in Three Books. ... To Which are Added Observations on a Voyage to the Coast of Africa*. Edinburgh, 1807.
*Symson, William. *A New Voyage to the East Indies*. London, 1715.
*Tench, Watkin. *A Narrative of the Expedition to Botany Bay*. London, 1789.
*Thomas, Pascoe. *A True and Impartial Journal of a Voyage to the South-Seas and Round the Globe in His Majesty's Ship the Centurion, under the Command of Commodore George Anson*. London, 1745.
*Thompson, Edward. *Sailors Letters. Written to his Select Friends in England During his Voyages and Travels ... from the Year 1754 to 1759*. 2 vols. (1766). Second edition, Corrected, London, 1767.
*Uring, Nathaniel. *A History of the Voyages and Travels of Capt. Nathaniel Uring* (1726). Second edition, London, 1727.
　ALSO: Ed. A. Dewar, London: Cassell, 1928.
Vancouver, George. *A Voyage of Discovery to the North Pacific Ocean and Round the World 1791–1795*. Ed. W. Kaye Lamb. 4 vols. London: Hakluyt Society, 1984.
Villiers, Alan, *Captain Cook: The Seamen's Seaman*. London, 1967.
*Wafer, Lionel. *A New Voyage and Description of the Isthmus of America*. (1699). Ed. L. E. Elliott Joyce. Oxford: Hakluyt Society, 1934.
*Wales, William. *Remarks on Mr. Forster's Account of Captain Cook's Last Voyage*. London, 1778.
*Walker, George. *The Voyages and Cruises of Commodore Walker, During the Late Spanish and French Wars*, 2 vols. London, 1760.
　ALSO: Ed. H. S. Vaughan. London: Cassell, 1928.
Wallis, Helen. 'The Patagonian Giants'. In *Byron's Journal* (1964).
Walter, Richard. *See* Anson.
West, Richard. *Back to Africa. A History of Sierra Leone and Liberia*. London: Jonathan Cape, 1970.
*White, John. *Journal of a Voyage to New South Wales*. London, 1790.
*Whitefield, George. *George Whitefield's Journals*. Ed. Iain Murray. London: The Banner of Truth Trust, 1960.
Whitehead, Neil L. *See* Hulme, Peter.
Wilkinson, Clennel. *William Dampier*. London: John Lane, The Bodley Head, 1929.
*Wills, William. *Narrative of the Very Extraordinary Adventures and Sufferings of Mr William Wills, Late Surgeon on Board the Durrington Indiaman, Captain Robert Crabb, in his Late Voyage to the East Indies*. London, 1751.
Withey, Lynne. *Voyages of Discovery: Captain Cook and the Exploration of the Pacific* (1987). London: Hutchinson, 1988.
*Wollstonecraft, Mary. *Letters Written during a Short Residence in Sweden, Norway, and Denmark*. London, 1796.
　ALSO: Ed. Richard Holme. Harmondsworth: Penguin, 1987.
*Wynne, Elizabeth (later Fremantle). *The Wynne Diaries*. Ed. Anne Fremantle. 3 vols. London: Oxford University Press, 1935, 1937 and 1940.
Young, John. *See Affecting Narrative*.